KB152296

나의 아름다운 선

나의 아름다운 선

초판1쇄 인쇄	2018년 10월 4일
초판4쇄 발행	2023년 4월 18일
지은이	조강은
펴낸이	박대일
편집	이문영 · 임유리 · 신지연 · 박현주 · 전보라
교정	박준용
마케팅	임유미
디자인	스튜디오 미인
펴낸곳	파란미디어
출판등록	2004년 9월 14일 제313–2004–00214호
주소	03992 서울시 마포구 동교로23길 14 국제빌딩 6층
전화	02.3141.5589 영업부 070.4616.2012 편집부
팩스	02.3141.5590
전자우편	paranbook@gmail.com
카페	http://cafe.naver.com/paranmedia
페이스북	http://www.facebook.com/paranbook
ISBN	978–89–6371–541–4(03810)

나의 아름다운 선

조강은 장편소설

파란

차례

나의 아름다운 선

나는 하나의 선에서 시작되었다.
직선이었고, 또 곡선이었다.
선은 수백 번 휘어지고 지워졌다 그어졌다.

선은 선과 이어져 면이 되었고,
면은 면과 이어져 공간이 되었다.

그곳엔
햇빛이 깊고 넓게 들어왔다.
바람이 시원하게 머물다 통과했다.
비는 감히 들이칠 수 없었다.
눈은 바깥에서만 쌓였다 녹아 갔다.

1. Hello, Stranger

[썬! 어디?]

[카페 스프링. 방금 정주 선생님과 미팅 끝났어.]

[들어오는 거지?]

[흐응.]

진라에게 심드렁한 답문을 보내고 숄더백에 외주 일정표를 넣었다. 오후 5시. 퇴근하기에 애매해서 좋은 시간. 일지야 내일 일찍 출근해서 써도 되고, 집에 가서 작성해도 된다.

[흐응은 무ㅏ가 흐응이야.]

[이대로 퇴근하고 싶소.]

[퇴ㄱ,근이라니. 불량 직원 보시게.]

[오후 외근이란 그러라고 하는 것.]

문자를 보냄과 동시에 전화벨이 울린다.

— 아, 답답하다. 자꾸 오타 나. 썬, 퇴근은 무슨! 잽싸게 들어와. 그리고 올 때 나 라떼, 시럽 다섯 펌프 넣어서.

“다이어트 한다며.”

— 저녁 바비큐 폭식을 예방하기 위한 처방이지.

수화기 너머 깔깔대는 웃음소리가 들린다. 선은 트레이를 반납하고 다시 계산대에 섰다.

— 임수민이가 한 시간에 한 번씩 나한테 니 일정 묻는다. 제주도에서 걸음 하신 정주 샘께 저녁 식사 대접해야 하는 거 아니냐고. 그러니까 너 꼭 와야 돼.

“갠 또 왜 그래?”

— 이번 호부터 네가 건축신문 담당하잖아.

앞에 서 있던 여자의 길고도 다양한 주문이 끝나고 선의 차례가 되었다.

“어, 잠시만. 따뜻한 라떼고요. 샷 추가해 주세요.”

카드와 함께 진동벨을 받아 들고, 다시 휴대폰을 귀에 갖다 대었다.

“샷 추가도 했어. 진짜 시럽 다섯 번 넣어?”

— 웅웅. 여섯 번도 좋아. 너 입사한 지 이제 3년째인데 한 번도 참석 안 했어. 주간님도 아까 참석 확인하셨거든. 오늘까지 빠지면 사장 수첩에 올라간다.

로프트북Loft book은 전체 회식이 없는 대신 1년에 한 번 신지윤 사장 자택에서 식사를 했다. 정원에서 바비큐를 해 먹는다는데, 사장 아들이 직접 요리를 해 준다던가. 선은 입사한 지 3년째이지만 아직 참여한 적이 없었다. 첫해는 번역자와의 미팅이 길어져 불참했고, 작년에는 연의 장례를 치렀기 때문이었다.

“내가 건축신문 담당하게 된 거랑 무슨 상관인데?”

— 하아, 써-언. 사장 아들이 부소장으로 있는 건축사사무소에서 발행하는 거잖아. 그동안 임수민이 담당이라 바비큐 한 점씩 더 얻어먹었거든.

“고기 한 점 때문에?”

— 편집자가 은유를 못 알아듣는구먼. 됐고, 임수민이 왜 그러는지 직접 확인을 해 봐. 어후! 피지컬이 그냥 막, 팔다리 길이가 막, 완전 북유럽이야. 물론 난 우리 양갱이처럼 차돌같이 땅땅한 남자가 더 좋지만.

진라의 말에 미소가 지어진다. 밝고 명랑한 진라가 좋았다. 분노와 그리움으로 환상과 현실의 경계가 허물어질 때, 진라는 영화 속 팽이와 같았다. ‘썬, 진정해. 깨어나. 여기가 현실이야.’ 이렇게 알려 주었다.

라떼를 받아 들고 거리로 나섰다. 신호등 앞에 서서, 어깨에서 흘러내리는 가방 끈을 고쳐 멨다.

연이를 보러 갈까?

차를 가지러 집에 가면 5시 20분쯤, 길이 막히지 않아도 절까지는 두 시간 반. 해도 짧아졌으니 도착하기도 전에 날은 어두워질 것이다. 오늘이 금요일이었으면 좋았을 것을. 밤이 깊도록 연을 위해 절을 하고, 연당 스님 곁에서 잠들고 싶었다.

"지겨워."

의미 없이 중얼거렸다. 마음속에서 아아아, 비명이 들린다. 비명을 틀어막듯 주먹을 꾹 쥐었다 폈다. 가방을 뒤져 이어폰을 꺼내 휴대폰에 연결하고 음악을 플레이시켰다. 음악 소리로 비명을 삼켜 버린다. 회식에 참석해야겠다. 사람들과 어울리다 보면 시간이 흘러가 있으니까. 그렇게 밤이 지나고, 아침이 오고, 저녁이 오고, 하루가 하루를 등 떠밀고……. 그냥 그렇게 아무렇지 않은 듯.

"지겨워."

선은 다시 한번 소리 없이 중얼거렸다.

발끝을 내려다보고 있던 눈을 들자, 고개 들기를 기다렸다는 듯 8차선 횡단보도 맞은편에 서 있던 남자와 눈이 마주쳤다.

흰색 무지 셔츠에 청바지를 입은 평범한 차림임에도 시선을 잡아끄는 건, 커다란 키 때문일까, 잘생긴 얼굴 때문일까, 아는 얼굴이기 때문일까?

몇 년 만이지?

10년 만인가?

남자가 선화보살님의 제를 올리러 온 것을 본 것이 마지막이었고, 그때가 연이와 백운사에 놀러 갔던 고2 여름방학 때니까, 아마도 그쯤.

10년 만임에도 단번에 남자를 알아볼 수 있는 건, 그다지 변함없는 얼굴 때문일까?

10년에 10년을 더한 20년 전 오후에 내밀었던 손 때문일까?

그 손에 들려 있던 6만 원 때문일까?

라떼의 온기를 느끼며, 시선이 우연한 방향이었다는 듯 남자를 다시 바라보았다. 남자는 여전히 선을 바라보고 있었다. 이번에는 선도 똑바로 남자를 바라보았다. 남자가 설핏 웃고, 선선한 바람이 부는 동시에 신호등이 바뀌었다. 사람들이 횡단보도를 건너기 시작했다. 남자는 선이 건너오길 기다리듯 그 자리에 서 있었다.

선도 움직이지 않았다.

다만, 고개를 돌렸다.

●■▲

아빠와 엄마는 한지를 만들었다. 닥나무 껍질을 찌던 가마솥에서 나던 연기가 뿌연 기억으로 남아 있다. 푹 찐 닥나무 껍질을 벗겨 내던 엄마의 젖은 손이나 티를 골라낸 닥을 끈질기게 두들기던 아빠의 굵은 팔 같은 것이. 마루에서 잠들었다 깨어 엄마를 부르던 아주 어리고 작았던 자신도.

가평에서 닥나무를 싣고 오던 부모님은 초가을 폭우에 트럭이 급류에 휩쓸려 떠내려가다 교각에 부딪히며 그 자리에서 사망했다. 가까운 절에 맡겨 둔 딸 생각에 비가 그치길 기다리지 못했을 테다. 건너가야 할 다리는 짧아 보였고, 당신들께는 아무 일도 일어나지 않을 거라 낙관했을 것이다. 그렇게 어린 딸에게 약속했던 '한나절'만이라던 시간은 영원이 되었다.

선이 의탁하게 된 백운사는 비구니절이었다. 주지 스님을 비롯해 연당 스님까지 여섯 분의 스님과 공양주 보살님만 계셨던 작은 절. 절만큼이나 작고 좁았던 승방에서 선은 연당 스님과 둘이 지냈다. 얼굴이 하얗고 둥그렇던 스님은 혼자 된 선을 서툴지만 정성으로 보살펴 주었다.

다음 해 봄, 초등학교에 입학한 선은 학교를 다녀오면 좌복에 엎드려 숙제를 했고, 밤이면 좌복을 요 삼아 연당 스님 옆에서 잠들었다. 가끔 까닭 모를 슬픔에 눈이 떠지면 스님을 등진 채 눈물을 흘렸다. 그렇게 울다 처마 끝에 매달린 풍경이 달그랑달그랑 울리면 댓돌 위의 하얀 고무신과 자신의 운동화를 떠올렸다. 댓돌 위에 올려져 있는 신발 두 켤레를 생각하면 어쩐지 안심이 되었다. 눈물이 그치면 몸을 돌려 스님의 잠든 얼굴과 규칙적인 숨소리, 새소리와 풀벌레 소리, 풍경 소리를 들으며 다시 잠이 들었다.

그렇게 꼭 1년을 살았다.

남자의 할머니는 선화보살님이라 불렸다.

주지 스님과 여고 동창이셨는데, 공양주 보살님의 말에 따르면 선화보살님의 시주 덕에 백운사의 살림은 물론, 선까지 여기서 지내며 학교도 다닐 수 있는 거라 하셨다. 할머니가 법당에서 108배를 올리는 동안, 소년이었던 남자는 절 곳곳을 돌아다니거나, 뒷산을 오르내리는 듯했다.

공양주 보살님은 소년의 얼굴이 희고 피부 결이 고운 데다 이마가 반듯하고 눈이 반짝거리는 것이 한눈에 보기에도 귀해 보인다고 하셨다.

'모든 게 관세음보살이지.'

읍내에 갈 때면 붉은 립스틱을 바르던 공양주 보살님의 말버릇이었다.

'모든 게 관세음보살이지. 관세음보살. 귀한 팔자, 박복한 팔자 다 타고나는. 아이고, 이 어린것 불쌍해서 어쩌나. 관세음보살.' 하며 굵고 거친 손으로 선의 얼굴을 쓰다듬곤 하셨다. 선은 소년이 올 때면 승방에 틀어박혀 한 발짝도 나가지 않았다. 뒷산을 돌아다니며 산새들을 구경하는 게 유일한 즐거움이었지만, 귀해 보인다는 소년을 보고 싶지 않았기 때문이다.

할머니가 주라셔.

그날은 엄마와 아빠가 돌아가신 지 꼭 1년째 되던 날이었다.

새벽 일찍 선을 깨운 연당 스님과 함께 절을 올리고, 마당을 쓸고, 공양미를 꼭꼭 씹어 먹은 뒤 학교에 간 날이기도 했다.

스케치북과 붓, 물감도 사야 했고, 운동화는 낡은 데다 작아져 가만히 서 있어도 발이 아픈 날이기도 했다.

연당 스님은 최선을 다하셨으나 서툴렀고, 선은 필요한 것을 말하지 못하는 아이였다. 결국 준비물을 가져가지 못해 담임선생님께 야단을 맞고 말았다. 슬픔이 자신의 키를 넘어선다는 게 어떤 건지 여덟 살의 선은 알 수 있었다. 꾹꾹 눌렀다. 목구멍까지 올라온 슬픔은 툭 치면 입 밖으로 쏟아질 듯 찰랑거렸다.

같이 하교하는 반 아이들 앞에선 작은 운동화에 발을 구겨 넣고 걸었다. 갈림길에서 손을 흔들며 혼자가 되었을 때야 비로소 운동화 뒤축을 꺾어 신고 걸었다. 가을의 오후 햇살 아래 발을 질질 끌며 걷다가 뿌연 먼지를 날리며 마주 오는 차를 비켜 길 가장자리에 섰다.

검고 커다란, 선화보살님의 차였다. 선을 지나쳐 20여 미터 가던 차가 멈추더니 소년이 차에서 내렸다. 저런 얼굴이 귀한 얼굴인가, 멍하니 바라보다 고개를 숙였다. 얼굴을 보여 주고 싶지 않았다.

'너 백운사에 사는 애 맞지? 할머니가 주라셔.'

선은 소년의 손과 그 손에 쥐어진 빳빳한 만 원짜리를 보았다. 몇 장은 되어 보였다. 그 돈이면 물감도 붓도 스케치북도, 어쩌면 운동화도 살 수 있을 것 같았다. 오후의 햇빛에 선은 눈을 가늘게 떴다. 잠자리가 윙윙 주위를 맴돌았고, 하루살이가 춤을 추듯 날아다녔다. 울퉁불퉁한 자갈길 양옆의 논은 익어

가는 벼와 아직 덜 익은 벼가 섞여 있었다. 풀 냄새가 왈칵 밀려들어 와 구역질이 날 것 같았다. 소년이 손을 뻗어 선의 손을 잡고는 손바닥 위에 돈을 올려놓았다.

'맛있는 거 사 먹어. 닭꼬치 같은 거 말야. 스님 몰래.'

고개를 들 수 없었다. 정수리 위로 쏟아지는 가을 햇볕이 너무 따가웠다.

'또 보자.'

소년은 곧장 몸을 돌려 차로 뛰어갔다. 차 문 닫히는 소리가 들리더니 자갈이 끓는 소리와 함께 차는 출발했다. 멍한 기분으로 돈을 꽉 쥔 채 선은 걸었다. 절에 들어가지 못하고 뒷산에 쪼그려 앉아 만 원짜리를 물끄러미 바라만 보았다. 여섯 장이었다.

또 보자.

다시 보면 감사하다고 먼저 인사를 해야 하는 걸까? 이상하게도 전보다 더 소년을 보고 싶지 않았다. 앞으로도 절대, 평생, 보고 싶지 않다는 생각이 들었다. 부끄러웠다. 돈을 버릴까도 싶었지만 차마 그럴 수는 없었다. 다만, 목구멍에서 찰랑거리던 슬픔이 넘어와 선은 기어이 구역질을 하고 말았다.

몇 번의 헛구역질로 입가에 길게 늘어진 침을 손등으로 거칠게 닦아 냈다. 쪼그려 앉은 두 다리 사이 둥글게 고인 침을 바라보다, 어엉, 선은 기어이 소리 내어 울었다.

나중에 가서야 그때의 감정이 무엇이었는지 알 수 있었다.

부처님이 선의 바람을 조금은 들어주셨는지, 절에 도착하니 큰아버지와 큰어머니, 그리고 연이 선을 기다리고 있었다. 동생 부부가 죽었다는 소식을 얼마 전에야 들었다고, 혼자 남은 선을 찾아다녔다고 했다.

큰아버지 옆에서 생긋 웃던 연을 기억한다.

그때 했던 하얀색 머리띠도.

●■▲

신호등은 다시 빨간불이 되었다. 2년 전 입적하신 공양주 보살님이 남자를 본다면 '아이고, 관세음보살. 훤칠하게 잘 자랐네, 잘 자랐어. 미남이야, 미남.'이라고 하셨겠지. 선은 다시 남자를 마주 보았다. 남자는 여전히 그 자리에서 선을 바라보고 있었다.

신호가 다시 초록불로 바뀌었다.

남자가 횡단보도를 건너오기 시작했다. 선은 물끄러미 그 모습을 바라보다 남자가 횡단보도를 절반쯤 지났을 때 천천히 걸음을 떼었다.

너 백운사에 사는 애 맞지?

할머니가 주라셔.

맛있는 거 사 먹어. 닭꼬치 같은 거 말야. 스님 몰래.

또 보자.

남자의 팔에 어깨가 닿을 듯 스치고, 손가락이 부딪칠 듯 가까워졌다 멀어졌다. 남자가 그대로 지나치려는 선을 붙잡으려 손을 뻗었다. 몸을 비틀어 남자의 손을 피하고는 뛰는 듯 큰 걸음으로 건너편으로 건너갔다. 머리카락이 흩날리며 뺨을 스치고 테이크아웃 컵에서 흘러나온 라떼가 손등을 적셨다. 몸을 돌려 횡단보도를 두고 다시 마주서게 된 남자를 바라보았다.

남자는 어이없다는 듯 고개를 흔들더니 웃음을 터뜨렸다. 길거리에 남아 있던 한 줌의 햇빛과 사람들의 시선을 단번에 모을 만큼, 남자의 웃음은 눈부셨다. 남자는 입모양과 손짓으로 그대로 서 있으라고 했다.

선은 고개를 저었다. 대신 손을 들어 작게 흔들었다.

안녕, 낯설고도.

안녕, 낯익은 사람.

2. 인디언의 달

26년 전 자택의 창고에서 시작한 로프트북은 남미문학으로 출발해 인문 · 예술 분야까지 확장하며 중견 출판사로 성장했다. 마누엘 루이스 로렌소의 《환상정글》이 로프트북의 첫 출간작이었는데, 사장실 책장엔 판본별로 늘 첫자리에 꽂혀 있다. 초반에 잘 팔리지 않았던 남미문학을 출간하면서 버틸 수 있었던 건, 재력가였던 시댁과 당시 판사였던 남편 김도윤의 덕이었다는 말도 있지만, 로프트북을 이만큼 키운 건 신지윤 사장이었다.

비상한 기억력의 소유자이자 꼼꼼한 기록광. 냉철한 판단가이자 과감한 결단가. 이상과 현실 사이에서의 균형 잡힌 곡예사. 새로운 것을 좋아하지만 클래식의 가치를 아는 사람. 무엇을 했어도 결국 성공했을 사람.

신지윤 사장에 대한 선의 생각이다.

틈 없이 압박하는 신 사장의 스타일에 질려 입사 일주일 만에 퇴사하는 직원도 있지만, 전 마케팅팀 팀장이었던 홍 이사가 독립할 때 자본금부터 거래처 연결까지 아낌없는 지원을 해줬을 만큼 인정이 있었다. 신 사장이 직원에게 요구하는 것은 한 가지였다.

책임.

책임을 다한 직원에겐 본인도 사장이자 업계의 선배로서 책임을 다했다. 현재의 선에게 절대적으로 필요한 가치이기도 했다.

"선."

진라의 목소리에 선은 현실로 돌아온다. 다른 직원들을 따라 대문을 통과하자 상상했던 것과는 다른 모습이 눈앞에 펼쳐졌다. 정원이라는 말에 잔디가 깔린 곳을 상상했건만, 차 두 대는 족히 다닐 정도의 널찍한 청고벽돌 길이 파고라에서 안채까지 일직선으로 깔려 있었다. 벽돌 길과 정원 사이에는 경계선처럼 둥근 주목나무가, 담 쪽으로는 라일락과 꽃사과나무, 매화나무가 심어져 있었다.

파고라에는 10인용 나무 테이블 두 개를 붙인 스무 명의 자리가 마련되어 있었다. 각자 모양과 형태가 다른 의자들 위에는 무릎담요가 올려져 있고, 여기저기 긁히고 패어 있는 테이블 위에는 사람 수대로 놓인 접시와 냅킨, 커트러리, 와인잔과 물잔, 그리고 슬라이스된 레몬이 들어 있는 물병 네 개와 초가

군데군데 놓여 있었다. 직원들이 도착하길 기다렸다는 듯 출장 요리사로 보이는 네 명이 등장해 음식을 세팅하기 시작했다.

아무렇게나 앉은 듯하지만 상석은 사장, 양옆으로 상무와 주간, 이사 자리를 남겨 놓고, 반시계 방향으로 문학팀은 진 팀장을 시작으로 다섯 명이 한 줄로, 사이가 좋지 않은 인문예술팀의 성 팀장과 수민은 대각선으로, 디자인팀 셋은 테이블 끝에서 디근자 형태로 옹기종기, 마케팅팀 둘과 제작관리팀 셋도 조르륵 자리했다.

"자리 하나 모자라지 않아요?"

"딱 맞는데요?"

수민의 말에 올봄에 입사한 디자인팀 영훈이 시비 걸듯 답한다. 어제 본문 시안으로 큰 소리가 나더니, 감정이 풀리지 않은 듯했다.

"그러고 보니 도련님 앉으실 자리가 없네. 근홍이가 옮겨서 수민 씨 옆자리 비워 줘야겠는데."

마케팅팀의 기완이 빙글거리자, 수민이 한 대 치고 싶다는 표정을 지었다.

"바비큐 준비도 안 되어 있어요. 올해는 준일 씨 참석 안 하는 거 아냐?"

성 팀장의 말에 '안 돼요!'라고 외친 건, 디자인팀 서혜림이다.

"여기까지 와서 당신들만 보고 밥 먹어야겠어?"

"와, 이 여자들 봐."

"어서 미남 내놔! 미남 내놓으라고!"

왁자하게 농담을 주고받는데, 변 상무와 박 이사, 황 주간이 신 사장과 함께 술을 들고 파고라로 걸어왔다. 직원들이 일어서자 신 사장이 활짝 웃으며 자리에 앉으라고 손짓했다.

신 사장은 매해 단군 이래 최대 불황이라는 출판계지만, 큰 굴곡 없이 성장할 수 있게 힘내 주어 감사하다는 인사말과 함께 올해는 한 명도 빠짐없이 참석해 더욱 뜻 깊다는 말을 덧붙였다. 직원들의 시선이 선에게 모아져, 선은 무안한 웃음을 지었다.

"건배."

잔을 높게 들어 올려 외치고, 서로의 잔을 부딪치며 덕담을 나누었다. 남아 있는 여름 흔적과 초가을의 선선함이 뒤섞인 밤공기. 떠들썩한 대화와 웃음소리. 맛있는 음식과 흔들리는 촛불. 정원의 흙냄새와 물소리까지. 어떤 풍요로움으로 가득 찬, 인디언들이 춤추는 달이라 불렀던 9월의 마지막 밤이 지나가고 있었다.

선은 오븐에 구워진 무화과를 입에 넣었다. 연의 표현으로 완벽한 식물의 맛이라는 무화과는 익혀져 죽은 식물의 맛이 났다.

뱉고 싶지만, 삼킨다.

남자가 도착했을 땐, 식사가 끝나고 편하게 즐기라는 말과 함께 사장 이하 임원들이 자리를 피해 준 뒤였다. 출판계의 시시콜콜한 –M출판사 사장과 편집장과의 소문이 어디까지 사실인가라든가, S출판사의 사재기 방법이라든가, 워크숍을 핑계로 별장 잔디 깎기와 우물 만들기를 시켰다는 똘기 충만한 N출판사 사장의 일화 등– 이야기와 최근 작업한 저자와 번역자에 대한 이야기, 빠질 수 없는 연예계와 맛집 이야기까지 끊임이 없었다.

누군가 휴대폰으로 노래를 틀었다. 사운드 오브 뮤직의 OST 중 하나인 〈Sixteen Going On Seventeen〉이었다. 사람들이 환호하며 신청곡을 쏟아 내었다.

선은 홀짝거리던 셰리주를 내려놓고 무릎담요를 넓게 펼쳐 숄처럼 둘렀다. 잠시 눈을 감고 숨을 크게 들이마셨다. 약간의 취기와 노래와 대화들, 그 사이를 채우는 따스하고도 서늘한 밤공기가 선을 이완시켰다. 선은 작게 노래를 따라 흥얼거렸다.

You are sixteen going on seventeen
Fellows will fall in line

"어머, 왔다!"

수민의 흥분된 목소리에 선은 눈을 떴다가, 다시 감았다. 자신의 하루가 농담과 진담 사이 어디에 위치해 있는지 가늠하기 어렵다.

오후에 봤던 남자.

선화보살님의 손자.

스님 몰래 닭꼬치를 사 먹으라던 소년이 파고라를 향해 걸어오고 있었다.

"준일 씨, 오랜만이에요!"

"왔어요, 형? 저녁은요?"

"왜 이렇게 늦었어요. 오늘 못 보는 줄 알고 섭섭했어요."

사람들이 한마디씩 던지며 반긴다. 이 자리에서 공식적으로 남자를 처음 본 사람은 영훈과 선뿐인 듯했다.

"여기 앉아요, 형."

마케팅팀의 정민이 벌떡 일어나 자리를 양보한다. 수민의 옆자리이자, 선의 맞은편 자리였다. 수민의 얼굴이 6월의 작약처럼 피어났다.

"IHA(International Highrise Award : 세계 최고층 건축 어워드) 톱5에 선정된 거 축하드려요."

수민이 남자에게 수줍게 말을 건네는 모습에 진라가 몸을 기울여 선에게 속삭였다.

"IHA는 또 뭐야. 장난 아니네, 임수민. 소식을 다 꿰고 있어."

진라의 말에 선은 고개를 끄덕이며 잔에 남아 있던 술을 마저 비웠다. 처음 마셔 본, 와인에 브랜디를 첨가하여 숙성시켰다는 이 술이 꽤 마음에 들었다. 혀끝에 남아 있는 맛이 짙음에 짙음을 더한 꽃향기 같았다. 그저, 술이나 마시며 부르던 노래나 계속해서 흥얼거리고 싶었다.

"준일 씨, 여기 유 대리가 이번 41호부터 건축신문 담당해요."

진 팀장의 목소리에 선은 마지못해 눈을 떴다.

남자가 옅은 미소를 지었다. 자리에서 일어나 선에게 팔을 뻗어 악수를 청했다. 일종의 도발과도 같은, '나에게서 도망쳤겠다. 그런데 이렇게 다시 만났네? 이번에는 어쩔래?' 하는 의미가 담겨 있는 몸짓이었다.

선은 남자의 손끝을 바라보다 피식 웃었다.

오늘 이 남자를 다시 만나야 하는 게 농담도 진담도 아닌 필연이었다면, 기꺼이 받아들이지 뭐. 자리에서 일어나 남자의 손을 맞잡았다.

"유선입니다."

남자가 잡은 손에 힘을 주었다.

"김준일이에요."

남자의 목소리에 선은
공중에서
어떤 거대한 호수 한가운데로 떨어진 듯했다.
하지만 그뿐.
헤엄쳐 나오면 그만이다.

3. 연

사고 전화가 온 건, 선이 전주고속버스터미널에 막 도착했을 때였다.

졸음운전에 의한 사고라고 했다. 전주대사습놀이 개막 공연을 마친 뒤 운전하고 올라오다 가드레일에 부딪쳤다고. 그대로 절벽 아래로 떨어졌다고. 경찰은 연이 사고 당시 안전벨트를 하고 있지 않았지만, 추락 직전 힘껏 브레이크를 밟았던 흔적인 스키드 마크를 증거로 들어 사고사로 처리했다.

연이, 결혼식을 꼭 일주일 앞둔 날이었다.

정신을 반쯤 놓은 큰아버지 경효와 큰어머니 정혜를 대신하느라 선은 슬퍼할 겨를이 없었다. 장례 용품을 선택해야 했고, 화장 시설도 예약해야 했다. 장례지도사와 이야기를 하는데, 턱이 덜덜 떨려 양손으로 턱을 힘주어 잡은 채 한마디 한마디 힘겹게 뱉어 내었다. 검은색 상복으로 갈아입고, 나비 모양의 무명 머리핀을 꽂으며 울지 않기 위해 입 안을 깨물어 핏물을 삼켰다.

그러다가 기절한 큰어머니를 상주방으로 모시고 의사를 부르기 위해 응급실로 뛰었다. 힘없이 비틀거리던 다리는 결국 선을 주저앉혔다. 땅이 빙빙 돌아가고, 그대로 몸피가 쪼그라들어 벌레가 되는 듯했다. 꿈틀대며 다시 일어나 뛰었다.

조화가 늘어서고, 연의 약혼자 집안이었던 한경그룹 비서실에서 나와 도움을 표했으나 거절했다. 제일 먼저 달려온 김규택 회장과 부인이 위로를 건네었다. 연을 무척이나 예뻐했다는 김회장의 부인은 큰어머니의 손을 잡고 함께 길게 울어 주었다.

약혼자였던 기조는 오지 않았다.

문상객을 맞이하고 또 맞이했다. 음식을 나르고, 절을 하고, 누군가의 울음과 추억을 들어 주었다. 그렇게 연이 죽은 첫째 날과 이튿날이 지나갔다.

또다시 탈진으로 쓰러진 큰어머니를 큰아버지와 함께 병실로 올려 보내고, 늦게까지 남아 도와주던 풍류의 멤버 일곱마저 돌아간 장례식장에는 선만 남아 있었다. 선은 구석에 앉아 멍하니 바닥만 바라보았을 뿐, 해금을 품에 안은 채 미소 짓고 있는 연의 영정 사진을 바라보지 않았다. 고개가 돌아가지 않았다.

'선, 오늘 휴가 낼 수 있어?'

소고기뭇국을 숟가락으로 젓고만 있던 연이 툭 던지듯 물었다.

'오늘?'

'전주에 같이 가자. 공연 끝내고 하루 자고 오는 거 어때? 공연장이 바로 한옥마을이야. 구경도 하고, 비빔밥도 먹고.'

그 말을 하는 연의 눈 밑은 파르스름했고, 얇은 니트 아래로 쇄골이 도드라져 보였다.

'그거 좋겠다. 둘이 결혼 전 마지막으로 여행도 하고, 연이 대신 운전도 해 주고. 연이 살이 너무 빠져서 드레스도 헐렁할까 봐 걱정이야. 최고로 예쁜 신부여야 하는데.'

정혜가 연의 갸름한 얼굴을 애틋한 표정으로 바라보았다.

'회사를 그렇게 마음대로 빠질 수야 있나.'

묵묵히 밥을 먹던 경효가 선의 편을 드는 듯 말하였지만 그 밑에 깔린, 연을 위해서는 빠질 수 있지 않느냐는 마음이 선명하게 읽혔다. 선은 애매한 미소를 지으며 일정을 머릿속으로 떠올렸다. 그날은 신간인 《머리를 말릴 동안》의 보도 자료 작성과 표지, 본문 인쇄가 있었다. 인쇄 감리야 담당 디자이너가 보는 것이니, 선은 보도 자료 작성만 하면 되었다. 보도 자료도 주말 동안 쓰면 되었다. 문제는 연차를 내야 한다는 것이었다. 병가가 아닌 이상 당일 아침 연차를 낸다는 건 생각해 보지 못한 일이었다. 그럼에도 전주에 같이 내려가기로 결정했다. 경효와 정혜의 은근한 압박 때문이 아니었다.

오직 연 때문이었다.

연이라면, 메리지 블루라는 핑계로 열두 번의 변덕을 부려도 충분히 받아 줄 수 있었다. 무엇보다 정혜의 말대로 결혼 전 마지막이 될 둘만의 마지막 여행을 놓치고 싶지 않았다.

'그래, 가자.'

선의 선선한 대답에 연이 그제야 뭇국을 한입 떠먹었다.

차가 소공로 한국은행사거리를 지나는데 《머리를 말릴 동안》의 역자인 강으로부터 전화가 왔다. 전화가 블루투스로 연결된 차 안은 곧 강의 숨넘어갈 듯한 읍소로 가득 찼다.

— 편집자님, 정말 죄송한데요. 저 날개에 들어가는 소개 바꿔도 될까요? 정말 마지막이에요. 밤새 고민했는데, 너무 딱딱하고 마음에 안 들어서요. 독자들이 잘난 척한다고, 재수 없다고 할 거 같아요. 저희 책 분위기하고도 안 맞잖아요. 편집자님 메일로 보내 놨거든요. 꼭 좀 반영해 주세요. 지금 소개는 정말 정말 아닌 거 같아요. 이대로 나오면 저 눈물 날 거 같아요.

휴대폰으로 강의 읍소가 이어졌다. 저자 소개 수정만 여섯 번째였다. 지금까지 더하면 일곱 번. 확인하고 다시 연락드리겠다 말하고 간신히 전화를 끊었다. 연에게 난처함을 담아 얼굴을 찡그렸다.

'잠깐만. 선생님이 변덕을 부리네.'

곧장 인쇄소에 있을 디자이너 혜림에게 전화를 걸었다.

'혜림 씨, 저 유선인데요. 혹시 표지 인쇄 들어갔나요?'

— 지금 막 시작해서 컬러 테스트 중이었어요. 궁금해서 전

화했어요? 사진 찍어서 보내 드릴까요?

'그게 아니라요. 역자 선생님이 저자 소개를 수정하셨으면 해서요. 테스트 중이었으면 잠시 중단할 수 있을까요?'

— 또? 미치겠네. 그 선생은 저자 소개로 노벨상 받을 거래요? 잠시만요. 기장님! 스톱, 스톱. 우리 본문 먼저 찍어야 될 거 같아요. 아이고, 죄송해요. 어쩐지 오늘 박카스 사 오고 싶더라니. 이런 일이 생길 줄 알았나 봐요. 예, 그렇지. 면목이 없지. 그래도 어떡해요.

혜림이 기장을 어르고 달래는 동안 메일을 열었다. 첨부 파일을 확인하는데 절로 한숨이 새어 나왔다. A4용지 반 페이지 분량이었다. 3분의 2는 덜어 내야 했다. 저자 소개를 줄여야 한다는 선의 말에 강은 크게 양보하는 척 원하는 만큼 줄여 주겠다고 하겠지. 저자 소개뿐만이 아니라 작업 내내 이런 식이었다. 무리한 요구를 해 놓고, 관철시키기 위해 더 큰 일거리를 던져 놓는 것으로 원하는 바를 얻어 내었다. 강은 그걸 '조율'이라고 표현했다. 거지같은 조율.

— 본문 먼저 찍기로 했어요. 저자 소개 웹하드에 올려놓고 문자 줘요. 판 갈아 끼울 때 여기 출력실에서 후딱 작업하게요.

'죄송해요. 작업 내내 혜림 씨 괴롭혔는데, 마지막까지도 이러네요.'

— 뭐, 이 책 또한 지나가리라죠. 이따가 표지 사진 찍어서 보낼게요.

'네, 수고하세요.'

'선, 신호 바뀌었어.'

연의 말이 끝나기 무섭게 뒤에서 울리는 경적 소리에 급하게 차를 출발했다.

'미안. 정신이 없다.'

'다음 신호에서 유턴해. 회사 가야지.'

'아니야. 우선 분량 좀 줄여 달라고 하고, 교정은 회사 사람한테 부탁하면 돼.'

'님 성격에? 그래 놓고 가는 내내 전전긍긍하려고. 이대로는 나도 불편해. 리허설 늦지 않으려면 얼른 회사 들렀다 바로 전주로 가야 하니까, 서두릅시다.'

'괜찮은데…….'

'유선.'

자신의 말대로 하라는 듯 연이 고개를 옆으로 까딱 기울였다. 쯧. 거만하게 혀도 찼다. 연의 표정이 평온하고 장난스럽기까지 해, 선은 망설이다 방향을 돌렸다.

회사로 가는 차 안에서 변덕스러운 강의 흉을 보고, 집에서 내려 온 커피를 나누어 마셨다. 틀어 놓은 라디오 뉴스에서는 미세먼지 없는 맑은 날이 될 거라는 일기예보가 흘러나왔다. 깜빡이를 켜지 않고 끼어든 앞차의 흉도 보았다. 이리저리 칼치기를 하며 차로를 바꿔 달리던 차가 신호등에 걸려 바로 옆에 서 있는 모습에 웃음을 터뜨리기도 했다.

'달려 봤자 개구리 폴짝이야.'

선의 말에 '그러네, 개구리 폴짝.' 웃음이 잦아진 얼굴로 연이 혼잣말처럼 속삭였다. 그 뒤로 회사에 도착할 때까지 차 안은 라디오 소리만 가득했다.

'공연 몇 시에 시작이야? 얼른 마무리 짓고 시간 맞춰 버스 타고 내려갈게.'

차에서 내리며 묻는 선에게 연이 고개를 저었다.

'오지 마. 급귀찮아졌어. 바로 올라올래.'

'삐졌어?'

선의 말에 연은 옅게 웃으며 선의 볼에 손바닥을 대었다.

'몰래 서프라이즈 한다고 내려오기 없기.'

'내 마음.'

'내려오지 마. 길 어긋날 수도 있으니까. 깜빡했는데, 오늘 신혼집에 그림이랑 조각상 들어오는 날이야. 분명 어머님이 내일 아침 일찍 보자고 하실 거 같아. 내가 요즘 이렇다. 깜빡깜빡해.'

'조심해서 내려가고. 이따 봐.'

'선.'

'응?'

'정말 내려오지 마.'

아니, 내려갈 건데. 하루는 못 자고 올라와도 너하고 비빔밥도 먹고, 치즈가 쭉쭉 늘어난다는 닭강정도 먹을 건데. 말해 봤자 오지 말라고 할 게 뻔하기에 선은 고개를 끄덕였다.

'안녕.'

운전석에 앉은 연이 웃으며 손을 흔들었다.
마지막 인사였다.

만약, 강으로부터의 전화를 받지 않았다면. 강에게 질질 끌려 다니는 대신 더 이상의 수정은 불가하다고 단호하게 거절했었다면. 이미 인쇄가 끝나 있었다면. 아니, 인쇄가 끝나 수정할 수 없다고 거짓말이라도 했었다면. 유턴해 회사로 가자는 연의 말을 듣지 않았다면. 내려오지 말라는 말에 수긍하는 척하지 않았다면. 고속버스를 타고, 전주로 출발했다고 전화를 했었더라면. 공연이 끝나기 전에 전주에 도착했었다면.
그 수많은 만약 중 하나만이라도 선택했었다면.
너는 지금 살아 있을까?
영정 사진에서 고개를 돌린 채 선은 수많은 만약을 곱씹었다. 등을 벽에 기댄 채 몸을 둥글게 말았다. 제 탓 같았다. 아니, 제 탓이었다.

비틀거리는 걸음으로 기조가 장례식장에 들어선 건 자정이 넘어갈 무렵이었다. 입을 굳게 다문 채 향을 피우고 첫 번째 절을 하고는 두 번째 절에서 이마를 바닥에 대고 한동안 몸을 일으키지 않았다. 선이 앉아 있는 거리에서도 술 냄새가 맡아졌을 만큼 기조는 만취한 상태였다.
연과 기조.
둘은 잘 어울리는 한 쌍이었지만, 사랑하는 사이는 아니었다. 적어도 연은 그랬다. 경효의 서예 제자이자 후원자인 김 회장이 연과 기조의 결혼을 밀어붙였고, 연의 집안에서는 마다할 이유가 없었다. 너무 대단한 집안이라는 큰어머니의 걱정도 안사돈이 될 김 회장의 부인을 만나며 씻어 내었다.

해금 연주자와 한경그룹 장남이자 한경솔라원 김기조 전무의 약혼 소식은 인터넷과 여성지를 휩쓸었다. 국립국악관현악단 소속이자 국악 앙상블 '풍류'에서 활동하는 미모의 차세대 해금 연주자. 연의 신상은 하루도 되지 않아 유치원 졸업 사진부터 최근의 공연 사진, 기억도 못 하는 일화들까지 떠돌아다녔다. 사진 중에는 선과 함께 찍은 사진도 있었다.

담담했던 연과 달리 결혼 소식이 발표된 뒤 경효는 거의 매일 술이 거나하게 취해 귀가했다. 귀 끝까지 붉어진 얼굴로 양말을 벗으며 흥에 겨운 주정을 했다.

'날 빛 좋은 개살구니, 양두구육羊頭狗肉이니 하며 비웃고 얕잡아 보던 것들까지 술 한 잔 사겠다고 먼저 연락을 한다. 사달라고도 아니고 지들이 사 준다고. 아주 약속이 줄줄이다, 줄줄이. 우리 딸이, 내 딸이 한경 며느리가 된다니. 허허. 미래의 회장 부인이 된다니. 허허. 연아, 이 아빠는 너무 좋다. 그동안의 한과 설움이 단박에 씻은 듯 사라졌다.'

매일 같은 말이었지만, 경효는 매번 처음 하는 것처럼 말하였다.

'연아, 내가 평생 아빠 노릇을 부실하게 했지만, 그래도 이 재주 덕분에 김 회장과 연이 닿고 네가 김 전무와 결혼까지 하

게 됐으니, 내 서예 인생이 헛되었던 건 아니다 싶다.'

경효가 연의 손을 꼭 잡고 다른 손으로는 정혜의 손을 잡았다.

'당신도 그동안 고생 많았어. 한복집도 그만해. 한경 며느리 친정 엄마가 남의 집 옷 짓는다고 하면 사람들이 흉봐.'

'뭐 먹고 살고요. 시집 간 딸애한테 용돈 받아 살려고요?'

퉁을 주는 정혜의 얼굴도 기쁨으로 환히 빛나고 있었다.

'아니, 아니지. 오늘도 작품 두 점 팔았어. 용강이가 개인전 하자고 난리야. 이제는 작품만으로도 먹고살 수 있어.'

정혜는 경효의 작품이 팔리고 개인전을 열기로 했다는 소식보다, 연의 결혼에 대한 다른 사람들의 반응을 더 궁금해했다.

누구와 마셨냐. 연이 결혼을 두고 뭐라 말하더냐. 축하와 부러움의 말을 전해 들으며 함박웃음을 지었다. 축하의 말에 질투가 크게 섞여 있을수록 기뻐했다. 그 양반, 없는 살림에 연이 해금 시킨다고 입찬소리하더니, 배 아파 어찌 살겠대. 가만, 그 집 딸과 아들은 누구랑 결혼했더라? 기억을 더듬었다.

그럴 때의 연은 알 듯 말 듯 한 미소를 지었다. 선에게도 결혼이나 약혼자에 대해 별다른 말을 하지 않았다.

'그 사람은 자기 의지라는 게 없는 거 같아.'

연이 기조에 대해 말한 전부였다.

두 번 보았었다.

한 번은 약혼 후 인사하러 왔을 때였고, 그다음은 함께 공연을 봤었다. 연이 대신이었다.

김기조는 누하의 집에 들어온 순간부터 자신의 존재감으로 공간을 가득 채웠다. 자기 의지가 없는 것 같다는 연의 말이 갸웃할 만큼, 압도적인 기를 가진 사람이었다. 큰아버지의 소개에 까닥 고개를 숙이던 모습에서조차 선을 반걸음 뒤로 물러서게 했으니까. 주목받는 데 익숙하고, 상황을 장악하며, 뜻대로 이끄는 게 당연한 타입. 모두가 조용히 밥을 먹던 저녁 식사 중 언뜻언뜻 와 닿던 시선에도 그날 밤 체했더랬다. 연이에게는 좀 더 부드럽고 다정한 사람이 어울리지 않을까, 소화제를 먹으며 생각했었다.

두 번째 만남은 갑작스러웠다. 공연 시작 30분 전 급한 일이 생겼다며, 대신 가 줄 수 없겠냐는 연의 부탁이었다. '선이 너도 보고 싶어 했던 공연이었잖아. 브이브이아이피 좌석이야. 다섯 번째 줄 중앙. 전화로 사과하긴 할 건데, 네가 나 대신 자리 좀 채워 줘. 미안해. 정말 미안해, 선.' 연의 호소에 야근하던 원고를 접고 남산에 있는 극장으로 달려갔었다.

기조는 바지에 손을 넣은 채 공연장 입구에 서 있었다. 딱딱하게 굳어 있는 얼굴에는 짜증이 배어 있었다. 공연은 시작한 지 5분이 지나 있었다. 극장 직원들도 그의 눈치를 보며 안절부절못하고 있었다. 선을 보고서 직원 한 명이 리시버로 빠르게 말하기 시작했다.

'연이에게 연락 받고, 후우, 기다리셨던 건가요. 늦어서, 하아, 죄송해요. 늦을 거 같아 연락을 드리고 싶었는데, 하아, 연이도 연락이 안 되고, 전무님 번호를 몰라서. 후우, 먼저 들어

가셨어도…….'

'숨 쉬어요.'

'네?'

'숨, 쉬라고요. 숨이 가빠서 무슨 말인지 알 수가 없어요.'

기조의 차분한 말에 선은 손으로 입을 가렸다. 몸을 반쯤 돌려 숨을 골랐다. 1분쯤 지났을까.

'들어갑시다. 공연 아직 시작 안 했어요.'

기조가 선의 어깨를 한 번 꽉 쥐었다 놓았다. 잡혔던 어깨가 아파 얼굴이 찡그려졌다. 화가 많이 났구나 싶었다. 조금만 일찍 연락을 주든가, 아니면 전무에게 사과하고 끝내지, 왜 나를 보낸 거야. 연을 원망하며 기조의 뒤를 따라 공연장으로 들어갔었다. 딜레이된 공연에 웅성거리던 관객들의 시선이 꽂히는 거 같아, 몸을 돌려 도망치고 싶기도 했다. 자리에 도착해 재킷 단추를 풀고 자연스럽게 다리를 꼬는 기조의 모습에 조금 질린 마음이 들기도 했다.

공연은 환상적이었다. 1부가 끝나고 불이 켜졌을 때, 어색한 자리에 밀어 넣은 연에 대한 원망은 싹 사라져 있었다. 2부에 대한 기대와 함께 벅차오른 흥분으로 볼이 발그레 달아올랐다.

'훌륭한 공연 감사합니다.'

선의 인사에 시선을 비스듬히 아래로 내리고 있던 남자가 고개를 가볍게 끄덕였다. 무례한 반응이었다. 선은 커튼이 내려온 무대로 시선을 옮겼다. 그 뒤로도 그는 찾아오는 사람들과 인사를 나눌 뿐, 선에게 한마디도 건네지 않았다. 약속이 일방적으로 변경된 것에 대한 불쾌감을 드러내려는 목적이었다면 효과적이었다. 가시방석에 앉은 기분이었으니까. 이렇게까지 무시할 일인가? 아니면, 연의 친자매도 아닌 자신에게는 기본적인 예의도 지킬 필요가 없다는 것인가?

고개를 숙인 채 검지 손톱으로 엄지손톱을 긁고 있는데, 기름한 손가락이 선의 손가락 사이로 들어왔다. 그만 긁으라는 듯 손가락 사이를 벌리더니 곧 빠져나갔다. 당황해 바라보는 선의 시선을 못 느낀다는 듯 기조는 앞만 바라본 채 태연했다. 곧 2부가 시작되는 징 소리가 울리며 극장의 불이 꺼졌다.

'수고하셨습니다.'

공연이 끝난 뒤, 아랫사람에게 퇴근 인사를 하듯 기조는 짧게 인사를 건넸다. 자신의 차에 선을 태워 보냈다. 본인은 택시를 타고 들어간다고 했다. 그뿐이었다. 형식적으로라도 저녁 식사라든지, 차를 마시자는 이야기 따위는 입에 올리지 않았다.

그날 후로 둘의 결혼 준비에 가속도가 붙었다. 10월 중순으로 예정되어 있던 결혼은 9월로, 한 달가량 앞당겨졌다. 큰어머니는 김 전무의 긴 해외 출장 때문이라고 하셨다. 연은 별말이 없었다. 선은 기조가 자신의 손가락을 벌렸던 감촉을 기억에서 지웠다. 그럼에도 연에게 죄를 지은 것 같아, 그 무렵 손을 자주 씻었다.

긴 절을 마친 기조가 일어서서 연의 영정 사진을 한참 동안 바라보다 선에게 한마디 말도 없이 몸을 돌렸다. 구두를 신은 채 잠시 서 있다 그대로 장례식장을 떠났다.

발인에도 오지 않았다.

●■▲

장례를 치르고 일주일 만에 출근한 회사 책상에 올려져 있던 것은 전주시 완산구의 한 전통찻집 주소가 적혀 있는 A4용지 박스였다.

보내는 사람 유연.

받는 사람 유선.

박스 속에는 5만 원권 몇 다발과 휴대폰, 사진과 편지 뭉치, 노트 같은 것들이 들어 있었다. 그리고 선에게 남긴 편지 한 장이 접혀 있었다.

편지는 누하의 집 주소를 적을 수는 없어, 지금 차를 마시고 있는 찻집의 주소로 보내는 것이니 의아해하지 말라는 말로 시작되었다.

그 뒤의 몇 시간은 암전된 듯 기억이 없다.

이어진 기억이라고는 어두운 모텔방 방바닥 한가운데에서 웅크린 채 악을 쓰며 울고 있던 자신이었다.

미안하다고, 했다.

돈은 오직 너를 위해 쓰고 나머지 것들은 흔적 없이 태워 달라고 적혀 있었다.

연은 여자를 사랑한다고, 그렇게 태어났다고 했다.

진달래가 진달래로 피어나고, 목련이 목련으로 피어나듯, 여자를 사랑하는 자신으로 태어났다고 했다. 상자 속의 물건들은 자신의 본질이자 사랑의 기록이라고 했다.

사랑하는 나의 사촌 선.

너에게만은 언제나 자신에 대해 고백하고 싶었다고 했다.

이런 방식으로 알게 하여 미안하고.

너에게 많은 짐을 떠안게 하여 미안하고.

무엇보다 너를 떠나 미안하고.

강하지 못한, 포기해 버린 나약한 자신이 미안하다고 했다.

사진 속의 여자와 연은 행복해 보였다. 편지를 뒤져 최인주라는 이름을 찾아내었다. 연의 장례식에서 본 적이 있던가, 미친 듯이 복기해 보아도 기억해 낼 수 없었다.

기억해.

기억해.

기억해야 해.

머리가 부풀어 오르는 듯한 착각에 빠진 채, 머리를 모텔방 바닥에 쿵쿵 찧으며 같은 말을 되뇌었다.

기억해.

기억하라고.

이 여자가 왔었는지.

연의 마지막 길을 배웅해 주었는지.

눈물을 흘려 주었는지.

기억해.

기억하라고.

머리를 계속 찧으며 중얼거렸다.

분노했다.

연과 스스로에게.

누구에게 향한 분노가 더 큰지는 가늠할 수 없었다. 자신에게 숨긴 연에게 분노하는지, 알아차리지 못한 자신에게 분노하는지.

네가 말하지 않았더라도, 나는 알아야 했다.

아니다.

너는 말해야 했다.

나에게만은 말해야 했다.

아니다.

나는 무조건 알아야 했다. 너의 눈빛만 보고도, 너의 웃음소리만으로도, 너의 손짓만으로도 나는 알아야 했다.

너를 막을 수 있도록. 지켜 줄 수 있도록. 핸들을 꺾지 않도록. 브레이크를 더 일찍 밟도록.

나만은.

언제부터였니.

언제부터 이 박스를 트렁크에 넣어 둔 채 다녔니. 그날 아침에 전주에 같이 내려가자고 했던 건 무슨 마음이었니. 살고 싶다는 마지막 신호였어? 곁에 있다면 말해 줘. 알려 줘. 환청으로라도 들려줘.

살고자 했던 마지막 마음을 접게 한 건 무엇이었지? 강의 전화? 전화를 받고 머뭇거리던 나? 회사로 차를 돌리라는 너의 말을 냉큼 받아들였던 나? 손쉽게 여행을 포기했던 것처럼 보였던 나?

아니야, 연. 내려갈 생각이었어. 너의 마지막이 될지도 모를 공연에 힘껏 박수를 칠 생각이었어. 꽃다발을 안겨 주며 놀라게 해 줄 생각이었어. 피곤한 네가 올라오는 동안 차 안에서 잠시라도 쉴 수 있게 할 생각이었어.

나는, 나는.

연.

그럴 생각이었어.

마음이 바뀌었다며 내려오지 말라고 했던 순간에. 따뜻한 손으로 나의 뺨을 어루만졌던 순간에. 옅은 미소로 손을 흔들어 주었던 그 순간에. 안녕이라고 말하는 순간에.

너, 죽을 생각이었구나.

결국 죽었구나.

그 순간들이 이제는 나를 죽이는데.

죽일 텐데.

차라리 영원히 모르게 하지. 사고로 죽은 거라 믿게 해 주지. 그것만으로 이미 견딜 수 없는데. 무슨 생각으로, 네가, 나에게.

연.

나를 고통스럽게 할 것을 알았겠지. 그럼에도 선택한 거지. 나를 소중히 여겼던 네가, 내가 받을 고통을 알고도 선택할 수밖에 없었던 네가. 나는,

가여워.

미워.

원망스러워.

20년 전, 비가 그치길 기다리지 않고 다리를 건너기 시작했던 닥나무를 실은 트럭을 떠올린다.

지금은 건너지 말아 줘. 비가 그치길 기다려 줘. 비는 30분도 되지 않아 멈출 거야. 강물은 잠잠해질 거야. 그때까지만 기다려 줘.

엄마, 아빠.

팽팽하게 당겨진 말총이 명주실을 꼬아 만든 두 줄을 오가는 소리가 들린다. 진양 · 중모리 · 중중모리 · 굿거리 · 자진모리로 장단이 넘어가고 조調가 바뀔 때마다 애처롭게 흐르다 찌르고 헤집었다.

선, 대학을 왜 안 가? 네 성적에 미쳤어? 네가 안 가면 나도 안 가.

선, 밥 먹었어?

선, 촌스럽게 굴지 마. 네가 촌스럽게 굴면, 촌스러운 것들이 널 더 물어뜯어. 콧방귀 핑, 날려 주고 무시해.

선, 우리 영화 보러 갈까?

선, 해금으로 개구리 소리 들려줄게. 이건 파리가 윙윙대는 소리. 아빠가 방귀 뀌는 소리. 바람 소리. 달빛 소리. 먹물이 번져 가는 소리. 엄마의 한복감 소리. 그리고 이건 선의 울음소리.

울지 마, 선.

선, 이번 풍류 공연료 받으면 구두 사러 가자.

선, 입사 축하해.

우와! 선, 이게 네가 만든 첫 책이야? 눈부셔. 멋져. 넌 우주 최고의 편집자야.

선.

선.

나의 아름다운 사촌.

행복해야 해, 라고 해 놓고.

선의 목구멍에서 긴 울음소리가 뽑혀져 나왔다.

옆방의 항의가 있었는지 모텔 주인이 문을 세차게 두들겼다. 모텔에서 쫓겨난 선은 박스를 끌어안은 채 밤거리를 돌아다녔다. 때때로, 아니, 자꾸만 주저앉았다. 끅끅대며 가슴을 치고 숨을 쉬었다. 그렇게 밤새 걷다, 멈췄다, 주저앉았다, 가슴 치다, 흐느꼈다.

사람들이 곁을 지나쳤다. 누군가는 걱정스럽다는 듯 물었다. 다시 일어나 도망치듯 걷다, 멈췄다, 주저앉았다, 가슴 치다, 흐느꼈다.

넓은 서울 어디에도 자신이 맘껏 울 곳이 없었다.

1년 전의 선이다.

4. 모호의 명료

"세 개 다 좋은데요, 영훈 씨."

27인치 모니터에는 41호 건축신문이 띄워져 있다.

"그동안 계속 청색이나 남색 계열이라 이번 호에는 바꿔 봤어요. 저는 세 번째 갈색 톤이 마음에 들어요. 두 번째는 무난하고, 첫 번째는 약해 보일 거 같기도 해요."

"영훈 씨, 칩 좀. DIC 몇 번이에요?"

영훈이 플라스틱 박스에 들어 있는 폭이 좁고 긴 직사각형의 칩을 꺼내 선에게 건네주었다.

"첫 번째는 30번, 두 번째는 187번, 세 번째는 525번이요."

선은 번호대로 색을 찾아보았다. 살구색에 가까운 30번이 영훈의 말대로 약해 보이긴 하지만, 의외로 유니크해 보일 수 있을 법도 하다.

"세 가지 색 모두 교정 내서 매스에 보내 봐요. 결정은 그쪽에서 하라고 하는 게 나을 거 같은데, 어때요? 나는 다 좋아요."

건축신문은 베를리너 판형에 검은색과 별색, 2도로 작업된다. 제호마다 20페이지로 2월, 5월, 8월, 11월에 발행되는데, 실질적으로 그 전달 15일쯤에 인쇄되어 배포된다. 레이아웃과 각 이슈에 따른 분량은 정해져 있고, 취재기자들도 오래 작업한 사람들이라 작업은 비교적 수월한 편이다. 선은 두 번의 교정 교열과 마지막 오케이 교정, 간혹 기사의 분량이 넘칠 때 조정만 하면 되었다. 현재의 작업 상황은 2교 뒤 조판을 마친 상태로 매스에 교정지를 보내 최종 확인과 혹시 있을 수정 사항을 반영하면, 오케이 교정만 남는다.

로프트북이 매스의 무가지인 건축신문의 제작 · 배본을 대행해 주는 셈인데, 언뜻 부소장으로 있는 김준일 때문인 듯하지만, 인연은 지하 1층 지상 4층의 로프트북 사옥을 매스의 최진석 소장이 설계, 시공했을 때인 12년 전으로 거슬러 올라간다.

경복궁의 영추문을 길 하나 두고 마주 보는 자리에 위치한 사옥은 완공 당시 빛과 공간이라는 건축의 기본 명제에 완벽히 충실하다는 평을 받으며 그해 서울시 건축상 대상을 수상했다. 그 인연을 시작으로 건축신문 발행을 도운 것이 지금까지 이어진 셈이다. 공식적으로는 로프트북이 매스와 계약해 납품하는 형태로 제작비를 정산 받지만, 말 그대로 순수 제작비만 정산한다.

회사 일인 듯, 회사 일 아닌, 회사 일 같은 일이기에 2월과

8월을 기점으로 편집자들이 반년마다 번갈아 맡는데, 수민이 처음으로 1년간 작업을 했었다. 한데 5월부터 작업에 들어간 《21세기 사어 수집》의 진행이 턱없이 늦어지며 이번 호부터 선이 맡게 되었다. 진라가 말한 고기 한 점 더 준다는 건, 은유이기도 직유이기도 했다. 회식은 11월호 발행을 앞둔 9월 말이나 10월 초에 있었기에, 바비큐를 만들었다는 김준일이 담당 편집자, 디자이너와 함께 작업 진행에 대한 대화를 나누며 좀 더 신경을 썼다는 의미였으니까.

선은 술 한 잔을 받았지만.

●■▲

'셰리주 좋아해요?'

'처음 마셨는데, 맛있네요.'

의자에 등을 기대고 느슨히 앉아 있던 준일이 빙긋 웃었다. 저 남자의 웃는 모습은 뭐라 표현해야 할까? 랭보는 글자도 색으로 표현했었지.

'검은 A, 흰 E, 붉은 I, 푸른 U, 파란 O, 모음들이여 / 언젠가는 너희들의 보이지 않는 탄생을 말하리라.'라고.

시인도 소설가도 아닌, 판권의 다섯 번째 줄에 위치하는 직업을 가진 나는 뭐라고 표현할까?

선은 남자의 조금은 긴 듯한 머리카락과 여울이 깊은 눈과 넓고 강인한 어깨, 마디가 굵은 커다란 손을 바라보았다.

'우아한 명조의 준, 견고한 고딕의 일 / 비문 없는 명료함이여.' 따위의 실없는 생각을 하는데 준일이 몸을 세워 선의 잔에 술을 따르기 시작했다.

'나는,'

술이 잔의 3분의 1을 지난다.

'되게 궁금했는데.'

술이 잔의 3분의 2를 지난다.

'어떻게 지내나.'

붉은 술이 잔의 테두리까지 아슬아슬하게 채워졌다.

선은 대답 대신 술잔을 바라보다, 고개를 들어 떠 있는 달을 바라보았다. 유난히 밝은 달 때문인지 취기 때문인지 헤픈 웃음이 새어 나왔다.

'언제요?'

'아주 추운 날.'

'그리고?'

'부처님 오신 날.'

'끝?'

'크리스마스이브 날도.'

선은 웃음을 터뜨렸다.

'보시다-시피.'

'보시다-시피?'

준일이 선의 발음을 따라 되물었다. 선은 술잔을 들어 올렸다.

'잘 지냈습니다. 이렇게 술도 마시고, 닭꼬치는 100개도 사 먹을 수 있을 만큼 돈도 벌면서요.'

물을 마시듯, 술을 마셨다.

'뒤늦게 감사 인사를 드려요. 아주 요긴하게 썼어요. 선화보살님의 극락왕생을 빕니다.'

선의 빈정대는 말투에 준일은 머리를 한쪽으로 기울이더니 반전이 시시한 영화를 보듯 선을 바라보았다.

실망하라지.

1년 전이라면, 수줍은 인사를 건넬 수도 있었겠지. 우연과 인연에 대해 순수하게 놀라워했으리라. 하지만 나는 이제 놀라운 것도, 반가운 것도 없으니.

선은 남아 있는 술을 마저 마셨다.

달 밝은 밤에.

● ■ ▲

[썬. 김주ㄴ닐 지금]

[4층으로 올라가고 있음.]

[교정보러 왔다는데?]

진라의 문자를 확인하고 몸을 파티션 옆으로 기울이자 계단을 올라오는 남자가 보인다.

"영훈 씨, 매스 김 부소장님 오셨대요. 한 부 출력해 주시고,

별색도 지금 결정할까요?"

"건축신문 담당자는 따로 있는데……, 거기 외주관리팀 여자 무서워요."

"부소장이 정했다는데도?"

"제가 별명도 지었잖아요. 빅시스터라고. 빅브라더의 변형인데 모든 걸 다 통제하고 다 알아야 직성이 풀리는 성격이에요. 여기서 결정했다고 하면, '모니터만 보고 결정했다고요? 그걸 지금 말이라고 하세요? 모니터 색과 출력물 색이 같아요? 별색도 기존과 전혀 다른 톤인데? 부소장님이 결정했다고 하면 내가 뭐 아, 네. 이럴 줄 알아요? 담당은 저거든요?' 이럴 게 뻔해요."

영훈이 여자 목소리를 흉내 내며 빠르게 말을 쏟아 낸다. 얼굴 근육을 자유자재로 움직이며 풍부한 표정을 짓는 영훈은 유쾌한 코미디언 같다.

"연지영 씨 맞죠? 나랑 메일 주고받거나 통화할 때 상냥했는데. 수민 씨도 같이 일하기 편하다고 했고요."

"허허. 나한테만 그러는 거야? 처음 봤을 때부터 샐쭉하게 굴더니, 화를 못 내서 안달이에요."

"그럼 처음 생각했던 대로 셋 다 교정 내서 보내도록 해요. 괜히 일 만들지 말고."

"됐어. 나 반항심 생겼어. 부소장 불러요. 여기서 결정하고 밀어붙여."

영훈이 장난스레 펜을 던지며 어깨를 들썩인다.

"그러지 마요."

"하지 마요?"

선이 고개를 끄덕였다.

"뭘 하지 마요?"

머리 위로 거대한 호수 한가운데로 떨어지게 했던 목소리가 들린다. 고개를 들었다. 자신을 내려다보는 눈과 마주치자, 어떤 준비도 없이 마음이 꼬집힌 것 같다. 따끔하고, 아리다.

그날 밤 자신의 무례함에 대한 부끄러움 탓일 테다.

지금 목덜미가 뜨거워진 것 또한.

선은 의자에서 일어나 살짝 고개를 숙여 인사를 대신했다. 준일은 자리에서 일어난 영훈과 악수를 한 뒤 4층을 쓰는 디자인팀의 이보영 팀장과 서혜림, 외근을 나간 둘을 제외하고 사무실에 남아 있던 제작관리팀의 지효와 기획팀의 근홍과도 인사를 나누었다. 신지윤 사장과 변 상무, 박 이사는 모두 외근 중이었다.

"이번 호 작업 중이었어요. 별색 좀 바꿔 봤는데, 보세요."

영훈의 말에 준일이 몸을 굽혀 모니터를 바라보더니 말했다.

"3번이요."

간결히 대답하고 몸을 세운 준일이 옆에 서 있는 선에게 고개를 돌려 되물었다.

"편집자님은?"

"저는……."

갑작스런 질문에 목이 막혀 선은 헛기침을 하고 말았다. 준일을 바라보자 계속 말하라는 듯 눈짓을 하였다. 순간 서 있는 바닥이 안으로 둥글게 말리며 균형을 잃어버릴 것 같았다.

"저는 다 마음에 들어요. 그런데 그동안의 톤과는 다르기도 해서, 셋 다 교정 내서 매스에 보내자고 말하던 참이었습니다."

프린터에서 출력이 시작되었다. 먼 곳에서 틀어 놓은 라디오처럼 아득히 들리던 소리는 규칙적인 리듬으로 종이를 토해 내며, 흐트러졌던 선의 평온함도 되찾게 해 주었다.

"회의실에 가 계실래요? 출력되면 갖다 드리겠습니다."

● ■ ▲

"커피 드릴까요?"

"괜-찮습니다."

준일의 앞에 교정지와 빨간색 모나미 플러스펜을 내려놓았다.

"그럼 수고하세요."

"어딜 가요."

"네?"

"옆에 앉아 있어요. 내가 물어볼 때마다 알려 줘야지."

"그럴 필요까지는 없을 거 같은데요. 의문 사항 있으시면 부르세요."

"5분마다 부를 건데."

뻔뻔스러운 말과 함께 의자를 빼낸다.

"앉아요. 내가 왜 이 시간에, 여기까지, 우스운 핑계를 대면서 왔는지 궁금하지 않아요?"

선은 준일을 빤히 바라보았다.

그래. 당신은 우아한 명조의 준, 견고한 고딕의 일.

비문 없는 명료함.

상처와 좌절을 나이테처럼 차곡차곡 새기며 살아온 나와는 다르지. 좌절이나 상처 따윈 인생의 좋은 경험이라 여길 만큼 타고난 기질이 강하기도 할 거야. 호기심이 생기면 들여다보고, 갖고 싶으면 전력을 다해 탐하고, 모든 답을 알아내면 죄책감 없이 지루해할 테지. 모든 것은 모호할 때 가장 흥미롭고, 지금의 난 당신에게 모호하여 알아내고 싶은 존재일 테지만.

미안. 나는 아니거든.

나에게 당신은 너무 명료해.

"전혀요."

선은 무심히 말하고 회의실을 나와 문을 닫았다.

● ■ ▲

"교정볼 게 없어서 김샜어요."

준일의 말에 선은 어쩐지 으쓱한 기분이 든다. 5분마다 부를 거라는 말과 달리 두 시간여 꼼짝 않고 교정을 본 후 선을 호출했다.

"그래도 하나 찾아냈지."

교정지를 정리하던 손이 멈칫한다. 교정 단계에서 오자야

흔한 일인데, 어쩐지 부끄럽다. '나는 오타, 인쇄 중에 생성되지.'라는 우스갯소리가 있을 정도로, 이번에는 완벽하게 봤다고 자신한 책에서도 나오기가 부지기수다. 그것도 당연히 없을 거라 생각한 부분에서 튀어나온다. 중쇄가 되어 수정할 수 있으면 다행인데, 초쇄에서 끝나면 때론 그 글자가 몸에 새겨지는 느낌이다.

문학팀만 모여 가진 술자리에서 그 이야기를 했다가 진 팀장이 '그럼 내 몸은 깜지야.'라고 말해 모두 웃은 적도 있었다. 책에 난 오탈자의 숫자에 비례해 침울해지고, 신간이 나온 다음 주 주간 회의 때 신 사장이 포스트잇이 붙여진 책을 내려놓으면, 그대로 땅에 꺼져 버리고 싶어진다.

"여기 12페이지 본문에서 바흐친의 글을 인용하며 각주를 달아 놨는데, 각주 2번에서는 '미하일 바흐찐, 도스또예프스키의 시학의 제문제'라고 되어 있고, 3번에서는 '바흐친의 대화주의에 관하여'라고 되어 있어요. 5번은 또 '바흐찐'이라고 되어 있고."

귓불이 뜨거워진다.

"바흐찐이 맞아요. 수정하겠습니다. 다른 건요?"

"저녁 먹어요."

맥락 없는 말에 기묘할 정도로 작은 목소리였다. 종이를 넘기는 소리에도 묻힐 만큼이나. 아이러니하게 그래서 귀를 잡아끌었다. 선은 손짓을 멈추고 남자를 바라보았다. 준일은 고개를 기울이더니 이번에는 입모양으로 '저. 녁.'이라고 말하였다.

그건 몹시도 친밀하게 느껴지는 행동이어서, 선은 당황하였다. 당황함을 감추기 위해 교정지를 빠르게 정리하다 교정지에 손가락을 베고 말았다.

"아."

짧은 소리와 함께 주먹을 움켜쥐었다.

5. 그냥 밥

손에서 놓친 종이는 책상을 스쳐지나 바닥으로 떨어졌다. 준일이 팔을 뻗어 선의 손을 잡아끌었다. 반사적으로 뒷걸음쳤다. 슬리퍼에 종이가 밟히며 구겨지는 소리가 들린다. 준일이 선의 팔을 들어 올리고는 손가락을 폈다. 맞잡힌 손과 얽힌 손가락은 믿을 수 없을 만큼 따뜻하고 은밀하다.

"살짝 베인 정도. 피는 안 나요."

준일의 말에 선은 힘을 다해 팔을 뿌리쳤다. 몸을 돌리는데 바닥에서 기어이 종이 찢어지는 소리가 들린다. 눈을 질끈 감았다. 몸을 숙여 교정지를 주워 들었다. 종이는 구겨지고 찢겨 엉망이고 손가락은 쓰라리다. 선은 남은 교정지와 함께 빠르게 정리하였다. 어서 이 공간에서, 이 남자에게서 벗어나고 싶을 뿐이었다.

"담당자라고 굳이 챙겨 주지 않으셔도 됩니다. 일인걸요."
최대한 가볍게 말하였다.
"왜 그렇게 방어적이에요?"
준일의 말에 선은 순식간에 무표정한 맨얼굴이 되었다.
"뭘 그렇게 피하고 싶은 거지?"
"제가 김준일 씨와 밥을 먹고, 그동안 어떻게 살아왔는지 기억부터 히읗까지 이야기해 드리면 되는 건가요? 6만 원부터 시작할까요?"
날카롭게 되물었다.
"아니. 부족해."
"그럼 왜 이 시간에, 여기까지, 우스운 핑계를 대면서 왔는지 궁금해하면 되나요?"
"지금 '그 이유'를 당신이나 나나 너무 잘 알아서 이러는 거 아닌가."
"제가 아는 것과 김준일 씨가 아는 것이 다를 수도 있죠."
"반했으니까."
순간 느리게 흐르는 것 같은 시간을 손으로 붙잡을 수도, 어느 집 수도꼭지에서 떨어지는 마지막 물방울 소리를 들을 수도 있을 것 같았다.
"나는 당신이 어떻게 살아왔는지 솔직히 그다지 안 궁금해. 그저 내 앞에 서 있는 유선이라는 여자가 예뻐서 반했어요. 그래서 이렇게 뻔뻔스럽게 밥 한번 먹자고 건달처럼 구는 거고."
이해하겠냐는 듯 준일이 어깨를 으쓱 들어 올린다.

"남자가 여자한테 밥 먹자는데, 그 이상 뭐가 더 필요하지?"

공. 이를테면 축구공에 바늘로 구멍을 내도 공의 형태는 그대로 유지된다. 그러나 땅에 던지면 튀어 오르지 않는다.

공이되 공이 아닌 것이다.

선은 자신이 그런, 보이지 않는 구멍이 나 있는 존재라고 생각한다. 더 이상 햇볕이 따뜻하다고 기뻐하지 않으며 꽃이 피었다고 반기지 않는다.

선이되 선이 아니었다.

그런 자신에게 남자는 무엇이 더 필요하냐고 물었다.

무엇이 더 필요할까?

나를 찾아 주세요. 1년 전의 나를. 폭우 끝 한 줌의 햇빛에도 기뻐하고, 긴 겨울 끝 한 송이 민들레도 반겼던 나를.

생각만으로도 우스운 대답이다. 입 밖으로 꺼내는 순간 저 멀리로 도망갈 테지. 거절하기에 이보다 더 좋은 답은 없을 것이다.

선은 남자를 빤히 바라보았다.

"깔끔하게 이쯤에서 '먹어요. 까짓 밥.'이라고 해 줘요. 이렇게 나에게 마음 줄 생각 따위 전혀 없는 것처럼 쌀쌀맞게 굴면, 머리카락에서 발톱까지 내 생각만 하게 만들고 싶어지니까. 그러니……."

잠시 텀을 두고는 준일은 달래듯 이어 말하였다.

"……먹읍시다. 그냥 밥."

왜였을까.

그 어이없는 말에 선은 그만 웃고 말았다.

●■▲

눈은 원고에 가 있지만 신경은 시계를 향한다. 밤 9시 45분. 선이 교정지 한 귀퉁이에 적혀 있는 준일의 휴대폰 번호로 전화하겠다고 말한 지 다섯 시간이 지나간다. 전화를 하겠다는 말이 거짓은 아니었으나, 야근을 할 필요는 없었다. 늦추고 싶었다는 것이 정확할 것이다. 그렇게 이러지도 저러지도 못한 채, 원고를 앞에 두고 집중을 못 하고 있었다.

금요일 밤의 회사에는 선 말고는 아무도 없다. 빈 공간을 휘둘러보다 전등을 모두 켜 놓고 있었음을 깨달았다. 선은 자리에서 일어났다.

스위치를 누르는 동시에 공간은 어둡고 적막한 여백을 드러내었다. 천장에 닿을 만큼 커다란 책장들을 파티션 삼아 각각의 자리를 구분한 공간은 사무실이라기보단 도서관을 닮았다. 가운데에 놓인 긴 직사각형의 검판대 두 개를 기준으로 왼쪽에 문학팀의 다섯 자리가 있고, 오른쪽으로 인문예술팀 두 자리, 마케팅팀 두 자리, 그리고 제일 끝에 주간의 책상이 있다. 책상 앞의 책장에는 각자 자신이 작업한 책들이나, 작업 중인 원고의 원서나 참고 도서들을 꽂아 놓고, 사람에 따라 장식품이나 조그마한 화분, 치약과 칫솔을 꽂아 둔 컵 등을 갖다 놓는다.

달빛에 의지해 자리로 돌아온 선은 자리에 앉아 스탠드를

켰다. 펜을 들고 원고를 노려보다 스탠드를 꺼 버렸다.

다시 켰다, 껐다.

다시 켰다, 끄고, 켰다, 꺼 버렸다.

그렇게 켜고 끄는 것을 몇 번이나 반복하다 완전히 꺼 버리고 의자에 몸을 깊게 기대었다. 교정지에서 찢어 낸 번호가 적힌 종잇조각을 손가락으로 돌돌 말았다. 책장 가운데 칸에 놓아둔 탁상용 전자시계는 10시가 되었다고 알려 주었다.

'그냥 밥만 먹으면 되는 건가요?'

'일단은.'

'관심이 생긴 여자한테 보통 이러나요?'

'어, 대답을 잘해야 할 거 같은데. 처음이라고 하면 믿어 줄래요?'

'아니요.'

'그럼, 그쪽 마음 편하신 대로.'

어떤 쪽으로 생각하든 상관없다는 듯 준일이 씩 웃었다.

결심한 듯 스탠드를 켜고 돌돌 말린 종이를 폈다. 수화기를 들어 종이에 적힌 번호를 꾹꾹 눌렀다. 마지막 번호 2를 누르는 손가락이 가늘게 떨린다. 남자는 곧장 전화를 받았다.

— 끝났어요? 내려와요.

내려오라니, 회사에 와 있었다는 말인가? 선은 가방을 챙겨 서둘러 나가다 스탠드가 켜진 채라는 것을 깨달았다. 다시 자리로 돌아와 스탠드를 끄고, 걸음을 옮기려다 멈추었다. 허둥대고 서두르는 자신이 우스웠다.

'선, 너는 생각이 너무 많아. 그만큼 걱정도 너어-무 많아. 반만 생각하고, 반만 걱정해. 세상은 생각보다 심플하다오.'

어느 날 연이 했던 말을 떠올리며 선은 천천히 어둠 사이를 걸었다.

아니야, 연. 세상은 그렇지 않아. 그걸 네가 증명했잖아. 한없는 모순과 해독할 길 없는 암호 같은 세상이라는 걸.

사무실을 빠져나와 문을 닫고 경보 장치를 작동시켰다. 띠릭 소리와 함께 붉게 깜빡거리는 불빛을 확인하고 몸을 돌렸다. 1층에서 3층까지 이어지는 외부 계단의 시작점에 남자가 서 있었다. 가로등의 주황색 불빛에 감싸인 남자는 스스로 빛을 내고 있는 듯했다.

너무나도 명료해 보이는 저 남자에게도 비밀과 누구도 풀 수 없는 암호가 있을까?

선은 문득, 남자가 궁금해졌다.

6. 오랑캐가 문 달

남자의 흰색 SUV를 타고 도착한 곳은 백사실계곡으로 넘어가는 언덕에 위치한 작은 가게였다. 오래전 드라마에 나와 유명세를 얻은 카페가 있는 것을 제외하고는 한적하고 조용한 주택가에 위치해 있었다.

가게 입구에 걸려 있는 검은색 포렴에는 '심야만두'라는 글자와 함께 납작한 접시 위에 노릇하게 구워진 만두가 그려져 있었다. 유리문에는 큰 글씨로 플라워, 작은 글씨로 로얄스케치라 적혀 있었는데, 준일의 말로는 낮에는 꽃집을 하고 저녁 8시부터 새벽 2시까지, 혹은 10시부터 4시까지는 술집으로 영업한다고 했다.

시간이 늦어 제대로 밥 먹을 곳이 마땅찮아 고민하다 떠오른 곳이라고, 술집이지만 야끼소바와 만두가 맛있는 곳이라고 했다. 왜 이렇게 늦게 자신에게 전화했냐는 질문은 없었다. 이유는 이미 알고 있는 것 같았다.

유리문을 밀고 들어가자 예전에는 자취방이었다는 공간이 나타났다. 상자들이 빼곡하게 놓인 철제 수납장이 있고, 기역자로 꺾인 벽에는 말린 라벤더 다발과 그림, 사진이 붙어 있었다. 그중에는 '꽃 수업 수강생 모집'이라고 프린트된 A4용지도 있었다. 꽃집답게 생화들이 여기저기 놓여 있는 건 당연했지만, 통기타와 스탠드 마이크가 있다는 것이 조금 독특했다.

2인용 테이블 세 개는 이미 만석이고, 남은 자리는 일행으로 보이는 네 명이 앉아 있는 세로로 기다란 8인용 테이블뿐이었다. 자연스럽게 네 명과 의자 하나를 두고 합석하게 되었다.

가뜩이나 좁은 공간에 마주 앉자, 새삼 준일의 커다란 키와 체격이 실감되었다. 키가 얼마쯤 되는 걸까? 186? 188? 180센티미터가 넘어가면 가늠이 되지 않는다. 저 체격에 지금까지 저녁을 안 먹었다면 배가 고픈 걸 넘어 허기가 졌을 것이다. 선은 메뉴판을 넘겼다.

"야끼소바 두 개랑 만두하고 어묵탕도 시켜요. 유부주머니도 넣을까요?"

"술도 시켜요."

준일의 말에 선은 고개를 들어 바라보았다.

"그날 잘 마시던데. 아주 물처럼."

"운전하셔야죠."

"걷죠, 뭐. 대리운전 부르든가."

"그럼 골든 라거 한 병이요."

"두 병."

"이거 640밀리리터 짜리예요."

"그러니까."

누구를 술꾼으로 아나? 선은 메뉴판을 내려놓았다. 준일이 손을 들어 플로리스트라기보단 포크송 가수가 더 어울릴 것 같은 단발머리의 남주인을 불렀다. 메뉴를 손으로 짚어 가며 하나하나 음식을 주문하다, 스팸과 계란프라이도 추가한다.

"밥은?"

"어, 있어요?"

"왠지 모를 예감에 넉넉히 해 놨지."

주인이 선을 향해 고개를 까닥 끄덕였다.

"안녕하세요."

주인의 갑작스러운 인사에 선은 어색하게 인사를 하였다. 준일과 몇 마디 더 주고받은 주인이 떠난 자리에는 침묵이 맴돌았다. 선은 아무렇지 않은 척, 고개를 돌려 벽에 붙어 있는 그림과 사진을 바라보았다. 어항 속 파란 물에 빨간 물고기가 헤엄치고 있는 그림에 'Everyone gets lonely'라고 적혀 있었다.

"오해할까 봐 말하는데, 여기 진짜 맛있어서 데려온 거예요. 김밥헤븐이나 24시간 해장국집 갈 수는 없잖아요."

"오해 안 해요. 까짓 그냥 밥 먹으러 온 거니까."

선은 시선을 벽에 둔 채 답하였다.

"해도 괜찮은데."

"별로."

"나를 봐요."

준일의 말에 선은 고개를 돌려 눈을 마주 바라보았다. 깊다. 짙다. 무겁다. 아득하다. 높이와 명암, 질량과 거리가 느껴지는 단어들이 머릿속에 튀어 올랐다 사라진다. 선은 느릿하게 입을 열었다.

"왜요?"

"예쁜 얼굴 보고 싶으니까."

준일의 단순한 대답에 선은 피식 웃었다.

때마침 맥주와 만두가 서빙되었다. 준일이 따라 준 맥주를 반쯤 비우고, 간장 소스가 뿌려진 납작만두를 들어 올렸다. 갈색으로 바삭하게 구워진 만두피에 짭조름한 간장 소스는 술을 부르는 안주였다. 선이 맥주병을 들자 준일이 빼앗아 잔을 채워 주었다. 이어 가다랑어포가 잔뜩 올려져 있는 야끼소바와 스팸과 계란프라이, 그리고 밥이 서빙되었다. 주문할 때는 충분할 것 같았는데, 손바닥만 한 접시에 나온 음식을 보니 선에게는 몰라도 준일에게는 모자라 보였다. 그러고 보니 밥집이 아닌 술집이다. 선은 자신의 밥공기를 준일에게 건네었다.

"더 드세요."

준일이 감동한 표정으로 받아 들었다.

"먹을 거 주는 건, 다 주는 거 아니에요?"

선이 다시 밥공기를 뺏으려 하자, 준일이 '농담입니다, 농담.'이라고 장난스럽게 말하였다. 선은 가다랑어포 아래에 있는 반숙된 노른자를 터뜨려 면과 비빈 뒤 양배추와 함께 입 안에 넣었다. 지금까지 먹어 본 야끼소바 중 제일 맛있었다.

"맛있죠?"

준일의 물음에 선은 고개를 끄덕였다.

"많이 먹어요. 더 시켜 줄게요."

눈이, 준일의 눈이 다정하게 웃고 있었다. 선은 고개를 숙여 야끼소바를 젓가락에 둘둘 말아 입에 넣었다. 어이없게도, 눈물이 나올 것처럼 눈이 뜨거워졌기 때문이다.

"요즘 무슨 책 해요?"

"《안남》이라는 책이요."

"안남?"

"베트남 중부 지방의 옛 이름이래요."

"어떤 이야기예요?"

"베트남, 전쟁, 프랑스, 종교, 신, 선교사와 수녀의 이야기요."

"오."

준일은 전혀 감흥 없는 감탄사를 내뱉고는 덧붙였다.

"책 나오면 한 권 줘요. 빌미로 또 밥 먹게. 그런데 나에 대해선 궁금한 거 없어요?"

"네."

선의 즉각적인 대답에 준일은 상처받았다는 듯 가슴에 손을 갖다 대었다.

"궁금 좀 해 주지."

선은 물을 마시며, 웃음도 삼켰다. 때맞춰 어묵탕이 서빙되었다. 준일이 푹 익어 반투명해진 무와 도톰한 어묵을 앞접시에 담아 선에게 내밀었다. 오목한 수저로 어묵과 무를 잘라 내 국물과 함께 입에 넣자 달짝지근한 무와 탱글탱글하게 씹히는 어묵이 칼칼한 국물과 어우러져 입 안을 가득 채운다. 시원한 맥주까지 마저 비우자, 기분도 조금은 말랑해진다.

길고 마디가 굵은 커다란 손의 군더더기 없는 움직임 때문인지, 깔끔하게 정리된 손톱 때문인지, 아니면 평소보다 빠르게 퍼져 나가는 술기운 때문인지 선은 준일이 젓가락으로 무를 자르고 어묵을 집어 입에 넣는, 별것 아닌 움직임을 홀린 듯 바라보았다.

시선을 느낀 준일이 눈썹을 슬쩍 들어 올렸다. 젓가락을 내려놓고 오른손 검지를 좌우로 움직이다 테이블을 톡톡 두드렸다. 아, 이런. 선이 민망함에 맥주잔을 잡는데 전분을 묻혀 튀겨 낸 두부가 테이블에 놓여졌다.

"사장님이 드리는 서비스예요. 아게, 아게시, 아게다후, 뭐 그런 이름인데요. 밑에 자작하게 깔린 소스를 이렇게 끼얹어서 드시면 됩니다."

목덜미에서 귀까지 사수자리 문신을 한 알바생이 넓적한 스푼으로 친절하게 시범을 보여 주었다. 주방 카운터 테이블에 기대서 있던 주인이 덤덤한 표정으로 한 손을 들었다. '여어.' 준일이 감탄사와 함께 주인에게 똑같이 한 손을 들어 감사를 표하고는 두부를 먹기 좋은 크기로 4등분해 선에게 내밀었다.

"일이 많아서 늦게까지 야근했던 거 아니에요."

선이 두부를 집어 올리며 머뭇머뭇 말하였다. 쯔유와 맛술로 맛을 낸 소스가 스며든 두부는 겉은 쫄깃하고 속은 연두부처럼 부드러웠다.

"알아요."

준일의 담백한 답에 선은 고개를 들었다.

"왜 전화하지 않았어요?"

"글쎄. 그다지 인내심 강한 편은 아닌데, 기다려야 할 거 같았어요. 쉽게 모습을 드러내지 않는 미지의 존재를 기다리는 마음이었다고 해야 하나. 표현이 이상한가?"

"조심스럽긴 한가요?"

"아주 많이."

"오후엔 꽤 저돌적이시던데요."

"강약을 조절하는 거라고 합시다."

준일은 맥주병을 들어 선과 자신의 잔에 각각 맥주를 따르고는 건배하자는 듯 잔을 들었다.

"늦었지만."

낮은 목소리. 다정한 눈빛. 살랑살랑. 흔들흔들. 가을밤인데, 봄밤인 것처럼. 어느 깊은 밤 느닷없이 켜진 초록 신호등처럼.

"반가워요, 유선."

준일이 말하였다.

●■▲

칼칼한 어묵탕에 차가운 정종까지 마시고 나온 시간은 밤 12시가 훌쩍 지난 시간이었다. 시원한 가을 밤바람이 달아오른 뺨을 식혀 주었다. 언덕에서 바라본 서울의 밤은 더할 나위 없이 반짝거렸다.

"선."

준일의 부름에 선은 몸을 돌렸다. 준일이 달을 가리켰다. 붉은 달이었다.

"오랑캐가 달을 물고 가려는 모습."

오랑캐가 달을 물고 가려는 모습이라니? 묻듯, 준일을 바라보았다.

"여섯 살 때쯤? 할머니 무릎을 베고 잠이 들었었는데 깨우시더니 달을 가리키며 그러셨어요. '어둠의 나라 왕이 달을 가져오라고 붉은 비단을 뒤집어쓴 오랑캐를 보냈구나.'라고."

둘은 언덕을 천천히 걸어 내려가기 시작했다. 붉은 달이 뒤따른다.

"오랑캐가 붉은 비단을 쓰고 달을 입 안에 넣고 있는 중이라고 하시더군. 할머니가 《해님 달님》 같은 옛 동화 이야기를 하신다는 건 알았어요. 어린이 과학책 같은 걸 열심히 읽을 때였거든. 나는 꽤나 잘난 척하던 꼬마였기에 보통 때라면, '할머니, 저건 월식이라고 달이 지구 그림자에 가려지는 거야.'라고 말했을 텐데, 그날 밤에는 달만 바라봤어요. 검은 하늘의 붉은 달이 너무 신비스러웠거든. 붉은 비단을 뒤집어쓴 오랑캐가 달을 먹고 있다는 동화가 어울릴 만큼."

걷는 동안, 서로의 팔이 스치고 손등이 닿았다 떨어졌다. 선은 트렌치코트 주머니에 손을 집어넣었다. 손등이 건전지를 혀에 갖다 댄 듯 간지러웠다.

"오랑캐가 달을 못 가져가게 하는 방법이 딱 하나 있는데, 부처님께 달을 아주 차갑게 해 달라고 빌어서, 오랑캐가 뱉어 내게 하는 거라고 하셨어요. 다행히 할머니가 올해는 미리 기도를 드려 놔서 괜찮을 거라고 하셨지. 오랑캐가 '아이 차가워, 아이 차가워.' 하며 달을 뱉어 내고 있다고 하시면서 말야. 한데 오랑캐는 호시탐탐 달을 노리니까 이제부터 할머니랑 같이 절에 부처님께 기도하러 가자고 하시더라고. 물론 절에 데려가기 위한 할머니의 거짓말이라는 걸 알았어요. 자는 손자를 깨워서까지 절에 같이 가자고 하시다니, 할머니의 불심은 정말 석가가 알아주셔야 하는데 말이야."

준일의 목소리에 웃음이 묻어 있었다.

"같이 다녔잖아요."

"그야 할머니를 좋아했으니까."

공양주 보살님은 선화보살님과 함께 절을 다니는 손자가 기특하다고 하셨었다. 이 이야기를 들으시면 박수까지 치며 크게 웃으실 텐데. 여섯 살 때에도 또래 아이들보다 컸을 테지. 손도 크고, 발도 크고. 상상하기란 어렵지 않았다.

"김준일 씨."

"네, 유선 씨."

걸음을 멈추고, 둘은 마주 보았다.

"그날, 음. 회식 날."

선은 조심스럽게 말을 골랐다.

"선화보살님……."

"내 거……였어요."

선은 바로 알아듣지 못했다.

"아……."

6만 원이었다. 3만 원도 5만 원도 그렇다고 10만 원도 아닌, 6만 원. 액수에 대해선 생각해 본 적이 없었다. 했었더라도, 그저 선화보살님이 지갑에서 집히는 대로 건넸을 거라 생각했을 것이다.

'그럼 당신이 왜?'라는 질문이 남는다. 간단하다. 어렸던 눈에도 형편없어 보였던 거겠지. 맞지도 않는 운동화를 꺾어 신고 걸어오던 내가. 어깨를 움츠리고 고개를 숙이고 있던 어린 내가.

"왜요?"

그럼에도 묻고자 하는 충동을 누를 수가 없다. 확인해서 무엇을 하자고.

대답 대신 준일은 선의 양쪽 뺨을 두 손바닥으로 감쌌다. 너무 자연스러워 남자의 손을 떼어 내야겠다는 생각조차 들지 않았다. 입을 맞췄어도 이상하지 않았으리라.

"얼굴이 왜 이렇게 작아. 한 손으로도 다 가려지겠어."

"그러니까 왜요?"

"집요하네, 아가씨."

잠시 침묵이 흘렀다.

"그때나 지금이나 뭐라도 먹게 해 주고 싶어서."

곧 준일의 얼굴에 말한 것에 대한 후회의 빛이 스쳤다.

"내일 아침 베니스 가요. 건축비엔날레가 있어. 가면 2주 뒤에나 돌아올 수 있을 거예요. 그래서 가기 전에 꼭 만나야 했고. 내가 아무리 뻔뻔해도 몇 주나 지난 뒤에 불쑥 밥 먹자고 할 수는 없으니까."

오랑캐가 달을 물고 가려 한다. 화려한 붉은 비단을 뒤집어써서 사람들의 눈을 현혹시키는 오랑캐가 차가운 달을. '아이, 차가워. 아이, 차가워.' 하면서도 입 안에 넣을 수 있을 때까지.

"가서 연락할게요."

"싫어요."

선의 단호한 답에 준일은 선의 얼굴에서 천천히 손을 떼어 내었다. 온기가 사라진 뺨에 서늘한 가을바람이 와 닿았다.

"2주 후에도 계속 밥 먹고 싶다고 하면, 그때 생각해 볼게요."

"당신은 생각이 너무 많아."

준일의 목소리가 조용한 주택가를 우렁우렁 울렸다.

선은 하하, 웃었다.

아주 오랜만에. 소리 내어.

7. 누하

오전부터 내린 비는 오후까지 이어졌다.

선은 우산을 반쯤 접으며 대문을 들어섰다. 한 줄로 조르르 놓여 있는 하얀 플라스틱 화분이 눈에 들어온다. 이맘때쯤이면 노란 국화가 한가득 피어 있던 화분에는 비에 젖은 회갈색 이파리 몇 개만 남아 있었다. 사람의 손길이 느껴지지 않는 마당을 지나, 현관문을 열었다.

옥상과 담 사이에 줄을 연결해 키웠던 포도 넝쿨에서 투둑, 채 익지 못한 포도송이가 떨어졌다. 선은 허리를 굽혀 포도를 집어 들었다. 한 알을 입에 넣자 눈물이 날 만큼 떫고 시었다.

퉤. 손바닥에 뱉어 내고는 마당으로 던졌다. 이제 여름이면 잘 익은 포도를 골라 술을 담그던 시절은 지났다. 끝났다. 돌아오지 못한다.

"큰아버지, 저 왔어요."

선은 들고 있던 에코백을 마루에 내려놓았다. 방 안에서 인기척과 함께 문이 열리며 신이 한 인간의 슬픔만큼 몸피를 벗겨 간 듯, 바짝 마른 형체가 모습을 드러내었다.

"일요일인데 쉬지 않고."

"큰아버지 비 오는 날 매생이굴죽 드시는 거 좋아하시잖아요."

선은 밝게 말하며 거실에 들어섰다.

"저녁 아직이시죠? 큰어머니는요?"

"가게에."

큰어머니가 집에 없다는 것에 선은 묘한 안도감을 느꼈다.

"시장에 갔는데 민 아주머니가 매생이랑 굴이 오늘 특별히 더 좋다고 하시더라고요. 홍시도 사 왔어요. 얼려서 셔벗처럼 드세요."

경효는 고개를 끄덕이고는 그대로 방으로 들어갔다. 닫힌 문을 바라보며 억지로 웃음 짓던 선의 얼굴도 무표정이 되었다.

연의 죽음에 대해 셋은 각각의 방식으로 견뎌 내었다. 경효는 서예에 맹렬히 몰두하는 것으로, 정혜는 한복집을 키우는 것으로, 선은 이 집을 떠나는 것으로.

스무 살, 국전에 입선한 것을 시작으로 서예가의 길을 걷기 시작한 경효는 여덟 번의 입선과 두 번의 특선, 30대 초반에는 문화부장관상을 수상하며 서예가로서 탄탄대로를 걸었다. 밝을 것 같은 미래가 어두워진 것은 스승인 민진화에게 파문을 당하면서였다. 서예가로서의 활동보다는 국전 심사와 협회를 통해 세를 불리길 원했던 스승과의 대립 끝에 벌어진 일이었다. 연이 막 태어났을 때였다. 스승에게 파문당한 경효를 문하로 받아들이려는 선생은 없었다. 서예계의 인맥과 파벌 싸움에서 밀리고 치이는 것으로도 모자라 옛 스승의 견제까지 받으며, 경효는 21년 만에야 추천 작가가 될 수 있었다. 그마저도 경효의 글씨를 높이 친 사람들의 도움 덕분이었다. 그동안 생계는 아내인 정혜가 한복집을 하며 꾸려 나갔다. 인사동 낡은 건물 2층에서 서예 서실을 운영했지만, 위치가 위치인 만큼 월세를 내는 것만으로도 벅찼기 때문이었다.

살림에 여유가 생기기 시작한 것은 연과 선이 스물여섯이 되던 해, 한경그룹 김규택 회장의 서예 선생이 되면서부터였다. 처음 비서실에서 제안이 들어왔을 때는 거절했었다. 표면적으로는 작품 활동을 하기에도 시간이 부족하다는 이유에서였지만, 여러 서예가들을 동시에 접촉하고 있다는 소문 때문이었다. 섣불리 제안을 받아들였다가, 김 회장이 다른 선생을 선택했을 때 받을 자존심의 상처를 피하기 위함이었다. 거절도 모자라 두 가지 조건을 내세웠다.

자신에게 배우려면 첫째로 수업 시간을 지킬 것. 둘째로 회장이라는 직함을 내려놓고 배우려는 자세로 임할 것. 놀랍게도 김 회장은 경효를 선생으로 받아들였다. 후에 김 회장이 술자리에서 말하길, 내로라하는 서예가들 중 오직 경효만이 유일하게 스승으로서 제자가 지켜야 할 덕목을 내걸었다고 했다. 힘차면서도 날렵한 글씨와 더불어 유 선생님의 자부심에 감탄했다고 했다.

연의 죽음으로 김 회장의 서예 선생은 자연스럽게 그만두었다. 동시에 경효는 주변에서 건강을 걱정할 정도로 엄청난 양의 작품을 쏟아 내기 시작했다. 잠을 자지도 먹지도 않으며 붓질만 하다, 죽은 듯 잠을 자는 생활을 반복했다. 기존의 힘차면서 날렵하고 상쾌하기까지 했던 글씨에서 장검으로 베는 듯 칼맛 나는 글씨로 변화되었다. 화선지 속 그 칼들은 경효를 베고 튀어나온 것들이었다. 그 사실을 아는 것은 정혜와 선, 둘뿐이었다.

정혜는 그저 기다릴 뿐이라고 하였다. 남편을 감쌀 힘이 자신에게도 남아 있지 않다고 했다. 오래된 상가 1층에서 꾸려 나가던 한복집 하늘재를 쇼룸까지 있는 번듯한 2층짜리 새 건물로 옮긴 뒤, 정혜는 더더욱 일에 몰두했다. 연이 한복 모델이 되어 찍었던 사진은 이름 모를 모델로 바뀌었다. 연의 사진은 아주 깊숙한 곳에 숨겨졌다.

오래된 주택은 종일 내린 비와 먹 냄새로 가득했다. 선은 습기와 냉기를 없애고자 보일러를 틀고 부엌으로 들어갔다. 식탁에 장봐 온 것들을 꺼내 놓고 냉장고를 열어 보았다. 2주 전 갓 다 놓은 밑반찬과 과일 대부분이 선이 넣어 놓은 그대로였다.

모조리 꺼내 음식물 봉투에 넣고, 새로 해 간 반찬으로 채워 넣었다. 가을 사과와 배를 과일 칸에 넣고, 홍시는 꼭지와 심을 뺀 뒤 냉동실에 넣어 두었다. 혹여나 잊고 있다가도 냉장고를 보면 떠올릴 수 있도록 '큰아버지, 냉동실에 얼린 홍시 있어요.'라고 포스트잇에 적어 냉장고에 붙여 놓았다.

싱크대엔 마른 물 얼룩뿐, 어디에도 음식의 흔적을 찾을 수가 없었다. 우선 보리차를 끓이고 체를 찾아 매생이를 차가운 물에 살살 흔들어 씻은 뒤 받쳐 놓았다. 쌀과 기장을 불리는 동안 집 청소를 하면 시간이 얼추 맞을 것이다.

청소기 소리를 못 견뎌 하는 경효를 위하여 빗자루로 안방을 제외한 1층과 계단, 선과 연의 방이 있던 2층을 쓸었다. 조심스럽게 움직여도 낡은 집 마루의 삐걱대는 소리는 막을 수가 없었다. 기계적으로 빗질을 하다, 연의 방문 앞에서 멈추었다.

연이 마지막으로 머물렀던 그대로 시간이 정지된 공간. 누구도 열지 않는 곳. 선은 입술을 깨문 채 지나쳤다. 다락방인 누하도 지나쳤다.

다락방 대신 누하樓下라고 불렀던 그곳은 선과 연의 방 맞은편에 위치해 있는 아주 작은 방이었다. 천장의 경사가 급한 데다 낮아 선과 연이 중학교에 들어가면서부터는 똑바로 서 있을 수도 없었다.

어린 선과 연에게 그곳은 신데렐라의 다락방이었고, 앤의 다락방이기도 했으며, 소공녀의 다락방이었다. 어느 날은 신데렐라가 되었다가 계모도 되었고, 앤이 되었다가 마릴라 아주머니가 되었다. 앞으로 만날 자신들의 길버트를 이야기하고, 소공녀의 미래를 상상했다.

사춘기에 접어들면서는 속상한 일이 있을 때면 번갈아 다락방에 처박혔다. 격자무늬 창으로 비가 내리고, 눈이 내리고, 바람에 흔들리는 풍경을 바라보며 사춘기를 통과했다. 둘 중 한 사람이 몇 시간이고 누하에서 나오지 않으면, 나머지 한 사람이 뜨겁게 끓인 보리차에 각설탕 두 개를 넣어 갖다 주었다. '그대를 치유할 신비의 물이 왔소.' 따위의 시시한 농담을 하며.

다 지난 일이다.

밀대로 닦기까지 끝내고 나니, 쌀과 기장이 적당히 불려 있었다. 절구로 쌀을 살짝 으깨어지게 찧은 후, 참기름을 두른 냄비에 투명해지도록 볶고 물을 넣어 끓이기 시작했다. 센 불에 계속 저어 가며 끓이다가, 준일을 떠올렸다.

베니스에 간 지 2주 하고 이틀이 넘었다.

그사이 건축신문은 무사히 나와 배포되었고, 《안남》은 3교를 마치고 번역가에게 오케이 교정지를 내보내었다.

베니스건축비엔날레에서 준일이 이끄는 팀이 유망한 신진 건축가에게 수상되는 은사자상을 받았다는 소식이 들려온 날, 신지윤 사장은 기념으로 피자를 돌렸다. 선은 검판대에 둘러서서 같이 먹는 대신, 한 조각 들고 자리로 돌아와 피자를 먹으며 기사를 검색했다.

인터넷 기사 속, 팀원들과 함께 은사자상을 들고 있는 준일의 모습은 근사했다. 영민하게 빛나는 눈동자도, 얄밉도록 자신만만한 웃음도, 물결치는 까만 머리카락까지도. 그런 남자가 까마득하게 느껴져 작은 가게에서 함께 밥을 먹었다는 것이 꿈처럼 느껴졌다.

너무 멀어, 별처럼.

태양만큼, 빛나고.

한눈에 반하기는, 그런 거짓말 따위.

선은 인터넷 창을 꺼 버렸다. 피자를 마저 먹고 티슈로 손에 묻은 기름기를 닦아 내었다.

죽이 푸르르 한소끔 끓어오른다.

예상대로 남자는 토요일인 오늘까지 연락이 없다. 기대한 것이 없으니, 실망할 것도 없었다. 밥 한 끼, 술 한 잔 잘 먹었으니 충분했다. 한밤중에 나타난 무지개 탈을 쓴 오랑캐였을 뿐.

매생이와 굴을 넣고 중불로 줄여 간간이 저어 가며 끓이다가 소금 간을 하고 불을 껐다. 매생이굴죽과 버섯볶음, 방풍나물된장무침, 배추김치를 담아 보리차와 함께 소반에 올려놓고 안방으로 들고 갔다.

"큰아버지, 들어갈게요."

소반을 내려놓고 문을 열었다. 자리에서 몸을 일으키는 경효가 보인다. 조심스럽게 소반을 들고 가 내려놓았다. 수저를 들어 경효의 손에 쥐여 주었다.

"입 깔깔하시면 보리차 먼저 드세요."

이제 예순인 경효는 일흔이 훌쩍 넘은 노인처럼 보였다. 몸을 구부린 채로 서서히 굳어 간다는 착각이 들 정도였다. 두 수저까지 뜨던 경효가 숟가락을 든 채 입을 열었다.

"김 전무……, 약혼한다고 하더라."

가슴 한구석이 내려앉는다. 장례식장에서 바닥에 이마를 댄 채 오래도록 엎드려 있던 기조의 모습이 떠오른다. 그 모습이 기억에 남아, 혹시 연을 사랑했을까 궁금했던 적도 있었다.

공연장 앞에서 딱딱하게 굳은 얼굴로 주머니에 손을 넣은 채 서 있던 기조가 떠오른다. 숨이 차 말이 끊어지던 자신에게 '숨 쉬어요.' 짤막하게 말하던 모습과 공연이 끝나고 차 문을 닫을 때까지 무표정했던 얼굴까지.

"아버님, 죄송합니다. 무릎을 꿇은 채 연이 결혼반지를 되돌려주는데, 마음이……."

경효는 수저를 내려놓고 상을 뒤로 물렸다.

"할 때가 됐지. 그런 집안에서 결혼을 더 미룰 수야 없지. 없는데. 연이가 정말 이 세상에서 사라져 버린 것 같구나. 그 가여운 것이 우리를 두고, 너를 두고, 김 전무를 두고 어찌 눈을 감았을지."

슬픔을 토해 내는 순간순간 경효의 몸은 쪼그라들었다.

몇 번 뜨지 못한 죽을 그대로 버리고 부엌을 정리하다 선은 싱크대 모서리를 잡고 그대로 주저앉았다. 주먹으로 누군가 툭툭툭 뒷목을 내리치는 듯 목이 꺾인다. 악문 잇새 밖으로 고통이 비어져 나왔다.

큰아버지, 연은요, 연은.

스스로 우릴 버린 거예요.

스스로 눈을 감았어요.

스스로 우리를 떠났어요.

한 명을 잊지 못해, 모두를 잊는 걸 선택했어요. 남겨질 우리는 생각도 하지 않았어요. 보세요, 지금의 우리를. 망가진, 버려진, 빈집과 같은, 다시는 피지 못할 국화와 열매 맺지 못할 포도를.

고통은 아무리 뒤에 제쳐 놓아도 스스로를 선 앞에 끌어다 놓았다. 이제는 고통의 주체가 자신인지 고통 자체인지 선은 구분하지 못했다. 그저, 지겨웠다.

●■▲

전화는 목요일 오후 3시에 걸려 왔다.

"로프트 문학편집팀 유선입니다."

— 김준일입니다.

"네."

순식간에 휘청거린 마음과 달리 담담하게 대답한다.

— 설마, 그사이 잊은 건 아니죠?

"네."

— 여기 공항이에요. 막 도착.

"네."

수화기 너머 웃는 목소리가 들린다.

— 저녁 먹어요. 7시.

"음……."

— 여전히 생각 중인 건 아니죠?

짐짓 심각한 준일의 목소리에 도리 없이, 선은 웃고 말았다.

8. 영가등

여자가 걸어온다.

준일은 핸들에 양 팔을 올려놓고 그 위에 턱을 괸 채 횡단보도를 건너는 여자를 바라보았다. 질끈 묶은 머리에 청바지, 갈색 로퍼를 신고 트렌치코트 주머니에 손을 넣은 채 느릿하게 걷는 여자를.

초여름 부처님 오신 날 즈음이었을 거다. 백운사의 작은 마당을 연등이 가득 채우고 있었으니까. 울긋불긋한 연등 아래를 걷다가 멈춰 서서 손등에 어리는 빛과 그림자의 흔들림을 유심히 바라보았던 기억이 난다. 그림자라고 모두 검지 않았다. 연등의 색에 따라 선홍색이, 노란색이, 초록색이 그림자에 어렸다. 준일은 손등에 다른 손을 직각으로 세워 올려놓았다. 빛이 가로막힌 손등에 짙은 그림자가 드리워진다. 그즈음 준일의 최고 관심사는 공간에 따라 변하는 빛의 양과 통과하는 길이었다. 한참을 바람의 방향에 따른 빛과 그림자를 관찰하다, 구름에 햇빛이 사라지자 미련 없이 마당을 떠났다.

대웅전을 지나 삼성각 뒤편으로 돌자 공양간과 승방이 있는 요사채가 보였다. 준일이 출입할 수 있는 곳은 딱 공양간까지였다. 공양간 옆으로 서너 개의 돌층계 위에 있는 승방은 여스님들과 행자들이 머무는 곳으로 걸음을 해서는 안 된다고 할머니가 당부하셨다. 준일은 점심 공양 때 먹었던 인절미를 얻어먹을 생각으로 공양간으로 들어가다, 하얗게 나풀거리는 종이에 고개를 돌렸다. 승방의 열린 장지문 사이로 흰 연꽃 종이가 하나, 둘, 셋 바람에 날려 허공에서 춤을 추다 바닥으로 떨어지고 있었다.

승방의 문만 닫을 생각이었다.

준일은 바닥에 떨어진 흰 연꽃 종이를 집어 들고 장지문이 열려 있는 승방으로 걸어갔다. 금지된 곳이기에 심장이 두근대었다.

비어 있을 줄 알았던 그곳에 작은 여자아이가 몸을 웅크린 채 잠들어 있었다. 머리맡에는 쌀풀과 붓, 연꽃 종이가 담겨 있는 대나무 바구니와 함께 초록색 한지를 꽃받침으로 두른 하얀색 지등 두 개가 나란히 놓여 있었다.

하얗다기보단 창백하고, 속눈썹이 길어 감긴 눈 아래로 그림자가 졌다. 풀 먹인 한지 끝을 직접 돌돌 말았는지, 손끝이 연한 초록색으로 물들어 있었다. 몸이 얼마나 가느다란지, 누워 있는 좌복의 절반이 남아돌았다.

주워 든 연꽃 종이를 방 안에 놓아두고 문을 닫아야 하는데, 준일은 그저 가만히 바라만 보았다. 어쩌면 잠에서 깨길 기다렸는지도 모른다. 눈뜬 모습을 보고 싶었다. 긴 속눈썹에 감싸인 눈은 어떤 모습일지 궁금했다. 속눈썹이 만드는 그늘도 보고 싶었다.

'여기 있으면 안 된단다.'

갑작스러운 목소리에 놀라 고개를 돌렸다. 얼굴이 둥그런 연당 스님이었다.

'죄송합니다, 스님! 나무관세음보살!'

여자아이가 깰세라 입만 크게 벌려 작게 외치며 준일은 돌층계로 내려가는 대신 훌쩍 뛰어내렸다. 그대로 할머니가 계시는 대웅전으로 가려다 몸을 돌렸다.

'스님.'

스님이 대답 대신 고개를 끄덕였다.

'하얀색 연등은 뭐예요?'

'영가등이란다. 죽은 사람의 극락왕생을 위한 등이지.'

준일은 더 이상 묻지 않았다. 바보가 아닌 이상, 여자애가 만든 두 개의 영가등이 누구를 위한 것이지 알 수 있었으니까. 왜 이곳에서 지내는지까지도.

두 손을 모아 합장을 하고 돌아서서 떼는 발걸음이 무거웠다. 긴 속눈썹에, 가느다랗던 몸에, 초록 물이 들었던 손끝에 마음이 쓰였다.

그 뒤로 더욱 군말 없이 할머니를 따라다녔다. '할머니, 이번 달엔 절에 언제 가요?' 먼저 묻기도 했다. 백운사에 도착하면 이곳저곳을 열심히 누볐지만 여자애를 도저히 볼 수가 없었다. 딱 한 번 뒷모습이 보여 쫓아갔지만 금세 몸을 감춰 찾을 수가 없었다. 가을에 접어들었을 때엔 승방 댓돌에 놓인 뒤축이 접혀 있는 낡은 운동화를 보고 소리쳐 불러 볼까 싶기도 했다. 긴 속눈썹에 둘러싸인 눈을, 속눈썹이 만들어 내는 그림자를 한 번만이라도 더 보고 싶었다. 손끝을 물들였던 연초록 물은 빠졌는지, 몸에 살은 붙었는지도 궁금했다.

집으로 돌아가던 늦가을, 겨우 마주쳤던 날이 떠오른다. 속눈썹이 만들어 내는 눈 그늘보다, 창백한 얼굴에 붉은 눈매가 금방이라도 눈물을 뚝뚝 떨어뜨릴 것 같아 심장이 뛰었다. 갖고 있던 돈을 탈탈 털어 쥐여 주며 말을 걸었을 때엔 한사코 바닥만 보며 고개를 들지 않았다. 가운데 가르마를 탄 동그란 머리가 예뻤다.

다음 달 들뜬 기분으로 백운사에 갔을 땐 친척집으로 갔다는 소식을 듣게 되었다. 실연이라고 말하긴 우스운, 허탈하고 서운한 마음에 이후로 할머니와 절에 다니는 것을 그만두었다. 그렇게 잊은 듯 지내다가도 연등을 볼 때면 떠올렸다.

잘 지내는지 궁금했다.

10년 만에 할머니의 49제를 올리러 찾아간 절에서 여자가 된 소녀를 다시 보게 되었을 때, 한눈에 알아볼 수 있었다. 다시 돌아오게 된 것일까? 언제부터? 제를 마친 뒤 찾아다녔다. 삼성각으로 공양간으로 승방 문도 하나씩 열어젖혔다. 뒷산까지 올라가 보았지만 찾을 수가 없었다. 연당 스님께 여쭈려다 그만두었다.

유치하다 여겼다. 찾아내어 무슨 말을 할 것인가. 그렇게 잊은 듯 지내다 연등을 보거나, 속눈썹이 유달리 긴 여자를 보면 떠올렸다.

그리고 장난처럼 다시 10년이 지나 횡단보도를 사이에 두고 마주쳤다. 또다시 어이없게 놓치고는 허탈해 있는데, 열 시간도 지나지 않아 여자와 마주 앉아 있었다. 여전히 창백한 얼굴에 붉은 눈매로, 긴 속눈썹에 감싸인 깊이를 알 수 없는 눈을 하고서. 술을 물처럼 마시며, 그때 준 돈은 유용하게 잘 썼다고 빈정거리는 여자를.

여자가 지나온 슬픔의 역사가 마주 앉은 자신에게 흘러들어오는 것 같아, 그 밤 가슴이 얼마만큼 뻐근했는지 여자는 모를 것이다.

선이 가까워지자 준일은 차에서 내려 조수석 문을 열어 주었다. 차를 타기 전, 멈칫 자신을 바라보는 선의 커다란 갈색 눈동자가 몹시 마음에 든다. 우주 어느 곳, 태양계의 반대편을 바라보는 듯한 눈이 자신에게 향해 있다. 빡빡한 일정을 끝내고 호텔에 누워 방을 같이 쓰는 충호의 우렁찬 코골이를 들으면서도 떠올리던 눈이었다.

차를 출발시키기 전 뒷좌석에 놓아둔 상자를 선에게 건네었다.

"기념품이에요. 다들 사길래 같이 샀지."

"축하드려요."

축하한다는 선의 말에 준일은 씩 웃었다.

"뜯어 봐요. 초콜릿 안에 커피가 들어 있는 건데 피곤할 때 먹으면 눈이 번쩍 뜨인대요."

준일의 재촉에 조심스럽게 포장지를 뜯어내는 긴 손가락이 초록 물이 들었던 작은 손가락과 겹쳐진다. 여전히 부처님 오신 날이면 영가등을 만드는지 궁금했다. 선이 낱개로 포장된 초콜릿 하나를 꺼내 입 안에 넣고 오물거리다, 초콜릿이 녹아들며 에스프레소가 입 안에 퍼졌는지 눈썹을 살짝 들어 올린다.

"하나 드실래요?"

"어, 밥 먹기 전에 단거 먹으면 입맛 없어진다는데."

준일의 농담에 선이 당황한 듯 눈을 둥그렇게 뜬다. 그 모습에 준일은 하하 웃으며 손을 뻗어 초콜릿을 집어 들었다. 입 안에 넣고 몸을 등받이에 기대었다. 달고 쓰다. 차창 밖으로 횡단보도의 신호등이 바뀌며 사람들이 일시에 움직이는 모습이 보인다. 사물의 윤곽이 뭉개지며 차들의 헤드라이트가 짙게 빛나기 시작하는, 도시의 밤이 시작되고 있었다.

"잘 지냈어요?"

"네."

"보고 싶진 않았고?"

여자는 고집스럽게 앞만 바라본다.

"그럴 리가요."

"그럼 나도."

준일의 퉁명스러운 목소리에 여자가 고개를 돌렸다. 서로를 마주 본 채, 둘은 동시에 하릴없는 미소를 지었다.

거짓말이라고. 사실은 서로가 서로를 보고 싶었다고.

은밀히 고백하는 듯했다.

짧은 침묵이 흐르고, 준일이 몸을 기울여 선에게 입을 맞추었다.

가볍게 닿았다가, 깊게 부딪치며 밀고 들어갔다. 여자의 혀는 차가우면서도 뜨겁고 달콤하면서 쌉쌀한 맛이 났다. 준일이 입술을 떼었다 아랫입술을 깨물듯 다시 포개며 커다란 손으로 선의 한쪽 뺨을 감싸 안았다. 서로의 혀가 얽히며 숨결이 얽혔다. 말캉한 혀를 빨아들였다. 휘감고 샅샅이 훑으며 더욱 깊게 밀착했다. 커다란 원뿔 모양의 밑바닥으로 추락하는 듯 공간이 빙빙 돌았다. 숨이 턱까지 차올라 입술을 떼고 서로를 바라보았다. 다시 입을 맞추려 고개를 숙이는 준일을 피하는 듯 선이 어깨를 움츠렸다. 다시 고개를 숙이자 아예 고개를 돌린다.

너무 일렀나?

후회와 자책의 중간 즈음을 짚고 있는데, 여자가 웃어 버린다. 두 손을 활짝 펴 얼굴을 가린다. 준일은 여자의 손을 잡아 내리고 얼굴을 돌려 자신을 바라보게 하였다. 자꾸 얼굴을 돌리려 해 턱을 잡아 움직이지 못하게 하였다. 뜻밖에 자신을 바라보는 눈에 눈물이 차오른다. 그런 스스로가 자존심 상한다는 듯 여자는 입을 앙다문다.

외롭고, 광막한 눈이다.

여자의 눈이 먼 곳을 보는 것처럼 보였던 건 실은 아무것도 보고 있지 않았기 때문이었다는 것을 준일은 깨닫는다. 차올랐던 눈물이 볼을 타고 흘렀다. 준일은 손가락으로 여자의 눈물을 닦아 주었다. 우습게도 이렇게 눈물을 닦아 주기 위해, 그날 바람에 종이가 흩날렸던 것이라는 생각이 들었다.

처음 겪는, 그러나 순간적인, 마음을 예리한 칼로 단번에 가른 뒤, 옆으로 벌려 무언가를 집어넣고는 감쪽같이 봉합한 느낌이 들었다. 한눈에 반했다는 건 진실이자 거짓말이다. 호기심의 수작. 어린 시절의 미화된 동화. 두개의 하얀 영가등과 손끝을 물들였던 연초록의 환상 같은 것.

어른이 된 여자에게 반했다면, 바로 이 순간.

느린 춤을 추듯 걷는 발걸음에.

당황스러워 얼굴을 가리는 어쩔 수 없는 수줍음에.

밝은 피곤함 아래 숨겨 둔 슬픔과 뾰족한 가시 밑의 연약함에.

늘 먼 곳을 바라보는 갈색 눈동자에.

붉은 눈매와 창백한 피부까지.

준일은 커다란 갈색 눈동자에 비친 자신을 확인한 뒤 다시 입술을 맞대었다. 누구와 입을 맞추는지 기억하라는 듯이.

9. 달로

등에 닿는 시트가 차가웠다. 차가움에 내민 선의 손을 준일이 맞잡았다. 손바닥의 푸른 혈관이 엉키듯 두 손이 달라붙었다. 준일의 이마가 닿고 코끝이 닿고 숨결이 닿더니, 입술에 입술이 와 닿았다. 선은 자신의 몸에서 바람결에 흔들리는 풍경 소리를 듣는다. 한밤중 무심히 지나는 바람에도 댕그랑댕그랑 울던 풍경 소리를. 그리고 장맛비에 타닥타닥 나뭇가지들이 비에 부딪히던 소리를. 동고비가 휘휘휘, 피요피요 울고, 깊은 밤 올빼미가 우–아 우우우우–아 울던 소리도.

선아, 부르던 아빠의 커다란 목소리와,

선이야, 부르던 엄마의 다정한 목소리와,

선,이라고 부르던 연의 나긋한 목소리와 바람이 우는 소리라는 해금 소리를.

"다른 생각 하지 마."

낮고 틈 없는 목소리에 눈을 떠 눈앞의 남자를 바라보았다. 소년이었던 얼굴을 떠올려 보고, 스물셋 청년의 얼굴도 떠올려 보았다. 선은 손가락을 준일의 헝클어진 머리카락 사이로 집어넣고는, 손가락 끝에 잡힌 머리카락을 빙글빙글 돌렸다.

"생각하지 않게 해 줘."

선은 속삭였다.

'아무것도.'라고.

준일은 선의 손목 안쪽에 입술을 꾹 눌러 입 맞춘 뒤 혀로 슬쩍 핥았다. 그러면서도 선에게서 시선을 떼지 않았다.

"뜻대로."

짙은 목소리에 선의 발끝에 힘이 들어갔다. 준일은 맥박이 뛰는 손목을 시작으로 팔꿈치를 지나 팔 안쪽의 여린 살을 빨아들이고 깨물었다. 쇄골과 목덜미를 지나 볼과 이마에 차례로 입을 맞추고는 허리를 단단하게 잡아 앞으로 끌어당기며 입 안으로 깊게 밀고 들어왔다. 차 안에서와는 완전히 다른 성질의 욕망이 담긴 키스였다. 한없이 부드러웠다가 거침없이 거칠었고, 풀어 주는 듯하다 다시 혀를 휘감았다. 감은 눈꺼풀이 파르르 떨렸다.

준일이 선의 여린 턱을 사탕 먹듯 입 안에 넣고 굴리고는 턱을 타고 목선을 따라 길게 내려갔다. 뜨거운 입 안으로 가슴을 삼켰다. 선은 몸을 비틀었다.

"잠깐만."

"생각하지 말랬지."

평소보다 탁해진 목소리다. 곧 까슬한 혀의 돌기가 가슴에 와 닿았다. 빨아들였다 둥그렇게 굴렸다 깨물었다, 다시 빨아들였다. 소리를 낼 것 같아 선은 두 손으로 입을 막았다. 준일이 고개를 들어 입을 막고 있는 선을 보더니 몸을 일으키며 선의 손을 잡아 앞으로 당겼다. 침대에서 서로를 마주 보며 앉게 되었다.

"이렇게 가정해 보자. 오늘은 세상의 마지막 밤이고, 여긴 세상의 끝이야. 내일 떠오를 태양 같은 건 없는 거지. 오늘 밤이 지나면 다 끝장나는 거야. 그 밤을 너와 내가 보내는 거라고. 우린 아주 아까운 밤을 보내고 있는 거야. 그러니까 이 머리에서 생각이라는 걸 지워. 마음껏 느끼고, 마음껏 소리 질러도 돼. 여긴 세상의 끝이거든."

준일은 선의 양쪽 관자놀이를 손가락으로 꾸욱 눌렀다.

"나는……."

외로워. 지쳤고. 그래서 당신을 이용하는 거야. 김준일이라는 사람은 분명하게 강하고, 따뜻하니까. 나는 지금 너무 춥거든. 아무리 뜨거운 물을 마셔도 속이 차가워서 견딜 수가 없어. 해서 당신의 온기를 나눠 가지고 싶어.

어쩌면 당신은 이런 것쯤은 이미 알고 있겠지.

동정이든 하룻밤의 쾌락이든, 당신과 내가 서로 공평하게 나눠 가질 수 있는 게 있다면.

그래, 여기는 세상의 끝.

선은 모든 말을 삼킨 채, 몸을 기울여 준일의 넓고 굵은 어깨에 입술을 갖다 대었다. 남자의 가슴에 조심스럽게 손을 얹으며, 몸을 좀 더 일으켜, 입을 맞추었다.

오늘은 지구의 마지막 밤.

달이 구름에 넝쿨처럼 걸려 있는 이 밤에.

나를 달로,

달로.

입술이 닿는 곳마다 붉은 점이 번져 나간다. 뼈가 드러난 어깨를 지나 가슴에 머물렀던 입술은 옆구리를 타고 내려오다 엉덩이에 닿았다. 선은 진저리를 치며 몸을 뒤틀었다. 척추를 따라 긴 손가락이 벨 듯 등의 오목한 부분을 쓸어내렸다. 전율이 등 가운데를 따라 양옆으로 갈라지듯 퍼져 나갔다. 생경한 느낌에 선은 베개에 얼굴을 묻었다. 준일이 선의 머리카락을 목덜미에서 걷어 내며 빠르게 뛰고 있는 맥박에 입을 맞추었다. 동시에 커다란 두 손으로 허리에서 몸 전체를 감싸듯 밀고 올라오다 가슴을 쥐었다. 모양과 무게를 재듯 넓게 펼치며 감싸다 쥐어짜듯 그러쥐었다.

"아……."

선의 신음에도 목울대를 울리며 웃기만 하였다. 침대에서의 준일은 짓궂고, 느긋한 동시에 집요하며, 열정적인 동시에 어떤 면으로는 냉정했다. 해서 얄미웠다. 언젠가는 저 모든 자제력을 무너뜨리고 싶었다.

"선."

나지막한 목소리에 고개를 틀자 입술이 닿는다. 입 안을 파고들며 선의 허리를 잡아 바로 눕혔다. 몸 위로 포개듯 올라오며 입술을 맞추더니 뽑아낼 듯 혀를 빨아 당겼다. 정신이 아득해지며 몸속으로 따뜻한 물이 혈관을 타고 흐르는 것 같았다. 온몸이 달아올랐다. 조금은 절실한 기분으로 두 손을 뻗어 준일의 얼굴을 감쌌다. 이대로 키스만 해도 좋을 것 같았다.

혀가 뺨과 귓불, 목덜미를 핥으며 손안의 가슴을 둥글게 원을 그리며 도자기를 빚듯 주물렀다. 커다랗고 따뜻한 손이, 그 손으로 자신을 만지는 것이 참을 수 없을 만큼 좋았다.

달로, 달로. 모든 것을 잊고. 생각하지도 말고.

막을 수 없는 신음이 입 밖으로 나왔다. 입으로 손을 막고 싶었지만, 그렇게 둘 남자가 아니었다. 허리에 올려져 있던 손이 엉덩이를 지나 허벅지 안쪽에 닿았다. 선은 반사적으로 다리를 오므렸다. 오므린 다리 사이에 준일의 손이 있었다. 선은 다리를 벌리는 것도, 그렇다고 허벅지 사이에 손을 두는 것도 어색해 어찌할 바를 모를 지경이 되었다. 허벅지에서 경련이 이는 듯했다. 준일은 억지로 다리를 벌리지도 빼내지도 않는 대신, 선과 시선을 맞추며 천천히 움직이기 시작하였다. 움켜쥐었다가 달래듯 간지럽힐 때마다 눈꺼풀이 바르르 떨렸지만, 둘은 서로의 시선을 놓치지 않았다. 그렇게 조금씩 위로 이동하며 자극하였다. 마침내 동그란 정점에 도달했을 때, 몸속의 스위치가 켜진 듯 따뜻했던 물이 뜨겁게 끓어올랐다. 선은 두 손으로 얼굴을 가렸다. 다리가 활짝 벌려진 것도 알지 못했다. 커다란 손이 순식간에 감싸듯 덮었다.

"부드럽고 뜨거워."

"그런 말 하지 마."

"촉촉하기도 하고."

"하지 마."

"부끄러워?"

'응?' 하고 되물으며 몸을 아래로 움직였다. 뜨거운 숨결이 와 닿자 무엇을 하려는 건지 깨닫고 몸을 비틀었다.

"싫어."

"알아."

그 말을 끝으로 암전된 듯 아무것도 보이지 않는 세상이 되었다.

얼마쯤의 시간이 지났는지 이미 부들부들 떠는 선의 몸 안으로 자신을 밀어 넣었다. 몸을 가르는 묵직한 이물감에 세상이 붉게 변하며 결국 선은 준일의 어깨를 물고, 등에 손톱자국을 새겼다. 입술을 깨물었다.

"소리 참지 마."

준일의 말이 선을 온통 뒤흔들었다. 한껏 달아오른 몸은 데일 듯 뜨거워지며, 손톱 끝까지 붉게 달아올랐다. 준일이 머리를 숙여 선의 목덜미에 입술을 부비며 달래듯 부드러운 숨결을 불어넣음에도 선은 자신이 아득한 저 밑으로 가라앉는 것 같았다. 너무 뜨겁고 기이했으며, 깊었다. 정말 세상의 끝인 듯했다.

아직 끝이 아니었다는 듯, 허리가 잡혀 들어 올려지더니, 더 밑바닥으로, 더 뜨겁고도 단단하고 깊게 준일이 밀고 들어왔다. 마침내 끝까지 선의 몸에 자신을 담은 준일이 뜨거운 한숨을 뱉어 내었다. 선의 고개가 자꾸 뒤로 젖혀지자 준일이 두 손으로 목을 받쳤다.

"선."

준일의 말에 간신히 눈을 떴다. 얼굴이 붉게 물든 준일과 시선이 얽혔다. 목을 받치고 있던 한 손을 빼내 선의 땀에 젖은 머리카락을 쓸어 넘겨 귀 뒤로 넘겨 주었다. 귓바퀴를 따라 손가락을 움직이다 고개를 숙여 속삭였다.

"귀까지 예뻐."

그리고 상상할 수도 없는 야한 말을 이어 말하였다. 부끄러워 손바닥으로 준일의 입을 막자 오히려 선의 손을 잡아 손가락 하나하나에 입을 맞추고, 혀로 핥고, 이로 긁듯 빨았다.

꽉 맞물린 곳에서 모든 걸 녹여 버릴 것 같은 홧홧한 열이 나기 시작했다. 남자를 안으로 빨아들였다. '미치겠군.' 준일이 가라앉은 목소리로 말하고는 천천히 허리를 움직였다. 목에서 가슴으로 천천히 쓸어내리면서 강하게 파고들고 휘젓는 감각에 선은 준일의 팔을 움켜쥐었다. 밀고 들어오고, 또 밀고 들어올 때마다 아릿한 통증과 함께 온몸에 화상을 입는 것 같았다. 숨은 제대로 쉬고 있는지도 혼란스러웠다. 자신의 귀로 들으면서도 내 입으로 내는 소리인가 믿지 못할 신음과 함께 리듬에 맞춰 저절로 몸이 움직였다.

준일이 목을 숙여 목덜미를 끌어당기며 먹어 치울 듯 키스를 퍼부었다. 혀와 혀가 휘감기며 서로를 빨고 당기고 깨물었다.

밤새 몸이 높은 곳에서 끝없이 아래로 툭툭 떨어지는 듯했다. 아니다. 무중력 상태로 공기 중에 떠올라 달로, 달로 향하였다.

붉은 비단을 뒤집어쓴 오랑캐가 '아이, 차가워. 아이, 차가워.' 하면서도 끝까지 물어 가려는 달로.

●■▲

"추워."

선이 어깨를 옹송그리며 중얼거렸다. 잠에서 깼나 싶어 몸을 일으켜 얼굴을 보니 잠들어 있었다. 잠꼬대다.

"추워?"

"응."

준일은 이불을 끌어다 목 아래까지 덮어 주었다. 허리에 팔을 둘러 가까이 끌어당겨 가슴에 등이 닿도록 하였다. 흐트러진 머리카락에 입을 맞추며 한쪽 다리를 다리 사이에 집어넣어 더욱 밀착하였다. 이마에서 코로 입술에서 턱으로 이어지는 선이 아름다웠다. 순진한 아가씨 같아 보이기도 하고, 접근할 수 없을 만큼 차가운 눈의 여왕처럼 보이기도 한다. 따뜻하고 부드러운 살결이 온몸을 자극한다. 욕망은 관세음보살의 인내와 자제를 끌어 모아 참았다. 선이 작게 소리 내어 웃었다.

"이제 따뜻해?"

답이 없다. 어쩐지 김이 샌다.

●■▲

잠에서 깨었을 때 침대에 혼자 있다는 것을 알 수 있었다. 선은 천천히 몸을 일으켰다. 온몸이 욱신거렸지만, 깊은 잠을 잔 듯 머리는 맑았다. 사이드 테이블 위에 놓인 시계를 바라보니 6시. 지금 집으로 돌아가 출근 준비를 하면 지각은 하지 않을 듯했다. 옷이 어딨지? 방 안을 휘휘 둘러보아도 찾을 수가 없었다. 이불을 둘둘 말아 바닥으로 발을 내리는데 문이 열린다.

"깼어요?"

막 샤워를 마쳤는지 남자의 머리가 젖어 있다.

"옷 어딨어요?"

"드레스룸에. 일단 샤워부터 해요. 샤워실 옆에 붙어 있으니 금방 찾을 수 있을 거야."

"집에서 할게요. 출근 준비도 해야 하고. 미안하지만 콜택시 좀 불러 줄래요?"

준일이 문에 몸을 기대며 팔짱을 꼈다.

"이러지 맙시다."

얼굴이 달아오르지만 애써 침착한 척하였다.

"뭘요?"

"하룻밤 실수처럼 굴지 말자고."

대답할 틈을 주지 않고 성큼 다가와 번쩍 들어 올렸다. 이불이 몸에서 바닥으로 떨어진다. 손을 뻗었지만 준일이 몸을 휙 돌렸다.

"내가 보는 게 싫으면 꽉 안기든가."

시선은 이미 가슴에 닿아 있다.

이 남자는 그녀가 당황하는 꼴이 보고 싶은 거다. 마음대로 될 줄 알고.

선은 준일의 목에 팔을 두르며 가슴에 자신의 가슴을 밀착시켰다. 젖은 머리카락에 손가락을 집어넣었다. 목덜미에 얼굴을 파묻으며 숨결로 남자를 자극했다.

"자극하는 거?"

"최대한 안 보이려고 밀착하는 거."

하하 웃는 남자의 몸이 흔들렸다. 넓고 강하고 따뜻하고, 나쁜 기분은 아니다. 방에서 오른쪽 벽의 미닫이문을 어깨로 밀자 1층으로 내려가는 계단과 욕실, 드레스룸으로 이어진 공간이 나타났다. 샤워 부스로 데려가서야 선을 내려놓더니, 허리에 팔을 두르며 끌어당겨 입을 맞추었다. 당황하여 양팔을 가슴에 대고 밀어내 보려 했지만 어림도 없다. 한참 입술을 탐하던 준일이 얼굴을 내려 목덜미에 입을 맞추며 내려오다 젖가슴을 크게 베어 물었다. 뜨거운 입 안으로 강하게 빨려 들어가는 느낌에 부끄러운 신음이 선의 입 밖으로 새어 나왔다. 준일이 가슴을 문 채 낮게 웃고는 젖꼭지를 혀로 핥고 굴렸다. 다른 쪽 가슴도 마찬가지로 베어 물고서 길게 빨아 당겼다. 서 있던 두 다리의 힘이 빠질 때쯤, 미지근한 물이 순식간에 머리에 쏟아져 내렸다.

"샤워하고 나와요."

준일이 입고 있는 스웨트 셔츠가 물에 젖는 것도 아랑곳하지 않고 말한다. 샤워기에선 곧 따뜻한 물이 나오기 시작했다.

"온도도 적당하네."

쏟아지는 물에 선은 눈을 뜨기 어려웠다.

10. 사과 씨를 깨물면

준일이 놓아둔 새 칫솔로 이를 박박 닦았다. 뿌연 수증기로 가득 차기 시작한 욕실에서 머리를 감고 샤워볼로 몸을 닦아내다 주저앉았다. 짙은 목소리와 닿았던 입술과 숨결, 혀와 손, 그리고 자신의 몸 안에 있던 남자를 생각하자 그대로 서 있을 수가 없었다.

부끄러웠다. 잠시 동안 주저앉은 채 뜨거운 물을 맞았다. 타일 사이로 흐르는 물을 바라보다 무릎 위로 고개를 박고 머리를 흔들었다.

1층 식당으로 내려가자 8인용의 커다란 테이블 위에 바나나를 슬라이스해서 얹은 콘플레이크와 우유, 물, 툭툭 크게 4등분한 사과가 올려져 있다.

"앉아요. 먹을 거라곤 언제 샀는지 기억도 안 나는 식빵밖에 없어서 편의점 갔다 왔어요. 커피?"

"네."

선의 대답에 준일은 주방으로 다시 들어갔다. 음식이 차려진 테이블에 앉자 거실이 정면으로 보였다. 테라코타 타일로 마감한 바닥에 카펫을 깔아 따뜻하게 느껴지는 공간이다. 3인용 검은 가죽 소파 양옆에 놓인 붉은빛 도는 갈색 문갑은 한눈에도 오래돼 보였다. 선화보살님이 쓰시던 물건인 듯했다. 소파 테이블에는 잡지와 책이 제멋대로 쌓이고 흐트러져 있고, 왼쪽 벽에 놓인 반닫이에는 열쇠라든지 우편물, 고지서 따위를 두는 투박한 질그릇이 놓여 있었다. 오른쪽 거실 전면창 앞에는 천장까지 닿을 듯 커다란 고무나무 화분이 있었고, 창밖으로 아직 새벽에 잠긴 정원이 보였다. 무엇보다 이 집의 독특함은 노출콘크리트로 마감된 벽과 옛 수도원처럼 둥근 천장과 천장 아래의 조그만 창이었다. 그 창으로 푸른 새벽빛이 스며들고 있었다.

선은 조그만 창을 바라보며 물을 마시다 잠시 멈추었다. 따뜻한 물이다. 차갑지도 미지근하지도 않은, 딱 알맞은 따뜻함. 물잔을 내려놓는데, 머그잔 두 개와 껍질을 벗기지 않은 사과를 든 준일이 주방에서 나왔다.

"편의점표 사과랑 바나나지만 맛은 보장합니다."

커피를 내려놓으며 준일은 선의 옆에 앉았다. 몸을 반쯤 돌려 선을 바라보며 다리를 꼬고 앉아 사과를 한입 베어 물었다. 와작, 경쾌한 소리와 함께 사과 향이 퍼졌다. 선은 커피를 마셨다.

"우유 먼저 먹거나, 사과 먼저 먹어요."

선은 준일을 빤히 바라보며 반항하듯 커피를 한 모금 더 마셨다. 알겠다는 듯, 씩 웃으며 사과를 먹는 준일의 눈에 웃음이 배어 있다.

유치한 짓은 그만두자.

선은 커피를 내려놓고 사과를 집어 한입 먹었다. 잠시 동안 아삭아삭 사과 씹히는 소리만 둘 사이에 있었다.

"사과 씨 깨물어 본 적 있어요?"

선의 갑작스런 질문에 준일이 먹던 사과를 들어 보였나.

"이 사과 씨?"

"네."

"글쎄. 몇 번 씹어 본 적은 있지 않을까? 삼키기도 했을 테고."

"한번 깨물어 봐요."

선이 먼저 요구하는 것이 신기하다는 듯, 준일의 눈이 반짝였다. 곧 사과에서 씨를 빼내 입 안에 넣었다.

"어때요?"

"풋사과 향이 나는데."

"독이 있대요."

사과 씨를 깨물어 먹는 걸 좋아했다. 앞니로 톡 깨물면 향긋한 초록의 맛이 났다. 그런 선을 연은 기겁하며 말렸다.

'선, 그거 먹으면 죽어. 죽는대. 독이 있대. 뱉어. 뱉어.'

말하고는 선이 뱉는 것도 기다리지 못해 입 안에 손가락을 집어넣어 짓이겨진 사과 씨를 빼냈었다.

'안 죽어. 지금까지 먹어도 멀쩡했는걸.'

'그러다 독이 몸에 쌓여서 어느 날 꽥하고 죽으면 어떡해. 앞으로 절대 먹으면 안 돼.'라고 해 놓고는.

먼저 미련 없이 죽어 버렸다.

"이걸 매일 먹으면 독에 단련될 수 있는 건가."

뜻밖의 반응에 선은 피식 웃었다. 놀라는 걸 보고 싶었는데 말이지.

"어제 성공했어요?"

이번엔 준일의 질문이다.

"생각하지 않는 거."

선은 준일을 물끄러미 바라보았다. 천장 아래 조그만 창이 점점 밝아 온다. 곧 아침이다.

우울과 분노가 구두점 없이 이어졌던 시간들 속에서 어젯밤은 분명 쉼표였다. 아니, 느낌표였나? 인생을 뒤돌아봤을 때 말줄임표로 처리하고 싶어질지 모른다. 빨간 플러스펜으로 엑스 자를 좍좍 긋고 전체 삭제라고 적어 둘지도 모르지. 어쩌면 따로 발췌해 아무도 모르는 서랍에 숨겨 둘지도 모른다.

"네. 기술 좋으시던데요."

무심히 말하고 콘플레이크에 우유를 부었다. 오목한 스푼을 쥐는데 준일이 다리를 뻗어 선이 앉아 있는 의자 다리에 발등을 걸어 자신 쪽으로 끌어당겼다. 순식간에 거리가 좁혀지며 스푼이 바닥에 떨어져 나뒹굴었다. 둘의 시선이 얽히고 뜨거운 숨결이 묶였다. 얼마쯤 시간이 지났을까.

"말 한마디에도 기분이 상하는걸 보니, 마음을 뺐기긴 했나 봐."

준일이 자조하듯 말하고는 의자에서 일어났다.

"스푼 다시 가져올게요."

"여전히……."

선은 시선을 바닥을 둔 채 말을 이었다.

"여전히 내가 불쌍해 보여? 뭐라도 먹게 해 주고 싶은 만큼?"

준일이 선과 거리를 두듯 의자를 뒤로 끌어다 놓은 뒤 앉았나.

"뭐라도 먹게 해 주고 싶은 건 맞지만, 불쌍하게 본 적은 없는데."

"맛있는 거 사 먹어. 닭꼬치 같은 거 말야. 스님 몰래."

여전히 또렷하게 기억하고 있는 준일의 말을 느릿느릿 읊조렸다.

"또 보자."

준일이 선의 말을 이어 말하였다. 기억하고 있었나? 고개를 들어 준일을 바라보았다.

"또 보고 싶었는데. 친척집으로 갔다면서 연당 스님이 잘된 일이라고 하셨지."

잘된 일이었을까? 절에 계속 살았었다면 이리 가슴이 먹먹해지는 이별을 또다시 겪지는 않았을 텐데.

"그런데 잘된 일인지 모르겠어. 잘된 일이었어?"

"왜 그런 질문을 해?"

"늘 울 것 같은 눈이거든. 지금도."

선은 피식 웃었다.

"그런 말로 몇 명의 마음을 흔들었어?"

"아무도."

준일이 결백을 주장하듯 두 손을 들어 올렸다. 선은 팔을 뻗어 테이블 위의 사과를 집었다.

"내가 당신 앞에서 눈물을 흘렸다고, 또 같이 잠을 잤다고 그동안의 내 삶을 넘겨짚지 마. 평범하진 않았을지 몰라도 특별히 불행하지도 않았어."

손안의 사과를 물끄러미 내려다보다 손가락으로 사과 씨를 빼내 입에 넣었다. 틱, 경쾌하기조차 한 소리와 함께 사과 씨가 입 안에서 부서졌다.

"당신에게 끌렸어."

선은 마침내 인정한다는 듯 짧게 웃었다. 어떻게 안 끌릴 수 있겠어. 들릴 듯 말 듯 작게 이어 말하였다.

"그리고 그만큼 거부감이 들었지. 이 막연한 거부감이 어디서 오는 걸까 했는데, 지금 명확히 알았어. 그때의 나를 아는 김준일이 싫은 거야. 연당 스님, 주지 스님, 공양주 보살님, 모두 좋은 분들, 여전히 소중한 인연, 기억인데……, 난 그때의 내가 싫거든. 그때의 나를 기억하는 김준일도 싫어. 무슨 말인지 알겠어? 내가 불쌍했던 시절을 떠올리게 하는, 아니, 내가 불쌍한 애라는 걸, 단돈 6만 원에 친절하게 알려 줬던 김준일이 싫어. 오늘 이 집을 나가면 당신을 안 볼 거야. 건축신문도 다른 사람한테 부탁해서 넘길 거고."

"내가 잊고 싶은 기억이야?"

"외면하고 싶은 기억. 저 어딘가 구석에 처박아 두고 싶은 기억."

"뜨거운 밤을 보낸 다음 날 듣기엔 가슴 아픈 이야기네."

준일의 말에 선은 낮게 웃었다.

"그래도 이렇게 반말할 만큼 편해지긴 했어."

"외면하고 어딘가 처박아 두고 싶긴 한데, 편해지기는 했다라."

나직한 목소리에 선은 고개를 들어 준일의 얼굴을 말없이 바라보았다.

"공간은 마련해 뒀어?"

"공간?"

"나랑 '섹스'한 기억을 처박아 둘 곳 말이야. 여분으로 잔 다음 날 도망친 기억까지 보관할 곳도 필요할 거 같은데. 6만 원 기억창고보다 넓고 튼튼해야 할 거야. 꽤 강렬한 밤이었잖아."

"잊을 거야."

"과연? 네 말처럼 실력 좋았잖아."

준일을 쏘아보았다. 그래서 나보고 어쩌라고?

"사내아이가 최선을 다해 잘해 주려고 했던 거야. 사려 깊지는 못했어도, 20년이 지나서, 그것도 섹스한 다음 날, 그때 내가 이만큼 상처받았었다며 비난받을 일이라고는 생각 안 해."

"비난한 거 아냐."

"그래. 도망가려는 핑계지. 솔직해져 봐, 유선. 난 적어도 너에게 진심으로 부딪쳤어."

준일은 새빨갛게 달아오른 선의 얼굴을 바라보며 차분한 목소리로 말을 이었다.

"이렇게 구구절절 내가 싫다는 여자를 끌고 갈 생각은 내 쪽에서도 없어. 건축신문 일도 다른 사람한테 넘기지 마. 우리 둘 다 성인인데, 공과 사는 구분해야지. 그것도 못 할 만큼은 아니잖아."

순식간에 낯선 사람이 되어 말하는 준일에게 상처받지는 않을 것이다. 자신이 원하는 결론을 내 준 것이니, 상처받을 이유 따위 없다. 마음 깊은 구석, 인생에서 거절이란 단어는 모르고 살았을 남자의 맨얼굴을 보고 싶다는 치졸한 욕망도 있었다.

확인한 김준일의 맨얼굴은 매끈했다. 아니다. 저 남자는 상처받지 않았다. 그러니 맨얼굴을 보인 것도 아니다. 다만, 벌어진 일과 선에 대해 간단하게 정리했을 뿐.

"건축신문 일은 그대로 진행할게. 맞아. 일인데, 개인적인 감정이 앞섰어."

선은 허리를 반듯하게 세웠다가, 어깨에 힘을 주었다가, 결국 의자에서 일어섰다.

"갈게."

"감히 유선의 삶을 넘겨짚지는 않았어. 그렇게 느껴졌다면 내 잘못이야. 다만 한 가지는 정확하게 알아."

"……뭘?"

"모든 것에 필요 이상으로 방어적일 만큼, 현재 매우 연약한 상태라는 거."

준일은 망설임 없이 말을 이었다.

"무엇보다 절박하도록 외롭지. 잊고 싶고 외면하고 싶다는 남자와 잠을 잘 정도니까. 유선은 외로움에 김준일을 이용했고, 김준일은 유선의 그 외로움을 이용한 셈이고. 그러지 말았어야 했는지 모르겠지만."

준일은 어깨를 으쓱했다.

"그러긴 싫었거든."

"착각하지 마. 한번 자고 싶어서였지, 외로움을 위로받고 싶어선 아니었어. 그 정도로 연약하진 않아."

"그래?"

"그래."

"외로움에 약해진 마음 때문이 아니란 거지?"

선의 오기 어린 침묵을 긍정으로 받아들인 준일이 입 끝을 얄밉게 끌어 올렸다.

"오늘 아침 들은 말 중 제일 좋은 말이네."

"너, 진짜 싫어."

의자에서 벌떡 일어난 준일이 선의 허리를 잡아 테이블에 앉혔다.

"내가 싫어도, 이렇게……."

고개를 숙여 부풀어 오른 입술에 입술을 맞대었다.

"……키스하면, 또 넘어올 거야?"

커다란 두 손이 선의 얼굴을 감싸는 동시에 고개를 비틀어 입 안으로 혀를 밀어 넣었다. 고개를 뒤로 빼려는 선을 준일이 어림없다는 듯 붙잡았다. 입을 더 크게 벌려 부드럽게 혀를 휘감다 빨아 당겼다. 온몸이 저릿해지며 따가운 느낌마저 들었다. 점점 숨은 가빠져 가는데, 남자는 더 깊이 머리를 숙여 파고들었다. 고개가 뒤엉켜도 입술은 떨어지질 않았다. 셔츠 안으로 손을 집어넣어 등줄기를 따라 오르다 브래지어를 밀어 올리고 크고 길쭉한 손가락으로 가슴을 쥐었다. 날카로운 감각에 선은 고개를 뒤로 젖혀 입술을 떼어 내었다.

"싫다는 여자 끌고 갈 생각 없다면서."

"그거?"

준일이 팔을 선의 등 뒤로 돌려 브래지어 후크를 풀고 셔츠의 단추를 풀기 시작한다.

"거짓말이야."

당연히 거짓말이지. 그걸 믿었냐는 얼굴로 준일이 셔츠와 속옷을 한 번에 벗겨 내었다.

"유선, 넌 네 말이나 몸짓이 남자를 얼마나 미치게 하는지 몰라."

선의 손을 자신의 트레이닝 바지 안으로 이끌었다.

"도망가지 말고, 날 휘둘러 봐. 내가 너한테 절절 기도록. 옛날 6만 원 기억 따위 우습게 느껴질 만큼."

"……바닥까지 기게 만들 거야."

"기대할게."

그 뒤로는 기억이 별로 없다. 셔츠를 벗겨 내는 손이 뜨거웠었다는 것과 드러난 살갗에 소름이 돋았었다는 것. 준일이 청바지를 벗길 때 잘 벗겨지지 않아 둘 다 웃음이 터졌었다는 것 정도. '다음부터는 치마를 입도록 합시다.'라고 말했었던가? 정확하지 않다. 와 닿은 입술과 혀와 살의 감촉이 너무 좋아 자꾸자꾸 파고들었다. 또다시 준일의 몸이 버겁도록 깊게 밀고 들어왔을 때엔 온몸이 물고기의 아가미가 되어 할딱할딱, 반복하며 숨 쉬는 것 같았나. 천장의 작은 창으로 들어오는 아침 햇빛이 눈부셔 눈을 감았던 것 같다.

마지막엔 조금 울었던 것 같기도 하다.

11. Vanitas vanitatum omnia Vanitas

오늘까지 무슨 일이 있어도 세르카스의 소설 2부까지는 교정을 봐야 하고, 표지 발주서도 작성해서 디자인팀 서혜림에게 전달해야 한다. 계약상 한국어판 표지를 에이전시를 통해 프랑스 출판사와 원작자의 오케이를 받아야 하기에, 좀 더 서둘러야 했다. 시월에 인문예술팀 두 명이 두 권의 신간을 출간하는 동안, 문학팀 다섯 명은 각자의 이유로 한 권의 신간도 내지 못했다.

진 팀장은 역자의 번역이 너무 직역인 건 둘째로 인명이며 지명을 제멋대로 표기해 원서와 대조 작업을 하느라, 지영은 워낙 방대한 분량이라 속도가 더뎌서, 진라는 표지까지 나온 원고를 최종 확인만 한다던 역자가 어색한 문장이 많아 다시 교열을 보겠다고 하는 바람에 골머리 중이었다. 그나마 재형의 원고만 출간을 앞두고 있었다. 이런 상황에 자신은 정신이 나가 있으니 진도가 제대로 나갈 리가.

점심에 걸려 온 전화를 받지 않았다. 일부러 받지 않았다고 생각할까, 아니면 단순히 받지 못했다고 생각할까? 다시 전화가 오면 자신은 받을까, 받지 않을까? 스스로도 답을 알지 못하는 중이었다.

전화 한 통에 발발 떨면서, 바닥까지 기게 하기는 무슨. 그 말을 한 자신도, 기대한다는 준일도 장난 같은 말이었다는 걸 알았을 것이다.

"커피 마시자."

"아……."

'나 지금 좀 바빠.'라는 말은 진라의 얼굴을 보고 삼켰다. 눈에 핏발이 서고 눈두덩이가 푹 꺼져 커피보다는 당장이라도 누워야 할 얼굴이었다.

"다음 캡슐 살 때는 이 녹색은 빼자고 하자. 맛없으니까 마지막까지 이것만 남잖아. 어오, 사약이 따로 없구먼. 크으."

진라는 캡슐 커피머신에서 내린 커피를 소주를 마시듯 마시고는 2층 발코니에 놓인 의자에 앉아 스트레칭하듯 다리를 쭉 폈다. 2층은 로프트북의 출간 도서를 전시하고, 강연이나 세미나, 전시, 음악 공연이 있을 때면 대여도 해 주는 공간이었다. 일요일까지 있던 목판화 전시가 끝나고 작품이 철수된 현재는 가벽만 남은 채 비어 있었다.

"울화가 치민다. 선생님이 열심히 마지막까지 붙잡고 하시는 거 이해도 하고 쬐끔 존경스러운 마음도 들지만, 제발 그만 고쳤으면 좋겠다. 맨날 '이번이 마지막이에요.' 이러신 게 몇 번째냐고요. 또 보신다고 하면 콱 들이받을 거야."

"많이 남았어?"

"한 8시까지 보면 될 거 같아서, 다 보고 퇴근할까 해. 늦어도 다음 주 수요일에는 제작 넘겨야지. 넌?"

"오늘 2부는 다 봐야 하는데."

딴생각만 한다.

"울 양갱도 봐야 하는데. 아차차. 몇 시지? 한 시간 간격으로 톡 안 하면 양갱이 슬퍼하는뎅."

진라의 손가락이 휴대폰 액정 위로 빠르게 움직인다.

"내가 그동안 연락에 너어무 집착해서 차였는데 말이지. 울 양갱은 내가 집착할수록 좋아하잖아. 맘껏 집착할 수 있어서 너무 좋아."

선은 맛없는 커피를 마시며 고개를 끄덕였다. 발코니에서 내려다보이는 효자로에 은행잎이 꽤 떨어져 있다.

"양갱이 8시에 데리러 오겠대. 어제 한 시간밖에 못 봐서 지금 눈에 핏발 섰대. 아유, 귀염둥이. 너도 야근할 거면 같이 저녁 먹을래?"

"내가 커플 사이에……."

전화가 온 것은 그때였다. 모르는 번호였다. 스팸 전화도 많지만, 미처 저장하지 못한 역자나 에이전시 담당자 같은 거래처 사람일 수 있으니 일단 받는 편이다. 진라에게 눈짓을 하고 통화 버튼을 눌렀다.

"네."

— 김기조입니다.

처음에는 누구인지 바로 알지 못했다.

●■▲

미처 끝내지 못한 원고가 들어 있는 가방을 고쳐 메고 카페 스프링의 문을 열었다. 가게 제일 안쪽 자리에 앉아 있는 기조는 눈을 감은 채였다. 바로 앞까지 걸어갔음에도 잠이 든 것인지 깊은 생각에 빠진 건지 눈을 뜨지 않는다. 선이 손가락으로 테이블을 톡톡 쳤을 때야 기조가 천천히 눈을 떴다. 잠시 그대로 선을 바라보다 자리에서 일어났다. 양복 단추를 잠그며 고개를 숙여 인사했다.

"갑자기 전화 드렸습니다. 앉으세요."

선은 마주 고개를 숙여 인사하고는 의자에 가방을 내려놓고 지갑을 꺼내 들었다.

"제가 주문하겠습니다."

타고난 말투인지 경영에 참여하며 습득한 것인지, 선의 말을 끊는 목소리는 부드럽지만 어딘지 고압적이었다.

"차 종류로, 아무거나 괜찮아요."

기조가 주문을 하는 동안 선은 무릎에 올려놓은 손을 쥐었다 폈다. 평소 건조한 손바닥에 땀이 배일 정도로 긴장되었다.

고개를 돌려 계산대에 서 있는 남자를 바라보았다. 자연스럽게 빗어 넘긴 머리카락은 단정했고, 나이보다 노련해 보이는 얼굴에는 피로와 긴장이 뒤섞여 있었다. 무슨 일인 걸까? 왜? 약혼한다면서.

"잘 지내셨냐는 인사는 생략하는 게 낫겠죠?"

주문을 마친 기조가 자리에 앉으며 가볍게 대화를 시작했다.

"네."

"놀라시진 않으셨습니까?"

"조금요. 약혼하신다고 들었습니다. 축하드려요."

선의 말에, 기조가 삐뚜름하게 웃었다.

"이런 대화를 주고받는 건 처음 같은데 연한테 들은 게 많아서인지 오래 알았던 사람 같습니다."

"제 이야기를요?"

"우린 할 이야기가 그다지 많은 커플이 아니었거든요."

커피 한 잔과 삼각 티백이 담긴 페퍼민트가 테이블에 놓여졌다.

"식사하자고 하면, 선과 벌써 밥 먹었어요. 영화 보자고 하면, 선과 이미 봤어요. 주말에 만나자고 하면 선과 약속 있어요. 겨우 만나면 선이 이랬어요. 선과 뭘 했어요. 선이는, 선이가………."

기조는 잠시 말을 멈추고 커피잔을 들어 올렸다.

"나중에야 선이라는 이름 안에 인주라는 사람이 절반이었다는 걸 알았죠."

선은 커피를 마시는 기조의 얼굴을 아연히 쳐다보았다.

인주? 그 최인주?

"역시 알고 있었군요. 최인주에 대해서요. 그럼 이것도 알고 있습니까?"

커피잔의 모서리에 시선을 둔 채 기조가 말을 이었다.

"제가 죽인 거요, 연이."

자신이 무슨 말을 했는지 모르는 사람처럼 기조는 태연히 커피잔을 내려놓고 의자에 등을 기대었다. 말을 고르듯 입을 다물었다 다시 떼었다.

"약혼하기 전, 먼저 찾아와 약혼하고 싶지 않다고 말하더군요. 부모님에게 떠밀려서 하는 약혼은 서로에게 좋지 않다면서요. 저보고 사랑하는 사람과 결혼하라며, 선심 쓰듯 말입니다."

"그래서요?"

"사랑하는 사람이 있냐고 물었더니 없다고 하기에, 그럼 난 결혼해도 상관없다고 했어요. 굉장히 실망하더군요."

'그 사람은 자기 의지라는 게 없는 거 같아.'

"연이 모르는 것이 있었어요. 결혼하고 싶다고 청한 것도, 밀어붙인 것도 저였거든요."

선의 얼굴이 굳어졌다. 결혼은 김 회장이 추진한 것으로 알고 있었다.

"어리석은 착각에 빠진 거죠. 아버지가 전혀 관심이 없어 보였던 서예를 갑자기 배우시겠다고 한 것도, 많고 많은 서예 선생 중에 유 선생님을 선택하신 것도, 그룹에서 후원하는 곳이기에 억지로 갔던 국악 공연 팸플릿에서 눈에 띄었던 여자가 유 선생님의 딸이었다는 것까지. 그 모든 우연을 종합하여 운명이라 착각한 겁니다. 운명은 우연의 얼굴로 나타난다는 따위의 감상적인 말을 믿으면서요. 어리석게도."

말을 멈춘 기조가 이마를 매만졌다. 몹시 피곤해 보인다.

"약혼하고 나서 석 달 뒤쯤 다시 먼저 찾아와, 사랑하는 사람이 있다고 말하기에 이미 늦었다고 했어요. 자신은 평생 나를 사랑하지 못할 거라고 하기에, 비웃어 주었습니다. 나는 자신 있다고. 네가 나를 사랑하게 할 자신이. 아주 많이. 참지 못하고 뒷조사를 했더니 여자더군요. 기분이 묘했지만 나쁘지는 않았어요. 오히려 남자가 있는 것보다는 낫다는 생각까지 했었으니까요."

약혼하고 석 달 뒤라면, 결혼이 채 한 달도 남지 않았을 때였다. 알고 싶지 않은 비밀을 듣는 거 같았다. 이대로 자리에서 일어나 밖으로 나가 버리고도 싶었다. 전화를 받지 말아야 했다. 모르는 번호는 무시해야 했다.

"사실을 알고도, 어떻게 그런 생각을 했나요?"

"상처 입고……, 이미 선택했고……, 그만둔다는 건 용납할 수 없었으니까."

기조가 느릿하게 냉소했다. 선의 반응을 살피기라도 하듯 물끄러미 바라보다 말을 이었다.

"연이 먼저 나를 찾아온 게 딱 세 번이었는데 매번 같은 이유였어요. 세 번째에는 제발 놓아 달라 애원하며 자신은 여자를 사랑한다고 고백을 하더군요. 해서 알고 있다고, 나는 너의 비밀을 마음껏 이용할 생각이라고, 나에게서 도망치면 너는 물론이고 네가 사랑하는 최인주도 법조계에서 끝장내 주겠다는, 양아치 같은 치졸한 협박도 서슴지 않았습니다. 물론 부모님도 생각하라고 들먹였죠. 최인주를 불러 삼자대면도 했습니다. 그 여자는……, 역시나 친한 친구 사이일 뿐이라고 부인하더군요. 그 뒤에는 호텔에 끌고 가 옷도 벗겼어요."

기조가 자조적인 웃음을 지었다.

"사고 나기 보름 전이었습니다."

그때의 연을 떠올려 본다.

'선, 오늘부터 결혼식 전까지 같이 잘까? 이제 그럴 수 있는 날도 없잖아.' 말하며 희미하게 웃던 연의 얼굴을. 목덜미에 나 있던 붉은 자국을.

당황했었지. 내가 들어갈 수 없는 어떤 너머, 낯선 공간으로 네가 넘어갔다는 은밀한 증거 앞에서. 몸을 웅크린 채 잠든 너의 머리카락을 손끝으로 매만지며 우습게도 백운사 승방에서 처음 잤던 밤을 떠올렸었다. 슬픔이었다. 외로움이었다. 아직 채 자라지 못한 어린애의 두려움이었다. 너는 지옥을 헤매고 있었는데. 내가, 내가, 너의 목소에 담긴 절망을, 눈빛의 슬픔을 알아채지 못하고. 내가 그러고 있었구나, 연.

"지금에서야 이런 이야기를 하시는 이유가 뭔가요?"

제 목소리가 아닌 목소리가 목구멍을 비집고 나온다.

"이를테면 고해성사."

비웃음을 삼킨다. 고해성사?

"지난번 인사드리러 갔을 때, 아버님이 유선 씨를 걱정하시더군요."

"단지 그 이유 때문에요?"

"둘이 함께 자란 누하동 집. 연보다 유선 씨가 더 아꼈다는 그 집에서 나왔다고 들었을 때, 뭔가 알고 있을 거라는 생각이 들었어요. 연의 죽음에 죄책감……."

기조가 말을 멈추었다, 이었다.

"……갖고 있잖아요."

"제가요?"

"아닙니까? 나는 매일매일이 고통스러웠는데."

의아하게는 생각했었다. 마음에 없는 결혼이었다는 듯, 보란 듯이 발인에도 오지 않았던 약혼자였다. 그랬던 그가 1년이 지나 큰아버지에게 찾아와 죄송하다며 그동안 간직했었던 듯 반지를 돌려주었다고 했을 때, 사실은 연을 마음 깊이 품었던 건 아닐까, 연의 빈소에서 이마를 오래 바닥에 댄 채 엎드려 있던 모습이 떠올라 연민의 마음도 들었었다. 그래서 연을 조금 더 원망했었다. 네가 상처 주고 간 많은 사람들을 보라며. 죽어버리는 대신, 다른 방법을 찾았으면 안 되었냐고. 나에게만이라도 말해 줬더라면. 나는 너를 위해서 무슨 짓이든 했을 텐데.

"결혼하려니 마음에 걸리시던가요. 결혼 전에 죄 사함이라도 받으시려고요?"

"그렇게 뻔뻔하지는 않아요. 그저 제가 연에게 해 줄 수 있는 처음이자 마지막 선의라고 생각해 주십시오."

"뭐가요?"

"죄책감 가지지 마세요. 그쪽이 막을 수 있었던 일이 아니었습니다."

얼굴이 달아올랐다.

"유선 씨가 할 수 있었던 일은 없었을 겁니다. 그때 전 미쳐 있었으니까요."

힘껏 기조의 뺨을 후려쳤다. 찰싹 소리가 조용한 카페를 울리고, 사람들의 시선이 눌에게 날아 꽂혔다. 기조는 고개가 돌아간 채로 시선을 허공에 두었다. 얼굴에 어린 깊은 회한과 고통은 외면하였다. 너의 상처 따위 헤아릴 아량은 남아 있지 않아.

"거지 같은 새끼. ……되게 고맙네."

"……그 뮤지컬, 왜 본인이 와야 했는지 생각해 본 적 있습니까?"

기조가 뜻밖의 말을 꺼냈다.

"연이 급한 일이 생겼다고 했었어."

"내가, 그쪽을 탐했거든."

여전히 시선은 허공의 어느 지점에 둔 채, 남자는 믿기 어려운 말을 내뱉었다.

"정확히는 욕망. 어디로든 끌고 가 몸을 묻고 싶다는 충동. 내가 누하동 집에서 그쪽을 바라볼 때마다 옷을 벗겼다는 걸, 연은 알았지."

우악스러운 손이 사정없이 몸속을 헤집었다. 목구멍으로 비린내가 올라왔다. 구역질이 날 것 같다.

"그쪽 이야기를 끊임없이 하는 걸로도 모자라, 우리 둘을 만나게 해서 내 마음을 돌려 보겠다는, 어린애 같은 패를 던졌어. 결과적으로 최악의 패였지. 그날 이후 더 미쳐서 날뛰었거든. 결혼을 앞당기고, 최인주를 불러내 협박하고, 호텔에 끌고 가고……. 나는 나를 알아. 연과 파혼했다면, 분명 그쪽을 가졌을 거야."

기조가 자조하듯 웃었다.

"사촌이라니. 거지같은 삼류 드라마의 주인공 따위 될 생각은 없었어. 고작 한순간에 불과할 욕망 때문에 휘둘린다는 걸 용납할 수 없었지. 연에게 했던 말은 스스로에게 했던 말이나 마찬가지였어. 나도 너를 사랑할 자신이, 그래서 내 선택이 틀리지 않았음을 증명할 자신이 있다고."

깊이 숨겨 두었던 장면이 수면 위로 떠올랐다. 무안함에 손톱을 긁고 있던 자신의 손안으로 남자의 손가락이 들어왔던 순간. 손가락을 벌려 손톱과 손톱 사이를 떼어 놓던, 그때의 태연했던 얼굴.

도망치듯 자리에서 일어났다. 휘청거리며 카페를 나와 거리를 걸었다. 뒤따라 나온 기조가 선을 붙잡았다. 미친 듯이 가방을 휘둘렀다. 소리를 질렀다. 얼굴을 치고, 어깨를 치고, 가슴팍을 밀어냈다.

"내 몸에 손대지 마. 손, 대지 마."

몇 번을 휘둘러도 준일과 비슷한 체격의 남자는 휘청이지도, 뒤로 물러서지도 않았다. 선은 둘 사이를 막듯 가방을 끌어안았다. 눈물이 흘러 내렸다. 가방을 꽉 껴안고 있어 닦을 손이 없었다. 눈물이 볼을 타고 턱에서 뚝뚝 떨어졌다.

기조가 한 손을 올려 턱을 닦아 냈다. 그 손이 바르르 떨리고 있음을, 눈빛에 검은 물이 일렁이고 있음을 선은 알 수 있었다.

선은 뒤로 한 걸음 물러섰다. 눈앞이 또 흐려지려 해 그대로 몸을 돌려 걷기 시작했다.

어두워진 거리에 불빛들이 반점처럼 퍼져 나갔다. 신호등은 끊임없이 바뀌고 차들은 함부로 경적을 울려 댔다. 시작과 끝이 분명하지 않은 여러 겹의 장면들이 눈과 머릿속을 가득 채워 두통이 일고 눈앞이 흐려졌다.

사람들을 따라 상점을 지나고, 나무를 지나고, 골목길을 지났다. 불이 켜지지 않은 누하동의 집 앞에 서서 어둠 속에서 붓을 쥐고 칼을 토해 내고 있을 큰아버지를 떠올렸다. 다시 걷고 걸어 하늘재 쇼룸 윈도우 안쪽으로 큰어머니가 오고가는 모습을 바라보았다. 이리저리 몸이 흔들려 제대로 서 있기가 어려웠다.

●■▲

집에 돌아와 연이 남긴 상자를 침대 밑에서 끄집어내었다. 차마 열어 보지 못했던 연의 노트를 펼쳤다.

읽어 내려가다, 그대로 얼굴을 묻고 한참을 울다, 다시 읽어 내려갔다. 거친 수세미로 살갗을 벗겨 내는 것 같아도 외면하지 않고 연의 기록을 한 글자 한 글자 눈에 새겼다.

노트의 마지막에는 이렇게 적혀 있었다.

선.

어느 날엔가

빈껍데기만 남은 채

기어이 눈 뜨고 죽어 있을 내가 보여.

허무해.

남아 있는 모든 것이.

참을 수 없게.

허무해.

선.

선은 노트를 덮고 몸을 돌려 웅크렸다. 바닥에 이불도 깔지 않고 그대로 잠이 들었다.

●■▲

달이 얼음 조각처럼 깨지며 얼굴 위로 떨어지는 꿈을 꾸었다. 아름답고도 슬퍼, 일어나니 눈물에 얼굴이 흠뻑 젖어 있었다.

맨몸으로 잤던 몸이 삐그덕삐그덕, 죽은 덩굴 뿌리에 휩싸인 낡은 건물이 된 것 같았다. 손바닥으로 눈물을 닦아 내고, 바닥에 떨어진 머리끈을 주워 헝클어진 머리카락을 묶었다. 시간은 오후 1시 40분. 꽤 긴 잠을 잔 셈이었다.

준일에게 와 있던 세 통의 부재중 전화는 삭제해 버렸다.

허기가 몰려와 냉장고에서 보리차를 꺼내 주전자에 한 컵 분량을 붓고 가스레인지를 켰다. 각설탕 세 개를 컵에 넣고 싱크대에 몸을 기대어 멍하니 맞은편 벽을 바라보았다.

잠을 자면 깨어나고, 먹지 않으면 배가 고프다.

육체는 마음의 고통 따위 아랑곳없다. 비웃는다.

보리차는 금세 끓어올랐다. 김이 나는 주전자를 들어 설탕이 들어 있는 컵에 천천히 따랐다. 갈색 설탕이 뜨거운 물에 녹아내리며 짓뭉개졌다.

보리차는 아주, 뜨겁고 달았다.

12. 기억의 공간

— 유 편집자, 일 이렇게 하는 거 아니에요.

수화기 너머의 목소리에서 화가 느껴진다. 선은 미간을 찡그린 채 휴대폰을 귀에 대고 있을 최의 얼굴을 떠올려 본다. 검은색 드레스 셔츠를 입고 하얗게 세기 시작한 머리에 젤을 발라 앞머리를 높게 위로 빗어 넘겼던 불문과 교수. '제자들이 나 보고 뱅상 카셀 닮았다고 하던데, 유 편집자가 보기에도 그래요?' 능글거리던.

두 달도 전에 보냈던 원고를 개강이다, 강의다, 학회지 마감이다, 중간시험이다, 이 핑계 저 핑계로 미루고 미루더니 이제야 본 모양이다.

"선생님."

'하, 진짜 짜증나게 하네.' 최의 한숨 섞인 목소리가 송곳처럼 귀를 찔렀다.

— 내가 왜 선생이야. 교수지.

“죄송합니다, 최 교수님.”

— 내 번역이 유 편집자가 윤문을 해야 할 정도로 형편없었어요?

“윤문이라니요. 교정지 보시면 아시겠지만 교수님 번역에서 문맥만 다듬은 것이고…….”

— 교정지 보고 전화한 거잖아요. 이게 다듬은 수준이야? 그리고 뭘 다듬어요. 유 편집자는 글의 뉘앙스라는 거 몰라? 단 한 줄, 한 단어도 허투루 넘기지 않고 적확하게 옮기면서 원문의 뉘앙스까지 고심해서 작업한 거야. 조교와 교정지 같이 보는데 얼굴이 화끈거려 죽는 줄 알았어요. 사람 망신을 시켜도 정도가 있지. 편집자가 교수보다 위야? 스승이야? 내가 가르침 받아야 해?

반말과 존대가 뒤섞인 최의 목소리가 점점 커진다. 선은 귀에서 수화기를 떼었다 다시 갖다 대었다.

“교수님.”

— 그렇게 실력 좋으시면 직접 번역하지 그러셨어요오.

말끝을 늘리며 빈정대는 최의 말에 선은 입술을 깨물었다.

“최 교수님.”

— 그놈의 교수님 소리도 지겹네, 유 편집자.

“네.”

— 예쁘다고 나이스하게 대해 줬더니, 사람 바로 만만하게

봤네. 그건 사적일 때고. 나 일에 관해선 깐깐해. 내가 나이에 비해 정교수 일찍 된 게, 그냥 된 게 아니에요. 그러니까 일하는 데 있어서는 기어오르려고 좀 하지 마. 오탈자나 보란 말이야. 니가 뭔데 내 번역을 다듬어.

예쁘다고. 나이스. 사적. 정교수. 일. 니가 뭔데.

알량한 자존심 상했다고 바로 찍어 누르려는 비열한 인간. 일정 미팅 때도 굳이 2차, 3차를 외치던 고기 기름 묻은 입술과 자신을 바라보던 핏발 선 눈동자, 어깨며 허리, 팔을 잡아 대던 손이 떠오른다.

— 알아들었어?

선은 대답하지 않았다. 선의 침묵을 항복으로 받아들였는지 최는 한껏 누그러진 말투로 말하기 시작한다.

— 오탈자나 보라는 말에 자존심 상했지? 그럼 지금 내 기분이 어떤지도 알겠네. 다른 출판사 건 조교들한테 초벌 맡겼어도 로프트 건 내가 직접 했어. 사람이 성의를 갖고 일을 했으면 존중을 해 줘야지. 교정지가 이게 뭐야. 글을 걸레짝을 만들어서 보내면 안 되지.

"교수님."

— 그래요, 유 편집자.

"우선 언짢게 해 드린 점에 대해 사과드리겠습니다."

— 왜 또 딱딱하게 말해. 격해져서 심하게 말한 건 나도 사과할게요. 교정 새로 한 건, 우편으로 보내지 말고 학교로 직접 들고 와요. 근사한 밥 살 테니까. 내가 출판사로 가도 되고. 밖

에서 봐도 되고.

젠틀한 척 유들유들한 목소리는 최의 붉은 기 도는 흰 손과 닮았다.

“교수님이 2교를 보시면서 수정을 하시는 건 어떨까요. 그대로 반영하겠습니다.”

선은 달래듯 말해 본다.

— 하, 진짜 답답하네. 나는 유 편집자가 교정 본 거로는 전혀 불가하다고. 원고의 분위기와 뉘앙스가 완전히 달라졌는데. 군대에서 구덩이 팠다가 메꾸는 삽질하는 것도 아니고.

“새로 교정을 보는 건 일정의 문제도 있어서요. 이미 많이 늦어졌다는 거 교수님도 아시잖아요. 주간님, 편집장님과도 회의를 해 봐야 할 것 같습니다.”

— 일정이 중요한 게 아니지. 내 이름 걸고 나가는데 퀄리티가 중요하지. 책 한두 권 나오는 곳도 아니고 일정 미룬다고 출판사 망해?

눈을 감았다 떴다. 그쪽 이름만 걸리는 게 아니야. 원작자의 이름, 출판사의 이름, 판권 다섯 번째 줄에는 내 이름도 걸려. 이건 당신만의 책이 아니란 말이야. 목구멍까지 올라온 말을 꾹꾹 누르며 마른 입술에 침을 축였다.

“교수님께서 원서의 뉘앙스까지 충실히 번역하신 건 알겠지만, 주어와 조사의 지나친 생략, 잦은 고어의 사용으로 독자들이 텍스트를 읽는 데 어려움이 있을 것 같다는 것이 제 의견입니다. 제 의견과 교수님의 의견을 추합해 주간님, 편집장님과 의견을 나눈 뒤 작업 진행 방향을 결정하는 게 좋을 거 같습니다."

떨리는 것을 감추기 위해 말끝에 힘을 주었다. 이번엔 최가 침묵한다. 침묵은 눈앞 디지털시계의 숫자가 11초에서 22초가 될 때까지 이어졌다.

"교수님."

— 그러니까 그 말이네. 유 편집자는 잘못한 게 없고, 다 내가 쓰레기같이 번역해 놓고 지랄한다는 거.

"그런 뜻이 아니라는 거 아시잖아요."

— 편집장 바꿔. 아니, 주간 바꿔.

"제 말을……."

— 바꾸라고. 씨발, 말이 통해야 말을 하지.

"불쾌하셨다면 정말……."

— 야, 목소리 듣기도 짜증난다. 출판사 가서 뒤집을까? 바꾸랄 때 좀 바꿔.

주간의 내선 번호를 누르고 수화기를 내려놓았다. 떨리는 손을 책상 아래로 내려 맞잡았다. 손이 차갑다.

"선, 왜? 무슨 일이야? 누구야?"

통화가 들렸는지, 어느새 자리에 온 진라가 어깨를 잡았다.

"최재웅."

"자칭 뱅상 카셀?"

고개를 끄덕였다.

"교정지 때문에? 그거 예전에 보냈던 거 아냐?"

"어제 봤나 봐. 원고를 걸레로 만들어 놨다고."

"어디 땡볕에서 사흘간 녹은 빙상 카셀 엉망진창 와진창으로 반죽해 놓은 것처럼 생긴 게."

평소라면 소리 내어 웃었을 진라의 농담도 소용이 없다. 진라의 목소리가 웅웅, 종이를 입에 대고 말하는 듯 뭉개져 들린다. 날 좀 내버려 줄래. 말하는 대신 고개를 들어 미소를 지었다.

"괜찮아. 주간님과 이야기한다니, 결론 나겠지. 깨면 깨지면 되고."

"그 원고 지인짜 좋게 말해 난해했잖아."

"내가 모자란 탓이지 뭐. 고마워."

진라가 힘내라며 어깨를 토닥이고 세자리로 돌아갔다. 애써 웃음 지을 필요 없는 얼굴은 금방 굳어진다.

'최 교수가 보낸 초고랑 유 대리가 1교 본 거 한 꼭지씩 세 부 출력해서 회의실로 와.'

황 주간의 지시가 떨어졌다. 선은 디자인팀 혜림의 내선 번호를 눌렀다.

"혜림 씨, 《속눈썹 위의 눈》 1챕터 세 부만 출력해 줄래요. 제가 가지러 갈게요."

— 1챕터만요?

"네."

— 한 30분 뒤에 하면 안 될까요? 지금 표지 마무리해서 출력소에 교정 넘겨야 하거든요.

"주간님이 지금 보고 싶어 하셔서요. 미안해요."

하아, 약간의 짜증과 마감 직전의 예민함이 뒤섞인 한숨 소리가 들린다.

— 5분 뒤에 올라오세요.

"고마워요. 다음에 커피 살게요."

— 어휴, 그럴 정도로 고마운 일은 아니죠. 끊어요.

수화기를 내려놓고 최 교수가 보낸 초고 파일을 찾아 출력을 걸었다. 디자인팀이 있는 4층으로 가기 위해 의자에서 일어서는데 창밖으로 늦가을 비가 내리고 있었다. 바람도 제법 부는지 빗줄기가 사선을 긋는다. 구름은 유화물감을 덧칠한 듯 두텁다. 비가 그치면 순서처럼 기온이 떨어지며 늦가을로 접어들 것이다.

추움과 따뜻함.

'공간은 마련해 뒀어? 나랑 섹스한 기억을 처박아 둘 곳 말이야.'

불시에 떠오른 기억에 아랫배가 뜨거워지며 계단을 오르는 다리가 저릿하다. 기억은 처박히지 못하고 종종 너저분하게 튕겨져 나온다. 그 밤의 쾌락 때문만은 아니다. 비좁은 공간에서 몸집을 부풀리는 건, 따뜻했던 눈빛. 겹쳐진 몸에서 전해지던 온기. 몸 구석구석을 만졌던 뜨겁고 커다란 손. 그러니까 그 밤의 따뜻함.

새벽 한기에 잠에서 깰 때면, 이불을 머리끝까지 올려도 등에 얼음이 얹힌 것처럼 시리기만 했다. 김기조의 목소리와 눈빛이 떠오를 때면 귀를 막고 몸을 둥글게 말았다. 누구라도 죄책감과도 같은 내 등의 얼음을 녹여 주길 서럽도록 바라게 되는 새벽. 그때마다 준일을 떠올렸다.

정신 차리라는 듯 계단 창에 빗방울이 툭 달라붙었다. 선은 계단을 마저 올라 혜림의 자리로 향했다.

● ■ ▲

“최 교수도 이해가 가고, 유 대리도 이해가 가.”

황 주간이 책상을 톡톡 두드리던 플러스펜을 내려놓고 교정지를 넘겼다. 진 팀장과 선도 덩달아 교정지를 따라 넘겼다. 황소영 주간이 회의실로 《속눈썹 위의 눈》 원서를 들고 온 것을 보고 기억해 냈었다. 황 주간의 전공이 불문학이었다는 것, 더하여 최 교수와 동문이라는 것을.

“원작 자체가 의식의 흐름대로 쓴 형식인 데다 고어도 많아서 친절한 책은 아니야. 근데 그게 매력인 책이니까 번역가 입장에서는 그 느낌을 살리고 싶었을 거야. 유 대리는 독자 입장에서 교정을 본 것이고. 굳이 둘 중 하나를 선택해서 출간해야 한다면 유 대리 쪽이야. 그런데…….”

황 주간이 교정지를 덮고 양손을 모았다. 결론을 말하겠다는 것이다.

“회사 입장에서 유 대리 손만 들어 줄 수가 없어. 이후 진행은 진 팀장이 맡아서 해. 교정은 외주자 섭외해서 두 원고 딱 중간 정도로 작업했으면 좋겠다고 가이드 정해서 전달하고.”

“주간님.”

황 주간의 뜻밖의 말에 선이 급하게 입을 열었다.

“원고는 제가 계속 진행하면 안 될까요? 교수님께는 직접 찾아뵙고 사과드리겠습니다.”

“담당 바꾸는 게 유 대리가 일을 잘못했다는 뜻이 아니야.”

“그래도 이렇게 급하게 담당을 바꾸면 교수님께서 더 불쾌해하지 않으실까요.”

황 주간이 짧게 한숨을 내쉬며 의자에 몸을 기댔다.

“최재웅이 번역한 대로 진행할 거야?”

“그건 주간님 말씀처럼 두 원고의 중간을 기준 삼아 진행하는 것으로 교수님과 조율을 하면…….”

“최 교수가 본인 정교수 일찍 된 게 그냥 된 게 아니라, 그만큼 잘나서 된 거라고 말하지 않았어?”

“하셨습니다.”

“최 교수 콤플렉스가 집안 배경으로 교수 됐다는 말이야. 부모님이 강남에 빌딩만 다섯 개거든. 물론 일찍 교수 된 데에 아주아주 큰 도움이 됐지. 본인도 그걸 잘 알아. 그래서 자기 능력에 대해 공격받는 걸 못 참아. 이기기 위해 상대를 바닥까지 후려친다고 해야 하나. 아마 통화할 때 별말 다 했을 거 같은데. 맞지?”

진 팀장의 시선이 느껴졌다. 선은 침묵으로 긍정했다.

"앞으로 사사건건 어깃장 놓을 거고, 유 대리는 끌려 다니다가 이도 저도 아닌 결과물이 나올 확률이 커."

"그래도 어떻게든 제가 끝까지 책임지고 싶습니다, 주간님."

선의 말에 필요 없다는 듯 황 주간이 고개를 저었다.

"유 대리."

"예."

"최 교수가 요구한 거야."

"네?"

"유 대리와 일 못 하겠대. 그러니까 우리 괜한 힘 빼지 말자."

이 말까지는 하기 싫었다는 표정으로 황 주간이 선을 바라보았다. 그때까지 별다른 말 없이 지켜보던 진 팀장이 입을 열었다.

"교수님이 요구하셨다고 해도, 이렇게 담당을 바꾸면 경질로 보일 거 같습니다. 끌려 다니는 것처럼 보이기도 하고요."

"아니지. 출판사에서 당신 원하는 대로 해 줬으니 그쪽도 좀 양보하시죠, 이런 스탠스가 좋아. 상대가 명백히 잘못한 거면 싸워 줄 수 있는데, 이 건은 아니야. 어느 편에서 보느냐에 따라 의견이 갈려. 게다가 최 교수 올해 한국불어불문학회 편집위원장이야. 알려지면 팔은 안으로 굽어."

가만히 듣는 선의 긴 속눈썹이 파르르 떨렸다.

"유 대리, 그렇게 하자."

황 주간의 달래는 듯한 말에도 선은 고개를 숙인 채 답하지 않았다. 이미 팔이 안으로 굽은 건 황 주간 아닌가. 새 편집자도 트러블 생기면 이런 식으로 교체할 건가. 합리적 해결책이라며 찍어 누르고, 상대가 받은 모욕은 안타깝다는 말로 넘기면서.

"유 대리."

침묵하는 선 대신 정리에 나선 건 진 팀장이었다.

"유 대리한테 자료 전달받고 정리해서 내일 중으로 교수님께 전화 드리겠습니다. 사장님께는 언제쯤 보고 드리는 게 좋을까요?"

"사장님께는 내가 이야기해 놓을게. 진 팀장은 최 교수와 이야기 끝난 뒤에 보고해."

"알겠습니다."

"유 대리."

황 주간의 부름에 선은 겨우 고개를 들었다.

"이번 일로 자책하거나 앞으로 일하는 데 위축되지 않았으면 해. 이렇게 결정지은 건 내가 최 교수를 잘 알아서야. 자존심 걸린 문제로 얽히면 사람이 이성을 잃으면서 너무 피곤해져. 그동안 유 대리가 일 잘해 온 거 잘 알아. 이제 4년 차인가?"

"……네."

"앞으로 별별일 다 있을 거야. 다음에 이런 비슷한 일이 벌어지면 그때 유연하게 처리하면 돼. 수쁠레몽!"

분위기를 가볍게 환기시키려는지 불어로 마지막 추임새를 넣고는, 지갑에서 법인카드를 꺼내 진 팀장에게 건넸다.

"문학팀끼리 밥 먹고 맥주라도 한잔해."

"옙."

두 손으로 공손히 받아 든 진 팀장이 선에게 카드를 흔들었다. 선은 울 듯한 미소를 지었다. 링에 들어가 잽 한번 날리기 전에 케이오당한 권투 선수가 이런 기분이었을까.

황 주간이 회의실을 나간 뒤 진 팀장이 테이블에 걸터앉았다.

"하, 참."

목덜미를 긁는 진 팀장의 얼굴은 난처한 빛이 역력하다.

"죄송합니다."

"유 대리가 죄송할 건 없어. 나야말로 팀장으로 도움이 안 된 거 같아서 미안하네. 주간 혼자 콩 볶듯이 결론지어 버리니, 원. 깊게 생각 말고 잘됐다 생각하고 훌훌 털어 버려."

"지금까지 진행된 거 정리해서 바로 드릴게요."

"내일까지 주면 돼. 오늘은 법인카드로 신나게 달리자. 회를 먹을까, 한우를 먹을까?"

물컹한 회든 붉은 고기든 이 기분으로는 한 점도 먹힐 거 같지 않지만.

"……회요."

"그래. 계단집 가서 해물모둠에 해물라면까지 먹자."

"네."

"문어숙회를 최 교수 삼아 씹자고."

둘은 마주 보며 어설프게 웃었다. 웃음이 잦아들며 어색한 공기가 맴돌았다.

"먼저 가세요. 전 잠깐 앉아 있다 나갈게요."

선의 말에 진 팀장의 입술이 움 하고 모아지며 콧등에 주름이 잡혔다. 팀장으로서 팀원을 위로하고 독려하는 말을 어디까지로 해야 할까 하는 찰나의 고민이었다.

"……너무 태연한 척 애쓰지 마."

"제가요?"

장난스럽게 응수한 선의 입가에 웃음이 떠올랐다 이내 희미해졌다.

"화나면 화내고, 짜증나면 짜증 부려도 돼. 유 대리 입장에서 최 교수는 개새끼고, 주간은 독단적으로 처리해 버린 거야. 주간은 최 교수 성격 알아서 최선의 타협을 하는 거라고 하지만, 동문 선배 심기 건드리지 않으려는 게 더 크지. 지금 최 교수 번역으로 책 못 내는 거 주간이 제일 잘 알걸."

진 팀장이 걸터앉은 책상에서 몸을 일으켰다.

"유 대리가 싸우지 않으면 나도 싸워 줄 수가 없고, 화내지 않으면 같이 화내 줄 수도 없어. 정당한 분노는 표현하며 살자. 안 그럼 병나."

정당한 분노.

김기조에게 소리를 지르고 후려쳤던 자신이 떠오른다. 꿈쩍도 하지 않았지. 오늘 같은 일에는 얼마만큼의 분노를 표현해야 할까. 허공에 흩어질 화를 내면 변하기는 할까. 아니, 표현할 분노가 있기나 한 것일까.

"분노의 표현으로 오늘은 회 대신 대림정에서 투뿔짜리 한우를 먹어야겠어요."

명랑하게 말하는 선을 바라보는 진 팀장의 눈가에 안타까움이 스쳤다 사라졌다. 더 이상 참견하지 않겠다는 메시지를 전하듯 진 팀장이 사람 좋은 미소를 지었다.

"그래. 법인카드 길만 걷자고."

회의실 테이블에 엎드렸다. 모멸감인지 분노인지 모를 감정이 픽, 짧은 웃음으로 뱉어져 나왔다. 정체 모를 감정은 뾰족한 돌덩이였는지 목구멍이 아팠다. 새벽이 아닌데도 등이 시리다. 책상에 올려놓았던 휴대폰이 드르륵드르륵 진동을 일으킨다.

'아, 제발.' 탄식처럼 중얼거리며 휴대폰을 귀에 갖다 대었다.

"유선입니다."

— 선아, 퇴근하고 하늘재에 들를 수 있니?

큰어머니.

선은 몸을 바로 세웠다. 영상 통화도 아니건만, 흐트러진 머리를 정리했다.

"아, 큰어머니. 제가 먼저 전화 드렸어야 했는데. 6시 30분까지 찾아뵐게요. 저녁 식사 같이 할까요."

— 찬주고 혜숙이고 오늘 다 일이 있다고 해서 하늘재 못 비워. 차나 한 잔 마시자.

"그럼 요기하실 거라도 사 갈까요?"

— 아니야. 그냥 와.

"네, 이따 봬요."

휴대폰을 내려놓는 손이 가늘게 떨린다.

비는 여전했다.

13. 물 한 방울

비는 저녁까지 계속되었다. 선은 통의동 주택가에 위치한 하늘재 입구에서 우산을 접어 탁탁 털었다. 죽이 든 종이봉투도 함께 달랑달랑 흔들렸다. 유리문을 열자 백자 달항아리에 한 무더기 꽂혀 있는 빨간 낙산홍과 함께 벽에 걸린 진주빛 배자가 보인다. 플라스틱 통에 우산을 꽂는데, 원단이 보관되어 있는 안쪽 창고에서 정혜의 목소리가 들려 왔다.

"선이니?"

"네, 큰어머니. 저예요."

"금방 나갈게. 앉아 있어."

"네."

작게 대답하고 다기와 보온병이 놓여 있는 연화반 앞에 앉았다. 긴장된 마음에 청바지에 손바닥을 문질렀다.

"혜숙이 첫째 진호 알지? 오늘 군대 첫 휴가 나온다고 점심 먹고 퇴근했어. 찬주나 다른 직원들도 퇴근했고. 8시에 예단 손님이 오신다고 해서 비울 수가 없었다."

창고에서 나온 정혜는 선이 인사할 틈도 없이 이야기를 늘어놓았다. 하늘재는 신랑, 신부와 혼주들의 맞춤 한복으로 입소문이 나기 시작했었다. 솜씨도 최고였지만 갸름한 얼굴, 우아한 목선에 조붓한 어깨선의 정혜는 하늘재 최고의 모델이었다. 여기서 옷을 해 입으면 주인만큼 곱겠구나 싶은 마음이 절로 들었으니까.

"저녁은?"

"간단하게 먹고 왔어요. 시장하지 않으세요? 혹시나 해서 전복죽 포장해 왔어요."

"아까 사 오지 말라고 했을 텐데 굳이 사 왔네. 가게에서 냄새나서 안 돼."

단호하게 고개를 젓고는 옥색 차호를 들었다. 전복죽이라 냄새 안 나는데……. 선은 무안함에 말하지 못하고 죽이 든 종이봉투를 등 뒤로 밀어 놓았다.

"우전차가 선물로 들어왔어. 우리 둘이니까 간단하게 마시자."

정혜는 차시 가득 우전을 덜어 다관에 넣고 보온병 물을 부었다.

"배자 예뻐요."

차가 우려지는 동안의 침묵을 견디지 못하고 선이 말했다.

"너 줄까?"

정혜의 뜻밖의 말에 선은 고개를 저었다.
"아니에요. 입고 나갈 데도 없는걸요."
"추울 때 입으면 따뜻해. 안감은 솜을 넣어서 누볐어."
정혜가 일어나 옷걸이에서 배자를 벗겨 내었다.
"입어 봐."
선이 손을 저으며 한사코 거절을 표해도 평소의 정혜답지 않게 막무가내였다. 기어이 선에게 배자를 입히고는 부드럽게 웃었다.
"곱다. 잘 어울려."
찬찬히 선을 바라보던 정혜가 고개를 떨구며 허리를 숙였다.
"차 너무 우려졌겠다. 떫으면 어쩌나."

연두색 찻물이 잔에 채워지며 순한 녹차 향이 코끝에 맴돌았다. 정혜가 찻잔을 입에 대는 모습을 보고서 선도 잔을 들었다. 차는 따뜻하고 향긋했다. 몸이 추웠는지, 따뜻한 찻물이 손끝까지 퍼져 나갔다.
"벌써 11월 중순이 되어 가네. 시간 참 빨라. 나이 먹어서 좋은 건 시간 빨리 가는 거밖에 없는 거 같다."
정혜는 가라앉은 목소리로 말하고 찻잔을 내려놓았다.
"회사는 다닐 만하고?"
"네, 괜찮아요."
"다행이다. 너라도 잘 지내야지."
정혜는 목이 마른지 찻잔을 한 번에 비웠다. 선은 다관을 들어 비어 있는 빈 찻잔을 채웠다.

"이상하지. 남편과 자식만큼 내 일도 중요했는데, 이제는 손에 쥔 게 하나도 없는 느낌이야. 내 인생은 자식밖에 없었나 싶을 만큼."

'다 허무해.' 정혜는 혼잣말처럼 이어 말하였다.

"선아."

다정한 부름에 선은 고개를 들어 정혜를 바라보았다.

"해 준 것도 없는데, 예쁘게 자라 줘서 고마워. 그동안 우리 때문에 고생했다."

"제가 뭘요. 오히려 자주 찾아뵙지 못해서……."

"선아."

다시 한번 이름을 부르는 정혜의 목소리는 다정해서 불안했다. 선은 가만히 정혜를 바라보았다. 눈꼬리의 주름은 깊고, 새까맣던 머리는 뿌리 끝이 희끗했다. 늘 젊고 곱던 당신. 언제 이렇게 늙었지. 뜨거운 차를 마시지도 않았는데, 목구멍이 뜨거웠다.

"연이 살아 있어서, 결혼식도 올리고 잘살고 있다면……."

목이 메는지 정혜가 말을 멈추고, 흠흠 목을 가다듬었다.

"……너와도 훨씬 가까워졌을 텐데. 진짜 모녀처럼."

덜컹. 비바람에 창이 흔들린 소리인가. 아, 심장이 내려앉는 소리였구나. 심장이 몸속을 패듯 팡팡 뛴다. 진짜 모녀처럼이라니. 됐을 리가. 될 수 있었을 리가. 아, 어쩌면 가능했을지도. 열 손가락 안에 드는 재벌가에 시집간 딸은 앞으로 빛날 일만 남았다 여겼을 테니, 선에게도 너그러워졌을지 모르는 일이다.

'연이가 정말 사고로 죽은 게 맞니? 걔가 운전을 얼마나 잘했는데. 면허도 단번에 따고. 초보 운전 때도 10년은 운전했던 것 같았는데. 이렇게 어이없게 죽다니. 거기에 안전벨트도 매고 있지 않았다더라. 나는, 나는 도저히 믿을 수가 없다. 너 뭐 이상한 거 못 느꼈었어? 연이 우울해한다거나, 안 좋은 일이 있었다거나. 살도 부쩍 빠졌었잖아. 응? 너 정말 몰랐니? 그렇게 둘이 붙어 있었으면서 몰랐어?'

연의 장례식 이후 정혜가 처음 선에게 한 말이었다. 답하지 못하는 선을 쏘아보던 정혜를 기억한다. 너는 분명 이유를 알고 있다는 확신이 담긴 눈. 연을 질투했던 거 아니냐고 묻고 싶어 하던 입술. 해서, 일부러 막지 않은 거 아니냐는 의심.

그 뒤로 명절 때조차 보기가 힘들었다. 어쩌다 보게 되어도 10분을 같이 앉아 있지 않았었다. 더 함께 있다간 내 딸 대신 왜 네가 살아 있냐고 입 밖으로 말할 것 같았기 때문이었을까.

전화를 받았던 순간부터 진행이 뻔한 드라마의 방영을 기다리는 기분이었다. 드라마는 시작되었고, 나쁜 예감이 든 조카는.

"앞으로 더 자주 찾아뵙고, 아니다. 큰아버지 모시고 다음 주 주말에 제주도 가요."

말하고.

"선아."

"방마다 온천탕이 있는 호텔이 있대요."

또 말하고.

"선아."

"경치도 너무 좋대요."

절박하게 말하고.

"선아."

"말하지 마세요."

"우리, 그만 보도록 하자."

결국 나쁜 이야기를 듣고.

비는 계속 내리고.

출세를 위해 야합하지 않겠다는, 존경할 만한 사람이나 고집스럽고 경제적으로는 무능한 남편과 재능 있고 예쁘지만 돈이 많이 드는 딸. 정혜에겐 둘의 신념과 꿈을 지켜 주는 것이 삶의 목표였다. 세상이 남편을 알아줬으면 좋겠고, 빛나는 딸은 더욱 반짝이게 해 주고 싶었다.

까탈스러운 손님들, 때론 다음 달 임대료도 걱정되는 매출, 불뚝불뚝 치받쳐 오는 속상함을 버티는 날들 속 쌓인 감정의 찌꺼기들은 선에게 버렸다. 정혜도 버리고 싶어 버린 것은 아니었다. 하지만 고아가 된 조카딸은 자신이 짊어지고 있는 삶의 무게를 나타내는 간명한 표식이었다. 컵을 넘치게 하는 물 한 방울 같은 존재. 바로 선이었다.

물 한 방울의 이유는 다양하고 사소했다.

미처 씻어 놓지 못한 컵 하나. 떨어진 빨래 세제. 개어져 있지 않은 수건이거나, 유통기한이 지난 두부 반 모 때문이기도 했었다.

'이런 건 좀 말하지 않아도 알아서 해 놓을 수 없니? 하나하나 다 말해 줘야 해? 너까지 나 피곤하게 할래?'

화로 가득 찬 눈동자는 반질거렸고, 목소리는 날카롭고 높았다. 한번 화가 시작되면 방을, 부엌을, 욕실을, 거실을, 마당을 돌아다니며 화를 지속시킬 '거리'를 찾아다녔다. 물론 그때마다 집에는 둘만 있었다. 경효와 연에게는 광고 속 완벽한 아내이자 엄마의 모습만 보여 주고 싶어 했으니까.

그런 그녀가 미웠는가.

밉지 않았다.

서러웠는가.

서럽지도 않았다.

정혜는 자신의 인생에 대해 화를 내고 있는 것이었으니까. 이렇게 한 번씩 고단함을 쏟아 내고 마음을 가라앉힐 수 있다면 나쁘지 않다 생각했다. 이 집에서 자신이 할 수 있는 나름의 쓰임이고 밥값이라 여겼다. 무엇보다 실재하지 않는 화였으니, 속상할 일도 슬플 일도 없었다. 태엽이 감긴 만큼 음악이 나오고 춤을 추는 오르골처럼 정혜의 화도 딱 그만큼이었으니까. 가끔, 아주 가끔, 그 화가 바늘처럼 자신을 실제로 찌를 때도 있었다. 그럴 때면 연이 달의 빛나는 앞면만 보는 거라면 자신은 뒷면도 보는 것이라고, 이 집에서 그녀를 제일 잘 아는 건 자신이고 기댈 수 있는 것도 자신뿐이라고 스스로에게 위로의 최면을 걸었다.

'아까 화내서 미안해. 선이가 집안일 도와줘서 늘 고맙게 생각하고 있어.'

그랬기에 감정의 찌꺼기를 버린 뒤 건네주는 따뜻한 말 한마디면 충분했다. 무엇보다 연이 있기에 견딜 만했고, 누하의 집이 좋았다.

"제가 잘못한 게 있나요?"

선의 물음에 정혜가 고개를 저었다.

"그럼요?"

정혜가 팔을 뻗어 선의 손을 잡았다. 건조하고 거친, 마디가 굵은 손은 가늘고 부드러운 그녀의 육체 중 가장 이질적인 곳이었다.

"연이 장례식 후, 큰어머니 뵌 거 오늘까지 겨우 세 번이에요. 생신 때조차 바쁘시다며 같이 밥 한 끼 못 먹었어요."

"선아."

"김기조 전무……, 결혼하는 거 때문이죠?"

답을 알면서 질문한다. 놀람과 당혹함이 서린 정혜의 얼굴을 바라보며 선은 잡힌 손을 빼내었다. 맞구나. 컵을 넘치게 한 물 한 방울은 기조의 결혼 소식이었던 것이다.

"김 전무 이야기가 왜 나오니?"

"1년에 고작 두 번 보는 것도 힘들어 앞으로 보지 말자고 하시는 이유를 그것 말고는 찾을 수가 없어서요."

"먹지도 않을 음식 냉장고에 채우는 거 하며, 올 때마다 구석구석 청소하는 거 하며, 네가 너무 애쓰는 게 미안하고 마음에 걸려서야. 전부터 말하려고 했는데 오늘 짬이 났던 거고. 우리는 괜찮으니까, 너도 이만 훌훌 털고 밝고 활기차게 살아. 김 전무도 축하할 일이지. 그걸로 속상할 거 없다."

"저를 걱정해서라고요?"

"그래."

"상처받으라고 하시는 거잖아요."

"얘가 무슨 말을……. 내가 너한테 왜 상처를 줘?"

애써 침착하게 말하는 정혜의 입술이 미세하게 떨리고 있음을, 선은 놓치지 않았다.

"김 전무는 다른 여자와 결혼하고, 전 살아 있으니까요."

연화반이 뒤집히며 옥색 차호와 다관, 찻잔이 바닥으로 떨어졌다. 연두색 찻물은 바닥을 적시고 옷에 튀었다. 흰 셔츠에 얼룩이 넓고 빠르게 번져 나갔다. 뜨겁지는 않았다.

선은 뒤집어진 연화반을 바로 놓고, 반으로 쪼개진 다관을 주워 들었다. 다행히 차호와 찻잔은 깨지지 않았다. 가게 오른쪽 구석에 있는 탕비실에 들어가 다관은 재활용 통에 넣고 마른 걸레를 집어 들었다. 무표정했던 얼굴이 순식간에 빨개지며 걸레를 쥔 손이 부들부들 떨렸다. 누구에게 화를 내는 거니? 큰어머니? 김기조? 연? 아니, 너. 나? 그래, 너. 전부 너 때문이잖아. 네가 몰랐잖아. 네가 연의 마지막 신호까지 놓쳤잖아. 연 대신 그깟 변덕스러운 역자의 저자 소개를 선택했잖아. 겨우 일 잘하는 척하려고. 아니야?

선은 입술을 깨물었다.

정혜는 걸레질을 하는 선을 바라만 보았다. 선이 자신이 깔고 앉아 있는 방석 모서리를 들어 올려 찻물을 닦아 낼 때도 움직이지 않았다. 물기를 전부 훔친 선이 일어섰을 때야 입을 떼었다.

"내 속은 썩어 들어가는데, 다들 잘살아."

걸레를 쥔 채, 선은 그 자리에 멈춰 섰다.

"전생에 무슨 죄를 지었는지 한복집은 해서, 신랑, 신부에 혼주들 옷이나 만들고 있지. 나도 내 딸이 결혼식 때 입을 한복을 지었었는데. 잘살라는 소망을 넣어 한 땀 한 땀 정성을 다했었는데. 입혀 보지도 못하고 저세상으로 보내고. 이제는 매일 남의 집 엄마와 딸들 보면서 속으로 피눈물만 흘려. 세상에 모녀가 저렇게나 많은데, 내 딸은 죽고 없어. 군대 간 아들 첫 휴가 나온다고 들떠서 점심도 안 먹고 퇴근한 혜숙이도 밉고, 매일 지 새끼 유치원에서 뭐 했다고 눈치 없이 사진 보여 주는 찬주도 미워. 결혼할 거면 조용히 할 것이지 굳이 찾아와서 미안하다고 하는 김 전무도 밉고. 그런 김 전무가 고맙다고 하는 니 큰아버지는 등신 같지. 너도 이렇게 멀쩡하게 회사 다니면서 잘사는데. 왜 연이만. 내 딸만……."

끝으로 갈수록 정혜의 목소리에 눈물이 섞이며 발음이 뭉개졌다. 티슈를 뽑아 건네고, 선은 그 앞에 무릎을 꿇고 앉았다. 정혜는 눈물을 훔치고 코를 풀었다.

"못난 모습 보이는구나."

"제가, 제가 더 잘할게요."

"아니야."

정혜가 고개를 저었다.

"네가 훌훌 털고 잘 지냈으면 하는 것도 진심이야. 네가 매번 채워 놓는 냉장고도, 네가 다녀가면 연이 생각에 먹을 갈면서도 눈물을 흘리는 큰아버지도 보기 버거워. 무엇보다 네 잘못이 아니라는 걸 아는데도 자꾸 네가 미워지는 내가 싫다. 견딜 수가 없어. 냉장고 음식 일부러 손끝 하나 안 댄 거야. 너 속상하라고. 이런 식으로 나는 점점 히스테리를 부릴 테고, 선이 너는 힘들어질 거야. 그럴 내가 싫다. 끔찍해. 그냥 서로 잘 지내겠거니, 그렇게 살자."

저는요. 이런 마음으로 저는 어떻게 살아요. 선은 목구멍에서 달랑거리는 말을 삼켰다. 살아 있다는 것으로 자신의 존재가 물 한 방울이 아닌 똑, 똑, 똑 계속 물이 떨어지는 고장 난 수도꼭지가 된 것이다.

"나중에 우리 둘, 장례나 치러 주렴."

툭. 아, 천장이 새는가. 선은 바깥에서 내리는 얼음물처럼 차가운 비를 이마에서 느낀다. 고개를 들어 올려다보았지만 천장은 멀쩡하다.

● ■ ▲

품에 안은 쇼핑백이 자꾸 밑으로 흘렀다. 선은 우산을 어깨에 걸치고 쇼핑백 밑을 두 손으로 받쳤다. 바람이 불 때마다 우산대가 어깨를 파고들듯 부딪혀 왔다. 고개를 숙여 쇼핑백 안의 금색 공단 보자기를 바라보았다.

'장례나 치러 주렴.'

죽었을 때나 볼 수 있다.

살아서는 볼 수 없다는 말이다.

대출이 반인 하늘재와 집을 정리하면 두 사람 장례식을 치를 비용과 작은 아파트 전세 얻을 돈은 될 거라고 했다. 유산으로 생각해 달라고 했다. 이야기를 듣는 동안 이마에 찬비가 계속 떨어졌다. 나중엔 추위에 몸이 부르르 떨렸다. 분명 천장은 멀쩡했는데. 가게는 따뜻했는데.

왜 살아 있는 거지? 아니, 왜 사는 거지?

걸음을 멈추었다.

아아, 살아서 두 분 장례를 치러 드려야지.

멈췄던 걸음을 떼었다, 다시 멈췄다.

쇼핑백을 힘껏 집어던졌다.

쇼핑백이 빗물로 미끌미끌한 길 위에 떨어지며 안에 든 공단 보자기가 삐죽 튀어나왔다. 보자기 위로 비가 후드득 떨어진다.

애정은 바라지도 않았다. 연의 자리를 대신할 수 있을 거라 감히 생각하지도 않았다. 그저 기댈 수 있는 존재이길 바랐을 뿐이었다. 필요한 사람이길 바랐을 뿐이었다. 마음을 다해 최선을 다하고 싶었을 뿐이었다.

하지 말았어야 했는데. 오히려 고통만 주는 것도 모르고. 눈치 없게. 그래, 늘 눈치가 없었지. 눈치는 봤는데, 눈치는 없었어. 연이 살아 있을 때도 죽을 때도 그 후에도.

그래서 결국, 혼자구나.

쇼핑백 앞으로 걸어갔다. 쭈그려 앉아 쇼핑백에서 보자기를 꺼냈다. 비에 젖고 흙이 묻어 엉망이다. 곱던 비단 배자도 얼룩이 졌을 것이다. 보자기를 풀어 진주빛 배자를 트렌치코트 안쪽으로 집어넣었다. 움직일 때마다 우산 손잡이가 드드득 바닥을 긁는다.

태어나지 않았다면 좋았을걸.

그랬다면 비 오는 날 다리를 건너기 위해 엄마 아빠가 서두르지 않았을 텐데. 큰어머니의 짐도 되지 않았을 테고, 무엇보다 약혼을 취소해 달라는 연의 간청을 김기조가 받아들여 줬을지도 모르는데. 그럼 연이 살아 있었을 텐데.

모든 게, 태어난 자신의 잘못이었다.

"궁상은."

준일은 4차선 도로 건너편을 보며 중얼거렸다. 여자는 쇼핑백을 호기롭게 집어던지더니 결국 그 앞에 앉았다. 들고 일어서나 했는데 보자기를 풀더니 한복을 품에 넣은 채 그대로 앉아 있었다. 사람들이 지나가며 쳐다봐도 우산이 얼굴을 가려줄 거라 믿는지 5분이 지나도 일어설 줄 모른다.

사과 씨를 씹으며 평범하진 않았을지 몰라도 불행하지도 않았다던 여자. 너에게 끌렸지만 그만큼 거부감도 들었다는 여

자. 그때의 낮고 까끌했던, 신비롭도록 아름답던 목소리. 꿈을 어지럽혔던 건 여자의 몸이었을까, 그 목소리였을까?

네 번의 전화 뒤 더 이상 걸지 않았다. 처음엔 못 받은 거라 생각했고 두 번째엔 망설인다 생각했다. 세 번째에 피하는 거라 결론지었다. 마지막 전화는 확인 차였다. 좋아. 안 받겠다는데. 시간이 필요할 때라면, 시간을 주겠다.

그날로 3주째였다.

오늘내일하던 인내심이 바닥을 드러냈을 즈음, 로프트 근처 우림재단에서 세미나가 열렸다. 건축가가 자신이 참여했던 프로젝트에 대해 이야기하고, 대부분 건축과 학생인 참가사들의 질문을 받는 프로그램이었다. 미래의 건축 꿈나무들에게 비료를 주는 행사랄까. 매스는 베니스비엔날레가 주제였고, 사실 충호로도 충분했다.

하지만 결국 왔고, 만났다. 길바닥에 주저앉아 있는 모습을 기대했던 건 아니었지만.

준일은 차가 오지 않는 것을 확인하고 큰 보폭으로 4차선 도로를 무단 횡단했다.

14. 황태탕

"뭐 하세요?"

선은 머리 위로 들리는 준일의 목소리에 눈을 감았다. 숨기듯 몸을 웅크렸다. 우산대를 움켜쥐었다.

"신경 쓰지 말고 가던 길 가세요."

"그러고 싶은데……."

선에게 눈을 맞추기 위해 준일도 무릎을 굽혀 마주 앉았다.

"……신경 쓰이게 하잖아요."

"제발 가라고요."

울음 섞인 목소리다. 그런 목소리로 말해 봤자 설득력이 없다고. 이 아가씨야.

"선."

"내 이름 부르지 마."

"고개 들어서 날 좀 봐."

"싫어."

"밥 먹으러 갈까?"

"미친놈."

하하하. 준일이 시원하게 웃었다. 웃음소리에 선은 고개를 들어 남자를 바라보았다. 어둡고 비 오는 밤에도 여전한 생명력으로 빛나는 얼굴을. 웃음을 멈춘 준일이 선의 얼굴을 매만지듯 바라보았다.

"다시 보면 화가 먼저 날 줄 알았는데."

다정한 눈웃음과.

"좋네."

다정한 목소리에.

어엉.

가까스로 참아 냈던, 몸 안 가득 고여 있던 울음이 선의 목구멍에서 비어져 나왔다. 눈물이 쏟아져 내렸다. 준일이 손을 뻗어 선의 젖은 눈가를 닦아 주었다.

"뭐가 그렇게 서러워?"

모든 것이.

네가 내 앞에 나타난 것이.

깊은 마음속, 내가 너를 기다렸었다는 것이.

휴대폰이 한 번만 더 울리기를 간절히 바랐었던 것까지.

선은 밤을 울리는 제 울음소리를 듣는다.

●■▲

뜨거운 김이 오르는 뚝배기가 앞에 놓여졌다. 아직 바글바글 끓고 있는 뽀얀 국물에 큼지막하게 찢어 넣은 황태가 넉넉하다. 반찬은 시금치들깨무침과 섞박지로 단출했다.

"그릇 뜨거우니 조심하시고요. 간은 소금이랑 새우젓으로 맞추세요."

머리를 하나로 깡총하게 묶은 직원이 친절히 말하고 자리를 떴다. 늦가을로 넘어가는 비가 내려서였는지, 24시간 영업을 하는 식당은 9시가 넘었음에도 테이블 두어 개를 제외하고 손님들로 차 있었다. 준일이 두 개의 플라스틱 통 뚜껑을 열고 선 쪽으로 밀었다.

황태탕의 간을 맞추고 국물만 한술 떠 후후, 분 뒤 입에 넣었다. 고소하고 진한 국물이 차갑게 언 몸을 녹이며 퍼져 나갔다. 수저로 밥을 말아 한입 먹고, 시금치들깨무침을 입에 넣었다. 고소하고 달았다. 선이 먹는 것을 말없이 바라보던 준일도 황태탕에 밥을 말아 한술 떴다. 뚝배기를 절반쯤 비웠을 때, 선은 소주 한 병을 주문했다. 준일은 재미있다는 미소만 지을 뿐 별다른 말은 하지 않았다.

선은 준일의 잔을 먼저 채우고, 자신의 잔을 채웠다. 건배 없이 단번에 마시고 황태탕을 떠먹었다. 또 잔을 채우고, 황태탕을 안주 삼았다. 그렇게 한 병을 비우고 두 병째 소주를 주문할 때까지, 준일은 잔을 비우지 않았다.

"안 마셔?"

"너 바래다줘야지."

선이 피식 웃으며 잔을 채웠다.

"에스코트해 준다는 사람도 있고. 실컷 마셔야지."

잔을 비우고, 황태까지 야무지게 수저에 얹어 먹었다.

"이분 음주와 해장을 동시에 하시네."

준일의 말에 선이 소리 내어 웃었다. 웃음이 잦아들며 술기운에 촉촉해진 눈으로 준일을 바라보았다. 이상한 남자다. 왜 전화를 받지 않았는지 묻지도 않고, 마치 어제도 만났던 듯 태연하게 밥을 같이 먹는다.

"나 보고 싶었어?"

"응."

"얼마큼?"

"로프트로 찾아갈까 싶을 만큼."

"왜 안 왔어?"

"기다렸어?"

"아니."

준일이 그렇게 대답할 줄 알았다는 듯, 빙긋 웃었다.

"찾아갈 걸 그랬네."

"안 기다렸다니까."

"예, 예."

말로만 긍정할 뿐, 남자의 눈은 다른 말을 한다.

"다 안다는 듯 쳐다보지 마."

"예뻐서 쳐다보는 건데."

"그래? 얼마만큼 예쁜지, 말해 봐."

술에 취해서인가. 평생 누구에게도 하지 않았던 뻔뻔스러운 말을 내뱉는다.

"사그라다 파밀리아성당만큼."

뜻밖의 비유에 선은 짧게 웃었다.

"좋아. 그리고?"

"롱샹교회만큼. 믿지도 않는 신을 믿을 수 있을 정도로, 예뻐."

"술은 당신이 취했구나."

"그럴지도 모르지."

"잘까?"

"아니."

선의 충동적인 제안을 준일은 간결하게 거절했다.

"나 그날보다 더 외로운데. 이용 안 할 거야?"

"응. 안 해."

"왜?"

"또 먹고 버리려고?"

얼굴이 순식간에 빨개졌다.

"말이 좀 상스러웠나. 나 원래 저질이야."

빤히 바라보는 선을 준일이 마주 바라본다.

"그런 눈으로 쳐다보지 마. 네 갈색 눈동자에 두 번은 안 넘어가. 아침까지 숨 가쁘게 몸 섞었던 여자가 전화도 안 받더니, 보름 만에 다시 만나서는 던지듯 자자고 하면 오케이 외칠 줄 알았어?"

"응."

준일의 큰 웃음소리가 가게 안에 퍼졌다. 서빙을 하던 직원, 황태탕을 먹고 있던 손님들의 시선이 일시에 모아졌다 흩어졌다.

"유선 씨."

강하고 단단한 눈빛으로.

"나에게 자신을 내던지듯 굴지 마. 매력 없어."

무정한 말을 한다.

"들어 볼까 하는데. 날 바닥까지 기게 하는 대신 숨어 있던 이유."

"……그냥. 더 이상 얽히기 싫었어."

이해한다는 듯 준일이 고개를 끄덕였다.

"그럼 길에서 울었던 이유는."

"구질구질해. 말하고 싶지 않아."

준일이 피식 웃었다.

"자고 싶은 이유는."

"아까도 말했듯, 외로워서."

준일이 한 손으로 턱을 괴고 감상하듯 선을 바라보았다.

"무슨 자신감이신지……."

느릿하게 말하고 자세를 바로 앉았다. 자신 앞에 놓여 있는 술잔을 단번에 비우고 선을 똑바로 바라보았다.

"얼굴은 곧 울 것 같으면서 입으로만 센 척. 깜찍하게 피해 버리더니, 다시 만나선 별거 아니라는 듯이 뻔뻔하게 요구해.

자기 연민에 취해 제멋대로인 데다 변덕스럽고 무례하지. 이런 너에게, 내가 왜 휘둘려 줘야 하지? 외로워서 자고 싶다고? 그런 이유라면 이 가게에서도 눈짓 한 번으로 다섯은 골라잡을 수 있을 거야."

준일의 목소리는 차분했다. 그래서 더 신랄했다.

선의 얼굴이 달아오르며 마음속에서 정체 모를 감정이 떠올랐다 가라앉았다. 부끄러움이기도 하고 씁쓸함이기도 한. 잡아 주었으면 하면서도 잡으면 어쩌나 했던 안도와 두려움이 뒤섞인 모순된 감정이. 해서 더 못되게 말했지. 그래도 오늘……, 만나지 않았다면 좋았겠다. 마지막 손톱까지 뽑힌 느낌이었다.

선은 술병을 들어 천천히 잔을 채웠다.

"……미안. 당신을 우습게 봐서는 아니었어. 그저 하루나 두 밤쯤 자는 것 정도, 그쪽에게는 별일 아닐 거라고 생각했을 뿐이야. 그 밤이 꽤 따뜻했거든. 오늘 좀 추워서 따뜻한 게 필요했어."

"그러고선 또 얽히기 싫다며 감쪽같이 숨고."

"아마도."

슬쩍 웃고, 잔을 들어 올렸다. 술은 몸속의 수분을 말리고 몸의 열기를 밖으로 빼낸다지. 툭 치면 터질 거 같은 눈물도, 몸을 태워 버릴 것 같은 슬픔도 술을 마셔 해결된다면.

준일이 손을 뻗어 선이 마시고 있던 술잔을 가져갔다. 선에게 시선을 떼지 않은 채 남은 술을 입 안으로 천천히 흘려 넣었다. 단정한 이성과 선명한 욕망이 뒤섞인 눈빛으로.

"다시 만나면 어떻게 할까……, 여러 가정을 했었거든. 만나고 보니 어떻게 할지 정확히 알겠어."

준일이 빈 잔을 빙글 돌렸다.

"나는 우선 너를 잘 먹일 거야. 위장부터 시작해 나에 대한 욕망을 토실토실 찌운 뒤에, 네가 나를 먹고 싶어 안달이 날 때 애피타이저부터 디저트까지 풀코스로 먹게 할 계획인데. 어때?"

준일의 말이 어이없어 웃음이 나왔다. 입가에 웃음을 매단 채 얼굴을 반쯤 틀었다. 무슨 장난 같은 말이지. 볼에 와 닿는 시선에 고개를 바로 해 준일을 응시했다. 준일의 검고 단단한 눈이 흔들림 없이 자신에게 향해 있었다. 태연한 척 지었던 입가의 웃음을 지웠다.

"당신 진짜 저질이구나."

"이런, 나름 고상한 은유였는데."

"욕망을 살찌우겠다는 게, 당신과 자고 싶게 하는 거라면 지금과 뭐가 다르지?"

"지금은 외로움일 뿐이니까. 난, 나를 욕망하는 여자가 좋거든."

매끈하게 대답하고 선을 빤히 바라보았다.

"긍정적으로 생각해. 적어도 길거리에서 우는 것보단 낫잖아."

비웃는 것도 한심해하는 것도 아니었다. 다만, 준일은 냉정해 보였다.

"궁금하기도 하고."

"내가 너를 먹고 싶어 안달 난 모습이?"

"그것보단."

준일이 몸을 테이블 위로 기울였다.

"그럴 때 하는 섹스."

속삭이는 준일의 말에 선의 얼굴이 순식간에 뜨거워졌다.

"벌써부터 상상은 하지 말고."

준일이 팔을 뻗어 선의 흘러내린 앞머리를 귀 뒤로 넘겨 주고, 붉게 달아오른 뺨에 가볍게 대었다 떼었다.

"앞으로 올 너의 모든 만찬을 기대해 봐."

"……싫다면."

준일이 그럴 줄 알았다는 듯 가볍게 웃었다.

"원하시는 대로."

명쾌하게 대답하고 계산서를 집어 들었다.

"식사 다 했으면 일어설까. 나도 술을 마셔서 운전은 어렵고, 택시 잡아 줄게."

처음부터 제안 따위 농담이었다는 듯 준일의 표정은 단정했다.

황태탕집을 나와 각자의 우산을 쓰고 걸었다. 가끔 두개의 우산이 부딪혔다 떨어졌다. 찬 비바람이 술에 발그레 달아오른 선의 얼굴을 치고 지나간다. 먹자골목의 불빛과 술에 취한 사람들의 흥청거림을 지날 때쯤, 늦게라도 합류하기로 했던 회식이 떠올랐다. 휴대폰을 꺼내 확인하자, 부재중 전화 일곱 통에 문학팀 단톡방 숫자는 50개가 넘어 있었다. 처음에는 언제 오냐는 성화에서 무슨 일이 있냐는 걱정으로 이어져 있었다. 한 걸음 앞서 걷고 있는 준일을 바라보다 선은 우산 하나가 겨우 통과할 만한, 건물과 건물 사이의 좁은 골목으로 들어갔다. 대화창을 열어 메시지를 입력하기 시작했다.

[여러부운 미안해요. 일이 있어 참석 못 했습니다. 제 몫까지 많이 드셨기를. 월요일에 봐요!]

전송 버튼을 누르고, 굽신굽신거리는 이모티콘을 골랐다.

남아 있는 술기운과 추위에 곱아신 손가락으로 서우서우 보내고, 배자가 들어 있어 불룩한 가방에 휴대폰을 넣었다. 이어질 팀원들의 메시지에 답할 기운까지는 없었다.

비에 젖은 벽에 등을 기댔다. 하루 종일 누군가 악의적으로 쓴 대본에 따라 휘둘린 듯, 온몸이 부서질 것 같은 피곤함이 몰려왔다. 깊게 숨을 내뱉고, 또 내뱉고, 내뱉었다. 아무리 내뱉어도 입 안의 무거운 숨은 여전히 가득 고여 있다.

하아……. 오늘, 정말 만나지 않았었다면 좋았겠다.

그때 우산 안으로 커다란 몸이 들어섰다. 반사적으로 우산을 높이 들었다. 우산 위로 비가 우두둑 떨어진다. 비 냄새 섞인 나무 향이 훅 코끝에 스민다.

투둑투둑.

비가 떨어지는 것과 같은 박자로 툭툭 심장이 목덜미, 배 한가운데, 허벅지 안쪽, 발등에서도 뛰었다. 심장이 여러 곳에서 뛰어서였을까.

"여기에……."

"아까 그 계획."

준일의 말을 끊고 충동적으로 물었다.

"아직 유효해?"

선의 말을 가늠하듯, 가늘게 떴던 준일의 눈이 부드럽게 휘었다.

"물론."

"만약 당신 입에서 먼저 자자는 말이 나오면, 내가 이기는 거야?"

준일이 한쪽 입술을 살짝 올려 웃었다. 설마 자신이 질 리 있겠냐는 자신만만한 표정을 지었다.

"그렇겠지."

"기간은."

"글쎄. ……한 달?"

"좋아. 한 달 동안 최선을 다해 봐. 내 입에서 '제발 저랑 자 주세요.' 말이 나오도록. 당신 말대로 길거리에서 우는 것보다는 낫겠지."

준일이 손을 들어 선의 흘러내린 머리카락을 귀 뒤로 넘겨 주었다. 도전적으로 말하는 여자의 얼굴은 이럴 때조차 연약하다. 창백한 얼굴이나 가는 목, 여윈 어깨 같은 육체적인 것만이 아니다. 조금만 세게 쥐어도 멍이 생길 것 같은 마음 때문이다. 일부러 건드리고 자극했다. 뒤로 물러서는 척 흔들었다. 연약해진 마음을 이용해도 되는가. 고개를 드는 알량한 죄책감은 외면했다.

"내기 상품은 뭘 걸까?"

"지금부터 천천히 생각하려고. 당신은?"

"환상적인 잠자리로 충분하다고 말하고 싶지만, 너의 이야기. 널, 이야기해 줘."

"나는 그다지 재미있는 이야기가 아닌데."

준일은 빙긋, 미소를 짓고 선의 손에 들려 있던 우산을 잡았다. 옆으로 기울여 사람들의 시선을 차단했다. 기울어진 우산 탓에 한쪽 어깨가 비에 젖기 시작했지만 나쁘지 않았다.

"그럼 이제부터……."

준일이 고개를 기울였다.

"……즐겨. 나의 구애를."

속삭이듯 말하고 입을 맞추었다. 선의 입술을 벌리고 촉감과 온도가 다른 혀를 집어넣었다. 휘감았다. 선이 숨을 헐떡이며 고개를 돌릴 때마다 집요하게 다시 입술을 찾아 물었다.

"반칙 아니야?"

"정당한 공략."

가쁜 입맞춤 뒤, 선의 질문에 준일은 짧게 대답하고 다시 고개를 숙였다.

만추, 내기가 시작되었다.

15. 백운사에서

잠에서 깨니 안개바다 가운데였다.

선은 몸을 반쯤 일으킨 채 팔을 뻗어 베란다 창을 열었다. 창밖에서 서성이던 안개가 짙고도 낮게 방 안으로 스며들었다.

눈을 감은 채 축축한 안개를 깊이 들이마셨다.

●■▲

7시에도 안개는 두텁도록 짙었다. 2미터 남짓 앞밖에 보이질 않는다. 토요일 아침이라 도로가 한산한 것이 다행이라면 다행이었다. 백운사까지는 두 시간 반 정도. 고속도로를 타기 전까진 안개가 걷히겠지. 막연히 기대하며 회색 안개 속 붉은 빛이 평소보다 진하게 번진 신호등을 바라보았다.

올해 들어 가장 짙은 안개다.

신호등이 초록빛으로 바뀌고 앞차의 노란 안개등이 안개 속으로 사라졌을 때야 선은 천천히 액셀러레이터를 밟았다.

판교JC를 지날 때 즈음 안개가 걷혔다. 선은 창문을 조금 열었다. 찬바람이 목덜미를 스치고 작은 차 안을 꽉 채운다. 춥긴 하지만 비례해 정신은 맑아진다. 그렇게 아침내 달려 백운사에 도착했다.

법당에 들어가 초를 켜고 향을 피우고 두 번 절을 하였다. 방석 없이 우물마루 바닥에 무릎을 꿇고 앉았다. 찬 나무 마룻장의 냉기가 다리를 타고 오른다. 선은 연의 이름이 적힌 위패를 물끄러미 바라보다 코트 주머니에서 보온병과 각설탕을 꺼냈다. 보온병을 열어 각설탕을 넣고 휘휘 흔들자 보리차에서 올라온 흰 수증기가 공기 중으로 흩어진다. 뚜껑에 보리차를 가득 채워 위패 쪽으로 밀었다.

"마셔. 네가 좋아하는 설탕 넣은 보리차야."

선은 연이 다 마실 때까지 기다린다는 듯이 보리차에서 더 이상 흰 김이 피어오르지 않을 때까지 말없이 앉아 있었다.

"거긴 어때? 춥진 않아?"

답이 돌아올 리 없는 질문을 하고 위패 아래에 적힌 이름을 새삼 또박또박 읽는다. 유연.

'우리 둘, 장례나 치러 주렴.'

지난밤 다 쏟아 내 고요해진 큰어머니의 눈빛과 담담했던 목소리가 스윽, 다시 한번 가슴을 벤다.

"……큰어머니, 큰아버지 모두 잘 지내셔. 두 분 걱정은 마."

입 안이 얼음을 문 것처럼 차갑게 굳어져 선은 미지근해진 보리차를 한 모금 마셨다.

"나 이제 아주 가끔만 올 거야. 남자 만나느라 바쁠 거거든."

큰아버지, 큰어머니. 그리고 김기조.

'내가 그쪽을 탐했거든.'

"연."

선은 나무 바닥 위로 천천히 몸을 엎드렸다.

"날 용서하지 마."

손톱으로 바닥을 긁었다. '으으.' 짐승 같은 신음이 입 밖으로 비어져 나왔다. 등이 위로 둥글게 말렸다 내려앉았다. 가늘게 흐느끼는 소리가 법당을 바람처럼 떠돌았다.

절을 드리러 온 여시주가 쪽문을 열었다가 조용히 문을 닫았다.

● ■ ▲

점심으로 미역국에 무장아찌와 콩나물무침이 올려진 공양밥을 먹었다. 연당 스님과 함께 지냈던 승방에서 한숨 자고 일어나니 오후 3시였다. 흐트러진 머리를 다시 묶는데 승방 문이 열렸다. 추위에 볼이 발그레해진 연당 스님이었다.

"일어났네. 너무 오래 자는 거 같아 깨우러 왔더니."

"지금요."

연당 스님이 군밤이 들어 있는 소쿠리를 들고 들어왔다. 잿빛 승복에 찬 기운이 묻어 있다.

"바우가 낙엽 태우면서 밤을 구웠다며 가져왔더라. 올해는 별로 안 추워진다 했더니 며칠 사이 확 춥다."

다정히 말하며 연당 스님이 작은 칼로 쓱쓱 딱딱한 껍질과 율피까지 말끔하게 벗겨 내고는 선에게 내밀었다. 입 안에 넣자 포슬포슬한 단맛이 입에 가득하다.

"나 좀 봐라. 정신이 없다. 기다려, 선아."

연당 스님이 재게 일어나 승방을 나섰다. 다시 한번 찬바람이 훅, 승방 안으로 밀고 들어온다.

선은 머리맡에 두었던 가방에서 하얀 봉투를 꺼내 좌복 밑으로 넣으며 새삼 승방을 둘러보았다. 어렸을 땐 이렇게 좁은 줄 몰랐는데, 어른 셋이 누우면 꽉 찰 만한 크기다. 방 안은 좌복 두 개에 서랍장 하나, 그 위에 정갈히 개어 올려 둔 이불 한 채와 베개 둘, 벽에 걸려 있는 달력과 승복 한 벌이 전부였다.

엎드려 숙제하던 어렸던 자신이 떠오른다. 손톱 아래 거스름이 잔뜩 일었던 작은 손으로 연필을 쥐고 또박또박 글씨를 써 내려가던 여덟 살의 자신. 보기 싫어 뜯어낸 거스름이 어찌나 따가웠던지, 연신 침을 묻히며 후후 불었더랬다.

껍질을 벗기던 밤과 칼을 소쿠리에 내려놓고 무릎걸음으로 승방 문으로 다가가 문을 열었다. 낮은 돌담 너머 점점 진회색으로 변해 가는 산이 보인다. 양팔로 방문턱을 짚고 고개를 들어 하늘을 올려다보았다. 곧 눈이라도 쏟아질 것처럼 두터운 잿빛 구름이 대기를 묵직하게 눌러 내리고 있었다. 산속에서는 밤도 일찍 찾아온다. 4시에는 출발해야겠다.

"추운데 왜 문을 열고 있어."

쟁반을 든 연당 스님이 방으로 들어가라는 듯 손을 휘휘 저었다.

"흐려요. 눈 오려나 봐요."

"산색이 유난히 짙은걸 보니 올해는 눈이 많이 올 거 같아."

연당 스님이 확인하듯 산과 하늘을 둘러보고는 방문을 닫았다.

"자고 일어난 마른입에 밤을 먹는데 목도 안 멕히든. 상주에 사는 보살님이 보내 준 우엉으로 끓인 거야. 구수해. 여기."

연당 스님이 연갈색 우엉차를 따라 선에게 내밀었다. 받아 들고 씁쓸하면서도 고소한 찻물을 마셨다. 텁텁했던 입 안이 씻겨 나가는 느낌이다. 연당 스님이 우엉이 든 비닐봉지를 선에게 내밀었다.

"조금만 쌌어. 갈 때 가져가."

"스님 드세요. 전 괜찮아요."

선의 거절에 연당 스님은 선의 손을 끌어다 기어이 쥐여 주었다.

"잔뜩 있어. 암말 말고 받아."

"잘 마실게요."

"꼭."

"네. 꼭."

"난 네가 그러는 게 늘 마음 아팠다. 괜찮아요, 스님. 필요한 거 없어요. 아픈 데 없어요, 스님. 어린 게 큰 눈 꿈뻑꿈뻑 뜨면서 아무렇지 않다고 하는 게. 여름에도 늘 눈 밑이 추워 보여서."

연당 스님의 말에 선은 희미하게 웃었다.

"스님도 제 눈이 늘 울 것 같았어요?"

"누가 그러든?"

선은 두 손으로 컵을 쥐며 낮은 목소리로 말했다.

"어떤 남자가요."

"좋아하는 남자?"

선은 고개를 저었다.

"…… 아니요. 잘 모르겠어요."

"잘 모르면 어째."

"외롭다고……, 외롭다고 사람을 이용하면 부처님께 벌 받을까요?"

연당 스님이 건조하고 따뜻한 두 손으로 선의 얼굴을 감쌌다.

"아니. 부처님도 넌 용서하실 거다."

"다행이다."

선은 울듯 웃었다.

소쿠리에 있는 밤을 다 먹고 자리에서 일어서니 4시가 훌쩍 넘어 있었다. 출발하기 전 이를 닦는데, 산에서 내려온 물이라 이가 빠질 것처럼 차가웠다. 입을 헹구고도 잠시 앉아 있었다. 산속에서 쏙새가 피룻피루피루— 피리소리 같은 울음을 울었다.

대신 울어 주는 것 같았다.

"운전 조심하고. 도착하면 전화해."

절에서 조금 떨어진 주차한 곳까지 배웅 나온 연당 스님의 신신당부에 선은 고개를 끄덕였다. 차에 타 차창을 내리고 연당 스님을 불렀다.

"스님."

연당 스님이 허리를 굽혀 선의 얼굴을 보며 손을 흔들었다. 미소 짓는 발그레한 볼 위로 눈가의 주름이 깊다.

"좌복 밑에 시주 넣어 놨어요. 많이 못 했어요."

그제야 시주 이야기를 꺼냈다. 연당 스님이 미간을 모으더니, 기다리라는 말과 함께 시주를 가지고 돌아오려는 듯 허리를 세웠다. 선이 재빨리 연당 스님의 손을 잡았다.

"스님이 이러실까 봐 몰래 넣어 놨어요."

"네가 무슨 돈이 있다고 그래. 우리 절 안 가난해."

"알아요. 연이 좋은 데 가라고 기도 부탁드리는 거예요."

"연이 좋은 데 갔어."

"그래도요."

스스로 목숨을 거둔 사람은 무간지옥에 빠진다고 한다지. 우리가 살고 있는 이 세계의 2만 유순由旬 아래, 야차들이 빨갛게 달군 큰 쇠창으로 몸을 꿰어 공중에 던진다는 그 지옥에. 그럴 리 없다 믿으면서도 선은 때때로 연이 그곳에 있을까 두려웠다.

"꼭 부탁드려요."

선의 목소리에서 간절함을 느꼈는지 연당 스님이 손등을 토닥였다.

"아침저녁으로 기도 드리마."

"추워요. 들어가세요."

연당 스님이 고개를 끄덕이며 차에서 한발 물러섰다. 선은 마지막으로 손을 흔들고 차를 출발시켰다. 차가 신작로에 접어들 때 사이드미러를 보니 연당 스님이 그 자리에 서 있었다. 기어이 볼을 타고 눈물이 흘러내렸다. 함부로 닦아 내었다.

●■▲

이천을 지날 때부터 도로가 막히기 시작하더니 용인에 접어들어선 기어가다시피 했다. 커피라도 마실까 싶어 용인휴게소로 핸들을 돌렸다. 도로만큼 휴게소도 혼잡해 두어 번 빙빙 돌고서야 간신히 주차할 수 있었다.

선은 데크에 있는 도넛 가게에서 커피를 한 잔 사 파라솔에 앉았다. 차가운 바람에 얇은 코트의 깃을 세우고 몸을 웅크렸다. 차로 돌아가기엔 답답했고, 휴게소 안으로 들어가기엔 우동이며 돈가스, 비빔밥을 먹는 사람들 사이에 앉아 있을 엄두가 나지 않았다.

반 박자쯤 빠른 트로트 노래 사이로 용인랜드라는 이름의 야구연습장에서 따악– 공이 배트에 부딪히는 소리가 섞여 들었다. 늦봄 아니면 초여름쯤 백운사에서 돌아오는 길에 배트를 휘둘렀었다. 야구연습장에는 갓 스무 살이 되었을까 싶은 앳된 알바생과 선, 둘뿐이었다. 1000원에 열다섯 번을 칠 수 있는데, 처음엔 튀어나오는 공만 바라볼 뿐 배트를 움직일 엄두도 내지 못했었다. 열네 번째에야 간신히 반 박자 느리게 배트를 휘두를 수 있었다.

마지막 공이 날아오기 전, 새빨간 틴트를 바른 알바생이 '침착해, 침착해.' 하며 박수를 쳐 주었다. 물론 마지막 공도 맞히지 못했다. 멋쩍어하는 선에게 알바생은 '괜찮아, 괜찮아.' 하며 천진하게 웃어 주었다. 물을 힘차게 빨아들이는 여름나무처럼 활기찬 생명력이 깃든 미소였다. 한 달 뒤 알바는 또래의 남자애로 바뀌어 있었다. 아무것도 아닌 인연이었는데, 적잖은 서운함에 당황했었다.

커피를 홀짝이다 주머니에서 휴대폰을 꺼내었다. 백운사로 출발하며 꺼 두었었다. 조금 망설이다 휴대폰의 전원 버튼을 눌렀다. 화면이 밝아지며 휴대폰 회사의 로고가 뜨는 짧은 순간, 선은 무심하려 노력하였다.

부재중 전화 한 통과 메시지 여섯 개. 그중 다섯 개는 광고 문자.

준일에게 온 부재중 전화와 '통화 가능한 시간에 전화 부탁함'이라는, 어색함이 느껴져 조금 웃긴 문자 한 통.

선은 통화 버튼을 눌렀다. 대여섯 번의 신호음 뒤 준일이 전화를 받자 손에 힘이 들어간다.

— 안녕.

준일의 인사에 어쩐지 바로 대답이 나오지 못한다.

— 선?

이름을 부르는 목소리에 겨우 대답하였다.

"응."

— 하루가 아까운 이 시점에 지금 6시 반인 거 알아?

휴대폰 너머 장난스러운 목소리에 선은 소리 없이 웃었다.

— 지금 어디야?

"여기, 용인휴게소. 차가 너무 밀려서 잠시 쉬고 있어."

— 어디 다녀오는 길?

"백운사."

짧게 대답하고 발끝을 내려다보았다. '아.' 하는 준일의 목소리가 들린다. 이 속도라면 서울에 도착하면 8시는 될 것 같았다. 느릿느릿 움직이는 차들의 속도에 맞춰 브레이크와 액셀러레이터를 번갈아 밟을 생각을 하니.

피곤해.

"운전하기 싫어. 데리러 올래?"

선은 자신이 말하고도 믿을 수 없어 소리 내어 웃었다. 서울에서 하행도 아닌, 상행 방향 휴게소에 데리러 오라니. 자신이 말하고서도 우습다.

— 좋아. 모시러 가지.

마치 길 건너 편의점으로 데리러 오겠다는 정도의 흔쾌한 답이라, 선이 되레 놀란다.

"농담이었어."

— 나는 농담 아닌데.

"나는 농담이야. 그러니까 오지 마."

— 유선.

준일이 새삼 선의 이름을 부른다.

— 나는, 네가 오라고 하면 가.

마음속에서 아주 동그랗고 단단했던 것이 툭, 하고 터지는 소리가 들린다. 뱃속이 간지럽다.

— 어떻게 할까?

선은 고개를 들어 사람들로 혼잡한 휴게소를 찬찬히 바라보았다. 고속버스를 놓칠까 김이 나는 종이컵을 들고 종종거리며 뛰는 사람, 분홍색 코트를 입고 아장아장 걷는 아이, 따악– 누군가 홈런을 날리는 소리와 이어지는 함성, 맥반석 오징어 가게에 길게 선 줄 같은 것을.

"……그래. 데리러 와 줘."

간신히 말하고 전화를 끊었다.

'나는, 네가 오라고 하면 가.'

준일의 말이 따뜻한 물처럼 몸 안을 데웠다.

내기 때문이라도 상관없어.

선은 입술을 깨물었다.

16. 풀리쉬 게임1

가로등을 등에 진 그림자가 파라솔 테이블에 드리운다.

준일이다.

회색 머플러를 두른 채 자신을 내려다보는 준일의 표정이 잘 읽히지 않는다. 선은 추위에 푸르스름해진 입술로 애써 미소를 지었다. 준일이 머플러를 풀어 선의 목에 감아 주고는 한쪽 무릎을 굽혀 시선을 맞추었다. 체온이 남아 있는 머플러에는 묵직한 나무 향과 옅은 바닐라 향이 섞여 있다. 선은 온기를 찾아 얼굴을 머플러에 파묻었다. 준일이 선의 손을 끌어 감싸듯 쥐었다.

"손은 차갑고……."

온기를 더 빨리 전해 주려는 듯 준일이 쥔 손에 힘을 준다.

"……코는 빨갛네. 산타클로스라도 기다렸나. 크리스마스는 한 달 넘게 남았는데."

체온이라도 재듯 코끝을 맞추었다 떼었다.

"너무 차가워서 불도 안 붙겠는데."

실없는 농담에 선은 미소 지었다.

"루돌프 사슴 코는 반짝이는 코였는데."

그거나 이거나라는 듯 준일은 어깨를 으쓱한다.

"언제부터 여기 앉아 있었어?"

"전화했을 때부터."

"차든 푸드코트든 들어가 있지."

"답답한 거 싫어."

"단순히?"

"단순히."

"지금 네 모습이 어떤지 알아?"

선은 머플러에 얼굴을 묻은 채 눈만 위로 하여 묻듯 준일을 바라보았다.

"이대로 얼어 죽으려는 사람 같아."

선은 소리 없이 웃었다.

"아직 11월이야. 그리고 사람은 이 정도 추위로 얼어 죽지 않아."

그래. 산허리에서 일부러 핸들을 꺾지 않는 이상.

매일 생각했던 순간들이 있었다.

끝 음을 내기 위해 줄을 느슨하게 쥐고 활을 움직였을 네 연주의 마지막 순간을. 결혼식장에서 보자는 풍류 단원들의 말에 마지막 웃음을 지었을 순간을. 차를 출발시켰던 순간과 안전벨트를 풀었을 순간과 핸들을 꺾기 직전의 순간을.

그 순간과 순간들 사이, 단 한 번만이라도 나를, 떠올려 주었다면……, 그래서……, 좀 더 일찍 브레이크를 밟아 주었다면.

선은 고개를 숙여 머플러 속으로 얼굴을 감추었다.

부질없는 생각이었다.

그저 저녁노을 속, 너의 차가 잠시 허공으로 떠올랐다 떨어졌을 순간에. 외롭고도 비로소 자유로웠을 네가, 더는 후회하지 않았기만을. 무섭지 않았기만을.

이제 더 이상은 감히 바라지 않겠다.

"선."

준일의 목소리에 고개를 들었다.

"집에 가자."

준일이 손을 내밀었다.

선의 옅은 한숨 소리가 차 안의 침묵을 물주름처럼 흔들었다. 고개를 돌리자 어둠에 묻혀 윤곽이 부드러워진 선의 옆모습이 보인다. 짙은 눈썹 아래 촘촘한 속눈썹과 커다란 갈색 눈동자, 코끝에서 입술로 이어지는 직각에 가까운 흐름은 단정하고, 도톰한 입술은 매혹적인 하트 모양이었다. 그 선을 손끝으로 천천히 쓰다듬고 싶어 준일은 핸들을 잡은 손에 힘을 주었다. 시선을 느낀 선이 슬쩍 준일과 눈을 마주치더니, 목을 움츠려 머플러에 얼굴을 반쯤 묻어 버린다. 준일은 입술 끝을 올려 조용히 미소 지었다.

선은 준일이 자신의 차 사진을 찍고 정확한 주소를 묻고 대리운전 업체와 통화하는 소리를 들으면서도 별다른 질문을 하지 않았었다. 늦어도 자정까지는 집 앞에 차를 갖다 놓을 거라는 말에도 고개를 끄덕였을 뿐이었다.

내내 창밖만 바라보고 있던 선이 침묵을 깬 건, 바뀐 신호등에 따라 준일이 차를 세웠을 때였다.

"평소 전화할 때 그래?"

"응?"

"차 사진과 주소 보냈습니다. 상행 방향 용인휴게소예요. 주차장 중간쯤에 주차되어 있습니다. 키는 휴게소 관리사무소에 맡겨 두었구요. 예. 빌라가 많은 주택가라 주차가 어려울 수 있습니다. 음, 그렇죠. 아니요. 가능한 가까이에요. 사진 보내 주세요. 네. 수고하십시오."

선이 통화 내용을 그대로 읊자 준일이 하하 웃었다.

"그 통화가 어땠는데?"

"……그냥, 너무 어른 같았어."

"멋졌구나. 내가."

"조금."

뻔뻔한 농담에 대한 선의 순순한 수긍은 준일을 당황시켰다. 늘 자신을 흔드는 목소리 때문이었을까. 동시에 몸 어딘가에도 피가 몰리며 불꽃이 튀게 만들었다. 여자는 자신의 말이 상대에게 어떤 영향을 끼쳤는지 전혀 모른다는 말끔한 얼굴로 창밖만 바라보고 있다. 팔을 뻗어 여자의 얼굴을 반쯤 가리고 있는 머플러 속으로 손을 넣었다. 코끝에서 입술까지 매만지다 윗입술을 살짝 눌렀다. 이어 귀 뒤 목덜미를 따라 쇄골까지 손가락으로 천천히 쓸어내리다 목과 쇄골 사이 움푹 파인 곳을 문질렀다. 비로서, 여자의 숨결이 흐트러진다. 차 안, 두터운 어둠 속에서도 새빨개진 귓불은 잘 익은 붉은 열매처럼 선명했다. 입에 넣어 씹고 싶다고 생각한 순간 멈춰 있던 앞차들이 움직이기 시작했다.

준일은 손을 거두며 액셀러레이터를 밟았다. 신호가 조금만 더 길었더라도 몸을 기울여 붉은 열매를 제 입 안에 넣었을 것이다.

●■▲

차는 남산을 끼고 소월로를 달리다 오른쪽으로 꺾어 주택가 내리막길로 들어섰다. 쌍둥이 같은 두 채의 붉은색 벽돌집과 대리석으로 마감한 단독주택을 지나 차가 멈추었다.

"저녁 준비하다 나왔어. 같이 먹자."

준일이 별일 아니라는 듯 말해, 선도 별일 아니라는 듯 고개를 끄덕였다. 차고의 문이 열리길 기다리는 동안 새삼 창밖의 풍경을 바라보았다. 남산 아래로 펼쳐진 도시는 한꺼번에 뿌려진 유리구슬처럼 반짝거리고 있었다. 특히 이 부근 집들은 산 중턱에서부터 계단식으로 자리 잡고 있어 여러 개의 구슬 팔찌

들이 길게 겹쳐 있는 것 같았다. 불이 꺼진 곳엔 아무도 귀가하지 않은 거겠지. 어둠에 잠겨 불이 켜지길 기다리는 것들을 생각하면 쓸쓸해진다. 숨을 크게 쉬는데 차고로 차가 들어가기 시작했다.

차에서 내려 집으로 이어진 차고 문을 나섰다. 나무 데크가 깔려 있는 진입로를 걷는데 초록색 불빛으로 몸체를 밝히고 있는 서울타워가 제법 가깝게 보였다. 지난번에는 보지 못했었다. 차에서 내려 집 안으로 들어갈 때까지, 잡힌 손의 열기와 맞부딪히는 입술에 눈도 제대로 뜨지 못했었으니까. 아득하고도 낯선 기억이다.

현관문이 열리고 센서등이 켜졌다. 먼저 들어가라는 듯 준일이 선의 등에 가볍게 손을 대었다. 한 걸음 두 걸음, 집 안으로 들어가다 와락 겁이 나 선은 걸음을 멈추었다. 그 바람에 뒤이어 들어오던 준일과 부딪히고 말았다.

'아, 미안.' 황급히 몸을 떼었다. 신발을 벗고 슬리퍼를 신는데 몸이 돌려졌다. 주저했던 너의 마음을 안다는 눈빛으로 준일이 바라보고 있었다. '놔줄래?' 떨리는 목소리로 말하며 잡힌 손을 빼내려 몸을 비틀었지만, 그대로 벽에 등을 기댄 채 서게 되었다. 준일이 한 걸음 더 가까이 다가와 손가락으로 선의 턱을 들어 올렸다. 그때 센서등이 꺼지며 어둠이 둘의 눈을 가렸다. 어둠 속에서 눈꺼풀에 닿는 숨결이 느껴졌다. 어깨에 메고 있던 가방이 스르륵 발밑으로 떨어졌다.

"키스하면, 반칙이라고 할 거야?"

"……응."

이번에는 그 숨결이 입술 위로.

"그래, 그럼. 반칙하지 뭐."

입술이 벌려지며 온도가 다른 혀가 들어왔다. 움직임에 센서등이 다시 켜져 선은 눈을 꾹 감았다. 머플러가 바닥으로 떨어지고, 얇은 코트가 어깨 뒤로 젖혀졌다. 준일이 입을 맞춘 채 깊게 파고들자 벽에 기댄 선의 몸이 저절로 위로 들리며 발끝으로 서게 되었다. 선이 '아.' 하고 내뱉은 짧은 감탄사도 맞물린 입 안으로 빨려 들어갔다. 입술이 떼어지며 고개의 방향이 바뀌고 다시 겹치는 순간에도 둘의 달뜬 숨결은 뒤엉켜 있었다. 스웨터 안으로 들어온 커다란 손이 가는 허리를 잡아 끌어당기며 가볍게 들어 올렸다. 선은 자연스럽게 준일의 허리에 다리를 감으며 어깨에도 팔을 둘렀다. 여전히 입술을 맞댄 채 현관을 지나 보름 전 이른 아침 몸을 나눴던 테이블에 선을 내려놓았다.

"한 달이라니."

입술을 뗀 준일이 눈을 맞춘 채 선의 등허리를 쓰다듬었다.

"미쳤었지."

고개를 기울여 선의 목덜미를 핥더니 귓불을 물었다. 사탕을 녹여 먹듯 입 안에서 굴렸다.

"얼마나 넣고 싶었던지."

평소보다 탁한 남자의 목소리에 몸이 달아오른다. 빨아들이고, 혀로 굴리다 입을 떼고 턱과 목덜미를 따라 입술을 움직였다. 촉, 촉, 촉. 점을 찍듯 입을 맞추며 내려오다 목과 쇄골 사이, 오목히 파인 곳을 혀로 핥았다. 선은 준일의 목덜미를 쥐었다. 손끝이 살아 있는 듯 파르르 떨렸다.

내내 추운 밤이었던 나에게, 너의 체온이.

선은 준일의 얼굴을 끌어올려 먼저 입술을 맞대었다. 입을 열어 애타게 혀를 찾았다.

온몸이 뜯길 것 같은 차가움에 잠겨 있던 나에게, 네 숨결의 따뜻함이.

어떤지, 넌 짐작조차 못 하겠지.

선의 서투른 몸짓에 준일이 낮게 웃으며 혀를 넣는 대신 놀리듯 입술을 깨물었다, 핥다, 입만 맞추었다. 몇 번의 장난 끝에 참지 못한 선이 준일의 뒷머리를 잡아당겼다. 그제야 말캉한 혀를 휘감고 빨아 당겼다. 남자의 뜨거운 열기가 입 안의 점막을 타고 빠르게 몸 안으로 퍼져 나갔다. 그 온기가 소름끼치게 좋아, 선은 더욱 절박하게 매달렸다. 목을 따라 가슴과 배, 두 팔과 발끝까지 따뜻함으로 채워져 나갔다. 누군가 자신을 그린다면 점점 분홍색으로 칠해 갔을 것이다.

잠시 입술을 떼었던 준일이 빙긋 웃으며 선의 목덜미를 쥐고 끌어당겼다. 윗입술과 아랫입술 사이를 혀끝으로 가르듯 쓸어내리다 다시 입 안으로 파고 들어가 혀를 감아 당겼다. 부드럽게 빨다가 거칠게 휘감았다. 깊은 곳까지 혀를 밀어 넣었다가 입 안 곳곳을 탐험했다. 준일이 몸을 세우며 선의 허리를 잡아 자신 쪽으로 바짝 끌어당겼다. 그 바람에 선은 테이블에 엉덩이만 간신히 걸친 채 바닥에 닿기 위해 발끝을 세웠다. 준일이 두 손으로 얼굴을 감싸며 좀 더 깊이 파고들었다. 숨결이 겹쳐질 때마다 선의 감은 눈 속으로 노랗고 분홍인, 가끔 흰색도 섞인 동그란 불빛들이 번져 나갔다. 한껏 커진 색색의 불빛이 물방울처럼 터질 때마다 선은 준일의 어깨를 쥐었다.

당신에게 이 어리석은 게임의 승리를 안겨 줄게.

날 욕망해 줘.

나를 데워 줘.

한 달, 아니, 일주일만이라도.

지금 바라는 건, 그뿐.

천천히 입술을 뗀 준일이 몸을 세웠다. 선은 몽롱한 기분으로 준일을 올려다보았다. 새삼 큰 키가 더 커 보이고, 어깨도 더 두껍고 넓어 보인다. 조금 위압감이 들 정도였다. 준일이 허리를 숙여 테이블 위에 놓인 선의 손 위로 자신의 손을 포개었다. 스웨터 소매 안으로 손가락을 집어넣어 유혹하듯 천천히 움직였다.

"끝낼까."

"……뭘?"

"내기."

"당신이 지는 거야?"

"그건 안 되고."

"나도 싫은데."

"과연. 그렇단 말이지."

웃음기 어린 목소리로 말하고는 손을 스웨터 안으로 집어넣었다. 브래지어 후크를 풀고선 커다란 손으로 가슴을 덮듯 움켜쥐었다. 이어 힘을 주어 손에 가득 쥐었다. '아흣.' 선의 입술에서 작은 신음이 흘러나오며 어깨가 안쪽으로 굽혀졌다. 개의치 않고 부드럽게 주무르다 엄지손가락으로 정점을 누르자 선의 가느다란 몸이 떨렸다. 길고 마디가 굵은 커다란 손이 자신의 가슴을 쥐고 있는 모습을 상상하는 것만으로도 귀 끝까지 달아올랐다.

스웨터와 브래지어가 단번에 벗겨졌다. 언제 팔을 들어 스웨터의 소매가 빠져나가게 했는지 어리둥절할 정도였다. 놀란 선이 반사적으로 두 팔을 교차해 가슴을 가렸다. 준일이 선을 감싸듯 양팔을 벌려 테이블 모서리를 잡았다. 입술이 닿을 듯 얼굴을 가까이 붙여 속삭였다.

"손, 내리지."

선이 고개를 젓자, 준일이 얼굴을 숙여 뽀얀 두 가슴 사이의 골을 혀로 쓰윽 핥아 올렸다. 선의 어깨가 떨리며 호흡이 흐트러졌다. 준일이 옅게 미소를 짓고는 좀 더 혀를 가슴골 깊게 넣어 핥고는 고개를 옆으로 비틀었다. 이어 손목에 입을 맞추고 손바닥의 도톰한 부분을 깨물고 입술로 빨아들였다. 턱에 닿는 부드러운 머리카락과 따뜻한 혀의 움직임이 주는 자극이 어깨에서 팔, 등허리를 타고 발끝까지 전류처럼 퍼져 나갔다. 어깨가 바르르 떨리며 가슴을 가리고 있던 팔이 벌어졌다. 그 틈을 놓치지 않고 준일이 가슴을 향해 파고들었다. 곧 말캉한 가슴을 입으로 물었다. 놀란 선이 어깨를 잡고 밀며 떼어 보려 해도 꿈쩍도 하지 않았다. '이건 정말 반칙이야.' 하는 나약한 항의조차 준일이 까끌한 혀로 젖꼭지를 지그시 누르는 순간 입 안으로 삼켜졌다. 준일이 목 깊은 곳에서 만족스러운 소리를 내더니 꼿꼿하게 선 정점을 굴리고 핥고 입술로 물고 비비듯 문질렀다. 음미하듯 잠시 멈추었다가도 이내 더 크게 입을 벌려 가슴을 베어 물고 빨아들였다. 자신의 흰 가슴이 준일의 입에 물려 있었다. 아득할 정도로 비현실적이고 자극적이었다.

먹는다는 게, 이런 뜻인가. 자신의 입 안을 상대의 몸으로 가득 채우겠다는. 해서 상대의 살갗의 촉감과 질감과 무게와 맛을 이로 깨물고 혀끝으로 핥고 빨아들이며 샅샅이 맛보겠다는. 해서 상대를 입 안에 배어들게 해 완전히 소유하겠다는…….

다음 순간 준일이 다른 쪽 가슴을 입에 넣고는 이로 긁어내렸다. 정점을 물고 잘근잘근 씹었다. 아픔과 쾌감이 뒤섞여 몽롱한 채 선은 준일의 머리카락 속으로 손가락을 넣었다. 뭐라 설명하기 모호한 기분에 휩싸여 천천히 고개를 숙여 준일의 관자놀이에 입을 맞추었다. 준일의 머리를 감싸며 가슴을 좀 더 앞으로 내밀었다.

아이러니하게도 준일이 움직임을 멈춘 건 그때였다. 가슴에서 입을 떼고 굽혔던 몸을 바로 세웠다. 마지막으로 가슴을 쓰윽 만지고 테이블에 반쯤 걸쳐져 있던 브래지어를 집어 들었다. 끈을 선의 팔에 끼우고 겨드랑이 사이로 껴안듯 팔을 둘러 후크를 잠갔다.

팔을 들게 하는 남자는 몇 분 전만 해도 자신을 탐했던 사람이라고는 믿을 수 없을 만큼 차분했다. 스웨터가 팔에 끼워지고 곧 얼굴이 빠져나왔다. 준일이 스웨터를 아래로 마저 내리고 머리카락을 빼내어 손가락으로 쓱쓱 빗질을 해 주었다.

"밥 먹자. 조개 해감은 이제 충분히 됐을 거 같으니까."

선을 가볍게 들어 의자에 앉혔다.

"금방 해 줄게."

아이를 다루듯 뺨을 쓰다듬고 턱을 톡톡 두드렸다.

차가운 물로 세수를 했다. 턱 끝에 물방울이 맺혀 있는 거울 속 얼굴은 여전히 붉은 기가 옅게 남아 있었다. 흥분이 사라진 자리를 채운 건 남루한 깨달음이었다. 준일은, 조금도 달아오르지 않았었다. 적어도 스웨터를 벗긴 이후로는. 그저 자극하고 또 자극하며 쾌감에 몸을 떠는 자신을 시험하고 있었을 뿐이었다. 혼자만 흥분하고, 혼자만 갈구했었다. 부끄러움과 모욕감에 얼굴이 뜨겁다 못해 터질 것 같다. 거울에서 시선을 툭, 아래로 내렸다. 턱 끝의 물방울을 손등으로 닦아 내었다. 자신의 달아오른 얼굴이 보기 싫어 고개를 숙인 채 반듯하게 개어져 있는 수건을 집어 들어 얼굴을 묻었다.

욕실을 나와 식당에 가니 현관 앞에 떨어져 있던 머플러와 코트, 가방이 의자 등받이에 얌전히 걸려 있었다. 그 모습조차 마음을 뒤틀리게 한다. 이대로 코트를 입고 집에 갈까, 순간적으로 갈등하다 주방으로 걸음을 옮겼다. 준일이 등을 보인 채 인덕션 앞에 서 있었다. 손에 들고 있던 화이트 와인을 넓고 깊은 팬에 붓자 바르륵, 조개들이 팬에 부딪히는 소리가 요란했다.

"재밌었니?"

조용히 물었다. 빈정대고 싶지도, 화를 내고 싶지도 않았다. 한데, 말은 그 두 가지 감정을 고스란히 담은 채 입 밖으로 나오고 말았다. 와인 병을 내려놓은 준일이 인덕션의 전원을 끄고 몸을 돌렸다. 두 팔을 넓게 벌려 싱크대를 잡고 비스듬히 기대어 서자, 셔츠의 어깨 부분이 팽팽히 당겨지며 단단한 몸의 윤곽이 고스란히 드러났다. 그 순간 남자의 몸은 단순히 근육이 제대로 붙은 육체가 아니라, 몇 겹의 방어막을 두른 요새로 보였다.

"재미라……. 둘 다 내기를 끝낼 생각이 없었으니, 한 명이 멈췄을 뿐인데."

준일은 냉정하기까지 한 태도로 선을 감상하듯 머리에서 발끝까지 쓰윽 훑어보았다.

"게다가 재미라면 둘 다 본 거 아닌가."

"자극해 놓고 혼자 흥분하는 모습 보는 거, 재밌었냐고 물었어."

"재미는 없었고……."

준일이 말을 멈추고 싱크대에 기댔던 몸을 바로 세웠다. 큰 걸음으로 성큼 다가와 선 앞에 섰다. 뒤로 물러서 몸 사이의 거리를 벌리고 싶지만, 약해 보이고 싶지 않았다. 선은 버티고 서서 준일을 올려다보았다.

"예뻤어."

하. 어이없는 대답이라, 어이없는 실소를 터뜨리고 말았다.

"마지막 즈음엔 꽤 위험하기도 했고. 네가 여기에 입 맞추어 주었을 때."

느릿하게 말하며 자신의 관자놀이에 손가락을 갖다 대었다.

"이것도 전략이니?"

"뭘 전략씩이나."

"좀 더 밀어붙이지 그랬어. 잘하면 이길 수도 있었을 텐데."

"혹시 아쉬운 거라면 중단했던 지점에서 다시 시작해 줄 수도 있고."

준일이 얼굴을 숙여 선의 얼굴에 가까이 갖다 대었다.

"오늘 메뉴는 두 가지야. 맛없는 섹스 아니면 맛있는 식사. 선택해."

남자가 계산된 담담한 어조와 무심한 어투로 도발하고 있다는 것을 안다. 이 게임을 쉽게 끌어갈 마음도, 끝낼 생각도 없다는 것 또한. 자신을 욕망하게 만들겠다는 의미를, 선은 비로소 알 것 같았다. 바로 네 마음을 가지겠다는, 선언.

좁고 누추한 마음 따위 가져 무엇 하겠냐는 비웃음을 지어 주고 싶었다. 모두가 짠 듯이 자신을 몰아붙이는 상황에서 너마저, 하는 원망도 들었다. 동시에 마음 한구석, 저 남자의 마음을 쥐고 흔들고 싶다는 이율배반적인 욕망도 싹을 틔웠다.

선은 준일의 이마와 눈썹을 지나 눈과 코, 입술, 턱까지 꼼

꼼히 바라보았다. 당신, 이렇게 생겼었구나 하는 새삼스런 눈빛으로. 흔들림 없는 검은 눈동자가 욕망으로 팽창되고, 자신만만한 입술은 자신을 탐하며 뜨거운 숨을 내뱉게 하고 싶은 유혹이 일었다. 유혹은 더없이 매혹적이지만 자신은 세이렌의 노랫소리에 마음을 뺏기는 뱃사람이 아니다. 그렇다고 귀를 밀랍으로 막은 채 허둥지둥 노를 젓고 싶지도 않았다.

백운사로 가던 길, 안개로 가득했던 새벽 도로를 떠올렸다.

짙은 안개 속에서 눈앞의 노란 불빛을 따랐듯, 마음을 결정할 수 없다면, 일단은 상대의 욕망이 이끄는 길로 가 보기로 한다.

"밥, 맛있게 해."

선은 준일의 턱을 손가락으로 톡톡 두드렸다. 준일이 짧게 웃었다. 신화 속 세이렌의 노래처럼 더없이 매혹적으로.

●■▲

파스타는 어이가 없을 정도로 맛있었다. 배가 고픈 줄 몰랐는데, 면을 포크로 돌돌 말아 한입 넣자 허기가 몰려왔다. 결국 많다 싶을 만큼 담겨 있던 면과 풍성하게 얹어진 바지락과 모시조개까지 조리하고 남은 화이트 와인과 함께 남김없이 먹었다. 준일이 유학 때부터 시작된 오랜 자취 생활 동안 1000번은 해 먹었을 거라고 했다. 눈을 감고도 만들 수 있는데, 눈 뜨고 최선을 다해 만들었다는 말에 뾰족했던 기분을 풀고 웃었다.

그리고, 우습게도 잠들었다. 나른한 포만감과 적당한 취기,

집의 온기는 백운사에서 잤던 낮잠을 비웃으며 그동안의 긴장과 피로를 한 번에 데리고 급습하듯 몰아쳤다. 저녁 잘 먹었다고 인사하고 빨리 집으로 가야 하는데, 생각만 할 뿐 손끝 하나 움직이기 힘들었다. 거인이 움직이지 못하도록 손가락으로 온몸을 꾹 누르는 것 같았다. '눈이라도 떠야 하는데. 이대로 잠들면 안 되는데.' 입 안으로 웅얼거린 말은 뭉개진 소리로 흘러나왔다. 꿈결처럼 다정한 목소리가 들리고 이어 포근한 담요가 몸에 덮였다. 여러 개의 쿠션이 몸 양쪽에 놓이는 느낌을 마지막으로 잠이 들었다.

얼마쯤 지났을까. 느릿하게 눈을 떴다. 소파 옆으로 바닥에 떨어진 쿠션 대여섯 개가 먼저 보이고, 직각으로 놓인 1인용 소파에 앉아 있는 준일이 눈에 들어왔다. 긴 다리를 테이블 위에 걸쳐 놓고 다리 위에 올려놓은 노트북의 모니터를 골똘히 쳐다보고 있었다.

선은 팔을 올려 얼굴에 괴고 그 모습을 물끄러미 바라보았다. 음영이 강조되는 스탠드 불빛 때문일까. 곡선보다는 각이 진 직선으로 이루어진 얼굴은 어딘지 금욕적이었다.

"물 줄까?"

준일이 시선은 여전히 노트북에 둔 채 말하였다. 민망하다. 잠에서 깨어 보고 있었다는 걸 어떻게 알았지?

"응."

노트북을 덮고 테이블에 올려놓았던 긴 다리를 접으며 소파에서 일어섰다. 선에게 다가와 손가락으로 이마를 가린 머리카락을 뒤로 넘겨 주었다.

"깨워야 하나 고민하던 차였는데, 기특하게 일어났네."

"몇 시야?"

"10시 반. 40분 정도 잤어."

선은 소파에서 몸을 일으켰다. 덮고 있던 밤색 담요를 숄처럼 어깨에 둘렀다. 여전히 반쯤 몽롱한 기분으로 눈을 감았다 떴다. 하루 꼬박 잔 거 같은데 한 시간도 지나지 않았다니. 시간이 열 배는 느리게 지나는 구멍에 빠졌다가 나온 것 같았다.

"여기, 물."

선은 준일이 건네준 물을 마시며 다리를 쭉 폈다. 어서 잠에서 깨고, 집에 가야 한다. 휴게소에 데리러 오라고 한 것부터 가뭇없이 잠들었던 것까지, 스스로가 방만하게 느껴진다. 무엇보다 이 밤의 순간, 소파가 아닌 자신의 바로 앞, 소파 테이블에 앉아 마주 보고 있는 남자는 영혼을 움켜쥘 듯 강건하고 아름다웠다. 이런 남자가 자신을 갖고 싶어 하는 것이 혼자만의 착각으로 느껴질 만큼. 어쩌면 긴 꿈을 꾸고 있는 것일지도 모르겠다. 의도하지 않았지만 승부욕을 자극했던 거겠지. 말하지 않음으로 자신을 비밀스럽게 느끼도록 치장했던 것일 수도. 그러고 보니 내기의 상품으로 자신의 이야기를 들려 달라고 했던가.

준일이 자신의 마음을 온전히 흔든다 해도, 설사 전부 가진다 해도, 절반만 말할 수 있는 이야기다. 르네 마그리트의 파이프처럼, 사실이되 진실은 아닌, 그런 이야기밖에 해 줄 수가 없다. 누구도 들어서는 안 되는 이야기니까.

"백운사에 사촌이 있어."

빈 물잔을 준일에게 건네었다. 준일은 물잔을 테이블에 내려놓고 선의 눈을 가만히 들여다보았다. 말하는 것이 어색하다는 듯 선은 입술을 달싹이다 말을 이었다.

"작년에 교통사고로 죽었거든. 위패가 거기 있어서 가끔 다녀와."

뜻밖에, 준일이 손을 뻗어 선의 눈을 가렸다.

"네 눈, 지나치게 예뻐. 코와 입술을 오늘에야 제대로 봤을 정도로."

나직한 목소리에 선은 눈을 감았다.

"그 눈으로 흔들림 없이 말을 하면, 무슨 말이든 다 믿고 싶어져. 위험한 일이지. 마음 한구석에서 울리는 경고음을 무시하게 돼."

"……사실인걸."

"사실이겠지."

"……."

"전부가 아닐 뿐."

준일은 여자의 눈을 가렸던 손을 아래로 내렸다. 여자가 천천히 눈을 뜬다. 준일은 자신을 맹목적으로 만드는 갈색 눈을 바라보며 숲 어딘가에 집을 짓기 시작했다. 위치도 크기도 불분명해 대지분석이라든가 측량조차 불가능한 무성한 나무들 사이에.

타인이 타인의 어디까지 들어갈 수 있을까.

완전한 이해란 완벽하게 불가능한 일임을 알고 있다. 그럼에도 여자의 가장 내밀한 안쪽, 두려움이 드는 동시에 자신을 강하게 끌어당기는 그곳에 집을 짓고 싶은 것이다. 그 집의 모든 창문과 문을 걸어 잠그고 벌거벗은 몸으로 뒤엉키고 싶은 것이다. 그에 대한 값을 지불해야 할 때가 반드시 올 것임을 예감하면서도.

준일은 다시 여자의 눈을 가렸다. 가린 채, 여린 입술에 입을 맞추었다. 여자가 흐느낌과 같은 한숨을 쉬었다.

17. Walk on River

주간 회의를 앞두고 신지윤 사장과 팀장급을 제외한 전 직원이 모인 회의실 분위기는 가라앉아 있었다. 지난주 금요일 오후 발간되어 본사 입고된 신간 《나무의 부호》를 신 사장이 실망스러워했다는 디자인팀의 전언이 있었기 때문이다. 《나무의 부호》는 848페이지로 약 45밀리미터의 벽돌급 두께의 책이었는데 급격히 추워진 날씨에 본드가 얼어붙었는지, 신 사장이 책을 펼치자마자 한여름 수박처럼 반으로 '쩍' 갈라지더니 늦가을 낙엽처럼 낱장으로 '우수수' 떨어져 나갔다고 했다. 전체 회의 전에 팀장 회의를 먼저 소집했다는 소식에 담당 편집자였던 재형과 디자이너인 영훈의 얼굴이 좋지 않았다.

"둘이 콜라보해서 사고 친 게 한두 번도 아닌데, 뭘 새삼 분위기 잡아요. 848페이지면 양장은 아니더라도 사철제본은 해야 된다는 생각이 안 들었어요? 으이구, 단순하게 무선제본이 라니."

나머지 직원들은 말을 아낀 채 각자 회의 준비를 하고 있는데, 임수민이 침묵의 연못에 돌멩이도 아닌 돌덩어리를 던졌다.

고개를 숙이고 있던 영훈이 번쩍 고개를 들었다.

"뭐라고요?"

"처음부터 계획을 잘, 짜서 잘, 하시라고요."

"내가!"

직원들의 시선이 영훈에게 쏠렸다. 수민도 눈을 크게 뜨며 웬일이냐는 표정을 지었다.

"장래 희망 미남은 거울 본 순간 포기. 우주 비행사는 자이로드롭 타며 포기. 우리나라 톱 북디자이너가 될 거야는 첫 책 하면서 포기했는데, 쿨가이가 될 거야는 아직 포기 안 하고 있었거든."

영훈이 책상 위 파란색 플러스펜을 집어 들었다. 회의실의 모든 눈이 영훈의 손끝으로 모아졌다.

"그런데 너 때문에 지금 이 순간 포기해. 아주 그냥 사람 빡치게 하는 데는 타고났지. 어! 임수민!"

집어 든 파란색 플러스펜으로 수민을 찌르듯 저격했다.

"어머, 어머, 어머어머어머머머. 야! 김영훈. 내, 내가……."

수민의 말이 끝나기 전에 회의실 문이 열리며 신 사장이 제일 먼저, 마지막으로 디자인 팀장 보영이 들어오며 문을 닫았다.

"윤재형, 김영훈."

신 사장의 언급에 둘 다 눈에 띄게 얼굴이 굳어졌다.

"얼굴 펴."

힘 있고 또렷한 어조라 짧은 말에도 무게가 실린다. 긴장이 풀린 재형이 입에 힘을 줘 오므리며 가벼운 한숨을 내쉬었다. 키가 작고 통통한 체형에 얼굴도 동그랗고 눈도 동그란 재형의 모습이 꼭 도토리를 쥔 다람쥐같이 귀여웠다. 그 모습에 회의실의 경직된 분위기가 조금은 풀어진다. 영훈과 수민은 여전히 서로를 노려보고 있었다.

"그럼 회의 시작합시다."

신 사장의 말에 모두 자세를 가다듬고 노트를 펼치며 펜을 쥐었다. 둘 역시 서로에게서 시선을 떼고 노트를 펼쳤다.

"우선 《나무의 부호》는 양장본으로 다시 제작합니다. 책의 볼륨이나 내용의 무게감도 그렇고, 확실히 양장이 어울린다는 의견이에요. 전화위복으로 삼읍시다. 김영훈은 오늘 안으로 겉, 속표지 작업해서 컨펌 받아요."

"네."

영훈과 재형이 동시에 대답하였다. 신 사장이 잠깐 미소를 짓고는 곧 말을 이었다.

"그리고……, 편집부 야근이 잦아졌는데, 다들 맡은 책들을 연내에 마무리하려고 열심인 건 알아요."

말을 멈추고 편집부원들을 휘 둘러본다.

"올해 평균적으로 편집자 한 명이 두 달에 한 권 정도 책을 낸 셈인데, 단순 비용으로만 쳐도 외주 편집비의 두 배인 셈이에요. 비용은 둘째로, 연말이 다가오면 야근하며 무리하게 연내 일정을 맞추려는 모습이 개선되어야 한다는 건 다들 동의할 거라 생각합니다. 12월에 제작이 몰리면서, 연말과 다음 해 연초까지 마케팅 병목현상이 일어나는 것도 매년 반복되고 있어요. 골고루 푸시가 못 들어가니 아깝게 묻히는 책들도 많고요. 내년에 발간할 책들이 대략 60~70여 권이에요. 황 주간과 함께 전체 발간 일정 월별로 나누고, 팀별로 다시 월별 발행 계획서를 만들어서 12월 월례회의 전에 볼 수 있게 해 주세요. 무엇보다 맡은 원고의 분량에 따른 번역 기간과 교정 교열, 역자와의 피드백 과정, 원고 로테이션에 대해서 한 번씩 더 생각해서 시간 낭비를 줄이는 걸 내년 목표로 삼읍시다."

그 뒤로는 각 팀별로 점검해야 할 사항을 묻고 보고받는 시간이 이어졌다. 신 사장은 책별 매출 현황부터 신간의 예상 판매 부수에 따른 제작 단가 계산, 이벤트 기획 점검과 효과, 편집부에는 맡고 있는 원고의 진행 사항에 대해 날카롭게, 때로는 무심한 듯 물었다.

신 사장은 회의할 때 녹음기가 있음이 분명하다는 말이 나올 정도로 기억력이 비상해 작은 것까지 기억하며 테스트하듯 물을 때가 있었다. 올 3월, 당시 오래 사귄 여자 친구와 헤어지고 후유증으로 방황 중이던 인문예술팀 성 팀장이 원고 진행 상황을 지난주와 달리 대답해 회의 뒤 교정지 전체를 들고 사장실에 올라가 엄청나게 깨진 적이 있었다. 건강이 좋지 않거나, 작업 중 슬럼프가 와 진행이 느려지는 건 이해해도, 면피를 위한 거짓 보고를, 그것도 팀장이 한 것은 용납할 수 없다는 것이었다. 오전 내 침울하던 성 팀장이 사표를 냈으나 반려되고 대신 일주일간의 휴가를 받았다. 그 뒤로 신 사장은 단짠의 히로인이라는 별명을 얻기도 했다.

"다음은 유선."

"네."

선은 허리를 반듯하게 펴고 신 사장을 바라보았다. 모자 지간이니 당연하지만, 많이 닮았다. 눈썹 뼈가 솟아 상대적으로 눈이 깊어 보이는 것이나, 양끝이 올라간 보기 좋은 입매 같은 것이.

"괜찮아?"

갑작스러운 질문에 심장이 내려앉았다. 김준일과의 사이를 알고 있나? 순간 착각했다가 최재웅과의 일을 두고 한 말임을 깨달았다.

"죄송합니다."

"이번엔 역자한테까지 통보가 끝났다니 넘어갔지만, 다음부터는 제 결정 뒤에 편집자를 교체하든, 계약 파기를 하든 합니다. 이건 편집부 전체에 하는 말이기도 해요."

신 사장의 단호한 어조에 황 주간이 얼굴을 굳혔다.

편집부 전체에 하는 말이라고는 했지만, 다분히 황 주간을 겨냥한 질책성 발언이었다. 모두가 신 사장과 황 주간 두 사람의 눈치를 보며 눈동자만 도르륵도르륵 굴렸다. 선은 가시방석에 앉은 기분이었다.

"그리고 《안남》. 번역도 표지도 다 좋은데 본문 편집에 대해서 디자이너가 좀 더 고민을 해 봐요. 담당 서혜림이지?"

신 사장의 언급에 서혜림이 고개를 들었다.

"내용에 비해 디자인 요소가 많고 본문이 빽빽한 느낌이야. 소설이 가진 생략과 함축의 정서가 자연스럽게 드러나면 좋겠는데……. 여백을 활용한 디자인을 고민해 봐요."

신 사장의 의견에 혜림과 선은 동시에 고개를 끄덕이며 눈을 맞추었다.

회의 뒤에 혜림의 자리에서 본문 시안 수정에 들어갔다. 본문에서 모든 장식은 배제하고 최소한의 것만 남기는 것을 전제로, 챕터는 로마자로 표시하되 함께 배치했던 보트 그림은 삭제했다. 하단에서 제목도 지우고 페이지 숫자만 남기되 중앙에 오도록 했으며, 중간에 페이지 숫자를 짝수 페이지에 모으는 것으로 작업했다가 다시 되돌리기도 했다. 소챕터는 과감하게 페이지의 중앙부터 시작하는 것으로 수정했다. 점심 전, 수정된 출력본을 받아 들고 책상에 앉았다. 두고 갔던 휴대폰에 준일의 메시지가 와 있었다.

메시지를 읽는데 눈을 덮었던 커다란 손의 촉감이 떠올랐다.

선은 휴대폰을 뒤집었다.

●■▲

동작대교를 절반 정도 지날 때쯤이었다. 차가 밀려 10분 정도 가다 서다를 반복하고 있는데, 차창 밖을 바라보던 선이 작지만 또렷한 목소리로 '유람선 타고 싶어.'라고 말한 것은.

고개를 돌려 한강을 내려다보니 반짝이는 조명으로 선체를 감싼 유람선이 동작대교 아래를 막 통과하고 있었다. 자신이 아는 한 제일 맛있는 스테이크를 먹게 해 주겠다며 신사동에 다녀온 길이었다. 별다른 말 없이 따르던 선이 가리비부터 훈제메로구이까지는 잘 먹더니 정작 메인인 채끝스테이크는 절반도 먹지 않은 채 가니쉬인 구운방울토마토와 버섯만 먹고는 포크를 내려놓았다.

입에 안 맞느냐는 물음에 고개를 젓고는 배부르게 먹었다고 말하며 미소 지었다. 디저트로 나온 송이버섯수플레와 아이스크림은 또 잘 먹었다. 고백하자면, 준일은 음식을 먹던 선의 살구색 입술만 바라보았다. 간신히 다음엔 해산물 요리를 먹어야겠다는 생각만 할 수 있었다.

"지금?"

"응."

"유람선 타는 거 좋아해?"

"한 번도 안 타 봤어."

"그런데 갑자기 왜?"

"안 그러면 차창 밖으로 뛰어 내릴 거 같아서."

준일이 재밌다는 듯 선을 바라보았다.

"긴장돼? 이렇게 둘이 차 안에 있는 거?"

짓궂게 물었다.

"아니. 답답해서."

"나는 긴장하고 있는데."

선이 준일의 말에 고개를 돌렸다.

"대로 한복판에 차 세우고, 욕망의 심판을 받을까 봐."

다시 반대편으로 고개를 돌리는 선의 얼굴이 붉다. 턱을 잡아 자신을 바라보게 하였다. 몸을 기울여 입술에 입을 맞추고 운전석으로 바로 앉았다.

"유람선을 타러 갑시다."

서울 사람 치고 63빌딩과 서울타워 가기, 유람선 타기, 이 세 가지를 전부 해 본 사람이 없다는 우스갯소리가 있지만 준일은 셋 다 좋아했다. 꼭 남산 케이블카를 타고 서울타워를 가고, 63빌딩 전망대에서 서울을 내려다보고, 한강대교를 거쳐 동작대교, 반포대교를 지나는 유람선 타는 걸 즐겨 했다. 그중 제일 좋아하는 건 유람선 타기였다.

지면보다 낮은 위치에서 바라보는 도시는 일종의 경외감을 불러일으킨다. 시선을 약간 위로 하여 바라보는 도로와 다리, 자동차와 지하철, 끝없는 건물과 불빛의 연결고리는 큰 궤적을 그린다. 이 궤적을 머릿속으로 분해, 재조합하며 서울타워나 전망대에서 바라보았던 풍경과 합체시키면 평면에서 입체로, 덩어리에서 공간으로 진화되었다. 건축이란 땅이 하는 소리를 먼저 들어야 한다는, 존경하는 선배 건축가이자 소장인 최진석의 조언을 다시금 환기시켜 주기도 했다.

3년 전, 오후부터 마지막 운항 때까지 유람선을 타며 미래에 대한 고민도 함께 했었다. 진석의 제안을 받고 바라본 서울은 새삼 낯설었다. 틀에서 찍어 낸 듯한, 흡사 공산품 같은 건물들 사이에 불시착한 우주선 같은 이질적인 작품들이 혼재되어 있었다. 자신이 이 판에 뛰어들어도 되는가 하는 고민이 있었다.

서울타워와 63빌딩에서 도시를 내려다보고, 길과 도로를 걸으며 눈높이로 바라보았다. 마지막으로 유람선에서 도시를 올려다보았다. 도시의 붉고 노란 불빛들을 보며 준일은 지금 같은 상황을 조율하는 건축에 도전해 보자 결심했다. 매스에서 그 역할을 실험해 볼 만하다 싶었다.

그때의 결정이 연초록으로 손끝을 물들인 채 잠들었던 소녀를 다시 만나게 할 줄은 모르고…….

● ■ ▲

역으로 돌아가는 것과 마찬가지여서 동작대교를 건너 강변북로를 타고 반포대교를 통과해 올림픽대로를 지나 여의도 한강공원 주차장에 도착하였다. 마지막 90분짜리 유람선을 타기 위해 주차장에서 선착장까지의 직선거리를 손잡고 뛰었다. 폭이 좁은 H라인 스커트에 플랫을 신고 열심히 뛰던 선이 결국 멈추더니 웃음을 터뜨렸다. 준일이 맞잡은 손을 끌어당겨 그대로 선을 품에 안았다.

"다음에 탈까?"

"오늘 꼭 타고 싶어."

선이 가쁜 숨을 내쉬면서도 고개를 저었다.

우와아아아아.

준일이 선을 들다시피 껴안고 뛰었다. 선의 웃음소리가 어둑한 여의도공원에 울려 퍼졌다.

승선 확인서를 급하게 작성하고 매표소 직원의 안내에 따라 2번 선착장에 가자 마지막 사람이 승선하고 있었다. 마지막의 마지막으로 유람선을 탄 둘은 마주 보며 안도의 미소를 지었다.

이상하지. 선은 미소에서도 슬픔의 맛이 난다.

슬픔을 훔치듯 재빨리 입을 맞추었다. 갈색 눈동자가 커졌다 이내 찡그린다.

준일은 하하 웃었다. 물비린내 섞인 밤공기에 마음이 들뜬다. 유람선에 아무도 없이 둘만 있었으면 좋겠다고, 준일은 순간 바라 본다. 1층 카페에서 커피 두 잔을 사, 한 잔을 건넸다. 조금 여유가 있었다면 선착장 편의점에서 주머니에 넣을 수 있는 뜨거운 캔 커피라도 샀을 텐데 아쉬웠다.

"2층 추워. 난로처럼 쥐어."

"네."

준일의 말에 선은 말 잘 듣는 아이처럼 대답하고는 춤을 추듯 계단을 올랐다. 선을 뒤따라 올라간 2층엔 생각보다 주말 한강을 즐기는 사람들이 많았다. 멀리서 보면 천천히 움직이는 것 같은 유람선이지만 막상 타면 꽤 빠른 속도로 운항한다는 것을 알게 된다. 배 위에서만큼은 밤바람이 한겨울 칼바람 못지않게 직선적이고 날카롭다. 아니나 다를까 배가 출발하자 사람들이 우르르 1층으로 내려갔다. 자신이야 추위를 그다지 타지 않지만 보기에도 창백한 선이 걱정된다. 커피를 양손으로 잡고 마시는데 코끝이 벌써 빨갛다. 준일이 코트를 벗어 선의 다리를 덮어 주고, 한쪽 팔을 들었다.

"추우면 팔짱."

새침하게 고개를 젓고는 커피 컵의 플라스틱 뚜껑을 이로 깨물더니 푸후후 소리를 낸다.

"사실, 나……."

잠시 뜸을 들이더니.

"……지금 신나."

수줍게 말하였다.

"그런데 너무 추워."

작게 말하며 준일의 팔에 팔짱을 꼈다. 준일은 선의 관자놀이에 입을 맞추었다. 유람선 불빛에 선의 눈꺼풀 아래로 아치형의 음영이 진다. 아주 어렸을 적, 처음 보았을 때부터 궁금해했던 긴 속눈썹이 만들어 내는 그림자다.

"추우면 1층으로 내려가도 돼."

선이 고개를 흔들더니, 아마, 자신에겐 처음으로 눈꼬리까지 휘며 활짝 웃어 주었다. 그 미소에 준일의 귀에서 먼저 사람들의 목소리가 지워지고, 이리저리, 이리저리, 묵직하게 출렁거리며 배에 부딪히던 강물 소리가 지워졌다. 곧 자동차와 지하철이 사라졌다. 건물이 지워지고, 도시의 불빛이 저 멀리에서부터 차례로 꺼졌다.

강, 배 위에 오직 둘만 남았다.

18. 연극이 끝나고 난 뒤

진석은 주차장을 걸으며 통화하는 준일을 바라보았다. 지금 막 제주에서 김포공항에 도착한 참이었다. 석 달간 질질 끌었던 실시 계획 승인이 끝난 제주도립미술관의 공사 착공을 앞두고 설계2팀 여덟 명 전원이 사흘간 제주도로 내려갔었다. 주무 관청인 제주도 담당 공무원과 미술관 담당들, 건설 사업 관리 업체 넷, 사업 시행자 두 곳, 시공사인 건설사 세 곳의 실무자들이 전부 모였던 중요한 회의였다.

버건디 터틀넥에 블랙 코트를 입은 준일은, 사흘간의 격무로 다크써클을 턱밑까지 달고 다니는 팀원들을 더욱 피곤에 쩔어 보이게 했다. 롱코트를 입고 큰 걸음으로 휘휘 걸어 다니는 준일에게 시선이 모아지는 건 새삼스럽지도 않았다. 입가에 미소를 띠게 하는 통화 상대라…….

여자인가?

진석은 참지 못하고 차가 공항대로를 접어들 때, 슬쩍 질문을 던졌다.

"아까 통화. 여자?"

"예."

준일이 고개를 돌리지 않은 채 간결하게 답했다.

이거 복잡해지네. 진석은 검지로 관자놀이를 긁적였다. 3년 전, 자신이 간경화로 처음 쓰러진 뒤 OMA에서의 경력을 바탕으로 뉴욕에서 건축사사무소를 열려던 준일을 설득해 매스로 스카우트했었다. 한국으로 돌아오는 건 적어도 4년 뒤로 생각하고 있었기에 갑작스러운 계획 변경인 셈이었다. 매스에 합류한 준일은 진석의 기대와 상상을 훌쩍 뛰어넘는 실력으로 매스에서의 자신의 비중을 점점 키워 나갔다. 올 초 부소장으로 승진하며 무게중심의 추를 자신 쪽으로 한 뼘 더 이동시켰다. 아들인 인호가 건축사가 되는 건 애초에 포기한 상황이었기에 준일이 딸 인주와 결혼했으면 하는 욕심이 컸다. 매스 소장으로서도, 딸을 둔 아빠로서도 놓치고 싶지 않았다. 제주도로 출발하던 날, 아내인 윤애가 꼭 데려오라며 공항까지 바래다주며 신신당부한 것도 있었지만 진석도 더 미룰 필요가 없다는 생각이었다. 해서, 차가 없다는 핑계를 대며 집까지 태워다 주길 부탁한 참이었다.

"진지하게 만나는 여자야?"

"제 나이가……, 당연히 진지하게 만나고 있습니다."

"언제부터야? 전혀 몰랐네."

"음, 20년 전이요."

"뭐?"

진석의 반응에 준일이 하하, 웃었다.

"마음으로는요. 만나기 시작한 지는 얼마 안 됐고, 정확히는 제가 구애하는 중이에요."

"네가?"

"예."

진석은 재빨리 계산하기 시작했다. 분명한 건 9월까지는 여자가 없었다. 10월 중순까지도 베니스에서 비엔날레 일정을 소화하면서 남은 시간엔 온통 도립미술관에 매달려 있었다. 다섯 시간 정도 잠잘 때를 제외하고는 늘 붙어 있었는데, 일 관계 빼고 사적 통화는 없었다. 베니스에서 돌아온 지 이제 한 달 조금 넘었다. 말처럼 진지한 관계는 전혀 아닐 것이다. 그럼에도 꺼림칙하다.

"예뻐?"

짐짓 가볍게 물었다.

"까암-짝 놀라실 겁니다."

"자식."

진석의 얼굴에 쓴웃음이 어렸다.

"잠깐 들렀다 가. 와이프가 기다렸어. 뭉이도 보고."

진석의 집에 도착한 준일이 시간을 확인하고 차에서 내렸다. 약속이 있는 것이 분명했다. 좀 더 서둘렀어야 했는데. 하필 이럴 때 만나는 여자가 생기다니. 떨떠름한 기분으로 대문을 열자 집 정원에서 키우는 리트리버 뭉이가 달려 나왔다. 진석에게 꼬리를 몇 번 흔들더니 곧장 준일에게 가 두 발로 서서 펄쩍펄쩍 뛰며 반기었다.

"먼저 들어가 좀 쉬어야겠다. 조금만 놀아 주다 안으로 들어와."

"예. 쉬세요, 소장님."

준일이 깍듯이 허리를 숙여 인사를 했다.

혀를 내밀며 거친 숨을 내뿜던 뭉이가 이내 발라당 배를 보이며 누웠다. 현관문 닫히는 걸 확인한 준일이 왼쪽 무릎을 바닥에 대고 뭉이의 배를 쓸어 주었다.

"손님, 오랜만이네요. 벌써 누우셨어? 많이 뻐근한가 봐요."

뭉이의 꼬리가 힘차게 좌우로 움직였다. 준일이 뭉이의 어깨를 엄지와 검지를 사용해 살살 주물렀다.

"요즘도 많이 뛰어요? 딱딱하게 뭉쳤네. 이제 나이 생각도 하세요."

시원한지 뭉이가 눈을 지그시 감는다.

대학 2학년, 건축학도로 처음 최 소장의 집에 방문했을 때 강아지였던 뭉이는 이제 열두 살의 노견이 되었다. 양턱을 반죽하듯 주무르다 콧등부터 미간까지 눌러 주었다. 뭉이는 기분이 좋은지 꼬리를 붕붕 흔들었다.

"뭉이 호강하네."

진석의 아내인 윤애가 활짝 웃으며 정원으로 걸어 나왔다. 윤애의 뒤에는 레깅스에 도톰한 스웨터를 입고 운동화를 신은 인주가 서 있었다. 준일은 뭉이의 배를 쓱쓱 길게 쓰다듬고 일어섰다.

"안녕하셨어요. 인주도."

뒤에 서 있는 인주에게 손을 들어 보였다.

"들어와. 차 한 잔 하고 가."

"저도 그러고 싶은데, 가 봐야 할 곳이 있어서요."

"잠깐이라도 있다 가지, 응? 준일아. 줄 것도 있는데."

"다음에요."

"말만. 오는 것도 가끔이면서……."

"엄마 그만해. 오빠 곤란해하잖아. 그치?"

준일이 답 대신 빙긋 웃었다.

"그럼 잠깐만 기다려."

윤애가 인주에게 눈짓을 하고 몸을 돌렸다. 인주는 어깨를 으쓱한다.

"운동?"

"응. 사거리 입구 피트니스에서 필라테스 해. 좀 태워 줘."

준일은 고개를 끄떡이고 다시 뭉이를 향해 몸을 숙였다.

"뭉 손님, 오늘 추가 마사지해 줄게요."

장난스럽게 말하고 목, 어깨, 등을 차례로 지압하듯 눌러 주었다.

"오빠."

"어."
"평일에 나 집에 있는데 궁금하지 않아?"
"연차거나, 혹시 그만뒀어?"
"연차."
"너 아직 주니어 아니었던가."
"주니어도 사람이지. 근 한 달간 주 100시간씩 일했거든."
"아버지 악덕 고용주시네. 소송 걸어."
농담도 건성으로 하고, 곧 뭉이의 발바닥 젤리를 주물렀다.
"손님, 젤리도 거칠거칠 딱딱하시고."
"오랜만인데 나랑 할 이야기가 그렇게 없어?"
"저번에 저녁도 먹었었잖아. 뭘 새삼."
"그거 석 달 전인데?"
"그래?"

인주는 턱을 들며 가볍게 한숨을 내쉬었다. 뭉이보다 못하게 취급하네. 확실하다. 자신에게 조금의 관심도 없다. 저런 사람을, 대체 엄마는 뭘 어떻게 꼬시라는 거야.

처음부터 준일을 마음에 들어 했던 윤애는 둘째이자 아들인 인호가 음반 프로듀서를 하겠다며 이태원으로 독립하면서 인주와 준일의 결혼 성사에 박차를 가하기 시작했다.

'해문은 네가 이어받고, 매스는 준일이가 이어받고. 얼마나 좋니?'

요즘 세상이 어떤 세상인데 누가 뭘 물려받고 이어받느냐고 비아냥대고 싶지만, 욕심이 아예 없는 것도 아니었다. 김도윤이 단일 변호사 사무소로 시작해 연수원 동기인 서창석의 합류로 합동법률사무소로 확대, 개편된 해문은 현재 변호사 수만 300명, 변리사는 80명 안팎이었다. 그중 대다수가 날고뛰었다. 자신이 김도윤의 며느리가 된다고 해도 해문을 이어받을 가능성은 적지만, 지금보다야 월등한 확률이다. 법무법인 형태인 대다수의 로펌들과 달리 해문은 김도윤 대표 변호사가 말 그대로 오너이기 때문이다. 사실, 욕심이 들었다. 하지만 준일은……, 자신이 감당하기엔 지나치게 세고 강하다. 감정이 10이면 10을 온전히 요구할 사람인데, 자신은 그럴 수 없으니까. 자신에겐 감정적 유대보다는 실리에 따라 파트너십으로 결혼하려는 남자가 필요했다. 게다가 가끔씩 꿰뚫어 보는 듯한 날카로운 눈빛도 부담스럽다.

인주는 뭉이와 놀아 주고 있는 준일을 새삼 바라보았다. 그래, 확실히 옆에 세워 두기엔 아주 괜찮지.

"준일아, 이거 가져가. 전복표고버섯장조림이야. 이건 너 먹고, 요건 어머님 갖다 드려. 저번 주에 같이 식사할 때 신 사장님이 유독 잘 드시더라고."

윤애가 작은 쇼핑백 두 개를 건네었다. 안에 마분지로 둘둘 싼 뒤 노끈을 십자로 묶고 나비 모양으로 예쁘게 매듭진 상자가 들어 있었다.

"신 사장님 감각이 워낙 세련되셔서 포장에도 신경 썼어."

"식사……하셨었어요?"

"응. 아주 즐거운 시간이었어. 어쩜 말이 그렇게 잘 통한다니. 다음엔 아버님이랑 너희까지 다 같이 먹자."

준일의 눈썹이 슬쩍 위로 올라가는 걸 인주는 놓치지 않았다.

"잘 먹겠습니다, 사모님."

윤애가 준일의 팔을 애교스럽게 쳤다.

"사모님이라고 그만 불러. 어머님이라고 해. 거리감 느껴져."

"입에 배어서요."

씩 웃고는, 인주를 바라보았다.

"가자."

"어머. 준일이가 태워 주려고?"

플랜 B로 차 얻어 타라고 부추긴 게 누군데. 인주는 입술을 깨물었다.

내리막길로 고작 3분 거리인 사거리에 도착한 뒤에도 인주는 안전벨트를 풀지 않았다. 잠깐 머뭇대더니 입을 열었다.

"운동 시간까지 좀 남았는데 커피 한 잔 마실래?"

"다음에. 약속 있어서."

칼 같은 태도에 왠지 모를 오기가 생긴다.

"다음 언제?"

"무슨 할 이야기 있어?"

"아니, 그런 건 아니고. 언제 밥 먹자. 언제 술 마시자. 이런 말 투미하고 안이해서 싫어."

"흠, 그렇단 말이지. 그럼 기회 되면 먹고 마시자. 언제일지는 모르겠지만."

"준일 오빠."

"어."

"눈치챘지?"

"아마도."

준일의 대답에 인주가 웃음을 터뜨렸다.

"아우, 그런 거 같았어. 오빠도 눈치챘겠지만, 엄마 허영에도 오빠네 집이면 충족되고, 나도 오빠 정도면 좋지 않을까 했었어. 그런데 오케이. 오빠 뜻 알겠어."

인주는 안전벨트를 풀고 차에서 내렸다. 그러고는 문을 시원하게 탁 닫고 손을 흔들었다. 준일이 차창을 내리고 몸을 기울였다.

"인주야, 너 멋지고 근사해. 그저 너와 내가 남자와 여자로 만날 사이가 아닐 뿐이지."

"알아. 뭐 자존심은 좀 상했지만, 상처는 안 받았어. 걱정 마."

"그래."

준일이 한쪽 손을 들어 인사를 하고 곧 차를 출발시켰다.

인주는 몸을 돌려 피트니스센터가 아닌 마을버스 정류장 뒤에 있는 커피 전문점에 들어갔다. 아메리카노 한 잔을 받아 들고 창가 테이블에 가 앉았다. 커다란 창으로 가을 오후의 햇빛이 쏟아져 들어온다. 눈을 가느스름하게 뜨고, 창밖을 바라보았다. 도로 건너편에 연이 다녔던 국악예술고등학교가 있다. 출퇴근하다 교복을 입은 아이들을 볼 때면 여전히 심장이 내려앉는다. 세로로 긴 해금 가방을 들고 가는 여자애들을 보면 한 동안 움직이지 못하고 핸들에 고개를 박은 채 눈물을 흘리기도 한다.

열아홉의 여름. 정체성에 대한 치열한 고민도 대학 입시 이후로 미루었던 때. 버스 정류장에서 매일 마주치던 연을 볼 때 몰려드는 울적한 마음까지 미룰 수는 없었다. 저런 애는 당연히 남자들이 좋아하겠지. 어쩌면 이미 남자 친구가 있을지도 몰라. 알지도 못하는 불특정의 남자들을 질투했다. 연이 버스에서 내려 자신을 스쳐 지나가는 동안 반팔 교복 아래의 가느다란 팔을 훔쳐보고, 동그란 이마를 훔쳐보았다.

그러다 장맛비가 내리던 어느 날, 몇 대의 버스를 보내며 연을 기다렸다. 반쯤 포기하고 다음 버스는 타야겠다고 마음먹었을 때는 버스에서 내리던 연의 초조한 눈과 마주치고 서로의 눈이 반짝 빛났다. 동시에 막을 수 없는 웃음이 입에서 터져 나왔지. 그렇게 열아홉에서 스물일곱 때까지, 둘은 둘만의 세계에서는 완벽했다.

가끔 악몽을 꾼다.

김기조가 차갑고도 경멸 어린 눈빛으로 관객으로 꽉 찬 공연장 무대에 자신을 세워 놓는 끔찍한 꿈을. 그곳엔 가족과 친구들, 28년간 살았던 동네 사람들과 초중고 대학 동창들, 연수원 동기들, 해문의 변호사들까지 모두 앉아 있다. 그리고 좌석 맨 앞줄 한가운데에는 연이 앉아 있다.

김기조가 공연장을 뒤흔들 만큼 큰 목소리로 연과의 사이를 묻는다. 공연장은 수군거림으로 술렁이고, 윤애는 비명을 질러댄다. 모두가 자신의 답을 기다리면서, 입술만 바라본다.

연 또한 자신의 입술을 바라보고 있다. 마지막으로 보았던 여위고 창백했던 모습으로. 알 수 없는 미소와 함께.

꿈은 늘, 입을 열기 직전에 깨었다.

꿈에서 깨면 벌벌 떨며 포털 사이트에서 자신의 이름을 검색했다. 최인주 해문 변호사. 방송국 기자가 된 동창의 요청으로 몇 번 자문을 했던 기사들과 인터뷰 클립 몇 개, 해문 홈페이지에 나와 있는 프로필, 동명이인들의 잡다한 인터넷 페이지까지 샅샅이 확인한 뒤에야 다시 잠을 청할 수 있었다.

장례식장에도 가지 못했다. 입구에서 돌아서며 핏물을 삼켰다. 김기조 그 새끼가 오만한 표정으로 약혼자입네 앉아 있을 생각을 하면 피가 거꾸로 솟았다. 그렇다고 자신의 비밀을 알고 있는 그놈을 마주 대할 용기도 없었다.

사랑하지도 않았으면서……. 그저, 집착이었다. 사랑해서 한 집착도 아닌, 인생에서 단 한 번도 실패한 적이 없었던 놈의 질 수 없다는 오만한 집착.

호텔에 자신과 연을 불러들였을 때의 공포는 또 다른 악몽이었다. 눈 뜨고 꾸었던 악몽.

예의 바르고 느긋한 어조로 연과의 관계를 물었지. 친구일 뿐이라는 대답에 건조한 웃음을 터뜨렸었다. 본인의 결례를 사과하며 식사라도 하고 가라며 수표를 내밀던 손. 경멸하듯 바라보던 눈. 다 알고 있다는 눈. 너에게 원한 대답이 이것이었다는 그 눈. 그 옆에서 유령처럼 서 있던 연. 연을 남겨 두고 도망치듯 빠져나왔던 자신.

무엇보다 자신을 괴롭히는 건 연의 죽음이 정말 사고였을까 하는 거였다. 안전벨트를 매고 있지 않았다고 했다. 안전벨트 경고음이 계속 울렸을 테니 깜빡 잊은 것은 아니었을 것이다. 살려고. 그래, 살기 위해 차 밖으로 나오려던 거였을 거다. 해문 조사원을 통해 알아본 바로도 사고라고 했었다. 대한민국 경찰이 그렇게 허술하지는 않다며, 도로에 남겨진 스키드 마크가 절박해 보일 만큼 진했다고 했다.

그렇지. 설마 죽어 버린 건 아니지. 내가 그날 너를 부정해서. 외면해서.

머리가 조여들고 가슴이 뜯기는 것 같다.

인주는 뜨거운 커피를 꿀꺽꿀꺽 마셨다. 빨리 결혼해서, 이 지긋지긋한 동네를 떠나야지. 해외라면 더 좋겠다. 외교관하고 선을 보는 것도 괜찮겠다 싶다. 교포도. 외국인이어도.

어디든, 누구든, 상관없어.

어디에도 연은 없고.

누구라도 연은 아니니까.

19. 케이블카

오후에 본사에 입고된 《안남》 한 권을 가방에 넣었다. 주말 동안 오탈자를 체크할 1쇄본이었다. 조금 망설이다 한 권 더 가방에 넣었다. 처음 밥을 먹었던 날, 출간되면 주겠다는 말을 준일은 잊었을 가능성이 컸지만. 월요일에 회사에 다시 갖다 놓더라도, 어쨌든.

가방을 메고 진라 자리에 가니, 교정지에 코를 박고 파란색 플러스펜을 부지런히 움직이고 있었다.

"먼저 퇴근할게. 너무 늦게까지 야근하지 말고."

"지금 이 순간 네가 제일 부러워. 개부러워."

"많이 남았어?"

"집에 싸 들고 가야 할 판이야. 어제오늘 게을렀던 나새끼 한 대 치고 싶다."

"양갱 씨는?"

"퇴근할 때쯤 전화하면 데리러 온대. 좀 더 해 보다가 안 되겠다 싶으면 싸 들고 일찍 퇴근해서 양갱이랑 술이나 마시려고."

"훅 집중해서 끝내고 주말에 쉬어."

"아아, 퇴근하는 자여. 다시 말하지만 개부럽소. 다음 주 월요일에 봅세."

힘내라는 뜻으로 어깨를 두들겨 주고, 몸을 돌렸다. 출입문으로 걸어가며 이미 퇴근한 진 팀장을 제외하고 문학팀의 지영과 재형을 비롯해 아직 퇴근 전인 다른 팀 직원들에게 일일이 퇴근 인사를 하고 회사를 나섰다. 해가 짧아 6시 20분인데도 밖은 한밤중처럼 어두웠다. 시몬갤러리 앞에 주차해 놨다고 했던가. 시선을 보도블록에 둔 채 걷고 있는데, 웬 남자가 앞에 불쑥 나타났다.

"안녕하세요. 저는, 저……."

가로등 불빛으로도 긴장된 표정이 역력해 보이는 남자였다. 175센티미터 남짓의 키에 좀 이르다 싶은 모자 털이 풍성한 패딩을 입고 있었다. 얼굴선이 가늘어 날카롭게도 보이지만 전체적으로 유한 인상이었다. 남자가 지갑을 열어 명함을 꺼내 조심스럽게 내밀었다. 회사 근처에 있는 P항운 회사의 명함이었다. 얼떨결에 받아 들었지만, 손에 든 채 어찌해야 할지 몰라 머뭇댔다.

"예전부터 오고가시는 걸 뵈었는데, 남자 친구분이 계실 것 같아 말을 못 건넸었습니다. 저는 절대 이상한 남자가 아니고요. 신체 건강한 대한민국의 병역필 남자로 현재 스위스에 본사를 두고 있는 판알피나국제항운의 항공수출입팀 대리로 근무하고 있는 김동희라고 합니다. 바로 여기요. 지나다니시면서 종종 보셨을 겁니다. 올해가 가기 전에 말이라도 한번 건네 보고 싶었는데, 실례되는 일인 줄 알면서도 마침 혼자 계셔서. 제가 미래를 위해 저축도 열심히 하고 있고……, 집에서 자꾸 선보라고, 아 이건 너무 앞서간 것 같네요. 하여튼 열심히 성실한 사람입니다. 혹시 따로 만나시는 분이 계시지 않으시다면, 명함에 적힌 번호로 꼭 연락 주십시오."

"아……."

"역시 남자 친구가 계신 건가요."

초조하게 마주 서 있던 남자가 힘 빠진 목소리로 지레 답하였다.

"저는……."

남자의 시선이 위로 향하나 싶더니 익숙한 체취가 등 뒤로 느껴졌다. 어깨 너머로 긴 팔이 쑥 넘어오더니 선이 들고 있는 명함을 빼 갔다. 준일이 명함을 쓱 읽어 내리고는 남자에게 도로 건네주었다.

"기임도옹히이, 대리님."

느릿하게 이름을 부르고 한 템포 뒤에 직책을 불렀을 뿐인데, 기분이 좋지 않음을 넘치게 드러내고 있었다.

"아, 아아, 아아아, 저, 저기, 실례했습니다. 두 분 행복하세요."

안쓰러울 만큼 허둥대며 남자는 뛰듯 선이 왔던 길로 되돌아갔다. 짧은 시간이었지만 세심하고 착한 남자임을 알 수 있었다. 좋은 애인, 좋은 남편, 좋은 아빠가 될. 선이 몸을 홱 돌려 준일을 바라보았다.

"궁금한데. '저는…….' 그다음에 뭐라고 하려 했었는지."

"남자 친구 없다고 하려 했는데."

"설마."

"정말이니까."

"선."

준일이 차에서 들고 내린 머플러를 선의 목에 둘둘 말아 주었다.

명함을 손에 든 채 당황하다 나를 보고 안도하던 너의 표정이, 눈을 살짝 올리며 애써 짓는 지금의 화난 표정이 얼마나 사랑스러운지 너는 모르지. 매번 날 반하게 만들지만, 정작 너는 모르는, 이 순간과 순간들.

"다음부터는 다른 남자 오래 쳐다보지 마."

한쪽 끝을 접힌 부분에 통과시키고는 양쪽 끝을 당겨 정리해 주었다. 작은 얼굴이 머플러에 폭 잠긴다.

"말 건다고 다 듣고 서 있지도 말고."

선은 여전히 대답 없이 빤히 바라보기만 한다.

"질투 나."

그래도 대답이 없어 머플러를 손가락으로 내리고는 고개를 숙여 입을 맞추었다. 거리는 완전히 어두웠고, 가로등은 옅었다. 겨울로 접어든 날씨에 입술과 숨결만이 따뜻했다.

"대답을 안 하니, 뽀뽀라도 해야지."

"……네."

선의 대답에 준일이 선의 양 볼을 잡고 옆으로 잡아당겼다.

"일부러지. 일부러 이렇게 귀엽게 대답하는 거지."

"녜."

하하, 준일이 크게 웃었다.

놋그릇에 담긴 밥과 미역국, 개인 밑반찬이 각자 앞에 차려지고, 생선이 담긴 기와 모양의 나무 섭시가 테이블 가운데에 놓여졌다. 노릇노릇 맛깔나게 구워진 안동간고등어와 제주산 갈치였다. 선은 수저를 들었다가 가방 속에서 책을 꺼내었다.

"이거, 오늘 나왔어."

준일이 '오.' 하며 건네받았다.

"그 책이네. 베트남, 전쟁, 프랑스, 종교, 신, 선교사와 수녀의 이야기."

"기억해?"

"그날 뭘 입고 있었는지, 뭘 먹었는지도 다 기억해."

하드커버인 겉표지를 넘기고 판권을 읽어 내렸다.

"책임편집, 유선. 책이 나오면 어떤 기분이야?"

"글쎄. 일기와 다른 어떤 기록 같아. 책만 봐도 작업했을 때의 사소한 일들이 기억나거든."

"이 책을 보면 어떤 게 떠올라?"

준일의 질문에 선이 머뭇거리다 고개를 살짝 기울였다.

"……김준일."

선이 기와 모양의 나무 접시에 시선을 둔 채, 작은 목소리지만 또렷하게 이어 말하였다.

'김준일이 기억나.'라고.

건널목에서 마주 보았던 오후. 빨간색에서 초록색으로 바뀌던 신호등. 햇빛을 전부 빨아들이는 것 같았던 웃음. 손등을 타고 흘러내렸던 라떼. 올드 팝송과 꽃향기 가득했던 술. 호수에 빠뜨렸던 목소리. 랭보와 명조와 고딕. 종이에 손을 베였던 순간. 납작만두와 야끼소바. 오랑캐가 '아이, 차가워. 아이, 차가워.' 하며 뱉던 붉은 달. 그 달로 갔던 어느 날의 밤. 입 안에서 톡, 하고 깨지던 사과 씨.

고작 182페이지의 책에 담긴 기억의 갈피들을 차례로 짚어나갔다. 새삼 멀고 아득했다.

"지금 입 맞추면 미친놈 같겠지. 대신……."

준일이 갈치의 가장 도톰한 부분을 집어 선의 밥 위에 놓아주었다.

'……유람선을 탔으니, 다음은 케이블카.'라는 준일의 말에 저녁을 먹고 도착한 곳은 남산이었다. 케이블카 주차장은 절반 정도 비어 있었다. 주차장이 한산한 편이라 탑승객이 별로 없을 줄 알았는데, 1층 계단 중간까지 사람들이 서 있었다. 준일이 표를 사는 동안 선은 먼저 계단을 올라 줄을 섰다. 그사이에도 사람들은 계속 늘어나 준일이 표를 사 왔을 땐 계단 시작점까지 줄이 길어져 있었다.

30분 가까이 줄을 서서야 3층 승강장 계단에 도착할 수 있었다. 기다리는 사람들과 탑승하는 사람들, 안내 직원의 목소리로 소란스럽더니 케이블카가 출발했다. 공중을 떠가는 케이블카의 모습을 보고 싶어 선이 계단에서 발끝을 드는데, 단단한 팔이 허리를 감싸 안았다. 당황해 고개를 들자 긴 눈매가 자신을 내려다보고 있었다.

"조심."

짧은 말에도 온몸이 긴장한다. 선은 허리를 감싼 준일의 팔을 풀고 반걸음 옆으로 섰다. 몇 겹의 옷을 입고 있는데도, 맨살이 닿았던 것 같았다. 각자의 체온이 촉수가 되어 서로에게 엉겨 붙으려 하고 있었다. 선은 반걸음 더 옆으로 옮겼다. 다리가 저릿했다. 때로, 통화에서조차 준일의 몸을 느꼈다. 매끄럽고 단단한 육체가 귀를 통해 등과 목덜미에서 느껴질 때면 몸 안쪽 가장 깊은 곳에서부터 이마 끝까지 열이 올랐다. 그럴 때면 잠시 말을 멈추고, 목을 가다듬었다. 들키면 안 되니까.

떨어져 있는 선이 마음에 안 들었는지, 준일이 팔을 뻗어 선을 끌어당겨 자신의 옆에 단단히 붙였다. 선의 달아오른 뺨은 늦가을 바람이 식혀 주었다.

한 팀을 더 보내고서야 케이블카에 오를 수 있었다. 준일이 선의 손을 잡고 가장 안쪽인 길쭉한 창문으로 이끌었다. 곧이어 직원이 커다란 목소리로 3분가량의 운행 시간에 대한 안내를 한 뒤 출입문을 닫았다. 출발하려나 싶더니, 케이블카가 아래로 쑥 꺼지듯 덜컹, 둔탁하게 흔들렸다. 탑승객들의 탄성과 동시에 준일이 놀래키듯 선의 어깨를 꽉 잡았다.

'하아.' 놀라 작게 비명을 지른 선의 머리 위로 준일의 낮은 웃음소리가 들렸다. 놀리다니. 단단한 가슴팍을 밀었다. '미안.' 여전히 웃음기가 묻어 있는 목소리로 말하고는 선을 등 뒤에서 감싸 안았다. 우습지. 그 순간 케이블카가 아래로 떨어져도 안전할 것 같았다.

"다음엔 눈이 많이 내리는 날에 오자. 눈 덮인 남산을 바라보며 흰 눈발 사이를 통과하는 기분도 제법 근사하거든."

검은 밤, 하얀 눈으로 뒤덮여 달빛에 희뭄하게 빛날 숲과 눈송이 사이를 통과해 위로 올라가는 케이블카를 상상해 본다. 그런 밤이면 좀 더, 공중에 서 있는 기분일까.

케이블카가 움직이기 시작했다. 아래로는 어둡고 앙상한 숲이 있었고, 위로는 초승달이 떠 있었다. 케이블카 안은 유리를 통해 보이는 도시의 불빛과 어두운 숲에 대해, 스윽, 뱀처럼 이동하는 케이블카의 움직임에 대한 탑승객들의 감상으로 들떠 있었다. 선은 안전바를 잡은 채 상체를 앞으로 기울였다. 내려다본 밤의 산은 상상을 압도해, 깊은 바다 같았다. 봄에 와야지. 나무에 돋는 새순으로 산이 부풀어 오를 때. 숲 전체가 거대한 브로콜리 같을 여름에도. 산을 내려다보는 기분이 근사하다는 걸 진즉 알았다면 좋았을걸. 그랬다면 하루하루 스펀지

벽을 어깨로 밀며 걸어가는 것처럼 버거웠던 날들이, 조금은 가벼웠을 텐데. 공중에서 아래를 내려다보며, '별거 아니네.' 했을 텐데.

숲 속 위를 지나온 케이블카는 출발했을 때처럼 덜컹, 둔탁하게 흔들리며 멈추었다. 서울타워가 있는 봉수대 아래 맞은편 승강장에 도착한 것이다. 탑승객들이 다 내리고 마지막으로 케이블카에서 내렸다. 꽤 멀리 보이는 맞은편 남산케이블카 승강장이 파란색 조명으로 빛나고 있었다.

"서울타워 올라갈까? 아니면 케이블카 타고 바로 다시 내려가도 되고."

"케이블카."

선이 평소보다 높은 목소리로 재빨리 대답했다. 산 위는 바람이 제법 불어 머리카락이 제멋대로 휘날렸다. 준일이 뺨에 달라붙은 머리카락을 귀 뒤로 넘겨 주었다.

"케이블카가 마음에 들었구나. 내가 보는 것도 모르고 감상하더니."

선이 고개를 끄덕였다.

"너무 좋아하니까 심술 나는데."

선이 눈을 둥그렇게 뜨자, 준일이 미소 지으며 바람에 여전히 날리는 머리카락을 잡아 코트 안으로 집어넣었다.

"내려가서 따뜻한 거 마시자."

내려오는 케이블카는 탑승객들이 적어 10여분 만에 탈 수 있었다. 올라가는 것과 달리 내려올 땐 몸이 살짝 붕 뜨는 것처럼 발바닥이 간지러웠다.

그날 밤, 남산 위를 맨발로 걸어 다니는 꿈을 꾸었다. 카펫처럼 부드러운 나무 위를 걸었다, 뛰었다, 헤엄치듯 나아갔다.

깨고 나서도 슬프지 않은 꿈이었다.

20. 너의 다음 페이지

머리를 마저 말리고, 떨어진 머리카락은 휴지로 훔쳤다. 전등을 끄고 더듬더듬 침대 옆 스탠드의 온오프 버튼을 찾는데, 웅- 진동과 함께 휴대폰 액정이 어둠 속에서 빛났다.

눈이 내리고 있는 한 장의 사진이었다.

휴대폰을 손에 쥔 채 창가로 걸어가 커튼을 걷고 창문을 열었다. 500원짜리 동전만 한 커다란 눈송이가 나풀나풀, 떨어지고 있었다. 팔을 뻗어 손바닥으로 눈송이를 받아 내었다.

그때 날카로운 휘파람 소리가 눈송이와 눈송이 사이를 가로지르며 공중을 휘, 한 바퀴 돌았다. 창밖을 내려다보자, 준일이 손을 흔들더니 휴대폰을 주머니에서 꺼내었다. 선은 진동하는 휴대폰의 통화 버튼을 누르고 귀에 가져다 대었다.

— 자려는데 방해한 거야?

"아니."

— 눈이 내려서. 같이 보고 싶어서 차를 돌렸지.

준일의 말에 선은 희미하게 웃었다.

11월에 시작했던 내기는 오늘까지 20일째. 그동안 날씨는 빠르게 추워져 아침이면 영하 5도까지 떨어졌다. 여섯 번의 밥. 그보다 많았던 밤의 전화들. 시린 등을 녹여 주던 목소리. 주변을 지워 버리게 하는 자신에게 집중된 눈빛. 파스타를 먹었던 다음 날부터는 유혹이 담겨 있지 않던 짧은 입맞춤들. 그 입맞춤은, 뭐랄까, 아이에게 해 주는 굿나잇 키스처럼 담백해 내기를 잊고 있는 게 아닐까 하는 착각이 들 만큼이었다. 아니면 이기는 것 따위 상관없어 하거나.

케이블카를 탔던 그다음 주에 세 번째 장소인 63빌딩에 대한 물은 적이 있었다.

'63빌딩은 안 가?'

'오, 드디어 묻네. 40년 뒤에 가려고.'

40년 뒤라니. 안 가겠다는 말인가.

'그래야 최소 40년 간, 63빌딩을 볼 때마다 김준일과 저기만 안 갔었네, 할 거니까. 누구랑 간다고 해도 채워지지 않을, 일종의 미련보험이지.'

진심일까, 농담일까?

'난 지금 가고 싶은데.'

'대신 서울타워 갈까?'

'아니, 63빌딩.'

선의 고집에 준일이 고개를 저었다.

'그 전에 갈 수 있는 방법은 딱 한 가지밖에 없어.'

'뭔데?'

'아직은 말해 줄 순 없고.'

짓궂게 웃으며 끝내 말해 주지 않았다. 쉬이 잠들지 못하는 밤이면, 한 가지 방법이란 게 뭘까, 답이 나지 않는 상상을 하기도 했다.

휴대폰을 귀에 댄 채 말없이, 한 명은 차 옆에서 다른 한 명은 3층의 빌라 창문에 서서 눈이 내리는 것을 바라보았다. 그동안 배달 오토바이가 지나갔고, 패딩 모자를 뒤집어쓴 사람, 우산을 쓴 사람이 종종걸음으로 지나갔다. 바람결에 날린 눈송이가 준일의 머리와 어깨에 내려앉고, 선의 셔츠와 얼굴에 달라붙었다. 아직 보일 만큼 눈이 쌓이지는 않았지만 길거리가 희게 빛나기 시작했다.

— 춥겠다. 그만 창문 닫고 자.

"응."

— 잘 자.

"……운전 조심해."

고르고 골랐지만 결국 시시한 말만 하고 말았다. 수화기 너머 준일의 낮은 웃음소리가 들린다. 깊게 울리는, 완벽하게 어른인 남자의 목소리다. 자신을 늘 거대한 호수에 빠뜨리는. 지금 그 호수에도 눈이 떨어지고 있겠지. 떨어지는 순간 흔적 없이 사라지면서. 그럼에도 끊임없이. 문득 63빌딩을 가지 않는 것으로 준일도 자신을 오래도록 기억할 수 있다면, 그것도 나쁘지 않을 것 같았다. 전화를 끊고 창문을 닫았다. 커튼을 치려는데 휴대폰이 울렸다. 준일이었다. 창문을 다시 열자 여전히 차에 기댄 채 서 있었다.

— ……야식 먹으러 갈까?

뜬금없는 제안이었다.

밤이 깊은 시인의 언덕길은 주차 중인 준일의 차 외에는 드문드문 지나가는 차조차 없었다. 와이퍼가 차창에 내린 눈을 닦아 내면 바깥이 보이는가 싶다가도, 금세 눈송이가 달라붙듯 떨어진다. 준일은 눈에 잠겨 가는 도시를 바라보며 편의점에서 산 코코아를 한 모금 마셨다. 한껏 달다.

"이게 야식이야?"

준일의 말에 옆에 앉은 선이 종이컵을 입에 문 채 짧게 웃었다. 20분 전, 골목길을 빠져나온 순간 차를 멈추게 한 선이 편의점에 들어가 사 온 코코아였다.

"왜? 맛있는데."

"야식은 보통 이로 씹어서 먹는 걸 말하지 않을까."

준일의 말에 선이 코코아를 한 모금 마시더니 씹는 흉내를 낸다.

"설마……."

"씹고 있죠."

피식 웃음이 나온다. 귀여워서 웃는 건지, 어이가 없어서인지 자신도 알 수 없다. 준일은 시트에 등을 기대었다.

"유선이 책이라면 장르가 뭘까? 얼굴은 판타지, 마음은 미스터리, 성격은……, 우주적으로 광활해 종잡을 수가 없으니 SF."

농담처럼 말했지만, 그랬다. 선은 매번 다른 얼굴로 조금씩 비틀었다. 틈 사이의 여백을 상상하게 만들었다. 상상은 상대의 매 순간을 궁금하게 만든다는 것을. 눈이 내린다는 이유로 차를 돌리고, 집 앞에서 전화를 걸게 하고, 멀리서 얼굴을 본 것으로는 만족하지 못하게 만들어, 기어이 야식을 먹자는 핑계로 다시 전화를 걸게 만든다는 것을. 준일은 알게 되었다.

"다음 내용이 궁금해 페이지를 넘기는 순간조차 조바심이 나. 그렇다고 단번에 읽어 내리기는 싫어서 하루에 한 페이지씩만 읽고 있는 책이지. 너의 다음 페이지를 궁금해하면서."

"지금은 몇 페이지 정도 읽은 거 같아?"

"글쎄. 한 스물여덟 페이지."

"어때?"

"아주 좋아."

"총 몇 페이지짜리 책이야. 서른? 100페이지?"

"유선."

나지막한 부름에 준일을 마주 바라본다.

"그렇게 얇은 책이야? 되게 두꺼워 보이는데."

놀랍다는 듯 사뭇 진지하게 되묻는 남자의 표정이 장난스럽다. 선은 어, 되게 얇아, 라고 말하고 싶지만 입이 떨어지지 않는다.

"……스물여덟 페이지가 전부일 수도 있어."

"방금 스물아홉 번째 페이지로 넘겨서 읽고 있는데."

"하루에 한 페이지라면서."

"읽다 보니 정신을 뺏겼거든."

"판권을 잘 확인해 봐. 다른 사람의 책일지도 모르니까."

"발행인도 저자도 유선, 맞아. 이렇게 재미있는 내용이 다른 책일 리가 없지."

"……지금까지 몇 권의 책을 읽었어?"

무심한 듯 물어보는 선의 질문에 준일이 입꼬리를 올린다. 상체를 기울여 얼굴을 가까이 들이밀었다.

"내가 원래 교과서 외에는 책 읽는 걸 싫어해. 게다가 이런 혼합 장르는 처음이라……."

선을 찬찬히 어루만지듯 바라보다 도톰한 입술로 시선을 떨어뜨렸다. 얼굴이 달아오르는 이유는 틀어 놓은 히터 때문일 것이다. 시선을 피해 고개를 돌리는 선의 턱을 잡아 입을 맞추었다. 상체를 기울이며 좀 더 깊게 파고들었다. 혀끝으로 이 안쪽을 훑어 내리더니 입술을 포갠 채 부드럽게 빨아들였다. 살짝살짝 장난치듯 깨물었다. 입술을 떼자 선이 참았던 숨을 내쉬고는 느리게 눈을 감았다 떴다. 와이퍼가 차창의 눈을 쓸어내리면서 차 안으로 들어온 가로등 불빛이 선의 얼굴에 섬세한 음영을 드리운다.

"나는 무슨 장르인 거 같아?"

"음……, 매뉴얼."

단순해 보이지만 복잡한. 친절해 보이지만 가차 없는. 없으면 조금 막막해지는. 읽고 나서도 잘 모르겠는. 재미있다는 듯 준일의 눈이 반짝인다.

"이런. 어떤 제품."

"제품이 아니고, 김준일."

"매뉴얼에 지금 뭐라고 적혀 있어?"

"……글쎄."

준일이 스틱을 올려 와이퍼의 움직임을 멈추었다. 흰 눈이 기다렸다는 듯 차창에 들러붙기 시작했다. 손에 들고 있던 코코아를 단번에 마시고, 선의 손에 들려 있던 코코아까지 마셔 버렸다. 컵 홀더에 두 개의 종이컵을 겹쳐 끼우고는 선이 앉아 있는 시트를 뒤로 밀었다. 그대로 조수석으로 넘어가 선을 몸 아래에 가두었다. 사막의 롤스로이스라고 불리는 대형 SUV지만 머리는 차의 천장에 닿고, 컵 홀더에 꽂혀 있는 종이컵은 걸쳐진 오른쪽 다리에 형편없이 눌리며 구겨졌다.

"이제 읽어 봐. 뭐라고 적혀 있는지."

준일의 노골적인 시선에 선의 귀 끝까지 달아올랐다. 아무래도 차 안이 지나치게 더운 것 같다. 허벅지와 옆구리에 닿는 남자의 높은 체온 때문일지도.

"운전석에 다시 앉는다는데."

이번에는 시선을 피하지 않고 태연하게 답했다. 준일이 낮게 웃었다.

“잘못 읽었는데. 매뉴얼에는…….”

고개를 숙여 입술을 포개었다. 턱이 저절로 들리며 눈이 감겼다. 맞닿은 혀의 진하고 단 코코아 맛이 혀에 배어들었다. 커다란 손이 목덜미를 단단하게 받치며 더 깊게 파고들었다. 초콜릿을 우르르 쏟아 넣은 뜨거운 커피를 마신 것처럼, 머리가 핑 돌았다.

“자리에 앉아 상체를 비튼 자세는 불편하니까, 키스를 오래 하려면 시트를 젖히라고 적혀 있어.”

그 말을 끝으로 다시 혀가 입술 사이를 가르고 들어왔다. 선은 준일의 셔츠를 주름이 질 정도로 그러쥐었다. 그 아래로 툭, 툭 묵직하게 뛰는 심장의 움직임을, 지그시 누르는 따스하고 단단한 육체의 무게를 받아 내었다.

솜털 같은 눈이 차창을 완전하게 덮어 버릴 만큼의 시간이 지난 뒤 입술을 떼었다. 포개졌던 몸을 드는 순간에도 턱과 볼, 목덜미에 차례로 입을 맞추었다. 여전히 눈을 감고 있는 선의 속눈썹을 손가락 끝으로 쓸어내렸다.

이대로 차를 몰아 침대에 눕히고 온몸을 샅샅이 탐하고 싶었다. 눈이 그칠 때까지. 속눈썹에 가려진 여자의 눈이 쾌락으로 흐려질 때까지. 마지막엔 뒤엉킨 서로의 몸의 구분이 가지 않을 때까지.

시트를 젖히는 게 아니었다. 각자의 자리에서 얌전히 입만 맞추었어야 했는데, 새침한 도발과 부드럽고 말랑한 몸을 느껴 보고 싶다는 충동을 이기지 못했다.

내기에선 이길 생각이다. 아직 읽지 못한 너의 앞 페이지와 이어질 뒤 페이지까지 읽을 수 있도록. 무엇보다 온전히 너의 선택일 때, 불안과 망설임을 버렸을 때 완전하게 몸을 섞고 싶었다. 이 열망을 넌 모르지. 여유로운 척하기 위해 최선을 다하는 것 역시 모르고.

선이 준일의 손을 잡고는 천천히 눈을 떠 바라보았다. 그 눈을 본 순간 결심 따위 또다시 우습게 사라지려 해, 준일은 상체를 일으켰다. 급히 일으킨 탓에 쿵, 큰 소리를 내며 차 천장에 머리를 부딪쳤다.

아프지는 않았다. 다만, 꽤 둔중한 소리에 헛웃음이 나왔을 뿐. 놀라 바라보던 선의 눈이 가늘어지더니 웃음을 참는 듯 지그시 입술을 깨물었다. 간신히 '아파?' 묻는다. 팔을 뻗어 준일의 정수리에 손을 갖다 대었다.

'아파. 머리가 울려.' 엄살에 '진짜? 천장 폭신해 보이는데.' 눈치 없는 대답을 한다.

준일이 선의 이마에 자신의 이마를 갖다 대며 참았던 웃음을 내보내었다. 맞닿은 이마로 전해지는 은밀하고도 미세한 진동은 전류처럼 둘의 몸을 흘러 다녔다. 웃음이 잦아들었음에도 서로의 체온을 느끼며 가만히. 그대로.

준일이 서서히 이마를 떼었다. 선이 살며시 눈을 뜬다. 역시 지나치게 아름다운 눈이다. 모양을 바꾸지도 않는, 늘 차갑도록 아름다운 달.

자신이 오랑캐라면 아무리 차가워도 입에서 뱉어 내지 않았을 것이다. 입 안이 마비가 되도록 얼어붙어도, 차가움마저도 기꺼이 삼켰을 테다. 준일은 달을 삼키는 듯 선의 눈가에 입을 맞추었다.

이번에는 부딪힘 없이 운전석으로 돌아갔다. 선의 시트를 제자리로 되돌리고 안전벨트를 채워 주었다. 와이퍼를 다시 작동시켜 차창을 새하얗게 덮고 있던 눈을 단번에 쓸어 내렸다.

21. 나를 욕망해 괴롭다면

메뉴판을 처음부터 끝까지 살펴본 진라가 결심을 한 듯 고개를 들었다.

"곤드레나물밥 하나랑 소고기부추덮밥 주세요."

드디어 정했냐는 표정의 아저씨를 향해 진라가 싹싹하게 웃어 보였다. 식당에 걸어오면서 '소고기부추덮밥 먹어야지.' 해 놓고선 막상 자리에 앉더니, 카레덮밥도 당긴다, 멍게덮밥도, 아아 이런 날씨엔 매생이굴떡국이지, 고민에 고민을 거듭한 참이었다.

1년 전부터 편집부는 도시락을 싸 와 회의실에서 점심을 먹었다. 매일 나가서 사 먹는 것도 일이었고, 재형과 수민이 다이어트를 한다며 방울토마토와 브로콜리, 고구마, 닭가슴살로 채운 도시락을 가져오면서 하나둘, 도시락을 싸 오기 시작했다.

반년 전부터는 3층 디자인팀에도 퍼졌고, 외근이 잦은 제작관리팀과 마케팅팀을 제외하고는 각자 층의 회의실에서 도시락으로 점심을 먹고 있었다. 오늘은 늦잠을 잔 진라가 도시락을 싸 오지 못해 둘만 따로 점심을 먹으러 나온 터였다.

"오랜만의 점심 외식이라 갈등이 컸다. 일주일에 한 번은 점심 외식하자고 건의해 볼까?"

"매일 도시락 먹으려니 지겨워?"

"그렇기도 하고. 으, 집에서 먹는 반찬을 회사에서도 맨날 먹다니. 돈 굳는 건 좋지만, 낙이 없다. 으흠흠. 외식 스멜."

진라가 코를 킁킁거리며 황홀하다는 듯 어깨를 들썩였다.

"난 찬성."

"좋아 좋아. 들어가서 말해 봐야지. 뭐 싫다고들 하면 우리 둘만이라도 하루는 점심 외식하자."

선이 고개를 끄덕이는데 테이블 위에 올려놓은 휴대폰 액정이 밝아지며 메시지가 뜬다. 제주도에 가 있는 준일이었다. 다음 주 미술관 착공을 앞두고 이번 주만 해도 두 번째 제주도에 내려가 있었다. 앞으로 예정된 15개월간의 공사 기간 동안 일주일에 한 번은 제주도에 가야 한다고 했다. 미술관뿐만 아니라 판교에 있는 철강 생산 기업의 신사옥 공사, 비엔날레 한국관 귀국전 준비로 주중에는 밤에 잠깐 보거나 통화나 문자를 한 것이 전부였다. 답을 할까 고민하다 의자에 걸쳐 놓은 코트 주머니에 휴대폰을 넣었다.

"광고 문자?"

"아니."

"번역자?"

"아니야."

"그러엄……, 김준일?"

놀란 선이 고개를 들자 진라가 씨익, 웃었다.

"맞구나."

때마침 음식이 서빙되었다. 어떻게 말해야 하나 고민하는 사이, 진라가 소고기와 콩나물, 부추가 얹어진 덮밥에 간장 양념장을 얹어 쓱쓱 비비기 시작했다.

"사장님 댁에서 회식하던 날, 너 바라볼 때마다 김준일 눈이 아주 이글이글했지. 둘이 말할 때도 뭔가 스포트라이트가 착 비추던 느낌이라고 해야 하나. 딱 둘만의 세상에 있는 것 같고 묘했거든. 혹시 했는데 김준일이 회사에 딱 온 순간! 느낌이 왔었어. 3년간 오지도 않던 사람이 교정본다는 핑계로 급방문한 거 보고, 모야모야 이거, 확신했지."

"미안해. 말하기가 좀 그랬어."

"미안할 일은 아니지. 쫌 섭섭하긴 하지만. 나라도 말하기 어려웠을 거야. 상대가 상대잖아. 선, 밥 먹어. 뭐 죄 지은 것도 아니고."

수저로 한입 크게 떠 맛있게 먹으며 진라가 눈을 반달로 만들며 웃었다.

"오디까지 갔오? 손은 잡았지? 키스도 했오? 아니면! 파이너리-."

짓궂은 질문에 선의 얼굴이 확 붉어졌다.

"노코멘트인 거 알지."

"꺄. 그런 남자랑 키스하면 어떤 기분이야."

"양갱 씨한테 이른다."

"후후후. 양갱이도 김준일 보면 이해할걸."

"그냥……, 가끔 만나는 사이야. 그쪽이 워낙 바쁘기도 하고."

담담하게 말하고 나물밥을 입에 넣었다. 곤드레의 은은한 향과 양념장에 들어간 참기름 향이 입을 가득 메운다.

"그 얼굴, 바디, 스펙에 성격. 아, 성격이야 또 가까이 만나면 모르는 거니까. 암튼, 그런 핫바디 남자 두고서 담담한 척하는 거. 너 유선이 아니라 위선이다."

유선이 아니라 위선이라니.

진라의 농담에 선이 소리 내어 웃었다. 물을 마시고 목을 가다듬었다.

"진라야."

"응?"

"좋아하진 않으려고 해."

진라가 오이피클을 집었던 젓가락을 내려놓았다.

"왜? 김준일이 놀기만 하재? 아니면 집안 차이 그런 거 때문에?"

선은 고개를 저었다.

"그런 사람, 후폭풍이 세잖아. 내가 좀 겁이 많아."

"겁이 많다기보단, 정이 많지."

진라가 놓았던 오이피클을 다시 집어 입에 넣으며 말을 이었다.

“나 처음엔 너 별로였다.”

“그랬어? 난 처음부터 너 좋았는데.”

선의 말에 진라가 ‘내가 좀 호감형이지.’ 말하며 눈웃음을 지었다.

“회사에서 만난 사람들. 한 달에 20일간, 최소 아홉 시간씩 보다가 회사를 그만두면 대부분이 다시 보기 어렵잖아. 매일 붙어 다니고, 주말에도 만나고, 심지어 여행도 같이 다녔어도. 열에 아홉은 신기하리만치 누군가 회사를 그만둔 순간 끊어져. 사이가 안 좋았던 사람도, ‘그런 X가 있었지.’ 정도로 기억하고. 그런 관계들이라는 걸 아니까 다들 적당히 대하고 대충 웃으며 지내고. 소위 말하는 사회성을 키우지. 너 처음 봤을 때도 그랬어. 예쁜 애가 방긋방긋 잘 웃고, 성격 둥글둥글 숨기는 거 없이 밝은 거 같은데 사실은 자신에 대해서 아무 말도, 아무것도 보여주지 않는 전형적인 깍쟁이. 그래서 나도 적당히 널 대했고.”

그랬던가. 그랬겠지. 초등학교 2학년 때였나. 서울에 올라와 연 말고 처음으로 사귀었던 친구가 있었다. 얼굴도 동그랗고 눈도 동그랬던. 백설 공주, 신데렐라, 인어공주 캐릭터가 달려 있는 머리끈이나 커다란 벨벳 리본, 핑크색 새틴으로 만든 장미꽃 핀으로 매일 예쁘게 머리를 묶고 왔던 아이. 이름은 이제 기억나지 않는다.

빠듯한 형편에도 큰어머니는 선을 살뜰하게 챙겨 주었다.

연의 옷을 살 때면 선의 옷도 샀고, 신발이니 머리끈, 신발주머니 같은 것도 마찬가지였다. 연과 쌍둥이로 아는 아이들도 있을 정도였으니까. 그 아이도 선과 연을 쌍둥이로 알고 있던 아이 중 한 명이었다. 엄마와 아빠가 없다고 고백했던 날, 동그랗고 큰 눈에 눈물을 그렁그렁 매달고 자신을 바라보았었다. 꽃이 그려진 알록달록 포장지에 싸인 막대 사탕을 주며, '내일도 줄게.' 했었지. 준일이 주었던 6만 원과 비슷한, 천진한 동정이었다. 소문은 빠르게 퍼져, 며칠 뒤 연이 그 아이의 머리를 쥐어 잡고 운동장 바닥을 뒹굴고 있었다. 뒹구는 둘의 옆에 떨어져 있던 신데렐라 머리끈을 줍고, 둘을 말렸었다.

흙먼지와 눈물로 엉망이 되었던 연.

씩씩거리며 동그란 눈으로 흘겨보던 그 애.

머리끈을 내밀자, '더러워. 너나 가져.' 했었지. 그 말을 들은 연은 또 그 애의 머리채를 휘어잡았었고. 나쁜 아이가 아니었다. 그저 보통의 아이였을 뿐.

다음 날 그 아이 엄마에게 거듭 사과를 하던 큰어머니의 모습과 자신을 바라보던 그 아이 엄마의 눈빛에서 알았던 것 같다. 동정받지 않으려면, 상대보다 한 계단 아래에 서 있지 않으려면, 절대 해서는 안 될 말이 있다는 것을. 평범한 척할 것. 마음을 주지 말 것. 마음을 주면 들키게 될지도 모르니까. 긴 시간 강박적으로 되뇌었던 결심이 자연스럽게 사람들에게 벽을 세웠던 모양이다. 그럴 필요가 없는 지금까지.

"벌써 1년 넘었지. 사촌 장례식 후, 네 몸속에서 커다란 게 빠져나간 거 같았어. 예전과 같은 모습이었는데, 전혀 다른. 그때 너에 대해 조금은 알게 되었던 거 같아. 정이 많고, 마음이 깊고 약해서 스스로를 보호하려 했던 거였구나."

선은 희미하게 웃었다.

"너무 좋게 봐 주는 거 같은데."

"우리도 둘 중 누군가 퇴사를 하면 순식간에 과거의 사람이 되어 각자의 결혼식 때나 겨우 만나 사진 한 장 찍는 그런 사이가 되겠지만……."

잠깐 말을 멈추고 바라보는 눈빛은 평소 대화의 절반을 농담으로 채우던 때와 달리 깊숙했다. 그 눈빛으로 '나는 선, 네가 행복했으면 좋겠어.'라고 다정히 말해 주었다. '그러니 시작부터 겁내지 마.'라고도.

유쾌하고 밝은 사람인 줄만 알았다. 사려 깊은 마음과 통찰력으로 자신을 지켜봐 주고 있었다는 것도 모르고. 새삼 다른 사람들도 떠오른다. 영민한 진 팀장, 무던한 지영, 다람쥐처럼 귀여운 재형. 얄밉지만 새침한 매력이 있는 수민과 엉뚱 유쾌한 성 팀장, 시크한 혜림, 동생 같은 영훈. 그 외에도 제작관리팀, 마케팅팀, 기획팀 동료들까지. 행운처럼 좋은 사람들과 함께 만들고 싶었던 책을 만들며 살고 있었다. 나쁘지만은 않은 삶이었다. 진라의 말처럼 몇 년 후 각자 다른 길로 흩어져 다시 못 보게 되더라도 모두들 행복하길. 조금은 소란스러운 밥집에서 바라 본다.

다시 밥을 먹으려다 문득 스친 불안감에 선의 얼굴이 굳어졌다.

"진라야, 너 혹시 퇴사해?"

숟가락을 들어 올리던 진라의 움직임이 멈추었다. 다시 내려놓고 물을 한 모금 마신다. 난처한 얼굴로 식당 안을 두리번거렸다.

"진라야."

재차 이름을 부르는 선을 바라보다 시선을 아래로 내렸다.

"사실, 너만 알고 있어."

테이블 위로 상체를 기울였다.

"나 로프트 지박령 되어서 주간 되는 게 목표야. 황소영 딱 기다리라고 해."

두 여자가 조용히 어깨를 들썩이며 웃었다. 밥은 물론 반찬까지 깨끗이 비운 뒤, 회사로 돌아오는 길에는 휘핑크림 잔뜩 얹은 커피를 마셨다. 윗입술에 묻은 하얀 휘핑크림을 혀로 핥으며, 입술 사이를 가르며 들어오던 준일을 떠올렸다. 내일, 준일이 제주도에서 오면 케이블카 타러 또 가자고 해야지. 이왕이면 눈도 내렸으면.

●■▲

2교를 마친 세르카스의 원고를 서류 봉투에 넣고 주소를 적었다. 테이프로 밀봉한 뒤 퀵서비스를 불렀다. 번역자가 독립문 근처에 살아 우편보다 퀵으로 보내고 있었다. 6시 반이었지만 황 주간과 문학팀의 진 팀장과 인물예술팀의 성 팀장을 제외하고는 2층은 모두 퇴근한 상태였다. 기사가 10분쯤 뒤에 도착한다고 했으니 그동안 책상 정리하면 끝이다.

모니터를 끄고 펜을 제자리에 꽂아 두고, 탕비실에서 컵을 씻었다. 자리에 돌아와 가방을 챙기는데 퀵서비스 기사가 도착해 원고를 건네주고 번역자에게 확인 전화를 걸었다.

"안녕하세요, 선생님. 로프트 유선입니다. 네, 선생님. 한 10분? 늦어도 15분이면 기사 아저씨 도착하실 거예요. 네. 다다음 주 월요일까지 주시면 됩니다. 표지는 에이전시 통해서 보내 놨어요. 컨펌은 다음 주까지 난다고 해요. 저도 1번이 좋은데 그쪽도 그랬으면 좋겠어요. 네. 아니요, 제가 뭘요. 감사합니다. 수고하세요, 선생님."

통화를 끝내고 휴대폰을 보는데 배터리가 11퍼센트만 남아 있었다. 4년이 넘어가면서, 조금만 써도 배터리가 쑥쑥 줄어들었다. 조만간 바꿔야 할 듯싶었다.

'먼저 들어가겠습니다.' 주간과 팀장들에게 퇴근 인사를 하고 회사를 나섰다. 계단을 내려가는데 바람이 쌀쌀해 코트 깃을 여몄다. 금요일 같은 목요일이었다.

"유선 씨 되십니까?"

검은 코트를 입은, 언뜻 보기에 평범한 인상의 남자였다. 다만 안경 너머 눈동자가 매섭고 날카로웠다.

"누구시죠?"

"한경솔라원 전무실에서 나왔습니다. 여기."

남자는 허리를 숙여 인사를 하고는 명함을 내밀었다. 명함을 받지 않고 남자를 빤히 바라보았다.

"김기조 전무님께서 뵙기를 청하셨습니다."

선의 거절 따위는 예상하고 있다는 듯 남자의 목소리는 무겁고 완강했다. '당신의 의사는 상관없습니다.'라고 목소리가 말하고 있었다. 바람이 불었다. 너무도 차가운 바람이.

●■▲

천장에서부터 황금색 빗방울처럼 길게 떨어지는 크리스털 샹들리에 아래를 지나 엘리베이터를 타고 2층에서 내렸다. '이쪽으로.' 검정 코트의 남자가 팔을 뻗어 오른쪽을 가리켰다. 월넛에 금속판으로 한자와 영문으로 식당 이름이 박혀 있는 중식당이었다.

불투명한 유리장에 놓인 백자가 은은한 빛을 발하는 복도 중간쯤에서 남자가 미닫이문을 열었다.

김기조가 자리에서 일어섰다. 그 순간에도 양복 단추를 잠그면서.

●■▲

지겹고도 환장스러운 새끼. 인주는 욕을 참으며 억지로 미소를 지었다. 기승전자기자랑으로 끝나는 놈들은 여럿 만나 봤지만, 맞은편에 앉아 있는, M자 탈모가 진행 중인 이 새끼는 경이로울 정도였다. 정말요. 그러게요. 대단하세요. 어쩜 그런 생각을. 역시. 존경스러운걸요. 더 듣다가는 억지 감탄 대신 진심 어린 욕이 나올 것 같아 '잠시 만요.' 살짝 웃으며 자리에서 일어섰다. 23만 원 디너 코스 밥값이라 생각하기엔 부들부들한 샥스핀도 베이징덕의 바삭한 껍질도 코로 들어갔는지 입으로 들어갔는지 알 길이 없었다.

'식사하자고 하는 거 보니, 그쪽에서 너 무척 마음에 들었나 보다.' 윤애가 명품관을 휘저으며 설레발을 칠 때부터 불안했었다. 차 마시면서는 자랑을 다 못 풀어내니까 밥 먹자고 한 거지. 책상에 한가득 쌓여 있는 일거리를 생각하면 한숨만 나온다. 야근도 모자라 내일은 꼼짝없이 새벽 퇴근 확정이다. 선남은 철강 생산 분야에서 국내 4위를 점유하고 있다는 회사의 상무로 2세 경영인이었다. 매스가 진행 중인 프로젝트에 이 남자네 회사의 신사옥 공사가 있는데, 평소 건축에 관심이 많다는 회장이 설계 스케치부터 직접 챙기면서 연결된 선자리였다.

전 직원 및 그 가족들까지 모여 사는 거대한 해피타운을 만들고 싶다는 말을 들었을 때 '미친놈아, 차라리 교주가 되세요.' 말하지 않고 '정말 멋진 생각이신데요.' 말했던 건, 순전히 아빠인 진석을 위해서였다.

적어도 두 시간은 더 버텨야 할 거 같은데. 돌아 버리겠군.

룸에서 나와 화장실을 향해 걷다 마주 걸어오는 여자와 중년 남자를 본 순간 몸을 반쯤 돌리고 고개를 숙였다. 심장이 발바닥에서 턱까지 공처럼 팡 튀어 올랐다.

처음에는 연. 잊지 못할 너인 줄 알았는데……, 유선이었다. 질투 날 만큼 연이 아끼고 사랑했던 사촌.

실제로는 멀리서 서너 번, 사진으로 본 것이 전부였지만 바로 알아볼 수 있었다. 연과 자매처럼 닮았지만, 완전히 달랐던 여자. 태양과 달. 양각과 음각이라고 하면 적합한 표현일까. 가까이에서 본 유선은 기억보다 서늘해 보였다.

둘이 인주가 등을 돌리고 서 있는 곳까지 걸어와 심장은 더욱 쿵쾅거렸다. 금방이라도 '혹시…….' 하며 어깨를 잡을 것 같아 주춤 뒷걸음질 쳤다. 그때 중년 남자가 룸의 미닫이문을 열고 한 걸음 뒤로 물러섰다. 유선은 들어가지 않고 그대로 서 있었다. 왜 안 들어가는 거야. 빨리 들어가. 빨리. 중년 남자도 마찬가지로 안으로 들어가지 않는다. 뭐지. 팽팽하게 당겨진 공기의 압력이 호기심을 더욱 증폭시키며 두려움을 구석으로 기어이 밀어 버린다. 인주는 조심스럽게 고개를 외틀었다. 문틈 사이로 보이는 커다란 남자를 확인하고 손으로 입을 막았다.

김기조였다.

네가 왜? 아니, 둘이 왜?

● ■ ▲

"들어오시죠."

여전히 부드럽지만 고압적인 말투였다. 평생 주저함이라든가, 열등감은 모르는. 선이 안으로 들어서자 등 뒤의 미닫이문이 조용히 닫혔다.

"이런 방식으로 모신 것, 사과드립니다."

선은 전혀 미안하지 않은 표정으로 사과하는 기조의 얼굴을 바라보다 얼굴을 돌렸다. 맞은편 자리에 앉자, 기조도 자리에 앉아 양복 단추를 풀었다. 자신조차 의식하지 못하는 몸에 밴 행동이었다. 이 남자의 행동 중 몇 퍼센트가 습관으로 이루어져 있을까? 선은 시선을 테이블 중앙에 놓인 흰 꽃에 두며 쓸데없는 생각을 해 본다. 베이지색 대리석 회전판 위에 올려진 납작한 검은색 화병. 그 안의 선녹색 줄기 끝에 별모양으로 피어 있는 백색의 꽃은 지금 상황만큼이나 신경질적인 긴장감을 자아내었다.

"주문은 먼저 했습니다."

대기하고 있었다는 듯, 노크 소리와 함께 직원이 트레이를 끌고 들어왔다. 익숙한 움직임으로 가지튀김을 앞접시에 소분해 담고는 소스가 든 볼과 함께 각자의 앞에 내려놓았다. 깍듯한 인사 뒤 직원이 룸을 나가자 기조가 양복 재킷을 벗어 옆 의자의 팔걸이에 걸쳐 놓았다.

"좋아하는 음식이라고 들었습니다. 메뉴에는 없어서 주방장에게 특별히 부탁한 거예요."

별걸 다 말했구나. 한 달에 한두 번은 가자고 졸랐던 중국집이 있었다. 뜨끈하고 바삭한 가지튀김을 입에 넣으면 저절로 행복해지던……. 그동안 잊고 있었다.

"하실 말씀은요."

"코트……."

"오래 있지 않을 거예요."

말을 끊고 똑바로 바라보았다. 기조가 한쪽 입술을 비스듬히 올렸다. 선의 반응은 충분히 예상했다는 듯이.

"할 말, 없어요. 가지튀김이 전부예요."

선은 가방을 쥐고 자리에서 일어났다.

"앉아요."

무시하고 문을 향해 한 걸음 내디뎠다.

"앉아요. 아니면, 앉혀 드릴까?"

"그만하시죠, 김기조 전무님."

"뭐를? 시작도 안 했는데."

자리에서 일어난 기조가 성큼 걸어와 선의 어깨를 붙잡아 의자에 앉혔다. 테이블과 의자 등받이를 잡고 성벽처럼 막아섰다. 선은 팔을 뻗어 기조의 어깨를 밀쳤다. 남자에게서 벗어나기 위해 반쯤 일으킨 몸은 크고 억센 손에 다시 의자에 앉혀졌다. 반동으로 의자가 흔들리고, 들고 있던 가방이 바닥으로 떨어졌다. 떨리는 숨이 뱉어져 나왔다. 시선을 올려 기조를 쏘아보았다. 당황과 두려움, 혐오가 섞인 선의 감정을 읽은 기조가 몸을 반듯하게 세웠다.

"쓸데없는 실랑이는 그만."

나직이 말하고 자기 자리로 돌아가 앉아 찻주전자를 들어 올렸다.

"약혼녀를 생각하세요."

기껏 한다는 말이 그거냐는 듯, 기조가 피식 웃었다.

"파혼했어요."

차를 따르며 무심히 말한다.

"쓰레기라, 쓰레기답게 살고 있는 중입니다."

기조는 차를 한 모금 마시고 볼에 든 소스를 가지튀김에 뿌렸다.

"걱정은 말아요. 내 인생에 그쪽을 포함시킬 생각은 없으니까. 그저, 밥이나 한 끼 해요."

하나를 그대로 입에 넣고는 씹기 시작했다.

"맛있네."

그 뒤로 기조는 묵묵히 접시를 비워 나갔다. 마지막 가지튀김까지 먹어 치운 뒤 의자에 등을 기대었다. 선이 손도 대지 않은 접시를 바라보며 차를 마셨다.

"먹어요."

장난처럼 덧붙인다.

"안 먹으면, 여기서 못 나가요."

여전히 움직이지 않는 선을 향해 기조가 얼굴을 찡그렸다.

"한 개만."

남자의 입에서 나온 말이 터무니없이 절박해 선은 제 귀를 의심한다.

"한 개만, 먹어요. 그쪽 인생에서 꺼져 줄 테니까."

내용과는 달리 높낮이 없는 목소리로 말하는 남자를 선은 물끄러미 바라보았다.

연.

김기조에 대해서 말해 주었다면, 너를 위해 저 남자를 유혹했을 거야. 발가락까지 핥았겠지. 너를 놓아주게만 할 수 있었다면. 네가 자유로울 수만 있었다면. 무슨 짓이든 했을 거야. 세상이 나를 손가락질해도. 큰아버지, 큰어머니가 배신감에 나를 벌레 보듯 한다 해도. 기꺼이.

내가 그럴 걸 알았겠지. 그래서 더욱 말하지 않았을 테지. 알려 줘. 내가 지금 어떻게 해야 하는지. 접시를 깨 버릴까. 티 없이 하얀 테이블보를 찢을 듯 바닥으로 끌어내리고, 미친년처럼 소리를 지를까. 뺨을 한 번 더 후려칠까. 좋아하는 음식을 같이 먹겠다는 유치한 순정을 비웃어 줄까. 아니면 꺼져 준다는 말을 믿고 먹을까, 응. 알려 줘.

선은 가지를 집어 입에 넣었다.

튀김은 바삭하고 가지는 달큰했지만 맛을 느낄 수 없었다. 왜였을까. 이 순간 준일이 생각난 것은. 동시에 구역질이 치민 것도. 선은 급하게 냅킨을 집어 입에 갖다 대었다. 참으려 했지만 다시 한번 토기가 올라와 그대로 뱉어 내었다. 입 안에 남아 있는 가지 맛을 지우려 급히 차를 마셨다.

"먹지 않겠다는 건, 내가 꺼져 주는 게 싫다는 뜻인가?"

위험스럽도록 낮은 목소리였다. 선은 바닥에 떨어져 있는 가방을 흘깃 바라보았다. 이대로 가방을 집고 달려나가 문을 열기만 하면. 문을 열기만……. 초조한 계획은 완성되지 못한 채

양어깨가 붙잡히며 일으켜 세워졌다. 카펫 위로 함부로 넘어진 의자가 둔탁한 소리를 내었다. 순식간에 뒤로 밀리며 벽까지 밀어붙여졌다. 어깨를 비틀어 빠져나오려 했지만 꿈쩍도 하지 않았다.

"그래?"

기조의 물음에 대답 대신 선은 다시 한번 어깨를 비틀었다.

"그런가 보군."

"놓아주시죠."

"그럼, 먹어. 이깟 가지튀김 하나 먹어 주는 게 뭐가 그렇게 힘들어."

생각만 해도 토할 것 같아 입을 앙다물었다. 선의 행동에 기조가 소리 없이 웃었다. 웃음이 잦아진 얼굴로 선을 바라보다 그대로 고개를 비틀어 숙이며 입 안으로 성급하게 파고들었다. 다물린 선의 입을 벌리려 턱을 움켜쥐었다. 재스민인가. 향이 배인 혀가 자신의 혀를 휘감으려는 순간 선은 힘껏 남자의 가슴팍을 밀어내었다. 팔을 뻗은 채 얼굴을 아래로 숙였다. 가쁜 숨과 함께 다리가 부들부들 떨렸다.

"봐주는 건 여기까지."

어깨를 잡고 있던 손을 풀고 넘어져 있는 의자를 바로 세웠다. 인내한다는 듯 후, 숨을 가다듬고 선을 의자에 다시 앉혔다.

"이대로. 가만히."

선의 어깨를 손으로 짚고는 힘을 주어 눌렀다. 태연히 자신의 자리로 돌아가 차를 따르고 천천히 마셨다. 좀 전의 소동은 없었던 것처럼 여유 있는 표정과 움직임이었다. 다만, 선에게서 시선은 떼지 않았다. 그렇게 선을 바라보다 '덥군.' 혼잣말과 함께 넥타이 매듭을 느슨히 잡아당기고, 윗단추 하나를 풀었다.

"빨리 늙어요. 지금 모습은, 별로 마음에 안 드니까."

남자가 좌절을 숨기고 옅게 웃었다.

연.

너의 답을 알았어. 나까지 저 남자한테 굴복하는 모습을 절대 보고 싶어 하지 않았을 거란 걸.

선은 마주 앉은 남자를 똑바로 바라보았다.

날 갈망해 고통스럽다면.

자리에서 일어나 남자에게 다가갔다. 선이 다시 도망치려 할까 움찔했던 남자는 다가오는 선을 의아한 얼굴로 바라보았다. 선은 남자의 허벅지에 걸터앉았다. 짙게 흔들리는 눈동자를 바라보며 손을 뒤로 뻗어 더듬더듬 포크를 쥐었다. 순식간에 팽창된 남자의 욕망을 고스란히 느끼면서도 남자의 얼굴에서 시선을 떼지 않았다. 성급하게 선의 허리와 등을 잡는 남자의 악력은 몸을 부러뜨릴 듯 사나웠다. 선은 입을 맞추려는 것처럼 고개를 숙이다 마지막 순간 멈추었다. 비웃듯 가늘게 웃었다. 남자의 입에서 좌절한 짐승의 신음이 흘러나왔다. 선의 입술을 찾아 남자가 고개를 위로 들어 올렸을 때, 쥐고 있던 포크를 남자의 어깨에 갖다 대었다. 파고들듯 힘을 주어 눌렀다. 붉게 달아오른 얼굴로 거친 숨을 내뱉는 남자의 눈동자는 채워지지 않은 욕망으로 번들거렸다.

"당신과는 아무것도 먹지 않아."

선의 말도, 이깟 포크 따위도 가소롭다는 듯 남자가 웃었다. 움직이려는 남자에게 선은 포크를 쥔 손에 더욱 힘을 주는 것으로 응수했다.

"이대로. 가만히."

선은 기조가 했던 말 그대로 따라 말하였다. 그사이 포크는 눈부시게 깨끗한 하얀 드레스 셔츠를 뚫고 살갗을 파고들었다. 찌르는 고통에 남자의 턱에 힘이 들어가고 눈에 핏발이 섰다.

"김기조 씨는……."

말을 끊고, 미소를 지었다. 포크를 쥔 손에 힘을 더 주었다.

"이 느낌을 기억하시면서 천천히 늙으시고, 오래 기억하며, 길게 고통스럽길 바랍니다."

또박또박 말을 하고, 걸터앉았던 몸을 일으켜 세웠다. 포크가 뽑혀진 자리에 몇 방울의 피가 배어 나와 셔츠를 붉게 물들였다. 남자가 어깨를 움켜쥐며 주춤하는 동안 가방을 들고 포크를 무기처럼 그대로 꼭 쥔 채 룸을 나섰다. 닫히는 문틈으로 허탈한 웃음소리가 흘러나왔다. 선을 데리러 왔던 비서가 다가오려 해 포크를 찌를 듯 내밀었다. 상황을 파악한 비서가 룸으로 뛰어 들어간 틈을 타, 복도를 빠져나왔다. 식당 입구를 나서며 지나가는 직원에게 포크를 건네주었다. 식당을 벗어나 엘리베이터를 탈 때까지 흔들림 없던 걸음은 샹들리에를 지나면서 빨라졌다. 호텔을 나서자마자 몸이 반쯤 꺾이며 휘청거렸다. 구역질이 날 것 같아 손으로 입을 막았다. 입을 막는 손까지 제멋대로 떨렸다. 로비에 있던 몇몇의 시선이 몰리며 호텔 직원이 걱정스러운 표정으로 다가왔다.

무슨 짓을 한 거지?

자신조차 믿을 수 없어 턱이 덜덜 떨렸다.

"손님, 괜찮으세요? 어디가 불편……."

고개를 저으며 입구 가까운 벽에 몸을 기대었다. 도우려 팔을 뻗는 직원의 움직임에 소스라치게 놀라며 몸을 움츠렸다.

"괘, 괜찮아요. 태, 택시. 택시 부탁드립니다."

창백한 얼굴과 휘청이는 선의 모습에 직원이 미리 대기하고 있던 손님에게 양해를 구하고 선을 먼저 택시에 태웠다. 고꾸라질 듯 택시를 탄 뒤에도 몸은 여전히 심하게 떨리고 있었다. 가방에서 손수건을 꺼내 닿았던 불쾌한 기억을 지우듯 손과 입, 뺨을 거칠게 닦아 냈다.

"김포공항으로, 가 주세요."

덜덜 떨리는 입술로 겨우 말하고 눈을 감았다. 감은 눈으로 방울지던 핏방울이 선명하게 번져 보였다. 눈을 뜨고 손을 내려다보았다. 이 손으로. 내가. 포크의 비릿한 쇠 냄새가 올라오는 것 같아 다시 한번 손수건으로 손을 닦아 내었다.

준일이 보고 싶었다.

자신도 어쩌지 못할 만큼.

간절하게.

20분 후에 출발하는 마지막 제주도행 티켓을 간신히 끊을 수 있었다. 게이트로 달려가 좌석에 앉았을 땐 출발 10분 전이었다. 좌석은 밤 9시 출발임에도 대부분이 차 있었다.

휴대폰을 꺼냈다. 남아 있는 휴대폰 배터리는 2퍼센트. 택시에서 보냈어야 했는데, 제주도에 가 준일을 만나야 한다는 생각뿐, 손수건으로 입술을 닦거나, 벌벌 떨리는 손은 깍지를 낀 채 창밖만 바라보았었다.

[지금 제주도]

보내고 나니 1퍼센트.

[가는 비행기 탔어]

보내기 버튼을 누르려는 순간, 휴대폰이 꺼졌다.

하. 탄식 같은 한숨이 새어 나왔다. 옆자리의 여자 승객이 흘깃 바라보고는 다시 자신의 휴대폰으로 시선을 돌린다. 승무원이 안전 수칙을 시연하고 곧 이륙한다는 기내 방송이 흘렀다.

'지금 제주도'만 달랑 온 문자를 보며 준일은 무슨 생각을 할까? 답문자를 보내도 확인하지 않고, 전화를 해도 받지 않을 텐데. 평소 오후에는 충전을 하는데, 퇴근 전까지 교정고를 보내야 한다는 조급함에 잊고 있었다. 아아, 회사. 회사는 어떡하지? 보고 싶다는 충동에 달랑 가방만 들고 무작정 비행기를 탄 자신이 한심해 실소가 나왔다. 조급한 갈망이 지나간 자리에서 크게 휘청거리고, 하하하, 깊은 바닥에서 비웃는 소리를 듣는다.

지금 이렇게 제주도에 가서 무엇을……. 준일에게는 무슨 말을……. 당신이 보고 싶어서 견딜 수가 없었다는 말은 하지도 못할 거면서. 왜 한밤중에 제주도에 간다는 말을 하려 했을까. 아니, 왜 보러 갈 생각을 했을까. 우리가 무슨 사이라고. 바보같이.

휴대폰이 꺼진 게 다행이라는 생각이 들었다. '지금 제주도 날씨는 어때?' 따위의 실없는 메시지였다고 생각해 주길.

비행기가 중력을 거스르며 부웅 떠오르기 시작했다. 공항에서 가까운 숙소에서 하루 자야겠다. 기억이 맞는다면 버스로 15분 정도의 거리에 비즈니스호텔 체인이 있었다. 내일 첫 비행기를 타면 지각하지 않고 출근할 수 있었다. 기장의 웰컴멘트와 음료 서빙이 끝나고 비행기 안의 불이 꺼졌다. 열어 놓은 창문 아래로 불빛들이 땅에 박힌 별처럼 깜빡깜빡 빛을 내고 있었다.

선은 눈을 감았다.

22. 풀리쉬 게임2

밤의 제주국제공항은 병원과 비슷한 창백한 불빛을 발했다. 선은 삼삼오오 무리 지어 걷는 사람들을 따라 출구로 걸어갔다. 비즈니스호텔로 갔던 버스 번호를 기억할 수 없어 택시를 탈 생각이었다. 사실, 빨리 체크인을 하고 샤워를 한 뒤 잠들고만 싶었다. 휴대폰을 충전하고 메시지를 마저 보내야겠지. 밖에 있었는데 휴대폰이 꺼졌다고 말하고, 날씨가 어떤지 궁금했다고 말해 버려야겠다. 다른 변명을 떠올리기에는 머리가 텅 비어 있다. 무슨 말을 하든 우스운 건 마찬가지일 테니.

이 문을 나서면 다시 들어올 수 없다는 꽤나 단호한 안내문이 적혀 있는 슬라이딩 도어가 열렸다. 한자나 영어 이름이 적혀 있는 색종이를 든 피로한 기색의 가이드 서너 명과 얼굴이 노랗게 뜬 중년 여성이 자주색 라인의 기둥에 팔을 올리고 기대듯 서 있다. 나른한 피곤함이 공중을 떠도는, 공항의 밤이다. 선은 가방을 고쳐 메고 느리게 걸음을 옮겼다. 너덜너덜해진 신경에 희미한 두통까지 일고 있었다.

"예쁜 아가씨, 어디 가세요? 모셔다 드리죠."

익숙한, 장난기 어린 목소리가 머리 위로 들려왔다. 설마, 그럴 리가. 선은 천천히 고개를 돌렸다.

당신, 어떻게……, 여기를. 믿을 수 없어 멍하게 바라보고만 있는 선을 남자가 품으로 끌어안았다.

"와 보길 잘했네."

등을 톡톡, 두들기듯 쓰다듬었다.

"놓치지 않아 다행이고."

"어, 어떻게 왔어."

"만분의 1의 확률을 믿으면서."

준일이 좀 더 힘을 주어 선을 끌어안았다. 지난 몇 시간, 단단하게 뭉쳐 있던 긴장과 분노와 그리움과 후회와 자책이 한꺼번에 터져 나왔다. 울 수는 없어, 대신 준일의 등에 팔을 둘렀다.

낮은 건물이 드문드문 보이던 도로변 풍경은 이제는 표식처럼 놓여 있는 컨테이너 박스만 띄엄띄엄 보였다. 도로 양옆은 온통 억새와 나무뿐이었다. 맞은편에서 달려오는 차들의 불빛과 가끔 숲과 숲 사이로 불빛이 보이기도 했지만, 한밤중의 도로는 어둡고 적막했다.

"노래 틀어 줄까?"

"괜찮아."

"15분 정도만 가면 돼. 피곤하면 좀 자고."

"시내에서 지내는 줄 알았어."

"한라산 중턱에 별장처럼 쓰는 집이 있어. 현장에서 많이 멀지 않아서 거기서 지내고 있거든. 바다도 보이고 산방산도 보여. 마음에 들 거야."

"……왜, 안 물어봐."

"뭘 묻기까지. 내가 보고 싶어서 왔겠지."

준일의 농담에 푸후훗, 선이 소리 내어 웃었다.

"내가."

"응."

"졌어."

"음?"

"내가 졌어. 김준일. 당신과 자고 싶어."

준일이 고개를 틀어 선을 보고는 다시 앞으로 돌렸다. 오늘은 거절하지 말아 줘. 나를 내던지듯 군다고 비웃지도 말고. 당신이 정말 필요해.

"7분. 그 안에 도착할 거야."

차 속도계의 바늘이 가파르게 올라가기 시작했다.

● ■ ▲

블라우스가 벗겨지고 이어 브래지어, 슬랙스와 나머지 속옷까지 침대 아래로 떨어졌다. 곧이어 준일이 자신의 옷도 벗어 아무렇게나 집어던졌다.

어둑한 침실에서 서로를 마주 보았다. 준일이 엄지손가락으로 선의 아랫입술을 짓이기듯 눌렀다. 입 안으로 집어넣었다.

"깨물어 봐."

멈출 마지막 기회를 준다는 듯 준일이 도발했다. 선은 손가락을 깨무는 대신 핥았다. 이어 빨아들였다. 준일에게 시선을 떼지 않은 채.

하, 젠장.

순식간에 팔다리가 엉키며 혀가 얽히고 영혼까지 뒤섞일 것 같은 입맞춤이 시작되었다. 준일이 팔을 선의 상체 밑으로 넣어 강하게 끌어안으며 틈 없이 밀착했다. 입 안이 얼얼할 만큼 빨아들이고 휘젓고 샅샅이 탐하였다. 넓고 매끄러운 어깨를 쥐고 있는 손끝이 저릿했다. 손을 내려 젖은 걸 확인한 준일이 선의 다리를 넓게 벌렸다. 그러고는 무자비할 만큼 단번에 끝까지 파고들었다.

'아.' 작은 신음과 함께 선의 고개가 절로 뒤로 꺾였다. 두 개의 몸이 틈 없이 꽉 맞물렸다. 선은 칫날처럼 생살이 반으로 갈라진 것 같아 숨을 들이켰다. 아픈데, 비명을 지를 만큼 아픈데. 한계까지 벌어져 찢어질 것 같은 아픔이, 고통인지 쾌감인지 구분이 되지 않을 만큼 감각이 불타올랐다. 오직, 목구멍이 막힐 만큼 꽉 차게 밀고 들어온 이 충만감만이, 진짜였다. 남자를 제 몸으로 깊게 빨아들여 가득 채웠다.

희미한 그믐달의 밤에.

●■▲

준일은 침대에 펼쳐진 선의 검은 머리카락을 손가락에 감았다. 정신이 나가 여자의 몸 안으로 파고들었다. 이후에는 뜨겁게 훅 조이며 빨아들이는 느낌에 아예 이성을 날려 버렸었고. 등을 돌린 채 누워 있는 선의 가빴던 숨이 점점 고르게 가라앉았다. 감고 있던 머리카락을 풀고 등줄기를 따라 손가락을 천천히 미끄러뜨렸다. 어깨가 움칫 떨린다. 허리 중앙의 오목한 부분까지 내렸던 손을 앞으로 옮겨 가슴을 쥐었다. 만지지 말라는 뜻인지 팔을 옆구리에 바짝 붙였다. 몇 번 부드럽게 주무르다 손을 아래로 내려 조금 전까지 머물렀던 곳을 덮었다. 손가락으로 갈라진 틈을 긁자 몸을 바르르 떨었다. 선이 손목을 잡더니 몸을 반쯤 일으켰다. 상체를 비틀어 준일을 바라보았다. 은색 달빛에 감싸인 채, 여전히 붉은 볼과 다시 시작된 욕망과 여전한 부끄러움 사이에서 테두리가 번진 눈동자로. 그 모습이 얼마나 예쁜지도 모르고.

준일이 그대로 여자의 가는 몸을 끌어당겨 자신의 몸 아래 두었다. 희게 빛나는 동그란 가슴을 둘 다 움켜쥐었다. 맞춤처럼 손에 착 달라붙었다. 쥔 손에 힘을 주자 손가락 사이로 가슴이 비어져 나올 듯 꽉 차올랐다. 어서 여자의 몸 안으로 들어가 느긋하게 허리를 흔들며 가슴을 만지고 싶었다. 그 느낌이 어떤지 이미 알고 있어, 조바심이 일었지만 참는다.

말랑한 밀가루 반죽을 만지듯 주무르다, 등을 굽혀 입 안에 넣었다. 핥다 쪼옥 빨아들였다. 선의 입에서 얕은 신음이 새어 나왔다. 그 소리에 자극을 받아 더 크게 입을 벌려 가슴을 삼켰다. 빳빳하게 솟은 젖꼭지를 혀로 굴리다 잘근잘근 씹기를 반복했다. 이로 깨물 때마다 선의 등이 들썩였다. 물고 있던 젖가슴에서 고개를 들고 턱에서 목, 조금은 여윈 어깨로 이어지는 섬세한 몸 선을 따라 핥듯 시선을 미끄러뜨렸다. 가는 목을 받쳐 위로 살짝 들어 올렸다.

"키스해 줘."

준일의 말에 선이 말 잘 듣는 학생처럼 어깨에 팔을 두르며 고개를 들었다. 반쯤 벌어진 입술 사이로 자신의 혀끝을 밀어 넣었다. 입술 안쪽을 할짝할짝 간질이듯 핥다 놀란 듯 빼내었다. 다시 조심스레 입술 선을 따라 입을 맞추더니 아랫입술을 물었다.

선의 움직임이 귀여워 준일이 웃었다. 용기를 얻었는지 물고 있던 입술을 가볍게 빨아들였다. 혀끝을 입 안으로 다시 집어넣었다. 더듬더듬 혀를 갖다 대었다. 그렇게 맞대고 있을 뿐 움직이지 않는 준일을 재촉하듯 선이 혀를 움직였다. 그래도 움직이지 않자, '으응.' 불만스러운 소리를 내며 다시 혀를 비볐다.

더 이상은 나도.

준일이 고개를 비틀어 입술을 더 깊게 포개며 혀를 휘감았다. 볼 안쪽 여린 살과 입천장, 혀 밑까지 노골적으로 휘저었다. 빨아들일수록 짓이겨진 바나나 같은 맛이 입 안으로 배어들었다. 그 맛에 더 홀린 듯 흡입하며 빨아 당겼다. 순식간에 여자를 일으켜 허벅지 위에 앉혔다. 갑작스런 움직임에 선이 작게 항의를 하며 준일의 어깨를 잡았다. 엉덩이를 잡고 위로 들어 올렸다. 실핏줄이 비칠 듯한 흰 가슴에 얼굴을 맞댄 뒤 입 안으로 빨아들였다. 뽑을 기세로 빨아들이다 탁, 입에서 해방시키자 풍만한 가슴이 열매처럼 흔들렸다. 만족스러운 신음과 함께 다른 쪽 가슴을 입에 물었다. 입 안 가득 빨려 들어오는 느낌이 환상적이었다. 채 입 안으로 들어오지 못한 가슴이 준일의 얼굴을 눌렀다. 입을 떼고, 동그랗게 톡 튀어나온 젖꼭지를 물었다. 혀로 누르고 굴리다가 이로 잘근 깨물었다. 동시에 엉덩이를 잡고 있던 손을 안쪽으로 집어넣었다. 기다렸다는 듯 뜨겁고 촉촉한 내벽이 달라붙었다. 부드럽게 휘젓자 선이 준일의 머리카락을 헤집으며 몸을 떨었다. 부드럽지만 빠른 움직임에 허벅지가 부들부들 떨리는 게 느껴졌다. 빠르고 느리게, 거칠다 부드럽게 휘젓듯 돌리다 몸 안쪽 한곳을 누르자 선의 몸이 튀어 오를 듯 들썩였다. 여기군. 집중적으로 자극하며 입에 물고 있는 가슴도 한껏 빨아들였다. 몰아붙였다. 선이 몸을 들썩이며 어깨를 쥐어짜듯 잡다 때렸다.

절정의 직전에서 손가락을 빼내었다. 불만의 소리가 선의 입에서 터져 나왔다. 채워지지 못한 욕망을 가득 담고 자신을 바라보는 것이 짜릿했다. 보지 않아도 색색 붉게 물들어 있을 몸을 느낄 수 있었다. 난폭하리만치 격렬한 삽입 욕구가 솟구친다. 좁고, 뜨겁고, 촉촉한. 빠듯하게 빨아들이던 그곳에 끝까지 파고들고 싶다.

그대로 침대에 눕힌 후 양손에 깍지를 끼고 머리 위로 올려 잡고 반짝이는 눈동자와 눈을 맞추었다. 창백한 피부 탓일까. 선의 옅은 붉은색 눈매는 늘 춥고 울기 직전 같았다.

20년 전 모래 먼지가 뽀얗게 일어나던 길가에서 햇빛에 눈을 찡그리며 자신을 쳐다보았던 그때부터. 10년 전 백운사에서 우연히 눈이 마주쳤던 그날에도. 횡단보도에서 엇갈렸던 그 순간에도.

긴 시간이 지나서도 단번에 알아볼 수 있었던 건, 바로 이 붉은 눈매 때문이었다. 그리고, 너의 외롭고 광막한 눈동자 때문에.

선의 얼굴을 잡아 집어삼킬 듯 키스하기 시작했다. 욕망이 사나운 기세로 파고들었다. 준일의 아래에서 선의 젖가슴이 짓눌릴 정도로 두 몸은 밀착되었다.

마음껏 입술과 입 안을 탐하고서 턱을 지나 목덜미를 핥았다. 귓불을 입 안에 넣고 사탕을 녹여 먹듯 빨아 댔다. 선이 몸을 뒤틀었다. 입술을 옮겨 목덜미를 혀로 길게 핥아 내리고 쇄골을 조금 아프게 물었다. '아.' 선이 몸을 움찔하며 짧은 신음을 내뱉었다. 그대로 얼굴을 내려 가슴을 입 안에 넣고서 잇자국이 날 만큼 세게 깨물었다. 선이 깍지 낀 손에 힘을 주며 허리를 들어 올렸다. 곧 다른 쪽 가슴도 깨물었다. 복숭아의 달콤한 즙이 입 안 가득 퍼져 나갔다.

손을 풀고 허리를 잡았다. 얼굴을 아래로 내려 혀를 여자의 가장 깊은 곳으로 집어넣었다. 기절할 듯 놀란 선이 몸을 앞으로 빼며 일어나려 했지만 손으로 다리를 꽉 붙잡고서 더 깊숙이 혀를 밀어 넣었다. 선이 다시 한번 벗어나려 몸을 움직였다. 꽉 잡고 밀어 넣은 혀를 돌리며 입술로 빨아들였다. 선이 엉덩이를 들썩이며 얼굴을 손으로 가렸다.

후, 준일이 뜨거운 입김을 불어 그곳을 간질였다. 빨아들이다, 길게 핥아 올리다, 도톰한 살점을 입술로 물었다, 이로 깨물었다. 허벅지가 부들부들 떨렸다. 온몸의 피가 한곳에 몰리며 또다시 빨간 열꽃이 피어올랐다. 수치심과 함께 쾌락이 뒤섞였다. 조금만 더. 더한 쾌감을 원하며 선은 자신도 모르게 허리를 아래로 내렸다. 혀로는 만족할 수 없는 빈 공간 때문에 초조한 기분이 들었다. 준일이 동그란 정점을 빨아들이자, 머리끝에서 등허리까지 전율이 일며 비어 있는 깊은 곳까지 꽉 조이듯 수축했다. 참으려 해도 입 밖으로 반쯤 흐느끼는 소리가 새어 나왔다. 반으로 갈라진 중심을 절반씩 혀로 핥아 올리기를 반복하자, 눈앞이 하얗게 변하며 터질 것 같았다.

선의 몸이 단번에 뒤집혔다. 절정의 직전에서 멈춘 욕구에 비명이라도 지르고 싶었다. '제발.' 이라는 말이 밖으로 나오기도 전에 입 안에서 뭉개졌다. 고개를 들려 해도 준일이 움직이지 말라는 듯 손을 넓게 펴 등허리를 꾹 눌렀다.

상체를 숙여 뒷목부터 등줄기를 따라 입을 맞추고 혀를 핥으며 내려갔다. 등허리의 오목한 부분을 할짝이다 동그란 엉덩이를 깨물었다. 선은 바르르 떨며 시트를 쥐었다. 준일이 허벅지 사이로 두 손을 넣고 그대로 하체를 들어 올려 반쯤 무릎을 꿇은 자세로 만들었다. 그 사이로 손을 집어넣더니 동그란 정점을 지분거리듯 만지고 비틀었다. 반으로 벌려 손끝으로 살살 긁어내렸다. 경련하듯 몸이 떨리며 달뜬 신음이 저절로 흘러나왔다. 준일의 손을 잡으려는데, 다시 몸이 바로 눕혀지며 뜨거운 혀가 안쪽으로 파고들었다. 느리게, 놀리듯 넣고 빼며 자극했다. 부풀어 오른 동그란 정점을 흡입하듯 빨아들였다. 아랫배가 아프도록 조여들었다. 안쪽 깊은 곳이 살아 있는 듯 움찔거렸다. 빈 공간이 채워지길 바라는 갈망이 몸을 제멋대로 들썩이게 했다. '으응.' 투정 섞인 신음을 뱉어 내게 했다. 신호처럼 준일이 몸을 일으켰다.

자신을 바라보는 준일을 흐릿한 눈으로 마주 보았다.

손을 잡아 줘.

팔을 뻗자 준일이 손가락을 겹쳐 끼워 입가로 가져갔다. 시선을 떼지 않은 채 손톱마다 입을 맞추었다. 가슴까지 뻐근하게 만드는 욕망이 차올랐다. 준일이 체중을 실으며 뿌리 끝까지 빠듯하게 파고든 순간, 꽉 채워지는 느낌에 발끝이 저절로 둥글게 말렸다. 내벽이 제멋대로 조여들었다. 준일은 허리를 세우고 고개를 젖힌 채 음미하듯 눈을 감았다. 그렇게 넣기만 한 채 움직이지도 않았는데, 맞물린 곳에서 홧홧한 열이 나기 시작했다.

그 순간 준일이 허리를 튕겨 올렸다. 가는 허리를 잡고 들어 올려 더욱 밀착시키며 허리를 돌렸다. 안이 휘저어지며 전기가 통하는 것처럼 쏘여지는 쾌감에 선이 고개를 비틀었다. 강해지는 자극에 손가락을 깨물려 하자 준일이 자신의 손가락을 입에 넣었다.

"세게 깨물어도 돼."

깊게 안까지 찔러질 때마다 엉덩이를 들썩이며 준일의 손가락을 물었다. 끓는 물로 손끝까지 데워지고 있었다.

자신의 것을 주무르고 잘근잘근 씹는 것 같은 강력한 자극에 준일이 미간을 찡그렸다. 탱탱한 고무공들이 빼곡히 들어찬 듯 내벽이 틈 없이 바짝 조여들었다. 움직임이 버거울 정도였다.

선의 한쪽 다리를 어깨에 걸치고 더욱 밀착하며 파고들었다. 입에서 손가락을 빼내고 대신 상체를 굽혀 혀를 집어넣었다. 옅은 신음과 함께 자신의 혀를 빨아들이는 선이 예뻐 머리가 돌 지경이었다. 이렇게 좁은 곳이 자신을 받아들이느라 한껏 벌어져 있을 것을 상상하는 것으로도 안에 있는 것이 더욱 부풀어 올랐다. 선도 느꼈는지 함께 허리를 들썩였다.

서늘하고 단정한 모습 이면에 이런 뜨거움이 감춰져 있다는 것이 새삼 놀라웠다. 늘 울 것 같은 붉은 눈매 속 외로운 눈동자도. 진심을 삼키기만 하는 입술도. 가는 목과 여윈 어깨와 동그란 가슴과 젖꼭지도. 그리고 자신을 끝까지 삼키고 있는 이 깊고 뜨거운 곳까지.

더 깊게 찔러 대며 빠르게 허리를 흔들었다. 부풀어 오른 정점을 함께 자극시키자 선의 몸이 튀어 오르며 자신을 더 조여 들며 쥐어짰다. 거의 울듯 흐느꼈다. 짙은 어둠 속에서 자신의 허벅지와 선의 엉덩이가 부딪히며 내는 소리에 귀가 활짝 열리며 쾌감이 끝 간 데 없이 치솟았다. 어깨에서 다리를 내린 뒤, 허리를 감게 하고는 곧바로 다시 속도를 내었다.

조금만 더. 조금만 더 깊숙이.

땀이 단단한 배를 타고 흘러내렸다. 맞닿아 있는 곳으로 빨려 들어가며 수증기가 피어오르는 것 같았다. 뇌가 녹을 만큼의 쾌감에 이를 악물며 허리를 흔들다, 커다랗게 돌리고, 느릿하게 찔러 올리며 점차 속도를 올렸다. 맞물려 있는 곳이 땀과 체액으로 엉망으로 비벼지며 달큰한 냄새가 올라왔다. 등허리를 타고 틱틱틱, 폭죽이 연달아 터지듯 쾌감이 일었다. 엉덩이가 조여지고 목구멍 깊이 끓어오르는 소리를 내뱉었다. 위아래로 흔들리는 여자의 가슴을 쥐고 마지막을 향해 속도를 끌어올리며 허리를 흔들었다.

여기. 그래, 바로 여기.

수억 개의 불꽃이 머릿속과 꽉 맞물려 있는 곳에서 펑펑펑 동시에 터졌다.

선은 결국 울음을 터뜨렸다.

준일이 몸을 숙여 눈물을 핥아 먹었다.

23. 빛의 소리

돌담 틈새로 스며든 안개가 집을 에워싸고 있었다. 선은 침대에서 일어나 다리를 바닥으로 내렸다. 덮고 있던 이불이 어깨에서 팔을 타고 허리로 미끄러져 내렸다. 침대 아래 떨어져 있는 스웨트 셔츠를 집어 들었다. 온몸이 뻐근했다. 거의 연달아 이어진 두 번의 잠자리 뒤 간신히 샤워를 하고 잠들었었다. 그러다 새벽, 또다시 다리 사이로 파고든 준일을 받아들였다. 눈을 감은 채, 배를 타고 물 위를 떠다니는 것 같은 느린 움직임이었다. 절정에 올라 온몸이 부들부들 떨릴 때엔 준일이 꽉 안아 주어, 급류에 휩싸여 빠르게 떠내려가는 듯한 아찔한 감각에도 무섭지 않았다. 그 뒤에는 손가락 하나 까딱하지 못하고 그대로 잠들었다.

선은 들고 있던 스웨트 셔츠에 한쪽 팔을 끼웠다. 샤워를 하고 나오자 준일이 내어 준 옷이었다. 준일은 어디에 있을까. 사이드 테이블에 놓여 있는 디지털시계는 6시 52분이라고 알려주고 있었다. 셔츠를 입고 목덜미에서 머리카락을 빼내는데 허리가 잡혔다. 옆으로 눕혀지는가 싶더니 셔츠가 들어 올려졌다. 곧 가슴이 입 안으로 빨려 들어가며 아릿한 통증과 날카로운 감각이 동시에 일었다. 준일이 양쪽 가슴을 차례대로 입 안에 가득 넣고 핥고 빨아들이고 나서야 옷에서 빠져나왔다.

"굿모닝."

피곤한 기색이란 전혀 없는 생생한 얼굴로 아침 인사를 하고는 바로 입을 맞추었다. 선의 다리 사이에 한쪽 다리를 넣으며 허리를 잡아 바짝 끌어당겼다. 입 안으로 까슬하면서도 매끄러운 혀를 거침없이 넣고는 쓱 쓸었다가 감고, 빨았다가 다시 문질렀다. 둘의 숨결이 점점 가빠지려 할 때 준일이 입술을 떼었다.

"아직 자는 줄 알고 얼굴만 보고 현장 가려고 했는데."

"지금 일어났어."

준일이 선의 뺨을 천천히 쓰다듬었다.

"몸은 괜찮아?"

"응."

"여기는?"

준일이 선의 다리 사이에 손을 갖다 대었다. 선이 얼굴을 붉히며 준일의 손을 떼어 내었다.

"괜찮아."

준일이 싱긋 웃으며 턱에 가볍게 입을 맞추었다.

"늦어도 5시까지는 올 수 있을 거야."
"응."
"아침 간단하게 차려 놨으니까 먹고."
선은 대답 없이 고개를 끄덕였다.
"가 보고 싶은 곳 있어? 가는 길에 데려다 줄게."
"아니. 여기에 있을래."
준일이 소리 나게 입을 맞춘 뒤 침대에서 일어났다. 누워 있는 선에게 손을 내밀었다. 선이 손을 잡자 끌어당겨 품에 안듯 일으켜 세웠다. 순간 껴안은 몸이 기우뚱하여 둘 다 짧게 웃음을 터뜨렸다. 믿을 수 없을 만큼 친밀한 순간이었다.
"다녀올게."
"응."
"전화할 테니까 휴대폰 충전해 놓고."
"응."
"출근하지 말까?"
"아니."
"너무 한 치의 망설임도 없는 거 아니야?"
선은 준일의 얼굴을 끌어당기며 발끝을 들어 입술을 쪽 맞추었다.
"잘 다녀와."
준일이 그대로 선의 얼굴을 잡아 깊게 입을 맞추었다.

충전기를 꽂은 뒤 몇 분이 지나자 화면이 밝아지며 휴대폰 로

고가 떠올랐다. 7시 반. 진 팀장에게 전화하기엔 시간이 일렀다. 재빨리 샤워를 하고 어제 조물조물 빨아 놓았던 속옷을 입었다. 완전히 마르진 않았지만 안 입고 있을 순 없으니까. 새삼 얼마나 충동적으로 내려왔는지 실감이 들어, 선은 씁쓸하게 웃었다.

8시 2분. 선은 휴대폰을 집어 들었다. 몇 번의 신호 뒤에 진 팀장의 목소리와 디제이의 활기찬 목소리가 섞여 들려왔다. 라디오를 틀어 놓은 듯했다.

"팀장님, 저 유선입니다."

— 아, 유 대리. 아침부터 무슨 일이야?

"죄송한데요. 저 오늘 연차 좀 써야 할 듯해서요."

— 무슨 일 있어? 어디 아파?

"일이……, 일이 있어서 급하게 어디 좀 내려와 있어요."

— 아픈 건 아니고?

"네."

— 그럼 다행이고. 아, 유 대리 올해 연차 거의 안 쓴 걸로 기억하는데, 맞지?

아마도.

"네."

— 잘됐네. 사장님 연차 많이 남기는 거 별로 안 좋아하셔. 올해는 요령껏 소진해. 오늘 결재는 작년 거 소급해서 쓰는 걸로 내가 올려놓을게. 아, 혹시 안 좋은 일이야?

"아니에요. 그냥 좀 갑자기 일이 생겨서요."

— 그래요, 그럼. 월요일에 봐.

"네. 감사합니다, 팀장님. 월요일에 뵐게요."

전화를 끊자마자 하나의 관문을 통과한 것처럼 안도의 한숨이 후 나왔다. 휴대폰을 바라보며 잠시 고민을 하다가 채팅앱을 실행시켰다.

[진라야, 나 오늘 연차. 팀장님께는 연락 드렸어.]

[옹. 왜? 어디 아파?]

[음……, 지금 제주도야.]

[잉. 제주도?]

[어젯밤에 내려왔어.]

[갑자기 제주도에ㄴ 오 ㅐ… 너 혹시! 김준일이라ㅇ 같이 있어?]

[……어.]

[아오 씨 오타. 헉. 와우와우와우내.]

입이 쩍 벌어진 캐릭터 이모티콘이 연달아 창에 올라오더니 곧이어 뽀뽀하는 이모티콘들이 화면을 채웠다.

[핫바디와 핫타임 되셨스ㅂ까.]

다른 사람과 이런 대화를 해 본 적이 없어 얼굴이 달아올랐다. 대답 대신 땀 흘리는 이모티콘을 보냈다.

[월요일에 봐.]

[ㅇㅇ월요일. 이렇게 월요일이 기다려지는 건 또 처음이군.]

이어 올라오는 두 손을 모으고 눈을 초롱초롱 반짝이는 이모티콘.

[기다리지 마시오. 노코멘트니까.]

[ㅋㅋㅋ 알았어.]

연락을 끝내고 한결 홀가분한 마음으로 거실로 나왔다. 그 사이 안개가 제법 걷혀 산방산은 보이지 않았지만, 단지 내의 다른 집들은 보일 만큼 열어져 있었다. 돌담으로 외부의 시선을 차단한 침실과 달리 거실 전면창으로 보이는 꽤 넓은 정원은 바깥과의 경계에 회양목과 주목, 동백, 보리수나무 등 키가 높고 낮은 조경수를 심어 놓았을 뿐이었다.

거실 창을 열었다. 사람들이 살고 있지만, 아무도 살지 않는 듯 완벽한 적막이었다. 맨다리에 닫는 찬 공기에도 얼마간 창을 연 채 서 있었다. 차가 지나가는 희미한 소리를 듣고서야 창을 닫았다.

트레이에는 노릇하게 구워진 토스트와 귤잼, 크림치즈가 노란색 포장지에 든 홍차 티백과 홀더 스탠드에 쏙 들어가 있는 삶은계란과 함께 차려져 있었다. 옆에 붙여 놓은 포스트잇에 '오렌지주스는 냉장고. 뜨거운 물은 전기 주전자로. 혹시 컵라면이 먹고 싶다면 아일랜드 식탁 왼쪽 칸을 열면 있음.'이라고 적혀 있었다. 상체를 숙인 채 메모를 쓰고 있었을 모습을 상상하자 입가에 미소가 지어졌다. 포스트잇을 손등에 붙이고 전기 주전자 버튼을 눌렀다. 물이 끓는 동안 토스트에 귤잼과 크림치즈를 함께 발라 입에 넣었다. 어제 저녁 가지튀김 한 개를 먹은 게 전부였던 탓에 배가 꽤 고팠다. 순간 김기조의 핏발선 눈동자가 생각나 선은 눈을 꾹 감았다. 털어 버리려는 듯 고개를 흔들었다. 불쾌한 기억을 떠올리기엔 너무 소중한 시간이었다. 손등에 붙여 놓은 준일의 메모를 한 번 더 읽었다.

홍차를 우리며 두 개째 토스트에 잼을 바르는데 침실에 둔 휴대폰이 울렸다. 달려가 휴대폰을 집어 들었다.

준일이었다.

— 충전했네.

"응."

— 아침은?

"먹고 있었어."

— 다 먹어. 가 볼 만한 데 생각나서 전화했어. 여기 단지 안에 수풍석박물관 있거든. 말로 설명하기엔 복잡해서 지도 보냈는데, 봤어?

"아니, 아직."

— 제일 큰 동그라미가 우리 집이고 아래로 동그라미 쳐진 곳이 각각 박물관이야. 두손미술관이라고 적혀 있는 표기 옆

직사각형 건물이 돌의 박물관. 왼쪽 사선으로 좀 더 길쭉하게 보이는 건물이 바람의 박물관이고, 80도 방향으로 보이는 타원형 건물이 물의 박물관이거든. 선 마음에도 들 거야.

"……고마워. 가 볼게."

— 아, 아마 1시하고 3시가 단체 관광객들 오는 시간일 테니까, 그 시간 피해서 봐. 뭐, 혼자 보기 심심하면 관람객들 사이에 슬쩍 껴서 큐레이터 설명을 들어도 좋고.

준일의 말에 선이 작게 웃었다.

— 집으로 출발하기 전에 전화할게.

"응."

— 선.

준일이 살짝 작아진 목소리로 이름을 불렀다.

"……응."

— 보고 싶은데 어쩌지?

짧은 대답조차 나오지 않았다. 선은 휴대폰을 쥔 채 가만히 있을 뿐이었다.

— 끊을게. 회의 들어가.

"저기……."

— 어.

"일찍 와."

휴대폰 너머 낮은 웃음소리가 들렸다.

— 그래.

선은 전화를 끊고 준일이 보낸 지도를 물끄러미 바라보았다. 스카이뷰 지도에는 네 곳에 동그라미가 쳐져 있었다. 여기가 집, 여기가 돌, 여기가 바람, 여기가 물. 동그라미를 손가락으로 하나하나 짚어 본다.

사진처럼 선명한 지도와 달리 자신은 방향을 완전히 잃었다는 것을 안다. 게임이라는 허울이 사라진 지금, 어떤 사이인지 굳이 규정짓지 않기로 한다. 다만, 해피엔딩일 리는 없는 이 관계가 뻔한 순서대로 흘러가지만 않기를. 당신은 가슴을 헤집는 기억으로 남지 않기를. 벌써 희미하게 느껴지는 이 통증은 어젯밤의 흔적뿐이기를. 너는 뜨겁고 다정했으니. 그것으로 나에게는 충분하니.

홍차는 너무 우려져 검붉은 색이었다. 쓰고 떫었지만, 끝까지 비워 냈다.

●■▲

투어 시간을 피하다 보니 4시가 되어서야 박물관을 보기 위해 집을 나섰다. 날씨는 멀리 산방산이 선명하게 보일 정도로 개어 있었다. 휴대폰을 켜 준일이 보내 준 지도를 따라 아래로 걸었다. 사람도 지나는 차도 보이지 않는 고요한 단지 내의 단독주택들은 대부분 비슷한 구조였다. 적갈색 혹은 밤색의 지붕에 개인 정원이 딸려 있고, 도로와의 경계선에 조경수가 심어져 있었다. 10분쯤 걷자 오른쪽 방향으로 컨테이너처럼 생긴 붉은색의 철제 건물이 보였다.

돌의 박물관이었다.

돌은 검고 편편하며 매끈했다.

선은 몸을 굽혀 돌을 바라보았다. 만져 보고 싶었지만, 그래선 안 될 것 같아 눈으로 보기만 하였다. 박물관은 놀라울 정도로 단순했다. 바깥으로 돌출되어 있는 원통형의 기둥과 바닥에 놓여 있는 돌.

그뿐이었다.

원통을 통해 들어온 햇빛이 돌 위로 떨어지는, 종교적으로 느껴질 만큼 신비한 모습을 상상해 본다. 하루에 단 한 번, 햇빛이 완전히 머무는 순간을.

박물관을 나오자 무채색의 공간이었던 안쪽과 달리, 바깥은 비, 바람, 햇빛에 붉게 부식된 박물관과 새파란 하늘, 그리고 억새가 비현실적일 만큼 선명한 대비를 이루고 있었다.

바람의 박물관은 좁고 긴 목제 건물이었다. 나무판의 색은 바랬으며 억새가 빽빽하게 박물관을 둘러싸고 있어, 언뜻 버려진 창고처럼 보였다. 마침 바람이 제법 세게 불며 억새가 휘흔들렸다. 선은 펄럭이는 코트를 여미며 박물관 안쪽으로 걸음을 옮겼다.

"아."

들어선 순간, 입에서 감탄사가 흘러나왔다.

나무판 틈 사이로 들어온 햇빛이 바닥에 길게 빗금을 그리고 있었다. 빗금이 살아 있는 듯 어룽댔는데, 억새가 바람에 흔들리면서 만드는 그림자 때문이었다.

선은 석상이 놓여 있는 박물관의 끝을 향해 걷기 시작했다. 걸음을 옮길 때마다 나무판과 나무판 사이를 통과하는 바람과 햇빛이 동시에 얼굴에 와 닿았다. 바람은 얼굴을 쓸고 머리카락을 흔들며 지나갔고, 햇빛은 톡, 톡, 톡, 스타카토로 얼굴을 쳤다.

잠깐. 빛이 소리를 내는가.

선은 걸음을 멈추었다.

다시 걸음을 떼었다.

기다린 것처럼 햇빛이 얼굴에 닿을 때마다.

톡, 톡, 톡,

다시 걸음을 멈추었다.

톡, 톡, 톡,

선은 소리의 정체를 알아내고 옅게 미소를 지었다.

바람이 만든 빛의 소리였다.

바람에 흔들린 억새가 박물관을 두드려서 만든, 빛의 소리.

박물관 끝 양쪽에 놓여 있는 두 개의 양 석상 앞에서 바람을 깊이 들이마셨다. 다시 입구까지 걸으며 빛의 소리를 듣고, 다시 양 석상이 있는 끝까지. 준일도 이런 멋진 경험을 했을까? 빛의 소리를 들었을까? 궁금해하며 몸을 돌리다 그대로 멈추었다.

거짓말처럼 맞은편에 준일이 서 있었다.

둘 사이로 차갑고 깨끗한 바람이 불었다. 타닥, 탁, 탁, 억새가 빛의 소리를 내고, 빗금은 살아 있는 듯 움직인다.

"일찍 오라고 해서."

준일이 양팔을 활짝 벌렸다.

선은 천천히 걷다 점점 걸음을 빨리했다. 그렇게 거의 뛰듯 걸어가 준일의 품에 안겼다.

바라건대, 당신, 이 순간의 기억으로 남아 주기를.

나무 틈새로 불어오던 깨끗한 바람으로.

얼굴을 치던 빛의 소리로.

힘껏 안아 주던 따뜻한 온기로.

● ■ ▲

준일의 등에 엎드려 누워 있다 어깨 너비를 재듯 손바닥을 펴 한 뼘, 두 뼘 움직였다.

"뭐 해?"

"어깨 길이 재고 있어."

준일은 나지막이 웃고는 몸을 일으키며 선을 끌어당겨 자신의 아래에 눕혔다.

"왜?"

선은 대답 대신 웃기만 했다.

"응? 왜?"

선의 목덜미에 입을 맞추고 도드라진 쇄골을 따라 움직였다.

"어깨가 넓은 게 좋아서."

선의 대답에 준일이 고개를 들었다.

"어깨만?"

"음, 목소리도."

"이 얼굴은 보너스야?"

"응."

준일은 소리 내어 웃는 선을 그대로 끌어안고 한참을 가만히 있었다. 넓고 강인한 어깨가 따뜻하고 안전한 굴처럼 느껴져 마음이 놓였다. 얕은 한숨을 내뱉으며 선은 팔을 크게 벌려 준일의 등을 꽉 껴안았다.

준일의 어깨에 얼굴을 묻은 채 선은 조금씩 자신의 이야기를 하기 시작했다.

"아마, 일곱 살 봄. 저녁 먹은 게 체했는데 집에 약이 없었나 봐."

말을 멈추고, 목을 가다듬는 듯 침을 삼켰다.

"시골 야간 병원은 너무 멀었기에, 아빠는 나를 업고 엄마는 손전등을 들고 산길을 따라 백운사에 갔었는데, 공양주 보살님이 약 먹는 것보다 손 따서 나쁜 피를 빼내는 게 제일이라며 바늘로 열 손가락을 다 따 버렸었어. 상상해 봐. 어린애의 열 손가락을 전부. 그 뒤로 절대 아무리 체해도 손 따는 건 안 해."

목소리가 점점 잠기더니 다시 말을 멈추었다. 몸을 일으키려는 준일을 말리듯 선은 안은 팔에 힘을 주었다.

"절이 떠나가라 울었던 거 같아. 아빠 등에 업혀 딸꾹질이 멈출 때까지 큰 마당을 왔다 갔다 했었어. 딸꾹거리면서도 공양주 보살님이 기특하다며 주신 청포도 맛 사탕을 녹여 먹었지."

어린 날에 대해 더듬더듬 말하며 준일의 등을 건반 누르듯 손가락으로 짚어 내고, 쓸어내렸다.

"그날 밤, 달이 아주아주 크고 밝았는데, 아빠의 등은 달보다 더 크고 넓었어. 아빠가 '선아, 달이 엄청 밝네.' 하더니, '다알- 다알- 무슨 달. 쟁반같이 둥근 달. 어디 어디 떴나. 내 드응-에 떴지.' 가사를 바꿔 노래를 불러 줬어. 그 노래를 들으며 딸꾹. 청포도 맛 사탕을 녹여 먹으면서 딸꾹."

'아빠-아.'

부르니까.

'응, 선아.'

'나 손가락 아직도 아파.'

'그래그래, 많이 아팠어. 그치-이. 아빠가 잘못했어. 다 잘못했어.'

"아빠가 그랬었어. 다 잘못했다고. 내가 체한 건데. 손은 공양주 보살님이 딴 건데."

등을 헤매던 손가락이 움직임을 멈추었다.

"우아한 명조의 준, 견고한 고딕의 일. 비문 없는 명료함."

준일이 몸을 일으켜 선을 바라보았다.

"그날 당신이 따라 준 술을 마시면서 속으로 그렇게 불렀어."

새삼 기억난다는 듯 선은 옅은 웃음을 지었다.

"처음부터도 그다음에도, 김준일은 늘 어른 같았어. 그런데……, 나에겐, 내 마음속엔 아직 자라지 못한 아이가 있어. 그게 당신을 힘들게 할 거야."

준일이 선의 얼굴을 천천히 매만지다, 선의 손가락 사이로 자신의 손가락을 겹쳐 넣었다. 깍지 낀 손가락을 끌어당겨 하나하나에 입을 맞췄다. 이어 목덜미와 턱, 입술에 차례로 입을 맞추었다.

"어렸을 때부터 시간이 너무 느리게 흘렀어. 알고 싶은 것도, 하고 싶은 것도 많은데 시간은 더디게 흐르고 나는 천천히 자랐지. 그런데 선. 너를 다시 만난 뒤로는 시간이 고무줄 같아. 한껏 늘어났다가도 어느 순간 튕겨져 벽에 부딪힐 듯 빨리 지나가. 바로 지금 같은 때. 시간의 유한함을 느껴."

선의 다리를 벌려 그 사이에 몸을 뉘었다.

"내 어깨와 등을 땅으로 삼아 마음껏 자라나. 빨리 자라면 더 좋고. 앞으로 맞이할 너와 나의 계절들을 위해서."

눈을 마주 보며 선의 안으로 깊이 파고들었다. 선의 허리 뒤로 팔을 넣어 더욱 밀착시켰다.

곧 뜨거운 물이 가득 차올라 침대가 젖고, 무릎까지 잠기었다. 잠긴 채로, 새벽이 올 때까지, 밤에서 더 깊은 밤으로 넘어갈 때까지 뜨거운 물에 빠진 얼음처럼 모서리를 잃어 갔다. 나에게서 분리된 나, 언제나 너인 너. 서로의 영혼을 붙잡으려는 듯, 팔이 얽히고 다리가 얽혀 들었다. 손으로 붙잡고, 다리로는 휘감은 채 서로를 나누었다.

완전히 녹아내려도 물은 여전히 뜨거워. 어쩌면 이렇게 뜨거울까, 너는. 그리고 네 속의 나는, 형체가 사라지는데도 슬프지 않아.

후회하지 않아.

24. 얼굴도 예뻐요

일요일 아침부터 준일은 아버지와 함께 정원 월동 준비를 하기 위해 평창동 집에 와 있었다. 우선 홈통에 쌓여 있을 흙먼지와 낙엽을 먼저 치우기로 했다. 겨울이 오기 전에 미리 청소했어야 하는 걸 둘 다 일이 바빠 미루었는데, 평년보다 일찍 내린 눈에 하루가 다르게 기온이 뚝뚝 떨어지면서 더 이상 미룰 수 없었다.

자신이 한국에 없는 동안엔 사람을 썼지만 돌아온 뒤로 자연스럽게 다시 함께 하였다. 월동 준비를 핑계로 하루 종일 몸을 부딪쳐 일하면서 대화하는 시간을 일부러 만드는 셈이다.

준일이 장대 빗자루와 호스를 쥐고 사다리를 타고 올라가자 며칠 전 내린 눈에 덮여 갈색으로 짓무른 낙엽이 흙과 뒤엉킨 채 얼어붙어 홈통을 가득 채우고 있었다.

"아버지, 물 세게 틀어 주세요."

준일의 말에 도윤이 수도를 틀자, 꾸르륵대는 소리와 함께 호스 끝에서 물이 나오기 시작했다. 호스의 입구 가운데를 꾹 눌러 두 줄기로 갈라져 나오게 한 물로 홈통과 주변을 씻어 내리며 마당비를 거꾸로 잡아 낙엽 뭉치를 툭툭 깼다.

"꽤 얼었어요."

"여자 친구 있다며?"

난데없는 말에 준일이 움직임을 멈추고 고개를 숙여 도윤을 바라보았다.

"느이 엄마가 최 소장 와이프한테 들었다고 하더라. 인주와 엮이지 않으려고 둘러댄 거야, 아니면 진짜로 진지하게 만나는 여자야?"

"후자요."

짧게 답하고 깨진 낙엽 뭉치를 물줄기와 빗자루로 홈통 밖으로 걷어 내었다. 까딱 잘못해서 홈통 배수관으로 들어가 막히면 골치 아프게 된다.

"튀어요. 조심하세요."

"그게 끝이야? 사다리 치운다."

"하. 아버지. 내려가서 말씀 드릴게요."

"좋아."

도윤이 흡족한 얼굴로 팔짱을 끼고는 '구석구석 깨끗하게 해라, 홈통 입구도 들여다봐라, 막혀 있으면 나사 풀어서 청소해야 된다.' 잔소리를 늘어놓았다. 묵묵히 홈통 청소를 마치고 내려와 바닥에 떨어진 잔해를 쓸어 한곳에 모아 두었다. 호스를 둘둘 말아 수도 옆에 내려놓으며 할 일을 머릿속으로 정리하였다.

우선 둥근 주목 울타리를 무릎 높이로 둥그렇게 모양내어 전지하고, 담장을 따라 심은 라일락과 꽃사과나무, 매화나무의 죽은 가지를 잘라 내야 한다. 해충 퇴치를 위해 이엉으로 만든 잠복소도 설치하고 비료도 뿌려 주면 정원 일은 얼추 마무리된다.

이것만 해도 저녁까지 마치려면 빠듯한데, 겨울이라 작동을 멈춘 철제 분수에 기름칠도 하고, 청고벽돌길을 살펴보며 깨진 곳을 체크하고, 파고라 나무 바닥에 콩기름도 발라야 한다.

파고라…….

고개를 돌려 파고라에 놓인 선이 앉아 있던 의자를 바라보았다. 독한 셰리주를 마시던 선이 자연스럽게 떠오른다. 무릎담요를 어깨에 두른 채, 금방이라도 부서질 듯했던 추웠던 얼굴도.

문득 시간을 빨리 돌려 이 집의 풍성하고도 아름다운 여름 정원을 보여 주고 싶었다. 보라색 라벤더가 정원을 향으로 가득 채울 만큼 피어나고, 칸나와 솔체꽃이 눈이 어지러울 만큼 화사하게 핀 모습을 보면 분명 기뻐하리라. 정원 일을 할 힘이 불끈 솟았다. 목장갑 낀 손을 맞잡고 탁탁 부딪쳤다. 선이 좀 더 준비가 되면 부모님께 말하려 했는데, 이참에 아버지께는 먼저 말해 두는 것도 나쁘지 않겠다는 생각이 들었다.

"해 준다는 말, 이어 해."

"무엇부터 말씀 드릴까요?"

준일이 도윤에게 전지가위를 내밀며 물었다.

"왜 이렇게 협조적이야?"

"어머니께 잘 좀 말해 주십사요."

"꿈같은 소리. 네 엄마가 반대할 만한 애면 나도 반대야."

준일은 하하 웃으며 둥근 주목의 웃자란 부분을 잘라 내기 시작했다. 여름에 한 차례 정리해 줘서인지 모양 잡기가 수월했다. 도윤도 옆에 서서 전지를 시작했다.

"어머니는 별말 없으세요?"

"건너들은 게 자존심 상한 것 말고는 괜찮아."

"예뻐요. 얼굴도 마음도. 다섯 살 차이고, 로프트북에 다니고 있어요."

"김준일."

"네, 아버지."

"느이 엄마 출판사 직원이라 잘 말해 달라고 했던 거야?"

준일이 가위질을 멈추고 굽혔던 허리를 폈다.

"그것보단, 할머니가 다니시던 백운사요."

"어."

"거기서 처음 봤어요. 부모님이 사고로 돌아가셔서 1년 정도 백운사에서 살았거든요. 그 뒤로는 큰아버지 댁에서 자랐고, 지난 9월 말에 우연히 다시 만났어요."

"계속해."

"상처가 많아요."

"그래서?"

"지켜 주고 싶어요."

도윤의 눈이 날카롭게 빛났다.

"그 애가 지켜 달래?"

"자존심이 얼마나 센데요."

"예쁘고, 상처가 많고, 그래서 지켜 주고 싶고. 신파적 이유가 여러 가지인데, 한마디로 축약하면 뭐야? 동정이야, 사랑이야?"

도윤이 가위질을 멈추고 자신과 눈을 맞추었다. 생김은 어머니를 좀 더 닮았지만, 키와 체격은 아버지에게서 그대로 물려받았다. 자신과 눈높이가 맞는 몇 안 되는 사람 중 한 명이 아버지다. 어렸을 땐 산처럼 높았고, 아버지보다 키가 좀 더 자랐을 땐, 다른 의미로 산처럼 높다. 신뢰를 드려 인정받고 싶다.

"어쩌면 정말 동정받을 처지였을 때인 백운사에서도 한 번도 동정한 적은 없었어요. 신경 쓰이고 잘해 주고는 싶었지만요."

"남녀 간에는 동정이라는 감정이 사랑과도 밀접해. 혼동하기가 쉬워. 저 사람한테 내가 아니면 안 될 거 같은 마음은 꽤 강력한 최면제야."

"동정은 자신이 상대보다 강하다고 믿을 때 하잖아요. 전 약자예요. 그 애한테."

아버지가 '허허, 약자라…….' 되짚어 읊으며 전지가위로 둥근 주목을 휘휘 훑어 잘린 나뭇가지를 바닥으로 떨어뜨렸다. 한 발짝 물러서서 모양을 살피고 오른쪽 부분을 자르기 시작했다. 준일도 잠자코 다시 가위질을 시작했다.

"아버지, 어머니와 결혼할 때 할아버지 반대가 컸었다고 들었어요."

"할머니가 그러시든?"

"네."

"어머니도. 애한테 별소리를."

가위로 툭 자른 웃자란 줄기가 나뭇가지 틈새로 빠졌다. 집게손으로 줄기를 집어 든 아버지가 바닥에 던지며 말을 이었다.

"난 집안 반대는 힘들지 않았다. 진짜 힘들었던 건, 네 엄마 마음을 얻어 내는 거였지. 반대야 시간이 필요한 일이라고 생각했을 뿐이야. 끝까지 할아버지를 설득했던 건 집안 배경 다 떼고, 이 여자가 얼마나 멋진 여자인지 알아봐 주시길 바란 거야. 끝내 못 받아들이시겠다고 하면, 집안 재산 따위 미련 없었고, 처자식 건사할 능력 있고. 뭐가 문제야. 다만 느이 엄마가 그런 형편없는 취급받는 걸 내가 용납할 수 없었던 거지."

두 분이 결혼했을 당시 화가이셨던 외할아버지가 병으로 돌아가시며 남긴 빚을 외할머니가 국수집을 하시고 어머니가 회사를 다니며 겨우겨우 갚아 가던 중이었다고 했다. 대학생이던 외삼촌이 과외로 번 돈을 생활비로 썼을 만큼 어렵고도 고단한 시간이었다고. 일곱 살 여름, 외할머니가 돌아가셨을 때 목구멍이 끊어질 듯 우시던 어머니가 떠오른다. 그 모습을 떠올릴 때면 동시에 커다란 붉은 대야에 쌓여 있던 진한 녹색의 수박들도 생각난다. 죽음과 달리 생생한 생명력을 뿜어내던 그 녹색의 대비가 어린 자신에게는 강렬한 충격이었다.

"지난 이야기 꺼낸 거, 형편 기운다 해서 동정 아니다. 사랑이다. 간접적 고백인 거냐?"

준일이 씨익 웃었다.

"네 입으로 말해 봐."

"아직 그 여자에게도 해 주지 않은 말이라, 아버지한테 먼저 말할 순 없어요."

아버지가 가위질을 멈추고 준일을 물끄러미 바라보았다.

"진심인 거 같기는 한데. 확신해?"

망설임 없이.

"예."

"그런데 어떤 애인지 말하기 전에, 형편 이야기를 먼저 해."

"혹시나 반대하실 일 미리 해결하고 싶어서요."

"상처가 많은 애니, 조그마한 생채기도 더해 주기 싫다?"

"그렇습니다."

"그렇게 허약한 애를 좋다고 하면서, 네가 약자라고. 너, 건방져."

"아버지."

준일의 진지한 표정에 이마에 주름을 잡은 채, 잠시 생각에 빠진 듯했던 아버지가 입을 열었다.

"막 판사 임용되고 학교 친구가 차린 출판사에 개업 선물로 소주 한 궤짝을 사 들고 갔는데, 손바닥만 한 사무실에 책상 세 개가 다닥다닥 붙어 있었다. 너도 알 거야. 이감 양진환 사장. 지금이야 우리나라 세 손가락에 들지만 시작은 그랬지. 큰 소리로 인사하는데 그중 한 자리에 앉아 있던 삐쩍 마른 여자가 원고에 푹 빠져서 고개도 들지 않더란 말이지. 일부러 책상 앞에 가서 '안녕하세요.' 하니까 화들짝 놀라서 고개를 드는데 푸석푸석한 게 피죽 한 그릇 못 먹은 얼굴이더라."

"어머니요?"

"여기는 다 됐다. 너도 그만하면 됐어. 옆으로 옮기자."

옆걸음으로 이동하며 말을 이었다.

"믹스 커피 한 잔 타서 갖다 주는데, 손목이 내 손가락 하나로 툭 치면 똑 하고 부러질 거 같은 게 볼펜 들 힘은 있나 싶고. 진환이한테 밥은 어떻게 먹냐고 넌지시 물으니까 각자 도시락 싸 와서 먹는다길래, 그때, 윤씨 아주머니셨던가. 네 할머니 몰래 주방 아주머니한테 부탁해서 당장 다음 날 4단 찬합에 반찬을 잔뜩 담아서 갖다 줬었다. 친구도 먹이고, 덤으로 그 여자도 먹으면 좋고 하면서."

아버지는 잠시 말을 멈추고 모난 부분을 짧게 치며 둥근 주목을 다듬었다. 한 번에 하나에만 집중하는 양반이 나무 다듬으랴 말하랴 정신이 분산되는 것이 익숙하지 않을 것이다. 가위질을 멈추고 목장갑 낀 손으로 크게 나무를 털어 내고는 흡족한 미소를 지었다. 옆의 나무로 옮기며 말을 이었다.

"서부지법에 있었는데, 그때만 해도 진환이가 꽤 볼 만했거든. 지금이야 상상도 안 가지만 여자도 여럿 울리고, 훤했다. 혹시 둘이 요즘 말로 썸타면 어쩌나 걱정되어서 퇴근만 하면 마포 사무실에 들렀다. 명분은 술 먹자, 야근할 때 먹을 간식사 왔다, 번갈아 대면서. 그때 선을 매 주말마다 보던 중이었는데, 메이퀸이라는 눈이 번쩍 뜨이게 예쁜 여자가 나와도, 명동에서 을지로, 종로가 다 자기 집안 땅인 여자가 나와도, 대통령으로 만들어 주겠다는 집안의 여자가 나와도 심드렁한 게 자꾸 그 여자만 떠오르더란 말이지. 그래서 따로 만나자고 했더니 약속 장소에 나오고, 손을 잡아도 가만히 있고, 안아도 폭 안기길래 나한테 마음이 있다고 확신했다."

준일은 묵묵히 들으며 주목을 다듬었다.

"한편으로 '저 여자를 구원해 줄 수 있겠다.'는 오만함이 있었다. 단번에 부잣집 며느리에 판사 와이프로 만들어 줄 수 있다는, 날고 긴다는 집안에서 사위 삼으려 안달인 남자가 바로 널 선택했다는 건방진 마음 말이야. 거절할 거라는 상상도 안 했다. 내 인생에 그때까지 실패라는 게 없었으니까. 사법고시도 3학년 때 수석으로 합격해 연수원도 톱으로 졸업했으니 내가 젤 잘난 놈이었지. 그런데 네 엄마가 그 마음을 알아봤던 거다."

"어머니가 뭐라고 하셨어요?"

"되도 않는 동정에 건방진 소리 집어치우라고."

준일이 크게 소리 내어 웃었다. 어머니다웠다.

"그 뒤로 투명인간 취급을 하는데, 정신이 번쩍 들었지. 몇 날 며칠 눈에 실핏줄이 터지도록 여자 말대로 동정이었는지 고민을 했다. 여자 말이 맞으면 깨끗하게 손 털고 실수 인정하고, 사과하고 꺼져 주려고. 그런데 사랑이었다. 사랑이 아니면 이렇게 괴롭게 고민하지도 않을 거라는 걸 깨달았지. 김준일."

"예."

"이해와 자각은 천천히 오는 게 아니라 한순간에 온다. 네 엄마의 예민하고 여린 데다 뻣뻣한 성격 다 받아 준다, 져 준다, 이런 게 있었어. 결심한 것도 아닌데 아주 자연스럽게 말이지. 그걸 내가 사랑하니까 받아 주는 거라 생각했는데, 돌이켜보니 잘난 내가 너를 상대로 싸워서 뭐 하겠냐. 한 수 접어 주마. 이랬던 거야. 남녀 사이에 말이지. 네 엄마는 그걸 잡아냈던 거다. 정말 멋진 여자구나, 탁 깨달으니까, 전과는 비교할 수 없게 반하게 됐어. 저 여자 없으면 나는 제 잘난 맛에 살다 죽을 속물이 되겠다. 꼭 잡아야겠다 싶어서, 낮에는 잘난 판사 행세 하다가 저녁에는 네 엄마 찾아가서 피 터지게 싸우고 매달리고, 밤에는 허락받으려고 느이 할아버지한테 무릎 꿇고, 설득하며 몇 달을 보냈다. 그런데 어느 날 출판사를 옮겼다는 거야. 진환이는 나 죽인다고 길길이 날뛰고."

아버지는 말을 멈추고 계속된 가위질에 손이 뻐근했는지 주먹을 쥐었다 펴며 준일을 보고 웃음 지었다.

"네 외삼촌이 고등학교, 대학교 후배길래 동문회 수소문해서 만났지. 비리비리한 고학생일 거라 짐작하고 기선 제압해서 주소 알아내려고 했는데, 너도 알지? 네 외삼촌 눈빛. 번쩍번쩍 호랑이 같은 놈이 턱하니 와서 삐딱하게 쳐다보는데. 목이 뻣뻣해지더라. 그날 다짐에 다짐을 받고 네 엄마 연락처 받아냈다. 그 뒤로도 결혼하기까지 멀고 험했어. 판사를 그만두고 변호사 사무실을 열어 해문을 키워 나갈 때도 그때만큼 어렵고 마음고생한 적이 없다."

또 한 그루의 전지를 마치고 옆으로 이동했다. 이 속도면 점심 전까지 끝낼 수 있을 것 같았다. 아버지의 귀 끝이 붉어진 모습을 보고 어머니가 챙겨 준 보온병을 집어 들어 꿀물을 따라 아버지께 건네었다. 따뜻한 김이 모락모락 피어오르는 꿀물을 후후 불어 달게 마시고는 준일을 묵직한 시선으로 바라보았다.

"내가 예전 이야기를 왜 이리 길게 하냐면. 너는 나처럼 건방 떨어서 고꾸라지지 말라고. 특히 준일이 너는 이제껏 정확한 셈법의 삶을 살아온 운 좋은 놈이니까, 데미지가 클 거다."

"예, 아버지."

"대답은."

남은 꿀물을 마저 마시고 컵을 내밀었다.

"너도 한 잔 마셔. 뜨끈한 게 좋다. 역시 지윤이 센스는 굿이다."

아버지가 어머니의 이름을 불러 준일이 눈썹을 들어 올렸다.

"뭐 인마. 나한테는 영원히 지윤이야. 이름도 가슴 떨리는 신지윤."

준일이 소리 내어 웃으며 보온병 컵에 꿀물을 따랐다. 아카시아꿀 특유의 향이 공기 중으로 퍼져 나갔다. 한 모금 마시자 뜨거운 물길처럼 식도를 타고 흘렀다.

"누구나 자신이 노력한 만큼 얻어 내는 인생을 살지 못해. 법을 다루다 보면 인생의 아이러니를 더 처절하게 느끼게 된다. 넌 출발선을 다르게 두고 시작한 놈이야. 거기에 보통 사람들이 뭔가를 얻어 내려 100퍼센트의 노력을 기울여 잘해야 70~80퍼센트를 얻어 내거나, 절반도 채 얻지 못하거나, 10퍼센트도 얻어 내지 못한 채 뒤통수 맞거나, 기껏 얻어 내도 빼앗기는 삶을 살 때, 넌 100퍼센트의 노력을 하면 100퍼센트를 얻어 냈어. 너에겐 그게 당연하고 논리적으로도 셈으로도 정확하지. 99퍼센트만 되어도 왜 1퍼센트가 부족한지 이해를 못 할 거다. 하지만 인생은 그게 아니야. 특히나 사람과 사랑은 더."

"넵, 명심하겠습니다."

"전혀 명심한 얼굴이 아닌데."

"설마요, 아버지. 뼈에 십자수로 새기겠습니다."

"네가 그 애에게 약자니 뭐니 해도, 넌 지금 아주 여유 있고 자신만만해. 그 애의 사정만 우리가 받아들이면 문제 될 게 없다는 생각이잖아. 다시 말하지만 우리 부부가 결혼하는 데 집안 반대는 문제가 아니었다. 오로지 나와 네 엄마의 마음이 문제였지."

준일은 보온병 마개를 돌리고 뚜껑을 닫았다. 아버지가 무슨 말씀을 하시는지는 이해한다. 하지만 케이스가 다르지 않은가. 자신과 아버지가 다르듯이 어머니는 어머니고, 선은 선이다. 어머니가 철의 여인이라면 선은 정반대이다.

세상으로부터 안전한 집이 되어 주고 싶고, 그 집에 들어올 때까지 돌을 골라 치워 버리고 싶은 것이 동정이나 오만, 지나친 자신감이라고도 생각하지 않는다.

"로프트북은 온전히 네 엄마 힘으로 키워 낸 회사다. 돈, 인맥, 말만 하면 당장이라도 갖다 바칠 남편을 두고서 말이야. 첫해 그때 돈으로 1000만 원 적자를 내고 두 번째 해에는 적자가 2400만 원까지 늘었어. 그래도 내게 손을 내밀지 않았다. 네 엄마를 진즉 이해하고 존중하지 못한 채 결혼했었다면 매일매일이 싸움이었을 거다."

"어머니 대단하신데요."

"봐. 실실 웃으며 딴소리하는 거. 한창 네 엄마랑 싸울 때, 술 진창 마시고 들어와서 할머니 앞에서 질질 우니까 그동안 한마디도 없던 분이 한마디 하셨었지. '나중에 꼭 너 같은 놈 낳아라.'라고. 그래서 '어머니, 그 여자랑 결혼해서 애 낳을 수 있으면 저 같은 놈 열 명이라도 좋아요.' 했는데. 할머니가 너 다섯 살 때쯤 내 열 명 치가 딱 너라고 하셨다. 내가 울면서 말 안 듣는 놈이면, 넌 웃으면서 말 안 듣는 놈이라고."

준일이 너털웃음을 지었다.

"그 애 이름이나 알자. 엄마한테는 대충 둘러대 주마. 언제까지 버틸 수 있을지 몰라도."

"선. 유선. 외자예요."

"선이라……. 이름이 순하고 예쁘구나."

고개를 끄덕였다.

얼굴도 예뻐요, 아버지.

25. 상상 속에서나, 누하

오랜만의 문학팀 회식이었다. 지영이 남편에게 알아냈다는, 소주잔 두 개를 사용한 황금 비율의 폭탄주를 계속 돌린 바람에 회식이 끝날 즈음에는 모두들 만취였다. 그나마 가장 덜 취한 선이 대리를 부르고, 택시를 잡아 태워 보냈다. 진라는 마침 양갱에게 전화가 와 들여보냈다. '나 멀쩡해. 완전 멀쩡해. 봐. 나 똑바로 걷는다니까. 3차 가자, 3차!'를 외치던 진라는 유도 선수 출신의 널찍한 양갱의 등에 업히자마자 곯아떨어졌다. 프랜차이즈 커피숍 계단에 앉자 긴장이 풀렸는지 취기가 밀물처럼 밀려왔다. 패딩에 달려 있는 모자를 뒤집어쓰는 중에도 몸이 기우뚱 기운다.

준일이 데리러 오고 있다.

이렇게 밖에 앉아 있는 걸 보면 눈매가 가늘어지고 입매가 단단해지겠지. 그 모습이, 못마땅해하는 준일이 보고 싶었다. 무슨 악취미인지. 하아아. 선은 술기운을 몰아내듯 길게 숨을 내쉬었다. 패딩 주머니에 있는 직사각형의 미니 초코바를 손끝으로 만지작거렸다.

사납도록 차가운 바람이 불었다. 모자에 덧대어진 인조털이 후르르 떨리고 단화를 신은 발은 깨질 듯 아프다. 마침 커피숍을 나선 커플이 추위에 비명 같은 소리를 질렀다.

"밖에 나와 있네."

준일이 한쪽 무릎을 굽혀 선 앞에 앉았다. 패딩 모자 속 붉은 얼굴을 보는 준일의 표정은 역시나 못마땅한 듯 비뚜름. 그 표정이 좋아 선은 희미한 미소를 지었다.

"나 취했다."

"알아. 술 냄새에, 빨개진 얼굴에, 이 추위에 나와 있는 거 보면 모를 수가 없어."

"지영 씨가 맥주랑 소주를 섞어 섞어서 폭탄주를 콸콸콸콸 제조했어."

"아주, 맛있었나 보네."

'아주'라는 단어에 방점을 찍어 말하는 준일의 얼굴을 빤히 바라보았다.

"화났어?"

"어."

준일의 대답에 선이 눈꼬리를 휘며 웃는다.

"이거. 미리 주는 밸런타인 초콜릿."

주머니에서 노란색 비닐 포장의 미니 초코바를 꺼내 내밀었다.

"뜻밖의 사랑 고백이야?"

선이 과장되게 고개를 저었다.

"아-아니."

준일이 포장지를 뜯어 반쯤 베어 물고 반은 선의 입에 넣어주었다. 초코 사이사이 박혀 있는 견과류가 씹히며 고소하고 달짝지근한 맛이 입 안으로 퍼져 나갔다.

"추운데 자꾸 밖에 나와 있지 마."

"녜."

선의 대답에 준일이 어쩔 수 없다는 미소를 지었다.

"귀엽다고 했더니, 또 써먹네."

선이 손을 뻗어 준일의 얼굴 양옆을 감싸듯 잡았다. 준일의 눈을 마주치며 또다시 대답한다.

"녜."

"유선, 너……."

"녜녜녜녜녜."

선의 장난에 결국 준일이 소리 내어 웃었다. 선은 얼굴을 잡고 있던 손을 내려 준일의 코트 소매 속으로 집어넣었다. 곧 커다랗고 따뜻한 손이 그녀의 손목을 잡고 몸을 일으켜 세웠다. 선은 그대로 넓은 품을 파고들었다.

오래된 우화의 뻔한 결말처럼, 마지막 장을 펼치지 않아도 알 수 있는 이야기들이 있다. 삶이 자신에게 관대하지 않음을 알기에, 지금의 시간이 길지 않을 것을 예감하기에, 선은 온몸을 열어 그를 기억하려 한다.

기억은 자신을 고통스럽게 할지언정 죽일 수는 없었다. 연의 기억도, 엄마와 아빠에 대한 기억도 마찬가지였다. 오히려 그것들로 인해 무너지지 않고 살아갈 수 있었음을 알게 되었다.

기억한다. 흐린 한여름, 산에서 피어오르던 운무와 땀에 젖은 엄마의 등에 달라붙었던 흰 블라우스. 걷어 올린 치마 아래의 뽀얗던 다리. 가느다랗던 몸에 비해 닥나무 껍질을 벗겨 내고 찌느라 마디가 굵었던 손. 엄마의 귀에 진홍색 꽃을 꽂아 주던 아빠. 수줍어하던, 지금의 자신보다 겨우 세 살 많았던 엄마. 그리고 비 오는 날이면 엄마가 만들어 주었던 노란 옥수수 술빵을.

무너지려 할 때마다 길거리 노점상에서 노란 술빵을 사 먹으며, 청포도 맛 사탕을 녹여 먹으며 버텨 낼 수 있었다.

기록할 것들을 정리해 본다.

생각에 잠길 때 미묘하게 찡그려지는 눈가, 마음에 들지 않을 때 살짝 들어 올리는 턱, 밤이면 좀 더 낮아지는 목소리, 말랑한 귓불, 옆구리의 점, 길쭉한 손톱, 세 뼘의 어깨…….

선은 눈을 길게 감았다 떴다. 그리고,

지금처럼 딴생각에 빠져 있는 자신을 못마땅하다는 듯 바라볼 때의 비뚜름한 입.

● ■ ▲

"준일."

선은 침대 위에 무릎을 꿇은 채 준일의 귀에 속삭였다.

"일어나 봐."

눈을 뜬 준일이 미소 지으며 선을 품에 끌어안았다.

"먼저 일어났네."

목소리에 아직 잠이 묻어 있다.

"나 집에 가."

선의 말에 완전히 잠이 깬 준일이 몸을 일으켰다. 그러고 보니 선은 옷을 다 입고 있었다.

"집? 왜?"

"할 일이 많아."

"기다려. 바래다줄게."

선이 고개를 저었다.

"지금 갈래. 혼자."

준일이 무슨 말이냐는 듯 미간을 모았다.

"말이 되는 소리를 해. 조금만 기다려. 옷 금방 입어."

준일이 침대에서 내려와 미닫이문을 열고 드레스룸으로 들어갔다.

"아니. 혼자 갈래."

뒤따라 온 선이 재차 고집을 부렸다.

선의 말에 맨투맨 티셔츠에 목을 집어넣은 채, 준일이 어이 없다는 얼굴로 선을 바라보았다.

"안 돼."

"싫어."

단호한 목소리에 준일은 한발 물러서기로 한다.

"그럼 택시 부를 테니까 타고 가."

"그것도 싫어."

"선."

"걷고 싶어서 그래."

"버스 정류장까지라도 같이 가. 더 이상 양보 못 해."

선이 또다시 고개를 흔들었다.

"혼자. 혼자 걸어갈래."

선의 얼굴에서 고집을 읽은 준일이 이해할 수 없다는 표정을 지었다.

"이해하려 하지 마. 아무것도 아니야."

발끝을 들어 준일의 입술에 먼저 입 맞추고 웃어 주었다.

선이 현관문을 닫은 동시에 다시 열렸다. 여전히 선의 고집이 마음에 들지 않는다는 얼굴의 준일이 불쑥 사과 한 개를 내밀더니 선의 손에 쥐여 주었다. 막을 수 없는 미소가 입가에 배어 나왔다.

"고마워. 잘 먹을게."

활짝 웃으며 손을 흔들고 몸을 돌렸다. 사과는 패딩 주머니에 넣었다. 열 걸음쯤 걸었을까.

"선."

준일이 뛰어와 선을 으스러지게 껴안았다. 격한 포옹에 중심을 잃고 기우뚱 옆으로 몇 걸음 움직였다.

"왜 이렇게 불안하게 하는 거야."

안은 팔에 더욱 힘을 주었다.

"집에 도착하면 바로 전화할게."

천천히 걸어 버스 정류장에 도착했다. 이른 아침의 짙은 청색 거리에 서서 버스를 기다리며 주머니 속 사과를 엄지손가락으로 쓸었다. 5분쯤 뒤에 도착한 버스에는 등산복 차림의 남자 둘과 여자 셋, 백팩을 등에 멘 채 휴대폰을 내려다보는 여자애가 타고 있었다. 선은 뒤에서 두 번째 자리에 앉아 창문을 조금 열었다. 열어 놓은 창문으로 가늘고 차가운 겨울바람이 들어와 선의 머리카락을 흔들었다.

주머니에서 사과를 꺼내 한입 베어 물었다.

와작 소리에 여자애가 휴대폰에서 고개를 들어 선을 바라보더니 이내 휴대폰으로 다시 눈을 돌렸다. 싱싱한 사과의 단맛이 입 안 가득 퍼져 나갔다. 차창 밖으로 조금씩 열어지는 거리를 바라보며 천천히 사과를 먹었다.

이내 선의 눈에 눈물이 고였다. 볼을 타고 흐르는 눈물을 손등으로 닦아 내며 사과를 삼키고, 다시 한입 베어 먹었다. 사과를 씹으며 흐르는 눈물을 또 닦아 내었다.

아마, 준일이 준 사과가 너무 맛있어서일 것이다.

집에 도착해 준일에게 전화를 걸고, 사과를 먹고 남은 사과 씨 두 개는 냉장고 맨 위에 올려놓았다. 책상에 앉아 원고를 꺼내 일을 하고, 10시에는 마트에 가 톳과 두부, 도라지, 메추리알과 양지살을 사서 반찬을 만들었다. 새로 밥을 해 따뜻한 밥과 함께 꼭꼭 씹어 먹었다.

한 그릇을 다 비웠다.

이른 저녁을 해 먹고 이를 닦았다.

해가 지려는 창가에 의자를 끌어다 놓고 앉았다.

창문을 열고, 눈을 감았다.

상상 속에서 누하동의 집에 도착했다.

우선 마당에 제멋대로 쌓이고 굴러다니는 마른 나뭇잎들을 쓸어 모아 잘라 낸 목수국과 함께 태웠다. 빗물에 흙이 튀어 더러워진 화분들을 씻어 내었다.

그다음엔 1층을 쓸고 닦았다. 간간이 큰아버지의 기침 소리가 들린다. 2층에 올라가 연의 방 문을 열었다. 창문을 열어 환기를 시키고 17개월 동안 켜켜이 쌓여 가던 먼지를 닦아 내기 시작했다. 양말이 금세 까매졌다.

쓸고, 닦고, 털어 내고, 침대 이불을 팡팡 두들겨 먼지를 날려 보낸 뒤 네 귀퉁이를 반듯하게 다시 펴 놓았다. 의자에 걸쳐 두었던 옷은 옷장에 걸고, 책상 위의 책은 책장에 가지런히 꽂고, 화장대 위에 눕혀져 있는 립스틱을 세워 놓았다.

청소를 끝내고 창문을 닫았다. 마지막으로 연이 들고 마셨던 컵을 가지고 나왔다. 맞은편 다락방 문을 열고 들어갔다.

삐그덕.

소리가 나고, 창문에 나뭇가지의 그림자가 어룽진다.

용서를 구하듯 방바닥에 입을 맞추었다.

1층 부엌으로 내려가 컵을 씻어 건조대에 올려놓았다.

닫힌 안방 문을 보고, 현관문을 닫고, 마당을 가로질러 대문을 나섰다.

이제는 상상 속에서나 갈 수 있는 누하동의 집.

내 방과 연의 방.

우리들의 다락방.

안녕.

26. 너 때문이지

어반 프레임워크Urban Framework.

공중에서 찍은 서울 도심 사진 중앙에 프로젝트 주제가 적혀 있는 텍스타일 포스터가 아트센터 외벽을 절반쯤 가리며 걸려 있었다. 아트센터로 걸어오면서 점점 커진 망설임은 포스터를 본 순간 더욱 팽창하고 만다. 지난 주 내내, 비엔날레 귀국전 전시회에 오는 문제로 실랑이를 벌였었다. 로프트의 신 사장이 아니더라도 사람들 앞에 나서길 꺼리는 선과 그런 선이 못마땅한 준일 사이의 신경전인 셈이었다. 결국 합의점을 찾은 것이 금요일 오프닝 날이 아닌 오늘, 일요일 오후였다.

입구에 들어서자 마주친 건, 와이어에 매달려 바닥에서 30센티미터 정도 위로 떠올라 있는 일곱 개의 거대한 철제 프레임이었다. 각각의 철제 프레임은 격자로 또 구분되었는데, 극도로 개발된 번화가와 도시 외곽의 빌딩과 아파트, 오피스텔과 빌라, 단독주택의 사진들이 위치와 공간에 따른 유사성과 대비를 드러내며 전시되어 있었다. 정면에서 보면 매트릭스의 공간과도 같은 철제 프레임 속 사진들을 바라보다 시선을 돌렸다.

준일은 모형이 올려져 있는 기다란 테이블 옆에 대여섯 명 정도의 사람들과 함께 서 있었다. 그중 녹음기를 든 남자가 준일이 하는 말에 고개를 끄덕이며 모형을 살펴본다. 바깥, 사람들 속의 준일이 새삼 낯설었다. 멀고, 빛나는.

예상보다 많은 관람객 사이를 천천히 걸어 다녔다. 전시관 곳곳에 놓인 입간판처럼 생긴 모니터에 흐르는 사람들의 인터뷰와 건축물 영상을 보고, 벽에 붙여 놓은 세로 1미터, 가로 5미터는 족히 되어 보이는 대형 접이식 팸플릿도 읽었다. 2층으로 올라가려는데 뒤에서 커다란 손이 부드럽게 허리를 감싸 안았다.

"언제 왔어?"

"조금 전에."

"소감은?"

"멋져."

2층에서 내려오는 사람들 중 몇몇이 준일에게 인사를 하며 지나갔다. 동시에 옆에 서 있는 선을 호기심 어린 눈으로 바라보았다. 선은 옆으로 한 걸음 떨어졌다. 선의 불편한 마음을 아는 준일이 슬쩍 눈썹을 올렸지만 별말은 하지 않았다.

2층에 도착한 순간 선의 입에서 작은 감탄사가 흘러나왔다.

어둑한 전시관에 수십 개의 빛줄기가 쏟아져 내리고 있었다. 단순한 조명이 아니었다. 날이 흐린 오후가 아니었다면, 천장에 구멍이 뚫려 있다고 착각을 했을 만큼, 눈부신 자연의 빛이었다. 그 빛과 빛줄기 사이에 도시별 모형들이 놓여 있었다.

"천국의 도시들이야?"

선의 말에 준일이 웃음을 터뜨렸다.

"우리나라 도시들."

준일이 손을 잡고 이끌었다. 가까이 다가갈수록 소인국에 방문한 걸리버의 기분이었다. 건물들 사이로 도로와 자동차, 공원, 강까지 정교하게 만들어져 있었다.

"사람들은 없어?"

"숨어 있어."

수수께끼 같은 말에 준일을 바라보았다.

"몇 명만 나와 있는 건 쓸쓸해 보여서. 다들 숨어 있다 상상하고 만들었지."

뜻밖에도 준일의 얼굴에 소년의 쑥스러움이 배어 있었다.

"서울을 1로 두고 다른 도시들의 건물 밀집도를 계산해서 만들었어. 도시 간 성장 속도를 비교하면서 불균형 같은 여러 문제점들을 고민해 보자는 거지. 균형이 화두니까."

소년의 표정 대신 진지한 어른의 얼굴로 돌아와 있었다. 모형도를 자세히 들여다보려고 허리를 숙이던 중이었다.

"준일 오빠."

등 뒤에서 한껏 톤을 올린 여자의 목소리가 들렸다. 선은 반사적으로 몸을 세워 한 발짝 떨어지며 준일과 거리를 두었다. 다른 도시 모형도로 가려 몸을 돌리는데, 준일이 팔을 잡는다. 고개를 까딱 기울이며 선을 끌어당겼다.

피하지 마. 숨지도 말고.

깊은 눈이, 단단한 입매가 그렇게 말하고 있었다.

"어. 왔어?"

"축하해. 전시회 굉장해. 솔직히 아빠……."

흘낏 옆으로 시선을 옮긴 여자의 얼굴이 굳어졌다. 말을 끝내지 못하고 선을 바라보다 억지로 입 끝을 끌어올렸다.

"옆의 분은?"

"여자 친구."

준일이 짧게 말하고 선을 내려다보았다. 창백해진 얼굴을 다르게 이해한 준일이 선의 등을 가볍게 쓸었다.

"아……."

"여기는 최인주라고 매스 소장님 딸. 이쪽은 유선."

"와, 오, 오빠가 얼마 전에 저 매정하게 끊어 냈거든요. 이렇게 애인이 미인이니. 인정."

"까분다. 이어진 적도 없는데 뭘 끊어."

"왜 그래. 나한텐 엄연히 실연이었어."

인주가 과장되게 말하고는 선을 향해 생글생글 웃었다. 오해 마세요. 우린 지금 농담하고 있는 거랍니다, 따위의 의미를 지닌 사교적인 미소였다. 큰 키, 시원하게 뻗은 눈매와 오뚝한 코. 최인주는 사진으로 봤던 것보다 이지적이고 자신만만해 보였다.

이렇게 아무렇지 않은 얼굴로 살고 있었구나. 연인을 잃은 상실 같은 건 모른다는 듯이. 비밀이나 고통 같은 건 없다는 태연한 얼굴로. 하지만 흔들리는 눈동자까지는 숨기지 못하고 있었다.

최인주는, 자신을 알고 있었다.

그때 큐레이터가 케이블 방송 피디가 왔다며 준일을 불렀다. 양해를 구한 준일이 1층으로 내려가고 둘만 자연광처럼 쏟아지는 빛 속에 남게 되었다. 알갱이 같은 먼지들이 빛 사이를 떠돈다.

"그럼, 전 이만. 오늘 뵙게 되어서 반가웠어요."

선이 느릿하게 입을 열었다.

"나 알죠, 최인주 씨?"

"방금 준일 오빠가……."

"연이."

인주가 하아, 뱉듯 웃음을 지었다.

●■▲

오지 말았어야 했다. M자 탈모와의 선 이후, 당분간 선을 보지 않겠다는 인주에게 윤애는 매일같이 히스테리를 부렸다. 각성제를 먹으며 토하도록 공부해 대형 로펌의 변호사가 되었든 말든, 그저 부잣집에 시집가는 것만이 최종 목표인 것처럼 구는 윤애를 점점 참아 내기 힘들었다. 더 이상 견뎌 내다간 중학교 때처럼 자해를 할 것 같아, 독립할 집을 구했다고 말한 어제는 그야말로 집이 뒤집어졌었다.

기절을 해 버렸다.

흰자위를 내보이며 뒤로 넘어간 윤애 덕분에 독립은 자동적으로 취소가 되어 버렸고.

예민하고 극도로 이기적인, 신경질적인 속물. 엄마만 아니었다면 살면서 절대 같이 밥 한 끼 먹지 않았을 인간. 언제가 심장마비로 엄마를 죽여 버리고 싶을 때가 온다면, 단 한마디로 끝낼 수 있을 것이다. 바로 자신의 정체성으로.

자신이 아픈 상태라는 걸 강조하듯 여윈 목선을 한껏 드러내며 '준일이 전시회 좀 다녀와. 오프닝 갔었는데 근사하더라.' 말하는 윤애의 속은 거실의 수조 속 글라스캣처럼 투명했다. 미련을 못 버린 거지. 어떤 기집애인지 약 올라 죽겠다는 말을 얼굴만 보면 해 댔다. 그런데 유선이었다니.

인생 참, 거지같네.

"아, 혹시 유연이요?"

"네."

"어머 동생이에요? 언니? 자매가 있다고는 못 들었던 거 같은데. 연이 일은 정말……."

"왜, 안 왔어요?"

인주는 진심으로 안타깝다는 표정을 지었다.

"한 달 정도 늦게 알았어요. 그것도 친구가 말해 줘서요. 연이랑 그렇게 친한 사이는 아니었거든요."

"최인주 씨."

"기분 좀 그러네요. 장례식 못 간 게 이렇게 비난받아야 할 일인가?"

"최인주 씨는 오셨어야죠."

인주는 영문을 모르겠다는 듯 갸웃 고개를 기울였다. 유선이 낮고 까끌한 목소리로 말할 때마다 속이 우르르 떨렸지만 애써 태연함을 가장했다.

"제가, 왜요?"

"……사랑하던 사이였으니까."

인주가 웃음을 터뜨렸다. 멀리서 본다면 재미있는 대화를 나누고 있다 오해할 만큼 웃음은 맑고 높았다.

"누가 누구랑? 유선 씨, 말조심하시죠."

"연의 죽음에 대해서 그쪽을 원망하진 않아요. 다만 마지막 길은 와 줬으면 했을 뿐이에요."

"장례식에 못 간 건 미안해요. 좀 전에도 말했지만, 부고 소식을 늦게 들었어요. 그만큼, 친한 사이 아니었어요."

'그만큼'을 강조하며 막힘없이 말하는 인주는 침착했다.

"뭔가 크게 오해한 거 같은데. 연이 약혼자도 있었잖아요. 이건 연에게도 실례 아닐까요?"

김기조가 떠올라 인주의 입술이 미세하게 떨렸다. 선은 인주를 가만히 바라보다 시선을 아래로 내렸다.

"제가……."

선은 잠시 말을 끊었다.

"……잘못, 알았습니다."

목이 메인 듯 억눌린 목소리였다.

"그러신 거 같네요."

인주는 재빨리 대답했다. 마음이 약해져 자신의 약점을 들킬 수는 없는 일이었다. 가지 못해 미안하다고, 김기조 그 새끼 때문이었다고, 매일매일 심장이 불판 위에서 자글자글 끓는 것처럼 슬펐다고, 이제야 말한들 무슨 소용이란 말인가.

"실례했습니다."

"그런데 연이 정말 여자를 좋아했나요?"

비밀을 공유하는 것처럼 목소리는 작게, 얼굴에 달뜬 호기심을 담아, 일부러 천박하게. 앞에 서 있는 유선이 부정하기를 기대하며 물었다.

"……네."

선의 목소리는 담담했다.

"노, 놀랍네요. 연의 비, 비밀이니까 다른 사람에게 말하지 않을게요."

"감사합니다."

가볍게 고개를 숙이고 몸을 돌린 선의 뒤에 대고 인주가 질책하듯 말하였다.

"그런데요 유선 씨, 부주의하신 거 아닌가요. 이런 민감한 이야기, 너무 함부로 하고 다니시는 것 같은데요. 설마 준일 오빠한테 말한 건 아니죠?"

초조한 말투를 숨길 수 없다. 인주는 혀를 깨물었다. 여자가 고개를 외틀어 인주를 바라보며 희미하게 미소를 지었다. 그 미소에 머리 뒤편이 뜨겁게 달아오른다. 본 적이 있는 미소다.

김기조의 호출에 호텔방에 끌려갔던 다음 날 연이 자신에게 지었던, 네가 했던 부정의 말들을 전부 이해한다는, 체념에 가까웠던 미소.

느슨하게 묶은 머리카락이 이마에서 볼을 가로지르며 그림자를 드리우고 있어 더욱 피곤해 보였지. 손등을 덮는 블라우스를 입고 있었는데도 추워 보였다. 그날은 늦더위로 녹아내릴 것처럼 더웠었는데.

'이해해 줘. 우리 둘을 위한 최선이었어.'

'응.'

'김기조는 뭐라고 해?'

대답 대신 연은 희미하게 미소 지었다.

'잘 말해. 더 이상 오해하지 않게.'

'오해?'

'빈정대지 마. 꼬투리 잡히지 않게라는 뜻이란 거 알잖아. 너도 나도 이제 시작이야. 그동안의 노력이 이제야 열매를 맺기 시작했는데 여기서 멈추면 모든 게 끝이야. 평범한 사회의 일원이 아니라는 낙인뿐, 아무것도 없어. 아무것도. 우리는 사라지고 덧씌워진 하나의 정체성으로만 남아.'

'알아.'

'연, 난 올라갈 수 있는 곳까지 올라가고 싶어. 힘을 가지고 싶어. 사회를 변화시킬 수 있을 만큼의 힘. 그때엔 당당하게 밝힐 수 있을지도 몰라. 하지만 지금은 아니야. 너무 일러.'

'그래.'

'나 너무 불안해.'

'……걱정하지 마.'

'사랑해. 알지?'

'응.'

응. 순순히 대답하고 너, 죽어 버렸지.

애써 외면했던 진실이 선명하게 제 몸을 드러낸다. 연은 사고로 죽은 것이 아니었다. 브레이크 따위. 스키드 마크 따위. 결국은 내가, 널 죽였구나. 그걸 저 여자는 알고 있구나.

인주는 몸이 흔들릴 정도로 크게 웃고 싶었다. 진실을 알게 된 이 순간조차 앞에 선 여자가 다른 사람에게 말했는지가 미치도록 궁금한 자신이 하찮아서. 환멸스러워서.

"말하지 않았어요. 말할 이유도 없고요."

"앞으로도 주의해 주세요. 그런 오해 치명적이잖아요."

"네."

당황할 정도로 순순한 대답이 연과 같아 보여 인주는 주춤 몸을 뒤로 했다. 여자는 몸을 돌려 빛무리 사이를 통과한다. 이런 구름의 틈 사이로 쏟아지는 빛줄기를 천국의 계단이라고 한다지. 너의 마지막 뒷모습도 이랬을까. 어디로든 기어 들어가 통곡하고 싶었다.

1층으로 내려가는 계단 앞에서 인주는 걸음을 멈추었다. 불안은 망상을 들쑤시고, 망상은 불안을 더욱 부풀렸다. 오늘 자신의 앞에 나타난 것조차 계획되었던 것일까? 그날, 중식당에서 김기조와 오늘 일을 모의했던 것일까? 나를 망가뜨리기 위해서?

연에 대한 복수로? 아니지. 망가진 지 자존심 때문이겠지.

터무니없는 가설은 자신 안의 질기디질긴 불안을 잡아먹으며 괴물처럼 몸집을 키웠다. 인주는 전시관 어딘가에 몸을 숨기고 자신을 지켜보고 있을지도 모를 기조를 찾아 두리번거렸다. 세상 예의 바르고 젠틀한 척, 날 갖고 놀았지. 연이 코앞에서 비굴할 만큼 부정하게 만들었었다. 호텔방에 남아 있을 연이에게 무슨 짓을 할지 뻔한 암시를 드러내며 손가락에 수표를 끼워 내밀던 위선자. 그 새끼라면 이런 장면 정도 우습게 연출했을 것이다.

인주는 걸음을 빨리해 선을 붙잡았다.

"한 가지 묻죠. 김기조 왜 만났어요? 두달 조금 넘었지 아마. S호텔 P중식당."

여자의 눈이 놀라움으로 커다랗게 떠졌다.

"대답해 봐요. 왜 만났어요? 기억 못 한다거나, 잘못 봤다는 거짓말 따위는 할 생각 말고."

인주는 재차 물었다.

"대답해 보라니까."

창백하게 질린 얼굴과 죄책감으로 흔들리는 눈동자를 보며 인주는 '아!' 깨달음의 감탄사를 내뱉었다.

그거였군.

무심하게 넘겼던 기억이 영화의 한 장면처럼 선명하게 튀어올랐다. 김기조가 미쳐 날뛰며 결혼식을 앞당겼을 때, 연이 멍한 얼굴로 중얼거렸던 말이 있었다.

'나 때문이야. 나는 그 사람이 선이를……. 그러면 그 사람이 결혼을. 그러니까. 아, 어떡하지, 인주야.'

내용이 이어지지 않는 말을 하는 연에게 짜증이 치밀었었다. 해문에 입사한 지 얼마 되지 않았던 때라 스트레스가 극에 달했던 것도 있었다. 무엇보다 연이 결혼하길 바라고 있었다. 돈 많고 바쁜 남편이라니. 김기조는 완벽한 상대였다. 게다가 이번 결혼을 피한다고 해서 둘의 미래가 있었던 것도 아니었으니까. 연의 떨어지는 현실감각과 순결한 사랑에 대한 맹목적인 추구도 점점 버겁게 느껴지던 때였다.

'냉정하게 현실을 생각해. 도망가서 살아? 어디로. 외국? 우리 둘이 나가서 뭐 하며 살까? 너와 내가 노력하며 쌓아올린 모든 것들은 어쩌고.'

연이 약혼을 하고 한동안은 만날 때마다 싸우며 똑같은 레퍼토리를 읊었다. 다행히 연도 결혼식이 다가올수록 김기조와의 결혼을 인정해 나가고 있었다. 신혼집 사진을 찍어 보내고, 웨딩드레스 입은 사진을 보내기도 했었다. 사진을 볼 때마다 마음이 쓰리기도 했지만, 안도감이 더 컸었다. 해서, 김기조가 모든 사실을 알고 자신을 불러냈을 땐 기절할 듯 놀랐었다. 어떻게 알았을지. 어디까지 알고 있을지. 짐작도 하지 못해 더 컸던 그날의 공포와 굴욕. 새삼 분노가 치밀었다.

"연이에게 둘에 대해서 들은 적이 있어. 너, 김기조랑 진짜 무슨 사이야?"

하얗게 질린 여자가 한 발짝 뒤로 물러선다. 여자가 물러선

꼭 그만큼 인주는 앞으로 다가섰다.

퍼즐의 조각들이 하나씩 맞춰져 가고 있었다.

연은 삶을 사랑했고, 해금을 사랑했고, 자신을 사랑했다. 언젠가는 적당한 남자와 결혼해야 한다는 것 또한 알고 있었다. 다만, 그 시기가 생각보다 일찍 다가와 잠시간 혼란스러워했을 뿐. 인정하고 받아들이고 있었다.

그러니 연이 죽을 이유는 역시 한 가지뿐이었다.

비밀을 알고 있는 유선의 배반.

네가 김기조에게 말했구나.

연은, 자신이 믿고 사랑했던 사촌에게 배반당했기 때문에 죽음을 택한 것이다. 질투했겠지. 늘 빛나던 연이를. 어둡고 음습한 감정을 쌓아 가며 이길 날을 기다렸을 테다. 이해하는 척 위로하고 용기를 주며. 너의 사랑을 응원한다고 하며. 연은 저 여자를 믿고 자신에 대해서도 말했을 것이다. 아니면 어떻게 자신을 알아보았겠는가.

기다렸던 기회가 왔을 때 칼을 꽂고, 꽂은 채 비틀었던 것이다. 모든 걸 김기조에게 말했겠지. 그 오만한 새끼는 상상조차 못 했을 테니까. 뒤에서 유혹하고, 부추기고, 조종했을 것이다. 가면을 벗고 쥐를 몰듯 연을 구석까지 몰아 한 발로 가지고 놀았을 테다.

이 서늘하도록 매혹적인 얼굴로.

비웃었겠지.

빠져나올 수 있으면 빠져나오라며. 사촌과도 관계를 맺는

쓰레기 같은 인간과 결혼을 하라고. 싫으면 모두에게 밝히라고 했겠지. 나와 연에 대해서. 본인은 잃을 게 없었을 테니.

순간, 연의 죽음에 관한 마지막 퍼즐의 조각이 딸깍 하고 맞춰졌다. 환희와도 같은 전율이 온몸을 휘감았다.

연은 자신을 보호하기 위해 죽음을 택한 것이었다.

"연이, 사고 아니지?"

위협하듯 얼굴을 가까이 디밀었다.

"응? 너와 김기조 때문이지?"

그래, 연이는 나 때문에 죽은 게 아니야. 슬픔과 분노, 안도와 그리움이 한꺼번에 뒤섞이며 치밀어 목구멍을 막는다.

"역시, 그랬어."

나 때문이 아니었어.

죽은 건, 유선 때문이었어.

연, 두 분도 아셔야 해. 착해 빠진 넌 아니라고 하겠지만, 더 이상 유선에게 기만당하셔선 안 돼. 널 지키지는 못했지만, 김기조는 어찌하지 못해도, 그 정도는 할 수 있을 거 같아.

"둘의 관계, 연이 부모님도 알아?"

창백한 얼굴을 똑바로 바라보며 첫 번째 일격을 꽂아 넣었다.

●■▲

선은 고통스러운 기쁨으로 얼룩진 인주를 바라본다. 죄책감에서 벗어나려 몸부림치는 가여운 영혼을 본다.

누가 연을 죽였지?
무지했던 나?
무자비했던, 나를 탐했던 김기조?
아니면 연인을 부정한 최인주?
그도 아니면 감당 못 할 기대를 했던 큰아버지와 큰어머니?
결국은 너, 연.
모두가 공범이자 피해자.

가늘게 흐느끼는 해금의 소리를 듣는다.
책을 덮을 시간이다.
예상했던 마지막 페이지이기에 놀라지 않았다.

한동안 느끼지 못했던 추위에 몸이 떨린다. 인터뷰를 끝낸 준일이 선을 보고 한쪽 눈을 찡긋 감았다 뜬다. 스스로 뜨겁게 빛나는 남자를 보는 순간 격렬한 욕망이 솟구친다. 당장이라도 은밀한 구석에 숨어들어 저 남자를 몸 안 가득 채우고 싶었다. 준일에게 다가가 발끝을 들어올렸다. 고개를 숙인 준일의 귓가에 속삭였다.
자고 싶어.

● ■ ▲

버겁도록 묵직하게 밀고 들어오는 준일을 허리를 들어 더욱 깊게 받아들였다. 팔다리가 얽히고 체온이 다른 혀가 맞닿았다. 뜨거움이 물처럼 등을 타고 눈으로 퍼져 나갔다.

선은 눈을 감았다.

이 뜨거움을 기억해.

27. 말해 다오

"앉아요. 눈이 내려서 오는데 고생 많았겠어요."

방석을 권하고 맞은편에 앉은 정혜는 연과 그다지 닮지 않았다. 유리 케이스에 들어가 있는 전통 인형처럼 동그란 눈에 자그마한 코, 입술까지 동글동글한 미인이었다. 자주 웃는지 눈꼬리에 잡힌 몇 개의 주름을 제외하고 피부는 놀라울 정도로 매끈했다. 인주는 이내 찻물을 따르는 정혜의 손으로 시선을 옮겼다.

'엄마 손을 보면 눈물이 나.'

연의 말대로 얼굴과는 족히 10년의 나이 차가 느껴지는 손이었다. '엄마를 생각하면. 엄마 때문이라도. 엄마를 위해선. 엄마가 너무 고생해서. 아빠도 좋아하시지만 엄마가 그 사람과의 결혼을 제일 좋아해.' 연은 스스로에게 다짐하듯 말하곤 했었다.

그러니까 유선은 저분에게서 딸을 뺏은 것이다. 연, 두 분도 아셔야 해. 착해 빠진 넌 아니라고 하겠지만, 더 이상 유선에게 기만당하셔선 안 돼. 널 지키지는 못했지만, 김기조는 어찌하지 못해도, 이 정도는 할 수 있을 거 같아. 나에게 용기를 줘.

"연이 친구라고? 같이 악기를 했나요?"

"대학교 때 친구예요."

국악고등학교를 다녔던 연과 고등학교 때부터 친구라고 하면 의아해할 테니, 대학교 때 친구라고 둘러대었다. 인주는 지갑에서 명함을 꺼내 내밀었다. 법에 관심이 없는 사람들도 한두 번쯤은 들어 봤을 유명 로펌의 변호사라는 타이틀이 자신이 지금부터 하려는 말에 신뢰를 더할 것이다. 정혜가 명함을 보는 동안 차를 한 모금 마셨다. 따뜻한 차가 긴장으로 빳빳하게 굳은 속을 덥힌다.

"이렇게 갑자기 찾아뵌 이유는……. 사실 여기까지 오면서도 인사만 하고 돌아갈까, 고민이 많았습니다. 그런데 어머니의 손, 연이 늘 가슴이 아팠다던 어머니의 손을 보니 말씀을 드려야 할 것 같아요."

극적인 효과를 주기 위해 입을 다물고 차를 한 모금 더 마셨다.

"어머니."

결심을 했다는 듯 고개를 들어 정혜의 눈을 바라보았다.

"연이, 사고가 아닌 거 같아요."

명함이 정혜의 손에서 연화반 위로 떨어졌다.

"무슨 말인지……."

"지난 일을 들쑤셔서, 어렵게 가라앉히신 마음을 괜히 어지럽게 해 드리는 게 아닐까 고민이 많았어요. 그런데 더 이상 묻어 두기엔 연이에게도 어머님, 아버님께도 못 할 짓이라 생각했습니다. ……연이가 죽기 전에 저에게 고민을 털어놓았었어요."

마지막까지 고민하는 듯 입술을 질끈 물었다.

"약혼자였던 김기조 전무와 유……선 씨와의 관계에 대해서요."

커다랗게 떠지는 정혜의 눈에 인주는 솜털 끝까지 바짝 서는 긴장된 흥분을 느꼈다.

"둘이 부정한 만남을, 이어 왔었습니다."

순간 진심으로 가슴이 벅차올라 눈가에 눈물이 맺혔다. 빠르게 눈물을 닦아 내었다. 가슴이 고통으로 욱신거렸다.

진실로 연이 고백을 했던 순간이 있었던 것 같았다.

어둡게 자신을 바라보며 무어라 말하려다 멈추었던 그 순간이. 유선에 대해 이야기하다 입술을 깨물던 그 순간이. 희망과 절망을 오가며 맥락 없는 말들을 늘어놓았던 그 순간이.

바로 김기조와 유선과의 관계를 말하려던 때였을 것이다.

그러니 자신은 거짓말을 하고 있는 것이 아니다. 연이 차마 말하지 못했던 이야기를 대신하고 있는 것이다.

"유선 씨와 연이 친자매보다 가까웠다는 걸 알고 있어서, 처음 들었을 때 저도 무척 놀랐었어요. 오해일 거라고 위로를 해 주기도 했었지요. 연이 사고가 났다고 했을 때에도 안전벨트를 매고 있지 않았다고 해서 한구석 의구심이 들었지만, 애써 부정했었고요. 인맥을 통해 알아도 보았었는데 사고가 맞다고 했었어요."

입술이 바르르 떨렸다. 미처 닦아 내지 못한 눈물이 볼을 타고 흘러내렸다. 시선을 정혜의 거친 손에 두었다.

"김 전무와의 결혼을 어머니가 제일 좋아하신다고, 떠밀리듯 급하게 하는 결혼이지만 어머니를 생각하면 기쁘다고 했습니다."

인주의 떨리는 말끝은 끝으로 갈수록 뭉개졌지만, 목소리에 실리는 힘은 높아졌다.

"그래서 아닐 거라고. 연이 얼마나 어머니를 깊이 사랑했는데, 스스로 목숨을……."

인주는 입술을 지그시 깨물었다.

"몇 주 전, 업무 차 갔던 호텔 식당에서 김 전무와 유선 씨가 만나는 걸 직접 보고 나서는 인정할 수밖에 없었습니다. 너무 놀랍고 끔찍했지만, 거기까지는 어머님과 아버님을 위해서 묻고 가려고 했었어요. 그런데 엊그제……."

정혜가 말을 끊었다.

"김 전무, 약혼했어요. 선이와 그런 관계였다면, 왜 또 약혼을……."

"파혼했어요, 어머니. 좀 더 알아보니 김 전무가 갑자기 파혼 통보를 해 여자 쪽 집이 뒤집어졌었다고 해요. 이유를 따져 물어도 마음이 바뀌었다는 말만 하고 입을 다물어서, 여자분은 상심 끝에 외국으로 나갔다고 들었어요. 설사 김 전무가 결혼한다고 해도 상관없었을 거예요. 두 사람도 공개적으로 만날 수 없는 사이라는 걸 알 테니까요. 파혼까지 한 김 전무의 속마음까지는 모르겠지만, 유선 씨는 그분을 사랑해서 만난 게 아닙니다. 연이의 남자를 뺏으면서 우월감을 느끼고 싶었던 거지요. 생각해 보세요, 어머니. 빛나던 연이 뒤에서 열등감을 느꼈을 그녀를요. 무엇보다 유선 씨는 만나는 남자가 따로 있어요. 제가 다니는 해문 대표님의 아들이기도 하고, 오래전부터 집안끼리 아는 오빠인데, 정말 정말 괜찮은 사람이에요. 게다가 두 분은 준일 오빠가 좋아한다고 하면, 아, 그 오빠 이름이 준일이에요. 김준일. 아무튼 오빠가 좋아하는 여자라고 하면 넉넉히 받아들이실 만큼 훌륭하신 분들이세요."

송구스럽다는 듯 인주는 얼굴을 붉히며 고개를 숙였다.

"……부끄럽지만, 오랫동안 준일 오빠를 짝사랑하고 있었어요. 오빠가 사귀는 여자가 있다고 해서 포기했었지만, 그게 유선 씨였다니……. 대체 몇 명의 사람을 기만하고 있는 건지. 죄책감도 없이 뻔뻔스럽게 두 남자 사이를 오가고, 여러 어른들을 속이고 있어요."

준일을 짝사랑하는 마음에 찾아왔다고 생각하는 것이 나았다. 그편이 어쭙잖은 측은지심으로 1년이 지나 진실이랍시며 말한다는 것보다는 설득력 있으니까. 더해서 설령 유선이 연과 자신에 대해 폭로한다 해도 정혜는 믿지 않을 것이다. 벗어나기 위한 터무니없는 변명이라 생각하겠지. 마지막까지 딸을 모독하려는 유선에 대해서 더욱 치를 떠실 테다. 인주는 슬쩍 고개를 들었다. 정혜의 눈은 초점 없이 허공을 헤매고 있었다.

"그럴 리 없어요. 연이 사고 났던 날에도 선이한테 전주에 같이 가자고 했었어요. 둘 사이가 그랬다면 연이, 그, 그랬을 리가요."

차 안에는 연만 있었다.

"사고 났을 때, 연만 있지 않았나요? 유선 씨가 동행했다는 말은 들은 적이 없어요, 어머니."

"그게, 그게, 그러니까 선이 회사에서 급한 일이 생겨 같이 못 갔다고 했어요. 그래서 뒤늦게 버스를 타고 갔었다고."

세상에. 또 하나의 완벽한 증거까지.

"어머니!"

답답함에 인주가 소리를 높였다.

"진짜 내려갔었는지 버스표라도 보셨어요? 유선 씨 말뿐 아니었나요?"

연화반에 걸쳐진 정혜의 검지 손끝이 제멋대로 까닥거렸다.

"연이 전주에 같이 가자고 했던 건, 끝까지 유선 씨를 설득하고 싶어서였겠지요. 같이 안 내려간 거요? 연의 애처로운 마지막 시도까지 실패했기 때문이에요. 절벽에서 핸들을 꺾게 한 건 그 둘이었습니다. 경찰이 사고의 증거라고 했던 도로에 남은 흔적은요, 연이 두 분을 생각해 마음을 돌리고 살기 위해 애썼던 마지막 몸부림이었고요."

그리고 저를요.

마치 정신이 나간 것처럼 정혜는 입을 벌린 채 고개를 저었다. 굵은 마디가 하얗게 되도록 연화반을 붙잡은 탓에 상은 곧 뒤집힐 듯 덜그덕거렸다.

"유선 씨 같은 사람이 잘살면 안 되잖아요. 두 사람의 배신에 괴로워하다 혼자 품고 떠난 연이가 너무 불쌍하잖아요. 제 말이 정 못 미더우시면……."

진심으로 슬픔이 차올라 말을 잠시 멈추었다. 숨을 고르고 마지막을 향해 입을 열었다.

"……유선 씨에게 물어보세요. 제가 연이 죽음에 대한 진실을 물었을 때 아무 말도 못 했습니다. 이런 물음에 한마디의 부정도 하지 못한 것은, 어머니, 그건 그 어떤 고백보다도 진실한 자백입니다."

최후 변론을 하듯 확신을 담아 말을 끝맺었다. 밖에는 흰 눈이 소리 없이 쌓이고 있었다.

이 얼마나 완벽한 법정인가.

● ■ ▲

— 안녕.

"안녕."

준일이 낮게 웃었다. 휴대폰을 통해 희미하게 파도 소리가 들렸다.

"바깥이야?"

— 파도 소리 들려?

"응."

— 아저씨들이 자꾸 술 먹이는 것도 귀찮고, 파도 소리 들려주려고 나왔지.

"안 추워?"

— 엄청 추워. 딱 5분만 들려주고 들어갈 거야.

엄살 섞인 준일의 목소리에 선은 어둠 속에서 희미하게 미소 지었다. 휴대폰을 귀에 댄 채 파도 소리를 들었다. 파도 소리에 사박사박 모래를 밟는 소리가 섞이고, 준일이 부르는 노래 소리가 들렸다.

떠나요, 둘이서. 모든 것 훌훌 버리고
제주도 푸른 밤 그 별 아래

뒤부터는 가사를 모르는지 허밍처럼 부르다, '떠나요, 제주도 푸른 밤 하늘 아래로.' 마지막 소절만 제대로 불렀다.

— 잘 들었어?

"응."

— 들어가 봐야겠다.

"응."

— 잘 자고.

"응."

— 다른 대답은 없어?

"……고마워."

하하하. 준일이 크게 웃었다.

— 내일 봐. 4시 비행기야.

"응."

— 선.

"응."

— 무슨 일, 있어?

"……아니. 졸려서."

예민한 직감으로 준일은 좀 더 물을 것인지, 모르는 척 넘어갈 것인지 가늠할 것이다.

— 얼른 자.

"준일."

— 어.

"준일."

— 응.

"당신 이름이 너무 좋아."

준일이 무어라 대답하기 전에 '잘 자라.'고 말하고 전화를 끊었다. 나의 초라한 고백을 나중에라도 알아주길. 선은 똑바로 누워 천장을 바라보았다. 준일이 불렀던 노래를 따라 불러 본다.

떠나요, 둘이서. 모든 것 훌훌 버리고

그럴 수 있다면.

몸을 모로 누웠다. 엄마 뱃속의 아기처럼 둥그렇게 몸을 말았다. 귓가에서 해금 소리가 끊이질 않는다.

●■▲

웡– 진동과 함께 휴대폰 액정이 어둠 속에서 빛났을 때, 머릿속에 떠오른 건 누하의 집 냉장고에 넣어 두었던 홍시였다. 얼어붙은 채 그대로 있을까, 버려졌을까? 선은 통화 버튼을 눌렀다.

"큰어……."

— 최인주라는 사람이, 찾아왔었다.

"……."

— ……말해 다오.

수화기 저편에서 낮고 음울한 정혜의 목소리가 흘러나왔다.

— 내 딸이 죽은 이유를.

어둠 속에서 전화기를 든 채 답을 기다리는 둥근 어깨를 떠올린다. 사고로 죽은 게 맞냐고 물었던 떨리던 목소리를 떠올린다. 깊은 곳에서 품고 있던 의심의 눈빛을 떠올린다.

— 사고였니?

선은 마른 입술을 벌렸다. 목소리가 나오지 않는다. 침묵 끝에 진흙 같은 목소리가 제 입에서 나온다.

"……아니요."

'흐으으. 으으으.' 수화기를 통해 한숨과 울음이 섞인 긴 소리가 귀에 달라붙는다. 귀를 통해 목구멍을 타고 심장을 찌른다.

— 어, 어떻게…….

말은 끊기고 '으으으.' 짐승의 울음소리가 이어졌다.

"……큰어머니."

— 나쁜……, 년.

"큰어머니, 제, 제가……."

말을 더듬는 동안 전화가 끊겼다. 그대로 휴대폰을 들고 있다가 부질없이 불러 본다. '큰어머니. 큰어머니.' 선은 끊어진 휴대폰에 대고 몇 번이고 부른다. 통화 버튼을 누르고 휴대폰을 귀에 댄 채 현관문으로 달려 나갔다. 문을 열고 도어록이 잠기는 것도 확인하지 않고 계단을 뛰어 내려갔다. 빌라 유리문을 열고 밖을 나서자, 온몸이 조여들듯 추웠다. 뛰기 시작했다. 미처 입지 못한 코트가 한쪽 팔에서 떨어질 듯 위태롭게 흔들거렸다. 매서운 겨울바람이 몸을 자를 듯 베고 지나갔다. 새벽에 가까운 겨울 도로는 차량마저 뜸했다. 어제 내린, 채 녹지 못한 눈이 도로 한쪽에서 흙과 낙엽에 뒤섞인 채 가로등에 노랗게 빛나고 있었다. 신호는 여전히 울리기만 할 뿐 받지 않았다. 멈췄던 눈이 바람과 함께 다시 내리기 시작했다.

●■▲

초인종을 눌렀다. 전화를 걸었다. 철문을 두드렸다. 초인종을 거듭 눌렀다. 또다시 전화를 걸었다. 완강히 닫혀 있는 철문을 두드렸다. 얼어 있는 철문은 두들겨질 때마다 컹, 컹, 컹 개가 짖는 소리를 내었다. 차갑게 언 손바닥에 닿는 철문은 이제 뜨겁기조차 했다. 굵어진 눈발이 머리에, 어깨에, 볼에, 목에, 드러난 발목에 달라붙었다. 밤을 울리는 소란한 소리에 옆집의 불이 켜졌다.

초인종을 눌렀다.

전화를 걸었다.

철문을 두드렸다.

제발. 큰어머니. 큰아버지. 저를. 제발. 한 번만이라도. 저를.

흐느끼듯 속삭였다.

도로에 옅게 쌓인 눈이 찬바람에 부웅 떠올라 여기저기 쓸려 다녔다.

큰어머니.

연은 남아 있는 나날이 허무하다고 했습니다. 참을 수 없을 만큼 말입니다. 믿어지시나요. 삶을 누구보다 사랑했던 연이었습니다. 연을 그렇게 만든 건 무엇일까요. 누구였을까요.

다른 사람들의 탓은 하지 않겠습니다.

저였습니다.

연이 매일 삶과 죽음의 외줄을 타고 있었다는 것을 몰랐습니다. 그 남자가 저를 욕망했던 것도 몰랐습니다. 연이 단번에 알아챘던 그것을 말입니다.

거짓입니다.

알고 있었습니다.

소화제를 먹으며 삼켰습니다.

손을 씻으며 모르는 척했습니다.

깊숙한 곳에 묻었습니다.

그러면 될 것이라 믿었습니다. 덤불에 머리만 박으면 몸을 숨긴 것이라 믿는 어리석은 꿩처럼 말입니다.

저의 무지, 외면, 교만이 연의 남은 날들을 허무하게 만들었습니다. 무엇보다 저를 절망케 하는 것은, 시간을 되돌린다 해도, 똑같았을 거라는 사실입니다.

저는 그토록 어리석습니다.

이것만으로도 용서받지 못할 것을 알고 있습니다.

하지만, 큰어머니.

저는 용서를 구하고 싶습니다.

연을 위해 기도하고 싶습니다.

28. 또 다른 생이라니

열리지 않는 문 앞에서 허리가 꺾일 때쯤 대문의 틈을 통해 현관문의 노란빛이 비쳐 보였다. 느리고 무겁게 발을 끄는 소리가 들리더니 대문 앞에서 멈추었다.

큰어머니.

속삭이듯 부르며 선은 대문에 얼굴을 바짝 가까이 대었다.

달칵, 소리와 함께 끼이익- 철과 철끼리 부딪히는 소리를 내며 대문이 열렸다. 머리카락이 엉망으로 헝클어진 정혜가 카디건조차 걸치지 않고 서 있었다. 선은 서둘러 코트를 벗어 정혜의 어깨에 둘러 주었다. 더러운 것이 닿은 것처럼 정혜는 손등으로 코트 깃을 쳐 내 바닥에 떨어뜨렸다. 마당에 함부로 펼쳐진 코트 위로 무정하게 흰 눈이 내려앉았다. 뚫어질 듯 쏘아보는 정혜의 눈이 순식간에 핏물이 고인 듯 붉어졌다. 눈 밑이 경련하듯 바들바들 떨리기 시작했다. '어허헛.' 벌어진 정혜의 입에서 웃음과 울음이 섞인 우울한 웃음소리가 흘러 나왔다.

"인간이."

정혜가 선의 머리를 한 대 툭 쳤다.

"인간이 어떻게."

이어서 또 한 대.

"어떻게 인간이."

다음엔 좀 더 세게 또 한 대.

"어떻게!"

분을 이기지 못한 손이 선의 머리를 후려갈겼다. 이어 머리카락을 휘어잡았다.

"다른 사람도 아닌 네가 연이를. 연이 사람을. 어떻게!"

머리가 쥐어뜯길 것 같은 통증도 느끼지 못한 채, 선은 정혜가 팔을 휘두르는 대로 이리저리 흔들렸다. 정혜가 던지듯 머리카락을 놓자 몸이 크게 휘청이며 시멘트가 깔려 있는 마당 바닥에 손을 짚었다. 거친 표면과의 마찰에 손바닥에 생채기가 일었다. 곧바로 정혜는 바닥에 주저앉은 선의 얼굴을, 어깨를, 가슴팍을 치기 시작했다. 이를 악문 정혜의 입에서는 '으으으.' 짐승의 소리만이 흘러나왔다. 오랜 바느질로 굵어진 손이 빨갛게 언 뺨을 갈겼다. 추위와 볼에 떨어진 눈 때문에 축축해진 얼굴에 닿는 손은 수천 개의 바늘로 찌르는 것처럼 따갑다. 반동으로 몸까지 돌아가며, 생채기가 났던 손바닥이 다시 한번 바닥에 긁혔다.

"큰어머니……, 제발 제 말을, 제 말을 들어 주세요. 저를, 한 번만……."

믿어 주세요.

최인주의 말에 대해 그럴 리 없다는 의심을, 한 번만이라도 해 주세요.

그동안의 시간을. 보여 드렸던 진심을. 두 분에 대한 저의 존경을. 연에 대한 사랑을.

이렇게 한 번의 의심도 없이.

단 한 번의 물음도 없이.

단번에 부정하지 말아 주세요.

"너를, 뭘. 무엇을. 인간도 아닌, 널. 너를……."

마당을 짚고 있는 손등 위로 눈송이가 툭툭 떨어졌다.

"그만 들어와!"

밭은기침 소리와 함께 경효의 큰 목소리가 우렁우렁 바깥으로 새어 나왔다. 선은 고개를 들어 현관을 쳐다보았다.

큰아버지.

넋이 나간 것처럼 중얼거렸다. 현관은 동굴처럼 어두웠다. 경효는 어둠 속에서 방관하는 것으로 이 모든 오해와 폭력에 동의하고 있었다.

"……죽어서도, 보지 말자."

"큰어머니."

선은 무릎걸음으로 기어 정혜의 다리를 붙잡았다.

"큰어머니, 아니에요. 큰어머니가 생각하시는 거, 아니에요.

절대 아니라고요. 제가, 제가, 어떻게 그래요. 어떻게 연이한테 그래요."

고개를 저었다. 다리를 빼내려는 정혜에게 필사적으로 매달렸다. 눈이 무릎을 꿇은 바지를 적시며 축축하게 스며들었다.

"어떻게 연이한테. 아니에요. 아니에요, 큰어머니. 저를, 저를……."

정혜가 선을 내려다보며 잇새로 내뱉었다.

"그러게 어떻게 연이한테, 그럴 수가 있었을까."

선은 고개를 들어 정혜를 올려다보았다. 눈송이가 볼에, 눈꺼풀에 떨어져 제대로 눈을 뜰 수 없었다. 녹은 눈이 눈물처럼 맺힌다.

선은 쏟아지는 함박눈에 눈을 감고 뜰 때마다 정혜의 다른 얼굴을 본다.

고통으로 얼룩진.

그러나 원하는 답을 찾은.

깊게 분노하는.

그러나 의심하지 않는.

거침없이 경멸하는.

그러나 후회하지 않는.

흰 어둠 속 정혜의 얼굴이 천천히 일그러졌다.

"그 절에서, 널, 데려오는 게, 아니었는데."

눈동자가 눈송이처럼 녹아 간다. 모든 사물의 윤곽이 흐려진다.

다리를 잡고 있던 선의 팔에서 힘이 스르륵 빠져나갔다.

●■▲

선.

전생과 환생이 있다고 믿어? 난 어떤 신도 믿지 않지만, 환생은 있었으면 좋겠다고 생각해. 물론, 원하는 사람에게만. 다시 태어나고 싶지 않은 사람도 있을 테니까. 미처 태어나지 못한 아이들. 태어날 때부터 아픈 아이들. 일찍 세상과 이별한 아이들. 끊임없이 박탈당하며 살았던 사람들. 씻을 수 없는 상처를 평생 짊어지고 살아갈 수밖에 없던 사람들. 회복하지 못할 배반을 당한 사람들. 한순간이라도 특별하고 싶었지만 특별하지 못했던 사람들. 단 한순간만 행복했던 사람들. 죽음을 택할 수밖에 없었던 사람들. 아, 가을에 태어나 겨울 추위에 죽은 길고양이도.

선.

생이 한 번뿐이라는 건, 가혹해.

●■▲

'그 절에서, 널, 데려오는 게, 아니었는데.'

정혜의 말이 불 꺼진 방 안에 모로 누워 있던 선을 일으켰다. 더러워진 코트를 그대로 입은 채 빌라 주차장으로 내려가 시동을 걸었다. 미끄럽고 질척이는 주택가의 좁은 이면도로를 빠져나온 뒤 속도를 높였다. 핸들을 잡은 손이 쓰라렸다. 검붉은 딱지가 내려앉기 시작할 것이다. 와이퍼가 규칙적으로 움직이며 차창에 내려앉는 눈을 닦아 내었다.

눈은 모든 것을 덮어 버릴 기세로 계속 내렸다.

고속도로는 희고, 푸르게 어두웠다. 14톤 화물 트럭이 굉음을 내며 옆을 지나쳐 갔다. 밀린 공기의 압력에 차가 연약하게 흔들린다. 연이어 컨테이너를 실은 두 대의 트럭이 지나쳐 간다. 좀 더 흔들린다. 선은 차가 이대로 공중으로 떠올라 뒤집혀도 괜찮겠다는 생각을 한다.

눈발이 가늘어지며 흩어지듯 내린다. 쌓인 눈을 밀듯이 지나 백운사 초입에 차를 세웠다. 차에서 내리자 발목까지 눈에 잠긴다. 고개를 젖혀 하늘과 산과 그 너머를 바라보았다. 온통 눈으로 뒤덮인 산은 희붐하게 빛나고, 산속의 새벽은 진저리가 날 정도로 파르스름하다. 숨을 내쉴 때마다 하얀 입김이 선명하게 퍼져 나갔다. 선은 비탈길을 휘적휘적 걷기 시작했다. 몇 걸음 채 걷기도 전에 몸이 흔들린다. 그대로 눈 속에 주저앉았다. 눈 속에 파묻힌 발갛게 언 손을 짚어 몸을 일으켰다. 반쯤 일어나기도 전에 다시 휘청하며 주저앉았다. 입에서 흐느낌과 같은 웃음이 흘러나왔다. 그대로 무릎으로 몇 걸음 기다 서서히 일어섰다. 코트에 묻은 눈이 선이 걸을 때마다 바닥으로 떨어졌다.

멀리, 털모자에 목도리를 두르고, 솜을 누빈 잿빛 승복을 입은 바우 처사가 보였다. 싸리 빗자루로 눈을 쓸고 있었다. 자꾸 감기는 눈에 선은 중심을 잃고 조금 기우뚱한다. 이른 새벽의 방문객이 누군가 싶은지, 바우 처사가 빗자루질을 멈추고 물끄러미 바라본다.

'어어.' 하는 순간 산과 하늘이 옆으로 기울어졌다. 부풀어 오른 뺨에 차갑고도 뜨거운 흰 눈이 와 닿았다. 얼굴의 반이 눈에 파묻힌다. 점점 흐릿해지는 바우 처사가 빗자루를 든 채 버정버정 달려온다.

연.
또 다른 생이라니.
이 한 번의 생조차도 이리 피곤한데.
처음부터 태어나지 않았다면 좋았을 텐데.

29. 그렇고 그런 이야기

세게 닫히는 차 문에 검은 나뭇가지가 늘어지게 쌓여 있던 눈이 후드득 바닥으로 떨어졌다. 날카로운 바람이 준일의 뺨을 깍듯이 스쳐 지나간다. 산속의 겨울밤은 더럽게도 추웠다.

저녁 5시에 김포공항에 도착해 선에게 걸었던 전화를 연당 스님이 대신 받았었다. 곡예를 하듯 차를 몰아 백운사에 도착한 참이었다. 일주문을 지나 경내에 들어서자 두텁게 쌓인 눈은 겨우 사람 한 명이 다닐 수 있는 정도로만 치워져 있었다. 큰 걸음으로 길옆에 쌓인 눈을 푹푹 밟으며 연당 스님이 기거하는 방을 찾았다.

"스님."

밤의 차가운 공기를 뚫는 목소리에 방문이 열렸다. 준일을 알아본 연당 스님이 아무 말 없이 자리에서 일어섰다. 별다른 인사 없이 연당 스님을 뒤따라 걷는데, 산에서 피요피요, 휘휘 휘휘휘, 마치 휘파람 같은 산새 소리가 들렸다.

"지금 울고 있는 새 이름이 뭔지 아니?"

연당 스님이 난데없이 새 이야기를 꺼냈다.

"동고비다. 겨울에는 산수유를 많이 먹는데, 부리로 톡 따서 한입에 꿀꺽 삼키지. 여간 귀엽지 않다."

제 이야기를 하는 걸 안다는 듯 동고비가 휘휘휘, 피요피요 울어 댔다.

"알려 준 게 선이였다. 낮에 산을 다람쥐처럼 돌아다니고는, 밤이면 종알종알 이야기를 해 주었지. 새 울음소리며, 어떻게 생겼는지, 뭘 먹었는지. '직박구리는 삐요삐요, 삐삐 울어요. 동그란 오미자 열매도 한 번에 쑤욱 삼켜요.' 세상 신기한 듯 이야기해 줬었다. 서울로 간 뒤, 한동안 밤에 새소리만 들으면 가슴이 아팠다. 새처럼 속이 텅 비고 외로운 아이가 잘 지내고 있을까. 서러움을 삼키고 있지는 않을까. 새를 그리워하지는 않을까."

연당 스님이 승방 앞에서 걸음을 멈추고 준일을 바라보았다.

"새벽에 엉망이 되어서 왔었다. 마침 바우가 눈을 치우다 봤으니 다행이지, 큰일 날 뻔했었어."

"병원에 데려갈게요."

"아니야. 객실 보살이 보더니 탈수 증세가 조금 있지만, 물 마시고 푹 자면 괜찮을 거라 하셨다. 아까 깨워서 죽도 먹이고, 생채기 난 데도 치료했다."

준일의 의심스러운 눈빛에 연당 스님이 고개를 저었다.

"서울 큰 병원 의사시다. 걱정하지 마."

준일이 건조한 손으로 피곤하다는 듯 얼굴을 쓸어내렸다.

"선이 저번에 이야기했던 사람이 준일이 너였구나."

무슨 말이냐는 얼굴로 준일이 바라보자 연당 스님이 빙긋이 웃었다.

"옛날에 선이 서울 큰집으로 갔다는 거 알고, 너 화냈던 거 기억해? 이름이며, 어디로 갔는지 귀찮을 정도로 따라다니며 물었었지."

그랬었나? 준일이 옅게 미소 지었다.

"서운해만 했었던 거 같은데요."

연당 스님이 어림도 없다는 듯 고개를 저었다.

"이름이야 말해 줄 수 있었지만, 나도 서울이라고만 알았지 주소는 몰랐는데, 어찌나 집요하게 물었던지 나중에는 주소를 묻지 않았던 나를 탓했다. 며칠 뒤에 선에게서 편지가 와서, 준일이 네가 오면 알려 줘야지 했었는데, 그 뒤로 와야 말이지."

연당 스님의 입가에 웃음이 떠올랐다.

"몇 년간, 너는 너대로 선화보살님 때문에. 선은 선대로 여기를 가끔 오가면서도 서로 어긋나나 했더니. 시절인연이지. 결국엔 만났구나."

키가 준일의 가슴팍에 오는 연당 스님이 몸을 옆으로 기울여 승방 문을 바라보았다.

"잘해 주렴. 참고 삭히기에만 익숙해. 제 마음을 잘 드러내지 못한다."

"여기……, 선의 사촌이 있다고 들었어요."

연당 스님이 고개를 끄덕였다.

"응. 연이라고."

"가까웠나요?"

"친자매보다도 더. 선이 많이 힘들어 했었어."

준일은 쓰게 웃었다. 여전히 선에게 거대한 영향력을 발휘하는 연이라는 사람에 대해 질투의 감정을 느끼는 자신이 어이없다. 죽은 사람에게. 돌았군. 준일의 표정을 살핀 연당 스님이 말을 건넸다.

"섣부른 짐작은 하지 마. 선에게 직접 들으렴."

"예, 스님. 저……."

머뭇머뭇 말을 멈추었다.

"승방에 같이 있어도 될까요?"

연당 스님이 넉넉히 웃었다.

"오늘만이다."

두툼한 밴드가 붙어 있는 손.

부풀어 오른 뺨.

기절하듯 잠들어 있는 선을 본 순간 준일의 눈이 탈 듯 뜨겁게 달아올랐다. 화를 삭이기 위해 눈을 꾹 감았다 떴다. 조심스럽게 옆에 앉아 거칠어진 입술을 매만지고, 왼뺨에 손등을 갖다 대었다.

'엄마…….'

선이 애달픈 목소리로 부르더니, 몸을 모로 누웠다.

준일도 코트를 입은 채 선의 옆에 길게 누웠다. 여윈 등에 얼굴을 갖다 대고 긴 숨을 내쉬었다. 이 몸 어디에 이토록 많은 설움이 담겨 있는 것인지. 어떻게 해야 슬픔을 거둬 낼 수 있는지. 열리지 않는 문 앞에서 노크도 하지 못한 채 서성이고 있을 뿐이었다. 처음 경험하는 무기력함이 속을 가차 없이 헤집었다.

'직박구리는 삐요삐요, 삐삐 울어요.' 커다란 눈을 끔뻑이며 연당 스님에게 조잘대었을 선의 어린 시절을 상상해 본다.

'동그란 오미자 열매도 한 번에 쑤욱 삼켜요.' 그 말을 했을 때, 눈을 반짝였을까, 말끝에 흥분한 자신이 멋쩍은 듯 스윽, 웃었을까?

붉은 눈가로 마음을 흔들고. 달콤한 웃음으로 눈을 가리고. 돌연한 고백으로 마음을 뺏고는. 정작 아무것도 말하지 않았던, 너는.

준일은 여자의 땀이 살짝 배어난 살 냄새를 깊게 들이마시며 눈을 감았다.

도량석 소리에 눈을 떴다. 선이 누워 있던 자리가 비어 있었다. 준일은 몸을 일으켰다. 새벽 3시였다. 성급하게 승방 문을 열자 새벽 찬 공기가 훅 밀려들어 온다. 지겨운 눈이 또다시, 바람도 없이 직선으로 툭, 툭 떨어지고 있었다. 준일은 그대로 달려 나갔다. 삼성각과 공양간을 지났다. 20여 년 전, 작은 여자애를 찾아 절을 누볐던 열세 살로 돌아간 것 같았다. 볼 수 없었다. 뒷모습이라도 발견했다 생각한 순간, 감쪽같이 숨어 버렸었다. 꿈인 것처럼. 환상처럼. 안 돼. 이렇게. 또다시. 내 눈앞에서, 너를.

일주문을 지나 차가 주차되어 있는 곳까지 뛰어 내려갔다. 연의 차가 눈을 뒤집어쓴 채 그 자리에 서 있었다. 다시 백운사로 돌아와 법당 장지문을 열었다.

선이 마룻바닥에 무릎을 꿇고 앉아 있었다. 천천히 고개를 돌려 준일을 바라보는 선의 눈동자는 물에 씻은 듯 깨끗했다. 그러니까, 깨끗하게 텅 비어 있었다.

"선, 이렇게……."

사라지지 마. 목구멍을 틀어막는 뜨거운 덩어리에 잠시 말을 멈추었다.

"집에 가자."

선은 물끄러미 준일을 바라보다, 순순히 고개를 끄덕였다. 멀리, 스님의 도량석 소리가 높아졌다 낮아졌다 끝이 났다.

6시가 조금 넘어 남산 아래의 집에 도착했다. 겨울의 밤은 두텁고 끈질겨, 바깥은 여전히 빛의 기척 없이 어두웠다. 오는 동안 선은 기절한 듯 다시 잠이 들었었다. 준일이 선의 파리한 뺨에 손등을 대어 잠을 깨웠다. 선은 잠시 멍하게 앉아 있다 차에서 내렸다. 휘청거리는 자신을 잡아 주는 준일의 손을 단호하게 밀어 내었다. 크게 숨을 들이켜더니 반듯하게 허리를 펴고 발걸음을 옮겼다.

●■▲

테이블 위에 놓아둔 컵을 들어 물을 마셨다. 여전히 세심한 배려로, 뜨겁지도 차갑지도 않은 온도의 물이었다. 선은 코트를 입고 있어 잠시 방문한 손님 같았다.

잠에서 깨어, 자신의 등에 얼굴을 묻고 잠들어 있는 사람이 준일이라는 것을 알았을 때, 선은 순수한 고통을 느꼈다. 팔을 뒤로 뻗어 준일의 손을 잡아 제 앞으로 이끌었다. 조심스럽게 준일의 손등에 자신의 손을 포개었다. 한참을 어둠을 응시하다, 우르르 마음이 무너지는 소리를 들었다.

너무 멀리 왔구나.

따뜻함을 놓지 못해서.

주제넘게 욕심을 부려서.

선은 몸을 일으켜 벽에 걸린 코트에 팔을 끼우고 승방을 나섰다. 눈을 맞으며 휘적휘적 걸어 법당으로 들어갔다. 자꾸만 부처님께 엎드리고 싶은 마음을 눌렀다. 그저 모든 것을 버릴 수 있기를. 원망도, 미움도, 그리움과 사랑도. 질긴 후회와 자책, 미련과 어리석음까지도. 그럴 수밖에 없었노라고. 내가 어찌할 수 없었다고.

턱턱 가슴을 쳤다. 허리가 꺾여 바닥을 짚었다. 나무 바닥은 얼음장 같아 냉기가 손바닥을 찌르듯 파고들었다. 그때 목탁

소리와 함께 천지 만물을 깨우고 부처와 보살이 머무는 곳을 깨끗하게 한다는 도량석이 시작되었다. 몸을 바로 세웠다. 잠시 후, 법당 문을 열고 자신을 부르던 준일을 본 순간 알 수 있었다.

너에게만은 버림받지 않겠다고.

어떠한 변명도 설명도 이해도 구하지 않겠다고.

너만은 내가 먼저 버리겠다고.

맞은편에 앉은 준일이 커피를 길게 들이마셨다. 잔을 내려놓고 선을 바라보다 입을 열었다.

"배 안 고파?"

생뚱맞은 준일의 말에 선은 희미하게 웃었다.

"배고파. 사과 먹고 싶어."

선은 사과를 씻고 과도로 먹기 편하게 자르는 준일의 뒷모습을 눈에 담았다. 이 순간에조차 다정할 수 있는 당신이기에 마음을 뺏기고 말았었다. 짙은 안개 속에서 선명하게 빛나는 당신을 놓치고 싶지 않아서. 그 빛을 따라 여기까지 왔다.

앞에 놓인 빨간 사과의 씨를 빼내어 이로 깨물었다. 톡 깨지며 쓴 민트 향이 입 안에 퍼졌다. 처음 준일과 잠을 잤던 다음 날에도 이렇게 사과 씨를 먹었었다.

"온도 올렸어. 곧 따뜻해질 거야."

선은 사과를 입에 넣고 천천히 씹었다. 한 조각을 다 먹고 고개를 들어 준일을 바라보았다.

"백운사에는 어떻게 왔어?"

"연당 스님이 대신 전화를 받으셨어."

'아.' 선은 고개를 끄덕였다.

"놀랐었겠다."

"너는 늘, 날 놀라게는 하지."

준일의 농담에 선은 옅게 웃었다.

"김준일 씨."

피로와 체념이 섞인 목소리로 나직이 이름을 불렀다. 준일이 손을 들어 거부의 뜻을 나타내었다.

"아직은. 그 말, 하지 마."

"그동안 고마웠어요."

준일의 손이 아래로 떨어졌다. 선은 거실의 전면창을 통해 여전히 내리고 있는 눈을 바라보았다.

"곧 3월인데, 며칠 사이 이런 폭설이라니."

"유선."

준일이 선의 의미 없는 말을 잘랐다.

"내가 왜 너한테 웃기지도 않는 내기를 제안했는지, 생각해 본 적 있어?"

고개를 돌려 준일의 짙어진 눈을 바라보았다.

"진지하게 다가가면 도망쳐 버릴 걸 알았거든. 장난인 척 자극했지. 방심하도록 가볍게. 겁먹지 않게 조심스럽게."

선의 갈색 눈에 슬픔이 차오르다 가라앉았다.

"그런데 결국 도망가려 해. 그동안 고마웠다는 간단한 말로.

어떠한 설명도 없이. 이토록 손쉽게."

담담한 말이 선의 가슴을 베어 냈다.

"누가 널 때렸지?"

"……김준일은 알 필요 없는 사람이."

"백운사에는 왜 갔어?"

"오래 못 갔어서, 생각난 김에."

뺨은 부어오르고, 손바닥은 걸레가 되었다. 운전하다 사고가 나지 않은 게 기적일 만큼 몸이 엉망이었다. 게다가 눈길이었다.

선이 맞았다.

어쩌면 죽을 뻔했다.

사실과 가정이 만들어 낸 분노는 폭력적이었다. 그런데 앞에 앉은 여자는 피로한 표정으로 자신을 밀어내려고만 하고 있었다. 어느 쪽이 더 자신을 분노케 하는지는 판단을 유예한다.

"네가 맞은 것과 백운사에 간 고리는 한가지야."

잠시 말을 멈추고 꿰뚫어 볼 듯 선을 바라보았다.

"사고로 죽었다는 네 사촌. 유연."

준일은 간단하게 답을 내렸다.

"……김준일은 알 필요 없는 사람이라니 누군지 맞혀 볼까? 제 자식 죽은 분풀이를 이딴 식으로 했겠지. 어른답지도, 인간답지도 않게. 그 취급을 당하고서, 그 꼴로 운전해서 자칫 죽을 뻔하고선, 네가 나한테 한다는 말이 겨우 이거야? 말해 봐. 대체 무슨 일이 있었는지. 그 정도 들을 권리는 있잖아?"

권리.

선은 낮게 웃었다.

"그만한 권리는, 없어. 우리는 시시한 이유로 내기를 시작했고, 그동안 서로 꽤 즐거웠으니 된 거야. 한 달짜리 내기를 시작했던 가을은 진작에 끝났어. 지금은 겨울의 막바지야. 곧 봄도 오겠지."

"아니. 끝나지 않았어."

선이 고개를 저었다.

"나는 끝났어, 김준일. 이 순간조차 나에겐 소모적일 뿐이야. 나는 안개 속에 갇혔어. 고작 1미터 밖의 사람들도 보이지 않는, 그 사람들도 날 볼 수 없는 이 안개 속이 좋아. 나를 선명하게 보이고 싶지도 않고, 보게 하고 싶지도 않거든. 그런데 방심하는 틈에 당신이 너무 가까이 안으로 들어왔다는 걸 깨달은 거야. 그래서 그만하고 싶은 거고. 이게 내 답의 전부야."

선은 이제는 차가워진 물을 마셨다. 빈 컵의 모서리를 손가락으로 쓸었다. 손가락의 움직임에 따라 컵에서 쎄에-쎄, 바람소리가 일었다.

"네가 이렇게 나에게 제멋대로 굴 수 있는 건……, 내가 널 사랑한다는 걸 너무도 잘 알기 때문이겠지."

뜻밖의 고백에도 선은 고요히 준일을 응시할 뿐이었다.

"우린 처음부터 미묘하게 기울어진 채 시작했었지. 어느 순간부터 갑자기 울듯 하다 어색하게 지었던 네 웃음들. 딴생각을 하다가 타이밍을 놓친 대답들. 절박하게 파고들었던 밤의 순간들. 종종 받지 않았던 전화들. 그럼에도 묻지 않았어. 조심하며 기다렸지. 밀어붙여서 숨어 버리는 건 싫었거든. 모조리 쓸데없는 일이었지. 그러니 이제부턴 내 방식대로 하겠어. 대답해. 무슨 일이 있었는지."

준일이 흔들림 없는 태도로 답을 기다리고 있었다. 그래, 당신은 분명하고 확실한 것을 좋아하지. 숨기는 것, 모호한 것을 싫어하고. 그동안 많이 참았을 거야. 안개 속에 갇혔다니. 듣기에 우습겠지. 선은 밴드가 붙어 있는 손바닥을 내려다보았다. 곧 갈색 딱지가 내려앉을 것이다. 딱지는 뜯고 싶을 정도로 간지러워질 테고, 그러다 어느 순간 말끔하게 낫겠지. 당분간 흉터는 남겠지만.

"큰어머니, 큰아버지, 그리고 최인주에 의하면……."

최인주의 이름에 준일의 눈빛이 날카롭게 빛났다.

"……내가 연을 죽였다고 해. 내가 연이 약혼자와 부정을 저질러서, 연이 그걸로 괴로워하다, 결혼식을 일주일 남기고서 죽었다고."

"계속해."

"그게 다야. 그렇고 그런 이야기일 뿐이지."

"그래서 때렸고. 너는 맞았고."

"응."

"1년이 지나서, 새삼 왜?"

"……내가 그 남자와 함께 있는 걸 최인주가 봤거든."

준일의 눈이 짙어지며 분노의 빛이 스쳐 지나갔다.

"언제?"

"당신 만나러 제주도에 갔던 날."

"그 남자와 만난 이유는?"

"내 대답은 여기까지야. 더 이상의 설명은 불필요해. 남은 건 자신이 뭘 믿고 싶냐는 것뿐이지. 그러니 당신도 믿고 싶은 대로 믿어. 상관없으니까. 한데 나는 좀 피곤하거든. 더 자세한 이야기가 듣고 싶으면 최인주에게 들어. 나보다 훨씬 친절하게 설명해 줄 거야."

지겹게 내리던 눈도 그쳤다. 그만 집에 갈 시간이었다. 선은 의자에서 일어섰다.

"내가 믿고 싶은 대로 믿으라고? 남의 일 말하듯 '죽였다고 해.'라고, 교묘하게 말해 놓고."

준일이 테이블을 돌아 선의 앞에 섰다.

"인주에게 무슨 설명을? 할 이야기가 뻔한데. 결국 그게 네 답이야?"

"마음대로 생각해."

준일이 피식 웃었다.

"넌 지금 이 순간조차 날 시험하고 있어. 설명을 피하면서. 오해를 부추기면서. 지금 어떻게 들리는지 알아? 무작정 널 믿어 달라는 소리로 들려. 정작 넌 날 믿지 못해 엉망으로 굴면서."

"그런 적 없어."

"아니. 다시 처음 만났던 날부터 그랬지. 빈정대고, 밀어내고, 기다리게 하고, 그러면서도 다가오길, 잡아 주길 바라고, 아무것도 궁금해하지도, 묻지도 않기를 바라면서. 무조건 받아 주기만을 바랐어."

천장 아래의 조그만 창으로 햇빛이 들어오고 있었다. 그사이 밝은 푸르스름한 아침이었다.

"오늘 문제의 정답이 뭐야? 그 남자와 넌 아무 일도 없었을 게 분명하다고 믿어 주는 거? 널 믿는다며 헤어질 수 없다고 매달리는 거? 오해받는 네 대신 마음 아파 해 주며 네 큰아버지, 큰어머니를 찾아가 '유선은 그럴 애가 아닙니다. 오해를 푸십시오.' 대신 변호해 주는 거? 세 가지가 다 정답인가? 시원하게 공개하지 그래. 어차피 난 풀 마음이 없거든."

"그런 식으로 말하지 마."

"뭘 어떻게, 더! 난 지금 더없는 인내심으로 널 대하고 있는 중인데. 제대로 설명조차 하지 않는 여자한테. 믿어 달라는 한마디 말도 안 하는 여자한테. 그동안의 나를, 우리를 하찮게 취급하는 여자한테. 그래서 나를, 이렇게 나를……."

준일이 말을 멈추고 숨을 골랐다.

"내가 널 믿었으면 한다면 이 순간조차 날 시험하지 마. 난 업어 주고 노래 불러 주며 무조건 달래 주던 네 아빠가 아니야. 그 정도로 관대하진 않아."

선의 눈에 불꽃이 튀었다. 준일을 지나 현관으로 가기 위해 몸을 틀었다. 어깨를 붙잡는 준일의 손을 거세게 쳐 냈다. 준일은 아랑곳없이 선의 양팔을 잡고 자신 쪽으로 끌어당겼다.

"제대로 설명해."

선은 몸을 비틀어 준일에게서 벗어났다.

"좋아! 그렇게 궁금해하니 말해 줄게. 그 남자? 가지튀김 먹자고 불렀더라. 그것만 먹었겠니. 아주 찐하게 키스도 했어. 그것도 내가 먼저. 찐하다 못해 그 남자는 당장이라도 내 옷을 벗기고 뒹굴고 싶어 했지! 아니. 뒹굴었어!"

준일의 얼굴이 무섭도록 굳어지는걸 보면서도 거짓말을 멈추지 않았다.

"내가 널 시험했다고? 그러는 너는. 넌 알면서 왜 시험당했니? 또 다른 게임이었어? 아니면, 부모도 없는 고아, 절에 살면서 작아진 운동화나 꺾어 신으며 자랐던 불쌍한 여자니까, 내가 져 줘야지. 그런 관대한 마음이었니? 아, 나랑 자는 게 그렇게 좋았구나."

"그래! 불쌍해서 잘해 줬고, 너랑 섹스하는 것도 좋았지! 아주 끝내줬어!"

선이 새빨갛게 달아오른 얼굴로 코트를 벗었다. 블라우스 단추를 푸는 손가락이 바들바들 떨리며 단추에서 헛돌았다.

"마지막으로 자 줄게. 그동안 내 시험의 보상이야. 그 남자는 갖고 싶어도 못 가지는 몸이거든!"

준일이 선의 손목을 움켜잡았다. 그대로 2층 침실로 올라가, 문을 열고 선을 던지듯 밀어 넣었다. 암막 커튼이 쳐져 있어 어둑한 침실에서 둘은 싸우듯 서로를 마주 보았다.

"벗어. 왜? 대신 벗겨 줘?"

큰 걸음으로 다가온 준일이 남은 단추를 풀어 블라우스를 벗기고 브래지어도 바닥으로 떨어뜨렸다. 그대로 선의 몸을 들어 올려 침대에 눕혔다. 슬랙스와 팬티를 잡고 단번에 내려 벗겼다. 이어 자신의 셔츠와 바지, 속옷, 양말까지도 벗어 던졌다. 그러고는 선의 양 손목을 한 손으로 잡아 머리 위로 올렸다.

"이번엔……."

선의 다리를 넓게 벌려 상체를 가까이 밀착시켰다.

"……내가 널 시험해."

네가 어디까지 버틸 수 있는지.

또, 나는 어디까지 참을 수 있는지.

얼굴을 내려 집어삼킬 듯 키스하기 시작했다. 꼭 다문 입술을 턱을 잡아 벌리고 혀를 집어넣어 입 안을 훑어 내렸다. 미동하지 않는 혀를 휘감고 빨아들였다. 툭툭 건드리고, 감고, 빨고, 비벼 댔다. 선이 잡힌 손을 풀려 비틀었지만 더 센 악력으로 조여들었다.

"아파."

선의 말에도 준일이 잡은 손에 더욱 힘을 주었다. 얼굴을 찡그리며 고개를 돌리는 선의 얼굴을 잡았다.

"너, 더 아팠으면 좋겠어."

준일의 무정한 말에 선의 가슴이 뻐근하게 아파 올랐다. 자신을 누르는 단단한 무게감과 맞닿은 곳에서 제 것처럼 뛰어오르는 심장 박동이 온몸을 울렸다. 다시 준일이 입 안 깊이 파고들었을 때, 선은 체념하듯 눈을 감았다. 잡힌 손을 빼내려 이리저리 움직였던 팔에도 힘을 풀었다. 이것이 마지막이라면…….

둘은 서로의 혀가 주는 감각과 온도를 주고받으며, 핥고 깨물었다. 틈 없이 맞닿은 입술에서 열기 어린 숨결이 흘러나왔을 때, 준일이 입술을 떼고 선을 내려다보았다. 선은 여전히 굳어 있는 준일의 얼굴을 매만져 주고 싶었다. 입을 달싹이는 순간 준일이 선의 입 안으로 손가락을 집어넣었다. 흔적을 지우기라도 하려는 듯 입 안을 휘저었다.

"제주도에 갑자기 온 걸로도 모자라, 졌다고 한 이유가 있었을 거라고는 생각했었지만, 이런 깜찍한 일인지는 몰랐어."

부정하고 싶었지만, 입 안에 들어 있는 손가락 때문에 말을 할 수가 없었다.

"만족은 했었어? 나름 최선은 다했었던 거 같은데."

입 안에서 손가락을 빼내며 얼굴을 가까이 대었다.

"기분이 얼마나 더러운지."

준일이 고개를 아래로 내려 가슴을 베어 물었다. 이를 세워 긁어내리더니, 빳빳하게 솟은 젖꼭지를 물었다. '아흑.' 아픔과 뒤섞인 쾌감에 선은 입술을 깨물었다. 그 소리에 자극을 받았는지, 더 강하게 빨아들였다. 더해지는 감각에 준일의 아래에서 몸을 비틀었다.

"여기, 그 새끼가 만졌어?"

선은 고개를 저었다.

"그럼?"

"손 풀어 줘."

준일이 잡고 있는 손에 악력을 더하였다.

"대답 먼저."
고개를 저었다.
"말로. 네 입으로 말해."
"그런 일, 없었어."
준일이 피식 웃었다.
"알아. 그래도 안 봐줄 거야. 상처 입으라는 네 말에 진짜로 상처받았거든."
준일의 냉소적인 말에 가슴이 조여들었다. 준일이 입술을 매만지고 손을 아래로 미끄러뜨렸다. 가슴을 일그러뜨리듯 쥐었다 손가락으로 정점을 비볐다.
"그 약혼자였다는 새끼와 네가 한공간에……. 입에 담는 것조차, 참을 수 없이 불쾌해."
거짓말처럼 준일이 쥐고 있던 선의 손목을 놓았다. 풀린 손이 전기가 통하는 듯 저릿했다. 뻐근해진 팔을 아래로 내리고 상체를 일으키려는 순간, 준일이 커질 대로 커진 자신을 깊게 밀어 넣었다. '아흣.' 갑작스러운 삽입에 선의 입에서 비명 같은 신음이 흘러나왔다. 개의치 않고 허리를 잡아 끌어당기며 끝까지 파고들었다. 두 개의 몸이 빈틈없이 꽉 맞물렸다. 선의 엉덩이가 저절로 들썩이며 준일을 깊이 빨아들였다. 준일이 허리를 뒤로 뺐다가 강하게 다시 밀어 넣었다. 움직일 때마다 자신을 뜨겁게 조이는 쾌감에 정신을 놓지 않게 이를 악물었다.
"말해 봐. 그날 밤 나에게 왔던 진짜 이유."
선은 두 손으로 얼굴을 가린 채 띄엄띄엄 말을 하였다.

"싫었어. ……지우고, 싶었어. 무엇보다……."

준일이 얼굴을 가린 손을 잡아 깍지를 끼었다. 눈을 바라보며, 가득 밀고 들어와 휘젓고 둔중하게 찔러 댈 때마다 온몸이 끓어오르다 못해 타들어 갔다.

"지우는 데 이용했다라. 뭐를? 죄책감?"

선은 고개를 도리질 쳤다.

그 밤만은 부정하기도, 더럽히기도 싫었다.

"……보고 싶어서. 당신밖에 생각이. 그래서, 그래서……."

준일이 빠르게 허리를 흔들며 들락거리기 시작하자 말을 잇기 어려웠다. 밀려드는 감각에 열꽃이 피고 소름이 일었다. 깍지 낀 손에 힘이 들어갔다. 허리가 저절로 들썩이며 다리를 허리에 감았다. 절정의 순간 준일이 선의 허리를 잡아 일으켜 허벅지에 앉혔다. 동그란 엉덩이를 잡고 더욱 밀착시켰다. 허리를 튕기듯 올리자 선의 날카로운 비명이 터져 나왔다. 밀고 들어올 때마다 꽉 찬 이물감이 주는 쾌감에 준일의 어깨를 감은 팔에 힘을 주었다. 감당할 수 없는 감각이 몰아칠 때에는 어깨를 물었다. 매달렸다. 준일의 움직임에 따라 흔들리면서, 동시에 그를 빨아들였다. 그렇게 몸 안에 가득 채웠다. 희열과 슬픔이 섞인 눈물이 차올라 어깨를 두른 팔에 얼굴을 묻었다.

낮은 욕설과 함께 다시 눕혀졌다. 준일이 침대 옆 사이드 테이블 서랍을 열어 콘돔을 꺼내고는 이로 포장지를 뜯어냈다. 곧 선의 허벅지 아래로 손을 넣어 양옆으로 벌리며 더욱 밀착해 파고들었다.

"날 봐."

느릿하게 허리를 움직이며 빨갛게 부풀어 오른 동그란 정점을 눌렀다. 간신히 준일과 눈을 맞췄던 선은 찌르는 듯한 자극에 손등으로 입을 막았다. 손등을 깨물며 얼굴을 찡그렸다. 더욱 몰아붙이듯 준일은 안쪽 끝까지 들락거리는 속도에 맞춰 붉은 정점을 손끝으로 문질렀다. 폭죽처럼 터지며 쌓여 가는 감각이 더 이상은 힘들어 굵은 손목을 잡았다. 신호처럼 모든 움직임이 멈추었다.

"그만해?"

"아니."

선의 갈급한 부정에 준일이 처음으로 옅은 미소를 지었다. 손바닥을 넓게 펼쳐 둘이 결합되어 있는 다리와 다리 사이를 덮었다.

"여기, 내 거야."

몸을 숙여 가슴을 가득 입 안에 넣었다. 주무르듯 빨아들이고는 민감해진 젖꼭지를 물었다. 혀로 굴리고 누르고 잡아당겼다. 선이 밭은 숨을 내뱉으며 준일의 머리카락 사이로 손가락을 넣었다. 까끌한 혀가 가슴에 닿는 짜릿한 감촉이 목덜미와 배를 향해 점점 번져 나갔다. 준일이 뽑을 기세로 빨아들이다 탁, 입에서 해방시키자 가슴이 출렁거리며 흔들렸다. 이어 커다란 두 손으로 가슴을 잡아 악력을 달리하며 주물렀다.

"이것도."

"으응."

"여기는 물론이고."

준일의 혀가 입술 사이에 닿자 저절로 입이 벌어졌다. 서로의 입 안으로 파고 들어갔다. 선이 허리를 들썩거리며 준일의 움직임을 재촉했다. 준일의 허릿짓이 다시 시작되자 겹친 입 안으로 만족스러운 소리가 흘러나왔다. 강하게 밀려드는, 충격과도 같은 자극에 정신없이 매달렸다.

느리게 시작되었던 움직임에 속도가 붙었다. 준일이 입술을 떼고 허리를 잡아 빠르게 올려붙이기 시작하였다. 흘러내린 땀이 둘 사이로 스며들고, 마찰이 거듭될수록 쾌감의 강도는 멈출 줄 모르고 높아졌다. 선은 붉게 물든 온몸으로 쌕쌕 가쁜 숨을 쉬었다. 끊임없이 일렁이며 덮쳐 오는 감각에 침대에 펼쳐진 머리카락이 함부로 뒤엉켰다. 자신의 깊은 곳을 찔러 대는 준일을 쉼 없이 물고 빨아들였다. 머리끝까지 파고든 쾌락에 선이 파르르 몸을 떨며 허리를 감고 있던 다리에 힘을 주었다. 가냘픈 신음이 벌어진 입에서 흘러나오고, 굳어진 다리가 경련을 일으켰다. 들려 올라갔다 바닥으로 내팽개쳐지는 절정 속에 격렬하게 움직이던 준일도 목을 뒤로 젖히며 선을 꽉 끌어안았다. 땀에 젖은 몸을 맞댄 채 거칠어진 숨을 골랐다. 뒤엉킨 다리가 땀으로 미끈거렸다. 결합되어 있는 부분은 여전히 뜨겁게 움찔거렸다. 준일이 느리게 허리를 돌리자 뭉근하게 남았던 열기가 뜨거운 물처럼 퍼져 나갔다. '하아.' 짙은 숨과 함께 선은 준일의 머리카락을 쓰다듬었다.

"앞으로 혼자 묻어 두지 마. 숨기지도 마. 우리 사이를 혼자 결정하지 마. 내가 가장 참을 수 없는 게 그거니까."

그 순간, 왜일까.

정체 모를 감정이 갈비뼈를 벌리듯 뻐근하게 차오르며 눈물이 귓바퀴를 타고 흘러내렸다. 서러움과 안도감, 그리움과 사랑, 혼란과 두려움 같은 감정들이. 선은 간절한 마음으로 준일의 반듯한 이마를, 눈썹을, 귀를, 뺨을 쓰다듬었다.

"울지 마."

준일이 눈물을 닦아 주며 부드럽게 입을 맞추었다. 영가등을 만들다 잠들었던 너를, 연두색 물이 든 손가락을 보자마자 마음을 뺏겼었다. 한 번이라도 보고 싶어 헤매고 다녀도 숨바꼭질을 하는 것처럼 볼 수가 없었지.

시골길에서 마주 섰던 너의 모든 것을 기억해.

그때의 따가웠던 오후의 노란 햇빛과 뿌옇게 날리던 먼지, 비릿했던 푸른 벼 냄새도. 갈색 바지에 노란색 반팔을 입고 울 듯 찡그렸던 너의 얼굴까지.

"울지 마."

준일은 다시 한번 달래듯 속삭여 주었다.

울지 마.

내가 있어.

30. 제3의 인물

3층 엘리베이터에서 내리자 조용한 소음이 쏟아져 들어온다. 준일은 걸음을 멈추고 흥미로운 눈빛으로 사무실을 둘러보았다. 회의실과 시니어들의 사무실이 있는 2층과 달리, 주니어 변호사들과 메신저, 비서들이 함께 근무하는 3층은 4층과 뚫려 있는 보기 드문 구조였다. 메자닌을 활용한 스플릿 플로어 형태로 3층과 4층 사이의 공간에는 테이블과 1인용 소파가 놓여 있었다. 간단한 회의나 티타임을 위한 공간인 듯싶었다.

해문법률사무소는 율곡로에 위치한 세 개의 빌딩에 분야별로 나뉘어 입주해 있었다. 그동안 의식적으로 거리를 두어, 아버지 도윤이 있는 S빌딩에도 두어 번 방문했을 뿐, 100여 미터 떨어진 P빌딩은 처음이었다. 해문 외에도 여러 회사가 입주해 있는 보수적인 구조의 S빌딩에 비해 단독으로 쓰고 있는 P빌딩은 꽤 파격적이었다.

층 가운데에 메신저들의 책상이 마주 보며 일렬로 오픈되어 놓여 있고, 양옆의 복도 너머엔 통유리로 구획된 약 8.2제곱미터의 사무실들이 조르륵 들어서 있었다. 최대한의 개방감을 고려한 설계였지만, 모든 움직임이 훤히 노출되는 것을 직원들이 어떻게 받아들일지는 모르는 일이다.

천천히 걸으며 유리문 앞에 달려 있는 네임택으로 인주의 사무실을 찾아내었다. 법률책과 파일, 서류들이 쌓여 있는 기역 자 모양의 책상과 마주 보게 놓인 의자 둘, 이동식 북트럭과 화이트보드, 프린터, 미니 냉장고로 단출한 사무실은 의자가 반쯤 돌려져 있을 뿐 비어 있었다.

"누구시죠?"

등 뒤의 목소리에 준일이 몸을 돌렸다. 포스트잇이 잔뜩 붙어 있는 서류를 든 직원이 빠르게 준일을 스캔한다. 얼굴과 함께 입고 있는 옷, 손목에 찬 시계, 신고 있는 구두의 가격이 순식간에 매겨지는 순간이었다. 기준에 충족이 되었는지, 상대의 눈빛이 경계에서 강한 호기심으로 뒤바뀌었다.

"최인주 변호사를 찾아왔습니다. 사무실이 비어 있는데, 어디 계신지 알 수 있을까요?"

"약속하고 오신 건가요?"

"서프라이즈 방문입니다."

'아.' 상대는 짧은 탄성을 내뱉고는 매끈한 손가락으로 네잎클로버 모양의 흰 목걸이를 만지작거렸다. 손짓에 유혹이 배어 있는 것을 우습다고 해야 할지, 본능으로 이해해야 할지.

"4층 자료실에 있을 거예요. 올라가는 걸 봤거든요."

"감사합니다."

가벼운 미소를 짓고 몸을 돌려 계단을 향하는데 뒤통수가 뜨겁다. 준일은 시선을 떼어 버리려는 듯 계단을 두 개씩 밟고 올라갔다.

캐비닛과 책장이 빼곡하게 들어찬 자료실에 메신저로 보이는 아르바이트생들이 한 손에는 휴대폰을, 다른 손에는 플라스틱 바구니를 들고 메모를 확인하며 소송 관련 자료 파일을 담고 있었다. 이렇게 찾은 자료들은 각 층의 변호사에게, 때로는 다른 빌딩에 있는 변호사나 변리사에게 전달된다.

준일은 책장과 책장 사이를 지나쳤다. 열 개 정도의 책장을 지나자, 자료를 꺼내기 위해 팔을 쭉 뻗고 있는 인주를 발견할 수 있었다. 손끝에 간신히 닿는 데다 빽빽하게 꽂혀 있어 빼내기 어려운 듯 얼굴에 짜증이 배어 있었다. 준일이 큰 걸음으로 다가가 파일을 꺼내 들었다.

"이거?"

"깜짝이야."

파일을 건네받으며 인주가 반사적으로 활짝 웃었다.

옆방의 채화영이 목걸이를 만지작거리며 노골적으로 쳐다보고 있다. 인주는 상냥한 웃음으로 관심 끄라는 메시지를 전달하고는 가차 없이 블라인드를 내렸다. 김준일이 누구고 어떤 사이인지, 궁금해 미칠 거다. 김도윤 대표의 아들인 걸 알면 뒤집어지겠지.

인주는 이어 반대편 유리벽의 블라인드도 내리고, 입구 쪽도 내렸다. 차르륵 소리와 함께 외부의 시선이 차단된다. 남은 건 등 뒤의 커다란 창문뿐이다. 바깥은 허공과 또 다른 빌딩들뿐임에도 블라인드를 내려 버렸다. 한마디의 말도 새어 나가선 안 된다는 강박적 불안 때문이었다. 숨을 크게 들이쉬고 몸을 돌렸다. 자연스러운 미소도 잊지 않았다.

"뭐 마실래? 녹차, 우롱차, 스틱 커피. 이렇게 있어."

"금방 갈 거라."

"나는 믹스 커피 한 잔 마셔야겠다. 자료 좀 찾았다고 에너지가 훅 떨어진 거 같아."

"자료 직접 찾아?"

"가끔. 보통 열다섯 시간씩 책상에 앉아 있으니까, 운동도 할 겸."

"일일이 찾으려면 번거롭지 않나. 공간도 낭비고."

"안 그래도 전산화하고 있다고 들었어. 워낙 자료가 방대하니까 더디지. 3년 잡고 있다던데."

미니 냉장고에서 생수를 꺼내 전기 주전자에 붓고, 머그컵에 커피를 탁탁 털어 넣었다. 휴지통에 스틱 봉지를 버리고 가늘게 떨리는 손을 들어 두어 번 주먹을 쥐었다 폈다.

"가끔 4층이 무너지지 않을까 무서워. 자료들 무게가 엄청날 거 아니야. 어느 날 와르르 무너져서 깔리는 상상을 한다."

"걱정 마. 끄떡없으니까."

"건축가의 말이니까 믿어야지. 그런데 바쁘신 분이 무슨 일이야? 연락도 없이."

준일이 여유롭게 의자 등받이에 몸을 기대며 한쪽 다리를 무릎 위로 올렸다.

"알면서 모르는 척하지 마, 인주야. 연기 어색해."

주전자를 들어 올리던 손이 잠깐 멈칫하다, 태연히 들어 올렸다.

"이럴 때 오빠는 참……, 재수가 없어."

준일이 싱긋 웃었다.

"많이 들어."

뜨거운 물을 붓고 책상으로 돌아가 앉았다. 느긋해 보이는 준일을 컵 너머로 바라보며 다디단 커피를 들이켰다.

"겨우 걸음마 뗀 주니어지만, 여기 찾아오는 사람들 얼굴만 봐도 상태는 대강 짐작할 수 있거든."

"난 어떤 거 같아?"

"내가 알고 있는 것과 오빠가 믿고 있는 게 많이 다를 거 같은 느낌?"

"음, 그럼 서로 공평하게 하나씩 펼쳐 볼까?"

인주는 어깨를 으쓱하고 잔을 내려놓았다. 연의 어머니가 믿고 싶어 하는 사람이었다면, 준일은 믿을 생각이 없는 사람이었다. 그렇다고 물러설 수는 없었다.

"죽은 그 친구가 나한테 둘에 대해서 고민을 털어놨었어. 약혼자인 김기조와 유선. 뭐, 굳이 말로 안 해도 무슨 말인지 알겠지."

준일이 어깨를 으쓱 들어 올렸다 내렸다.

"김기조의 일방적인 감정이었겠지. 어느 남자가 반하지 않겠어."

느긋한 표정과 낯간지러운 말로 손쉽게 인주의 패를 치워버린다.

"이번엔 내 차례."

준일이 등받이에 기댔던 상체를 바로 세웠다.

"결혼을 앞둔 여자가 죽었을 때, 그게 사고가 아니라 자살이었다면, 제일 큰 가능성은 뭘까?"

"……글쎄."

"치정."

준일이 간결하게 말하고 다시 등받이에 몸을 기대었다.

"아하, 그러게. 김기조와 유선의 치정이 있었지."

"아니. 김기조와 유연, 그리고 제3의 인물이 있지."

"제3의 인물이 유선이야. 연에게 들은 말뿐 아니라, 호텔에서 둘이 만나는 것도 직접 봤거든."

"12월 12일. S호텔 중식당?"

손에 쥔 머그잔이 크게 흔들리며 갈색에 가까운 노란 커피가 머그잔 안쪽에서 완만한 포물선을 그렸다.

"유선 씨 대단하네. 미리 선수 쳐서 오빠한테 자진 실토를

했구나. 뭐라고 해?"

"가지튀김 먹었다던데."

인주는 웃음을 터뜨렸다. 아주 재미있는 농담을 들은 듯 웃음은 꽤 길었다.

"그것만 먹었을까? 오빠, 믿고 싶어 하는 마음은 알겠는데 좀 바보 같아 보여. 내가 알던 준일 오빠가 아닌 거 같아."

"믿을 수밖에 없는 게, 그날 밤 제주도에 같이 있었거든."

준일의 대답에 인주의 얼굴이 딱딱하게 굳었다.

"누구 차례지?"

준일이 대화를 복기한 뒤 손가락으로 자신을 가리켰다.

"네가 김기조랑 사귀었어?"

마치 아침 먹었냐는 듯 가볍게 물었다. '하아.' 인주는 어이없다는 표정을 지었다. 무슨 억측을 하시려고.

"아니."

"그럼……, 유연과 사귀었구나."

"아니!"

준일의 단정적인 결론에 인주는 튕기듯 의자에서 일어섰다. 반동으로 손에 들고 있던 머그잔이 흔들리며 서류 위에 노란 커피가 뿌려졌다. 심장은 몸에 구멍이라도 낼 듯 뛰어 댔다. 떨면 안 돼. 흔들리는 모습을 보여서도 안 돼. 인주는 컵을 내려놓고 티슈를 뽑았다.

"오빠 상상력, 되게 기발하다. 너무 놀랍고 재밌어서 커피까지 쏟았어. 그 여자가 그래? 나라고?"

"그럴 리가. 유선은 미련할 정도로 비밀을 지켜. 널 만나는 것도 몰라. 그저 약간의 조사와 조금의 상상력을 동원했을 뿐이야."

"너무 과하게 동원한 거 같은데. 나, 남자 무지 좋아해. 그중에서도 오빠가 탐났고. 이런 말 좀 웃기지만, 유선과 오빠가 헤어진다면 나에게도 기회가 있지 않을까 했어. 이렇게 찾아온 거 보면 기회는 없는 거 같지만. 연 어머니를 찾아가서 말한 건 오버였어. 그건 솔직히 인정. 사과할게. 하지만 이번 일에 대한 내 생각은 변함이 없어. 그 둘이 바람을 피웠고, 연은 배신감에 죽은 거야."

"그럴 땐 보통 파혼을 하지 않아?"

"김기조가 파혼 안 해 준다고 했으니까."

"이런. 비극적이군."

준일이 전혀 비극적이지 않은 목소리로 말했다. 그 무감한 어조에 인주의 분노가 발작하듯 폭발했다. 연이 죽은 이후로 늘 이랬다. 찰나의 순간에 폭발했다. 채화영 같은 부류에게서 날것의 욕망이 풍기는 싱싱한 비린내를 맡았을 때도, 김준일처럼 인생을 날려 버릴 비밀 따위는 없는 사람들이 풍기는 윤택한 흙냄새를 맡았을 때도 그랬다. 그들을 흉내 내면서도 발끝으로 그들을 뭉개고 싶었다. 김준일 네가 뭘 알아. 그 지옥 같던 시간을, 시시때때로 목을 조여 오던 절망을, 살아오면서 열등감이나 두려움 따위는 겪어 보지도 못한 주제에.

"유선이 미련할 정도로 비밀을 지킨다고? 좀 웃어도 돼? 나도 상상력을 동원해 볼까? 말을 안 하는 게 아니라, 못 하는 거겠지. 한껏 비극의 여주인공 흉내를 내며 오빠를 잡아야 하는데, 다른 남자랑 놀아난 이야기를 할 수는 없잖아. 제주도에 같이 있었다고? 그래서 유선의 결백을 믿는다고? 중식당 룸에서 뒹굴었겠지. 섹스하는 데 시간이 얼마나 걸린다고. 대단해. 그래 놓고 곧바로 제주도로 가다니, 엄청 바빴겠어."

"최인주."

"왜! 이제 좀 눈이 트여?"

"지금 네 반응으로 갖고 있던 80퍼센트의 확신에 나머지 20퍼센트가 채워졌어."

"뭐?"

"내 과한 상상력 좀 더 들어 볼래? 유연은 외적으로 약점이 없었어. 결혼이 하기 싫었으면, 안 해도 될 입장이었지. 네 주장처럼 선이 자기 약혼자와 부정을 저질렀다? 기분 더럽지만, 파혼하면 그만이야. 원하지 않았던 결혼에서 빠져나올 절호의 기회였지. 그럼에도 파혼을 안 해 준다는 이유로 질질 끌려갔다는 건 그럴 만한 이유가 있었다는 거야. 자신을 희생하면서까지 지키려 했던 것. 피할 방법이라고는 죽음밖에 없었던 무엇. 기어코 죽음을 선택하게 했던 상처. 꽤 크리티컬한 사람이자 관계였다는 건데, 그 사촌과 그런 관계가 있을 만한 남자는 없었어. 김기조 말고는 너무나도 깨끗했지. 그러다 한 가지 깨달았어."

준일이 말을 멈추었다.

"왜 꼭 남자라고 생각할까, 하고."

준일은 인주의 흔들리는 눈을 바라보며 말을 이었다.

"그럼 그 여자는 누굴까? 의외이지만 의외이지 않은 인물. 이번 일에 관계가 없는데 불현듯 끼어든 사람. 더하여 지금처럼 과도하게 흥분하는 사람."

잠시 말을 멈추었다.

"너, 최인주."

인주는 소리 내어 웃었다. 떨리는 손으로 커피를 닦아 낸 티슈를 휴지통에 버렸다.

"사랑이 대단한 건지, 유선이 대단한 건지. 오빠의 눈을 가리고 귀를 막았구나. 놀랍네. 우리는 단순한 친구 사이였어, 친구. 김기조가 그랬다더라. 자기 인생에 파혼이라는 흠집은 있을 수 없다고. 기어이 파혼하겠다면 연이는 물론이고, 연이 아버지, 어머니 모두 매장시킨다고. 그렇다고 유선이랑 관계를 정리할 생각은 없었고. 얼마나 끔찍했겠어. 제일 믿었던 사촌은 자기 약혼자와 바람을 피우는데 파혼도 못 하고. 인생 거지 같았을 거 같아. 나라도 죽고 싶었을걸."

준일이 피식 웃으며 의자에서 일어났다.

"네 주장이 그렇다면, 김기조를 만나 볼 수밖에."

"오빠!"

인주가 비명에 가까운 소리를 질렀다.

"그 남자 진짜 이상한 남자야. 자기 잘못 가리기 위해선 무슨 짓이라도 할 사람이라고."

"걱정 마. 그 정도 판단은 내가 해."

뛰다시피 책상을 돌러 나온 인주가 준일의 팔을 잡았다.

"오, 오빠."

준일이 팔을 잡고 있는 인주의 손을 내려다보았다.

"김기조 이름만으로도 이렇게 빨리 무너질 걸……. 뭐가 이렇게 어설퍼, 최인주."

인주는 주춤주춤 붙잡고 있던 손을 떼었다. 느낄 수 있었다. 준일이 누르고 있는 분노의 부피를. 얼마 남지 않은 인내심을. 더 이상의 어떤 말도 소용없다는 사실도.

"더 웃긴 건 이런 어설픔에 넘어간 유연의 부모라는 사람들이지."

부풀었던 뺨과 생채기가 난 손. 무엇보다 그들을 용서할 수 없는 건, 법당에서 자신을 바라보았던 선의 텅 비었던 얼굴이었다. 그들이 그런 표정을 짓게 한 것이다. 결코 치유될 수 없는 상처를 준 것이다.

낮의 선은 웃지만, 밤의 선은 흐느꼈다.

그럴 때면 선의 여윈 등에 얼굴을 갖다 대었다. 한껏 팔로 감싸 안으며, 슬픔이 고여 있는 가장 깊은 곳으로는 영원히 들어가지 못할 것이라는 좌절감을 느꼈다.

"나는 굳이 그 사람들의 오해를 풀 마음이 없어. 다만 선이 지저분한 오해 속에 있는 것이 싫을 뿐이야. 네가 유연과의 관계에 대해서 말하고 싶지 않다면, 마음대로 해. 능력껏 오해를 풀고 제자리로만 돌려놔. 변호사니까 말 잘하겠지."

"오빠. 나, 나는……."

준일이 인주의 떨리는 말을 가차 없이 끊어 내었다.

"그 사람들의 사과나 눈물의 포옹 같은 건 필요 없어. 연락하지 않아도 상관없고. 오히려 좋아. 그래도 언제든 확인할 거야. 그때까지도 네가 안 했다면 내가 직접 해. 그땐 가감 없이 그대로 이야기하게 될 거야. 협박이라고 생각하지 마. 너 자신을 약점으로 만든 건, 바로 너니까."

준일이 문을 향해 걸어가다 몸을 돌렸다.

"아, 오늘 매스에 사직서 제출했어. 소장님께 사유는 너한테 들으라고 했으니까 그것도 잘 설명해, 최인주 변호사님."

31. 배웅

인주에게 전화가 온 건 약속 장소인 커피숍에 막 도착했을 때였다.

— 도착했나요?

"네."

— 밖으로 나올래요? 커피숍 앞에 차 대 놨어요. 은색 아우디예요.

밖으로 나오자 인주의 차가 깜빡이를 켠 채 서 있었다. 차를 향해 걷는데 제법 센 바람이 불어 선은 잠시 걸음을 멈추었다. 흩날리는 머리카락을 한 손으로 쥐어 잡았다. 한 차례의 바람이 지난 후에야 다시 걷기 시작했다.

선이 차에 타자 인주는 별다른 말 없이 차를 출발시켰다. 차가 남산3호터널을 통과해 반포대교를 지날 때까지 인주는 함부로 차로를 바꾸고, 주황색 신호등에도 아슬아슬하게 사거리를 통과하였다. 차가 밀리는 반포대교 위에선 작게 욕설을 중얼거렸다. 겨우 톨게이트를 지나 고속도로에 접어들자 인주는 속도를 올리기 시작했다. 속도계는 이내 130킬로미터에 다다랐다.

"이렇게 속도를 올리는데도 놀라지 않네요."

인주가 먼저 침묵을 깼다. 선의 대답을 기대했던 건 아니라는 듯 말을 이었다.

"예전에 연과 이 도로를 달렸었어요. 엄청나게 싸우고서 둘 다 같이 죽어 버리자고 속도를 있는 대로 올리고, 곡예라도 하듯이 차로도 마구 변경했는데도 사고가 안 나더라고. 내가 운전을 너무 잘했던 거지."

"속도 낮춰요. 난 최인주 씨와 같이 죽을 생각이 없으니까."

선이 낮은 목소리로 담담하게 말했다. 인주는 선을 흘깃 바라보고는 서서히 속도를 낮추었다. 선은 고개를 돌려 차창 밖을 바라보았다. 저물어 가는 하늘에 길게 이어진 비행운이 햇빛을 받아 부옇게 빛나고 있었다.

"아까 전화 받고서 짜증 낸 거 미안해요. 요즘 여기저기서 말리고 있는데, 유선 씨까지 만나자고 하니까 순간 울컥했어요. 먼저 연락해 미안하다고 빌지는 못할망정 말이죠. 제가 이래요. 못돼 처먹어서 나만 알아요."

연의 부모를 만나 빌었고, 집을 나왔으며, 해문에는 사직서를 제출했다. 그동안 저축한 돈을 탈탈 털어 미국 어느 촌구석이든 LL.M(Legum Magister : 법학 석사 과정)을 떠날 생각이었다. 지원에만 7개월이 남았지만 그때까지 해문에서 비빌 염치는 없었다.

준일이 매스에 사직서를 제출한 이유에 대해 진석에게 무어라 변명했는지 기억도 나지 않는다. 늘 자신을 믿고 지지해 주던 진석에게서 적나라한 실망과 분노를 느낀 걸 보면 신통찮았다는 것만 알 수 있었다. 뭐라고 했더라. 아버지를 위해 준일 오빠와 잘되고 싶어서 여자 친구와의 사이를 이간질했다고 했었나. 거짓 위에 진실을 섞었다. 같은 문제로 해문에도 사표를 냈다고 덧붙였다.

'나와 매스를 위해서였다고?' 힐난하는 진석의 표정에 믿음은 조금도 없었다.

윤애는 또다시 뒤집어졌다. 머리통을 천으로 꽉꽉 묶고 드러눕는 걸로는 자신의 비탄을 제대로 드러낼 수 없다 판단했는지 신경쇠약을 이유로 입원까지 했지만, 인주는 그날로 집을 나와 비즈니스호텔에 묵고 있었다.

선의 전화를 받았을 땐, 단기로 일할 다섯 명 규모의 법률사무소 면접을 막 끝낸 참이었다. 톱 로펌인 해문을 그만두고 비교도 안 되게 작은 소규모 업체로 옮기려는 이유에 대해 꼬치꼬치 캐물어 신경이 잔뜩 곤두서 있었다. 휴대폰을 통해 유선의 목소리가 들리자 꾹꾹 눌러 왔던 서러움이 펑 하고 천장으로 솟구치는 기분이었다. '다들 날 어디까지 몰아붙일 건데!' 소리라도 지르고 싶었다.

그렇게 한껏 날 서 있던 마음에 유선이 걸어오는 모습을 보았다. 유선은 바람에 흩날리는 머리카락을 잡고 잠시 멈추었다, 다시 걸었다. 연이라면 머리가 마구 휘날리는 채로 달려왔을 것이다. '인주야, 바람 끝내주게 분다.' 그러고는 세상 신난다는 듯 크게 웃었겠지.

더 이상, 차가운 바람에도 웃던 연은 없다.

자각은 예고 없이 목덜미를 잡는다는 것을, 도망치고 도망쳤던 만큼 억세게 쥐고 흔든다는 것을 몰랐다.

연은 없다.

걸어오는 유선을 보는데 잡힌 목이 끊어지도록 아팠다. 정신을 차리니 고속도로였다.

●■▲

20여 분 달린 차는 기흥휴게소에 들어섰다. 주차장이 의외로 한산해 어렵지 않게 자리를 찾아 주차를 하고 시동을 껐다.

"그날 여기 휴게소에서 얼큰칼국수 먹고 돌아왔어요. 둘이 눈물, 콧물 빼 가면서요. 이 휴게소 대표 메뉴예요. 맛있으니까 언제 한번 먹어 봐요."

실없는 소리를 하고, 입을 다물었다. 날은 빠르게 어두워져 흩어져 남아 있는 노을조차 검붉었다.

"그동안 변명하고, 힐난받고, 싸우고, 사표 내고, 집 나오고……. 아주 버라이어티했어요. 유선 씨는 남자 뒤에 숨어 있다가 이제야 우아하게 등장. 멋져요. 인생 이렇게 살아야 하는데."

선은 인주의 빈정거림을 가볍게 웃어넘겼다.

"내가 먼저 최인주 씨를 만날 생각이었는데, 정리할 시간이 필요했어요. 그사이 찾아갔을 줄은……. 그 사람이 보기보다 욱하는 성격이 있거든요."

"하, 두 번만 욱했다간. 준일 오빠한테 전하세요. 연이 부모님은 지난주에 뵙고 왔다고. 두 분 다 놀라시지도 않고 고개만 끄덕이셨어요. 어렴풋이 짐작하고 계셨던 거 같았어요. 유선 씨가 그럴 리 없고, 자신들이 큰 오해를 했었다는 걸요. 나와 연에 대해선……."

잠시 말을 멈추었다.

"나는……, 못 해요. 말하지 못했어요. 변명처럼 들리겠지만, 그분들을 위해서도 최선이라고 생각해요."

"최인주 씨."

"미안해요."

인주가 마침내 사과의 말을 내뱉듯 빠르게 말하고는, 눈을 꾹 감았다 떴다.

"나 때문에 죽은 게 아니라고 믿고 싶었어요. 믿고 싶었던 마음에 모든 게 착착 맞아떨어지는 것처럼 보였어요. 나, 나 때문이라고 인정하면 살 수가 없을 거 같았어요."

그랬다. 전시회에서 유선이 아는 척을 했을 때. 연의 이름을 입에 올리고, 곧은 시선으로 자신을 바라보았을 때. 애써 묻어 두었던 죄책감이 몸뚱이를 드러내고, 몇 겹이나 둘러쳤던 보호막이 찢겨져 나가는 것 같았다.

"연을 부정한 것도 모자라, 연의 부모님들께 또다시 상처를 입혔어요. 그것도 그쪽의 죄책감에서 벗어나기 위해서요. 나는 최인주 씨를 용서하기 힘들어요. 되갚아 주고 싶은데, 아직 방법을 못 찾고 있어요."

"아버지 일에 타격을 입히고, 자식으로서 실망시키고, 몸 바쳐 일하던 회사는 그만두고, 집에서도 나왔어요. 모자란가요?"

"네, 모자라요."

인주가 고개를 돌려 선을 쏘아보았다.

"결정적인 방법이 있잖아요. 내가 제일 두려워하는 거."

"최인주 씨."

선이 나직이 인주의 이름을 불렀다.

"더 이상 내 앞에서 연을, 연의 사랑을 하찮게 말하지 말아요."

연과 닮은, 그러나 전혀 다른 유선이 자신에게 경고하고 있었다. 예민하고 연약한 생김새라 생각했었다. 얇게 얼어붙어 툭 치면 손쉽게 부숴 버릴 수 있는. 겁을 주면 도망쳐 버릴 것 같은.

잘못 봤었다.

"오늘 보자고 했던 건, 부탁하고 싶은 말이 있기 때문이에요.

최인주 씨가 장례식장에 왔었는지 끊임없이 되짚었었어요. 전시회에서 물었던 것도 부탁하고 싶어서였어요. 연이 마지막 가는 길을 배웅해 주길 바랐거든요. 연이 보고 싶어 했을 테니까."

선이 아득한 눈빛으로 인주를 바라보았다.

"이제라도 연을 배웅해 주세요. 아마 기다리고 있을 거예요."

"기다……릴까요? 내가 미울 텐데."

"사랑이 더 크니까요."

그때 빠앙, 긴 클랙슨 소리에 함께 관광객으로 보이는 사람들이 차 앞으로 우르르 달려갔다. 신호처럼 선이 차 문을 열었다.

"먼저 내릴게요. 돌아갈 때 속도 올리지 말고 조심해서 운전하세요."

"여기 고속도로 휴게소예요. 어떻게 가려고요?"

인주의 말에 선이 희미한 미소를 지었다.

"방법이 있겠죠."

홀로 남은 차 안에서 인주는 핸들에 팔을 올리고 고개를 묻었다.

정말 나를 기다리고 있어? 원망하지는 않아? 꼴 보기 싫지 않아?

추억이 후드득 열매처럼 머리 위로 떨어졌다. 모두 향긋하고 달큰한 향을 풍기는 기억들이었다. 하나를 집어 들어 베어 물었다.

입에 문 채, 인주는 길게 울었다.

연이 보고 싶었다.

●■▲

기저귀를 차고 있어 두툼한 엉덩이로 실룩실룩 뛰는 듯 걷던 아기가 선 앞으로 다가왔다. 터질 듯한 볼에 작은 손에는 어묵바 조각을 꼭 쥐고 있었다. 아기는 선을 빤히 바라보다가 어묵을 갈비 뜯듯이 한입 떼어 먹고는 선에게 내밀었다.

"이모 주는 거예요?"

놀란 듯 과장해서 묻자, 아기가 배시시 웃으며 고개를 끄덕였다. '냠냠.' 한입 먹는 척 소리를 내고 눈을 커다랗게 떴다.

"너무 맛있어요. 감사합니다."

선의 호들갑스러운 반응에 아기는 세상 뿌듯한 얼굴로 몸을 돌렸다. 넘어질 듯 말 듯, 뒤뚱뒤뚱 용케도 걷는 거 같더니 동그란 머리가 앞으로 기울어지며 넘어졌다. 앙증맞도록 작은 손에 어묵바는 여전히 꼭 쥔 채였다. 곧 놀라움과 서러움을 담아 '으앙.' 울음을 터뜨렸다. 놀라 아기에게 다가가는데, 커다란 손이 아기를 일으켜 세웠다. 이어 아기의 이름을 부르며 젊은 부부가 달려왔다. 엄마와 아빠를 본 아기가 목소리를 높여 더욱 서럽게 울어 대는가 싶더니 어묵을 야무지게 떼어 먹었다. 오물오물 씹다가 넘어진 게 생각난 듯 다시 울었다. 아기를 일으켜 세워 준 남자와 아이 부모가 인사를 주고받는 모습을 보며 선은 의자에 다시 앉았다. 아기에게 손을 흔들어 준 남자가 몸을 돌려 느긋하게 걸어온다. 남자의 어깨 너머로 하늘이 파랑에서 보라, 주황에서 다시 짙은 파랑으로 색이 변하고 섞이며 빠르게 노을 지고 있었다.

"다음은 안성휴게소?"

용인휴게소에서 이번에는 기흥휴게소, 다음은 안성이냐는 말이었다. 선은 순하게 웃으며 준일에게 팔짱을 꼈다.

"그거야 나도 모르지. 왜?"

"일종의 휴게소 투어 코스인가 싶어서. 마음의 준비도 할 겸."

"별로야?"

준일이 선 앞에 우뚝 멈춰 섰다.

"선, 내 뒤에 빠르게 흔들리는 거 보여?"

뭐가 있는가 싶어 준일의 뒤를 살폈다.

"내 꼬리. 힘차게 흔들고 있잖아. 월월대며 열심히 차 몰고 왔는데."

준일의 농담에 공중으로 선의 웃음소리가 퍼져 나갔다. 그런 중에도 준일은 선의 얼굴을 살폈다.

"무슨 일이야?"

'별건 아니고.' 말하며, 팔짱을 좀 더 깊게 꼈다.

"최인주 씨 만났어."

걸음을 멈춘 준일의 눈이 날카롭게 빛났다. 이럴 때의 준일은 강하고, 어른 같고, 아랫배가 욱신거릴 정도로 멋있다.

"네가 왜? 걔가 불렀어?"

"아니, 내가 먼저 보자고 했어. 말할 것도 있고, 부탁할 것도 있어서."

"부탁해야 할 사람이 바뀐 거 아니야?"

"연에 관한 거니까. 마지막 배웅 해 달라고……. 나를 위한 것이기도 해."

준일의 미간이 좁아졌다. 선의 표정을 읽고, 마음을 본다.

"편해졌어?"

못마땅하지만. 그래서 네 마음이 덜 아플 수 있다면.

"응."

선이 순순히 대답하며, 눈꼬리가 휘어질 정도로 활짝 웃었다. 완전하고도 무방비한 웃음에도 어찌할 수 없는 그리움과 슬픔이 여전히 머물러 있었다. 준일은 선의 노을에 붉게 물든 뺨을 어루만지고, 바람에 흔들리는 머리를 귀 뒤로 넘겨 주었다.

이 모든 것이 너라면.

열꽃이 피는 듯 가슴이 뜨거워졌다.

전부 끌어안겠다고.

"여기 얼큰칼국수가 엄청 맛있대."

기대에 찬 선의 말에 준일이 손을 잡으며 깍지를 꼈다. 맞잡은 손을 위아래로 크게 흔들었다.

"그래. 두 그릇씩 먹자."

●■▲

준일에게 선의 이야기를 전해들은 신지윤 사장은 '면접 볼 때부터 마음이 가더니만.'이라는 짧은 말을 남겼다고 했다. 선을 따로 부르지는 않았다. 다만, 회의 때 고개를 들지 못하는 선의 이름을 부르고는 웃어 주었다.

밤과 낮의 길이가 같아지고 추위와 더위가 같아지는 날, 연당 스님으로부터 전화가 걸려 왔다. 김기조가 연의 이름으로 놀라울 만큼의 큰 금액을 백운사에 시주했다는 소식이었다. 선은, 일어날 때면 버릇처럼 재킷의 단추를 잠그던 김기조의 모습을 떠올렸다. 음울했던 눈과 묵묵히 가지튀김을 먹던 모습도. 여전히 그가 천천히 늙기를 바랐다.

때로, 아침에 눈을 뜨거나 밤에 잠이 들 때면 여전히 마음에 고여 있는 슬픔이 몸속을 흘러 다녔다. 그럴 때면 준일의 품속을 파고들었다. 그럼에도 여전히 가시지 않으면, 눈물에 슬픔을 조금씩 흘려 내보내었다.

진라와 메밀수제비에 묵무침을 먹는데 주인아저씨가 가게 입구에 붙어 있던 입춘대길立春大吉, 건양다경建陽多慶이 적힌 화선지를 떼어 내었다. 이마를 스치는 바람에 고개를 드니 가게 벽에 달린 선풍기가 약하게 돌아가고 있었다. 어느덧 보리를 베고 모를 심는다는 망종이었다.

큰아버지와 큰어머니에겐 여전히 연락이 없었다.

기다리지 않았다.

32. 정말 안녕

"김준일건축사사무소의 첫 번째 프로젝트."

준일이 평면도를 소파 테이블 위로 펼쳤다. 펜으로 쓱쓱 그리고 색연필로 칠한 평면도에는 넓은 정원과 1층, 2층이 각각 스케치되어 있었다.

"정원은 커다란 개 서너 마리 키워도 충분할 면적이야. 정원수 외에 모과나무와 산수유를 심을까 하는데, 심고 싶은 유실수 있어?"

"음, 포도나무."

"포도 좋아해?"

"예전에……, 여름이면 잘 익은 포도를 따서 술을 담갔었어."

깨끗하게 씻은 포도 알을 커다란 대야에 우르르 쏟아 넣고 박박 문지르면 껍질에서 알만 톡톡 튀어 나왔었다. 큰어머니

몰래 연과 알맹이만 쏙쏙 입에 넣다 들키면, 들킨 게 신나서 웃었었다. 거실을 꽉 채웠던 새콤달콤한 포도 냄새와 부지런히 돌아가던 선풍기. 선풍기 바람에도 등 뒤로 흐르던 땀과 시끄럽게 울던 매미 소리에 섞였던 웃음소리들이……. 매해 8월의 기억이었다.

"좋아. 포도나무 추가."

준일이 들고 있던 펜으로 타원형을 그리고 포도나무라고 적는다.

"여름엔 포도주를 가을에는 모과차도 담그면 완벽하겠어. 겨울에는 낙엽 모아서 고구마 구워 먹자. 눈 내리면 눈싸움도 하고. 자, 실내로 들어가 볼까요. 1층 포인트는 동서를 가로지르는 여기, 이 긴 마루야. 슬라이딩 도어를 닫으면 프라이빗 공간과 공동 공간을 분리할 수 있고, 열어 두면 하나의 공간으로 쓸 수 있지. 마루를 기준으로 여기가 주방, 식당, 거실. 이쪽이 우리 침실, 드레스룸이고 서재, 작업실. 2층으로 올라가면……."

"2층에 왜 아이 방이 세 개야?"

선의 질문에 펜을 들고 있던 준일의 손이 멈칫한다.

"역시 너무 많은가? 그럼 방 하나는 줄이고."

'아이 방'이라고 적혀 있는 글자에 취소 표시로 두 줄을 그었다. 여전히 빤히 자신을 바라보는 선을 흘깃 보고는 옆방에 쓰인 글씨에도 펜을 긋는다.

"또 하나 줄이고."

이제 하나 남은 아이 방 글씨 위를 펜으로 톡톡 치며 선을 본다.

"남은 방도 마저?"

선이 결국 웃음을 터뜨렸다.

"방 하나는 남겨 놓지."

응? 재차 설득하며 준일이 테이블 위로 선에게 입을 맞추었다.

"마음대로 해. 당신 프로젝트잖아."

새침한 선의 말에 준일이 순식간에 소파 테이블을 밟고 건너와 양팔 사이로 선을 가두었다. 갑작스러운 움직임에 밀린 평면도가 테이블에 간신히 걸쳐져 있다 미끄러지는 소리와 함께 바닥으로 떨어졌다.

"포도나무 심자고 해 놓고선."

짙어진 눈빛으로 바라보다 선의 입술을 향해 천천히 고개를 숙였다.

"이렇게 슬쩍 뒤로 물러서시겠다."

선의 벌어진 입술 사이로 혀를 틈입하며 빨아들였다. 온도와 촉감이 다른 두 혀가 깊이 얽혀 들었다. 준일이 입술을 떼지 않은 채 선의 블라우스 단추를 하나씩 풀기 시작했다. 벌어진 블라우스 속으로 손을 넣어 브래지어 후크를 풀고 손안 가득 들어오는 가슴을 쥐었다. 만족스러운 소리를 내며 주무르다 입술을 내려 입 안으로 빨아들였다.

열어 놓은 거실 창으로 초여름의 덥고 습한 바람이 불어와 가슴을 물고 있는 준일의 머리카락을 살며시 흔들었다. 선은 창에 어룽거리는 나뭇잎을 바라보다 눈을 감았다. 손가락으로 준일의 머리카락을 헤집고, 좀 더 밀착하기 위해 몸을 내밀었다. 시작된 더위 탓인지 부딪혀 오는 살갗은 평소보다 조금 더 뜨거웠다.

이내 옷이 완전히 벗겨지고 좁은 소파에서 서로의 맨몸이 엉켜들었다. 땀에 젖어 들며 가죽 소파에 살이 들러붙다 떼어지는 소리와 감촉마저도 흥분을 부채질했다. 가슴을 양껏 탐하던 준일이 머리를 아래로 내렸다. 배와 허리, 배꼽을 따라 입을 맞추면서 곳곳을 깨물고 핥고 빨아들이더니, 마침내 빨갛게 부풀어 오른 동그란 정점을 입술로 물고 혀로 쿡 찔렀다. '아흣.' 선은 준일의 어깨에 걸치고 있던 발을 미끄러뜨렸다. 손등을 깨물었다. 선의 다리를 좀 더 넓게 벌리고 파고들며 핥아 대고 빨아 당겼다. 갈라진 틈 사이를 벌려 까끌한 혀로 쓰윽 쓸어 올렸을 땐 아랫배가 욱신거리는 걸 넘어 온몸이 저릿했다.

억울해.

순간, 매번 이렇게 혼자만 욕망에 들떠 정신을 못 차리는 것이 분했다. 발로 준일의 어깨를 밀어내고 재빨리 몸을 일으켰다. 상체를 숙이며 손을 뻗어 한 손으로는 채 잡히지도 않는 준일의 남성을 쥐었다. 우뚝 서 무섭기까지 한 그것이 손안에서 뜨겁게 맥박 쳤다. 살짝 힘을 주자, 준일이 얼굴을 찡그렸다. 슬쩍 위아래로 손을 움직여 보았다. 그런데 그다음부터는 어떻게 해야 할지 몰라 준일을 바라보았다. 자신의 것을 손에 쥔 채 당황한 선의 표정에 준일이 웃음을 터뜨렸다.

"나중에."

선의 허리를 잡아 자신의 허벅지 위로 끌어 올리며 속삭였다.

"시간은 많아."

선의 몸통을 천천히 자신에게로 내리며 내밀한 안쪽으로 묵직하게 파고들었다. 여전히 빠듯하고 버거웠지만 그만큼의 충만감도 함께였다. 가쁜 숨을 내쉬며 서로의 눈을 바라보았다. 서로의 몸이 얽힌 만큼, 눈빛도 깊이 얽혀 들었다. 만족하지 못한다는 듯 준일의 커다란 손이 선의 엉덩이를 잡아 끌어당기며 좀 더 밀착시켰다. '아, 너무 깊어.' 선의 입에서 작은 비명이 새어 나왔다. 가냘픈 소리는 또다시 부딪혀 오는 준일의 입 안으로 삼켜졌다. 달래듯 입을 맞추며 선의 허리를 잡고 서서히 움직이기 시작했다. 움직임에 따라 가득 채워지고 비워지고 다시 채워지며 열꽃이 피어올랐다. 붉은 꽃은 발톱부터 줄기를 이루며 다리를 타고 허리를 감아 올라오며 꽃을 피워 댔다. 온몸이 짙은 향을 풍겨 내었다. 마찰이 거듭될수록 결합된 아래에서부터 올라오는, 점점 부풀어 올라 펑 날려 버릴 것 같은 쾌감에 어쩔 줄 몰라 준일의 어깨를 붙들었다. 애써 참아 냈던 가느다란 교성을 흘렸다.

절정의 순간 선의 몸이 다시 소파에 눕혀졌다. 준일이 선의 다리를 자신의 허리에 감게 하고는 더욱 빠르고 깊게 밀어 넣었다. 온몸이 사정없이 흔들리고, 흘러내린 땀은 두 사람의 밀착된 사이로 빨려 들듯 스며들었다. 허리를 밀어붙이는 속도가 올라갈수록 틈 없이 맞물린 곳이 뜨겁게 비벼지고, 끈적하게 뒤엉켰다. 묵직하게 증폭해 나가는 저릴 듯한 쾌락으로 선이 몸을 비트는 순간 예상치 못한 열락의 지점에 다다랐다. 발등이 굽어지고 바르르 허벅지가 떨렸다. 제 몸 안의 남자를 움켜쥐듯 빨아들이고 또 빨아들였다. 정신이 나가 버릴 정도의 뜨거운 압박감에 준일의 쾌감도 끝까지 솟구쳤다. 목을 긁는 소리를 내며 선의 가는 허리를 붙잡고 끝을 향해 달려 나갔다.

마지막 순간 탄성과 함께 준일이 목을 뒤로 젖히며 몸을 떨었다. 쓰러지듯 선의 위로 몸을 포갰다. 땀과 체액으로 엉망이었지만 둘은 서로의 팔과 다리를 얽힌 채 움직이지 않았다.

공기 중으로 비릿한 단내가 떠돌았다.

몽롱하게 눈을 반쯤 떴을 때, 꿈처럼 잠자리 한 마리가 머리 뒤로 날아다니고 있었다. 땀으로 끈적끈적해진 몸과 좀 더 더워진 공기. 초록의 나뭇잎들을 살랑이며 들어오는 바람과 거실 안쪽으로 길게 비추고 있는 햇빛. 여전히 자신을 채우고 있는 그.

선은 다시 눈을 감았다.

"선."

잠든 줄 알았던 준일이 선을 불렀다.

"응."

"너의 집이야."

선은 희미하게 웃었다.

"원 플러스 원인 셈인데. 저 집을 가지면, 내가 딸려 올 거야."

이번에는 소리 내어 웃었다. 손가락으로 준일의 뒷머리 끝을 만지작거렸다.

"죽지 마."

선의 뜻밖의 말에 준일이 몸을 일으켰다.

이건, 유선의 사랑 고백이었다. 준일은 온 집안을, 동네를 뛰어다니고 싶을 만큼 뻐근하게 차오른 기쁨을 누르며 선을 바라보았다.

"나보다 먼저 죽지 마."

"그럴게."

"먼저 죽으면 용서 안 할 거야."

선이 다짐시키듯 강조했다. 준일이 낮게 웃었다.

"어이쿠, 무서워. 용서 안 하면 어떻게 할 건데?"

농담인 걸 알면서도 금방이라도 울듯 코끝이 발개지고 눈가가 촉촉해진다. 그가 없는 세상은 상상하기조차 두려웠음으로. 상상이 되질 않았음으로. 준일이 선의 얼굴을 두 손으로 조심스레 감쌌다.

"널 이 세상에 혼자 남겨 두지 않아."

"절대."

"응. 절대."

"대신 얼른 대답해. 2층에 아이 방 하나 정도는 괜찮다고."

코끝이 빨개진 채, 선이 웃었다.

앞으로 다가올 매해 8월에 포도주를 담글 것이다.

까맣게 잘 익은 포도만을 골라서.

담그는 중간중간 탱글탱글한 포도 알을 서로의 입에 넣어 주며.

어쩌면, 2층 방을 쓰고 있을 아이에게도.

연.

너의 바람대로 또 다른 생이 있다면.

그래서

내 앞의 이 사람을 만날 수 있다면.

나는

다음 생도,

그다음 생도,

다음다음 생도,

천 번이라도 태어날 수 있을 거 같아.

연.

그 생의 날들 사이사이 다시 만나자.

그때는 마지막까지 웃으면서.

이제는 정말,

안녕.

에필로그 1

로프트를 그만두었다.

준일과 결혼으로 로프트의 퇴사는 자연스러운 수순이었다. 다만, 동료들과의 작별이 아쉬워 차일피일 미루었다. 이별은 늘 어려운 일이었으니까. 미루고 미루다, 새집 정원에 포도나무를 심은 날 사직서를 제출했다. 새집의 완공까지 보름, 결혼식까지는 한 달이 남아 있었다.

선의 자리에 올 새로운 편집자도 뽑았고, 인수인계도 끝났으며, 책상 정리도 마쳤다. 그동안 함께 작업했던 역자들과 에이전시 담당자들에게 퇴사 인사 메일을 보내는 것으로 로프트에서의 업무가 종료되었다. 컴퓨터와 스탠드를 끄고 다시 앉지 못할 책상에서 일어서며 몰래 눈물을 닦아 내었다.

그렇게 헤어짐은, 선에겐 늘 어려웠다.

"축하한다고 해야 하는 거야, 아쉽다고 해야 하는 거야?"

진 팀장이 선선히 웃으며 선의 잔에 맥주를 따랐다. 편집부와 디자인팀이 모인 선의 송별회였다.

"뭐든 탈출은 축하해 줘야 하는 거죠. 거기에 결혼 상대가. 크으으으으으."

재형이 엄지를 치켜 올렸다.

"준일 씨와 결혼이라니. 여전히 놀라우면서도 기분이 묘하고 놀림받는 거 같기도 하고. 무엇보다 유선 씨가 연애 중인 것조차 전혀 몰랐네요. 진라 씨는 하도 양갱 씨를 입에 달고 다녀서 알고 있었는데 말이에요."

수민이 새침하게 말하고는 맥주를 쭈욱 들이켰다.

"저는!"

진라가 손을 번쩍 들었다.

"예전부터 알고 있었습니다."

훗훗훗, 웃음을 지으며 양손으로 브이 자를 그렸다.

"저도!"

뜻밖에 영훈도 손을 들었다.

"눈치채고 있었습니다."

모두의 시선이 영훈에게 쏠렸다. 영훈이 알 만했던 일이 있었나, 선도 놀라 되짚어 보았다.

"예전에 건축신문 작업할 때, 그분이 왔었잖아요. 마침 대리님이 저랑 별색 선택하던 중이라서 제 자리로 바로 오셨었는데!"

영훈의 연극적인 어조에 다들 눈을 반짝였다.

"서로가 서로를 바라보는 눈빛이 말이죠. 마치 쥐잉 하고 결계가 쳐진 듯하더라고요. 저는 결계 밖에서 서성이는 한 마리의 찌리가 된 느낌이었지요. 둘이 뭔가 있다, 했었습니다."

"어련들 하셨겠어요."

삐죽거리는 수민에게 영훈이 감바스에서 제일 큰 새우를 집어 앞접시에 놓아 주었다.

"뭐예요?"

"빈속에 술 마시면 속이 더 쓰리니까. 큰놈으로다 드리죠."

수민이 능글능글 웃는 영훈을 째려보면서도 새우를 한입에 넣었다. 볼이 발개진 게 조명 탓은 아닌 거 같았다.

"언제 다시 컴백해?"

지영의 질문에 술자리는 일시에 조용해졌다. 호기심 가득한 시선들에 선은 쑥스러운 미소를 지으며 마시던 맥주를 내려놓았다.

"안 해요."

'왜애? 왜요? 아예 일 안 할 생각인 거야? 아니면 당분간?' 쏟아지는 질문들에 선은 작게 미소 지었다.

"다른 곳으로 이직하려고요."

"사장님 뜻이야?"

진 팀장이 조심스럽게 묻는다. 반은 맞고, 반은 아니었다. 선과 신 사장이 일과 사생활을 분리해 행동한다 해도 빈틈이 있을 것이고, 설령 없다 해도, 선의 변화된 위치에 현재의 직원들이 심리적 부담을 느낄 것이다. 조금이라도 어색해지고 싶지 않았다. 무엇보다 편집자 유선이 아닌, 대표의 며느리로 규정되고 싶지 않았다.

'3년이나 5년 뒤에 재입사하는 건 어떨까? 그때쯤이면 남아 있는 직원들은 거부감 없이 받아들일 테고, 새로운 직원들은 그런가 보다 하면서 자연스럽게 받아들일 거 같은데.'

지윤의 제안에 선은 고개를 저었다. 언제든 부담스러운 존재는 부담스러운 존재다. 게다가 몇 년 뒤의 재입사는 단순히 로프트에서 다시 일한다는 의미가 아닐 것이다. 선은 책을 만드는 자체가 좋을 뿐, 출판사 운영에는 뜻이 없었다. 물론 생각은 언제든 바뀔 수 있었다. 그래도 로프트를, 준일과 결혼했다는 이유로 이어받을 수 있다 생각지 않는다. 지윤이 그럴 사람도 아니었지만.

"아, 황 주간도 조만간 그만둘 거 같다던데. 그 자리에는 누가……."

"그 자리에는 장동규라고, 《로프트 세계문학전집》 기획하셨던 전前 주간님이 컴백하십니다."

조용히 술잔만 비우던 인문예술팀의 성 팀장이 진 팀장의 말을 끊으며 툭 내뱉었다. 뭐, 진짜? 놀란 건 진 팀장뿐만이 아니었다. 지영과 진라도 입을 벌린 채 성 팀장을 바라보았다. 이어 놀라움과 한숨이 뒤섞인 탄성이 터져 나왔다. 선도 들어 본 이름이었다. 각 출판사들마다 세계문학전집의 새바람을 일으켰다는 전설의 기획자였다. 어느 날, '나는 다 불탔어.'라는 말과 함께 번아웃을 선언하고 홀연히 사라졌다고 들었었다. 로프트에서 그를 아는 사람이 절반, 선처럼 모르는 사람이 절반이었다.

"이걸 뭐라고 해야 해. 징징이가 가고, 찡찡이가 온다?"

"무슨 뜻이에요?"

재형의 물음에 지영과 진 팀장이 의미심장한 눈빛을 주고받았다.

"황 주간보다 더 안달복달, 들들들들 볶아 대거든."

'으아.' 재형과 수민이 동시에 얼굴을 찌푸리며 몸을 떨었다.

"그래도 소심한 징징이보단, 유능한 찡찡이가 낫지."

"나는 모르것다. 우열을 가릴 수가 없어."

진 팀장이 괴로워하다, 번쩍 고개를 들었다.

"성 팀장은 어떻게 안 거야? 혹시……."

"저번에 한잔하자고 연락하셨습니다."

"나는? 같은 팀장인데."

성 팀장이 가소롭다는 듯 웃었다.

"두 분 사이도 별로셨잖아요."

"그렇긴 했지."

진 팀장의 순순한 수긍에 다들 웃음을 터뜨렸다. 함께 웃으며 맥주잔을 드는데 테이블 맞은편, 가장 멀리 떨어져 앉아 있던 혜림과 눈이 마주쳤다. 혜림이 건배를 하듯 잔을 내밀었다.

축하해요.

고맙습니다.

서로 입모양으로 말하고 짠, 잔을 움직여 건배를 했다.

로프트에서의 첫 책을 인쇄할 때, 통과의례처럼 혜림과 같이 인쇄소를 갔었다. 지금은 파주로 이전했지만 그때 인쇄소는 일산의 자유로 아랫길에 위치해 있었다. 첫 감상은 소음. 스무 대 가까운 인쇄기가 돌아가는 소리는 기차가 지나가는 철로 사이에 서 있는 것과 비슷했다. 평소에도 선명한 화법의 소유자였지만, 인쇄소 기장 앞에서의 혜림은 단호와 확신의 여신이었다.

'종이가 마분지라 먹이 잘 안 사네요. 먹 한 번 더 올려요. 아, 기장님 봐요. 은색 때문에 먹색이 매가리가 없잖아요. 한 번만. 딱 한 번만 더 올려요. 자꾸 이러시면 두 번 올린다?'

적절한 협박까지 섞었다. 표지 인쇄를 마치고 본문 인쇄에 들어가기 전, 인쇄소에서 자유로로 이어지는 길에 있던 편의점에서 비닐 포장된 인스턴트 카페모카를 마셨었다. 혜림이 뜨거운 물을 붓고 종이 스틱으로 휘휘 저어 건네며 '여기 오면 꼭 이게 마시고 싶더라고요.' 말하고는 멋쩍은 듯 웃었다.

'로프트에서의 첫 책 축하해요. 앞으로 잘해 봐요.'

'잘 부탁드립니다.'

인쇄소 앞 시멘트 턱에 나란히 쭈그리고 앉아 건배를 하고 마셨던 달고 진했던 커피 맛을 잊지 못할 것이다. 빠르게 자유로를 지나가던 차들과 주황으로 노을 져 가던 하늘도.

선은 턱을 괸 채, 사람들이 웃고 대화하는 모습을 찬찬히 바라보았다. 이들 덕분에 견딜 수 있는 시간들이 있었다. 균형을 잃고 흔들릴 때마다, 바닥으로 한없이 침잠하려 할 때마다, 제자리를 지키며 반가이 인사를 건네주는 것으로 말이다. 소중한 인연들이었다. 코끝이 찡해지려는데, 옆에 있던 진라가 살며시 손을 잡았다.

"나 주간 될 때 힘 좀 써 줘."

진라의 농담에 선이 까르르 웃었다.

"행복하고."

잡은 손에 힘을 주었다.

"정말 축하해, 선."

선은 나오려는 눈물을 꾹 참았다. 이별이 아니었으니까.

떠들썩했던 송별회를 마치고, 어느덧 선선해진 가을바람을 맞으며 마무리 공사까지 끝난 새집으로 향했다. 담을 따라 걸으며 안쪽으로 빈틈없이 심어져 있는 소나무와 오엽송, 주목, 벚나무, 느티나무를 바라보았다. 대문을 지나 현관까지 이르는 디딤돌 위를 걷는데, 주머니에 넣어 둔 휴대폰이 진동한다. 굳이 확인하지 않아도 누군지 알 수 있었다. 제주도에 있는 준일이다.

매스를 그만두었어도, 설계부터 주도적으로 이끌었던 미술관은 준일의 책임이었다. 때문에 건강이 급속도로 안 좋아진 최 소장이 프로젝트 조인트 형태로 진행을 부탁했을 때, 준일의 결정은 오래 걸리지 않았다.

준일의 설명에 의하면, 미술관 입구에는 풍경을 거울처럼 담아 낼 반사 연못이 만들어질 것이라고 했다. 관람객들이 연못 중간의 진입 다리를 통해 미술관으로 걸어가며 볼 수 있는 것은 물에 반사된 미술관뿐만이 아니라고. 하늘과 구름. 숲과 나무. 지나가는 바람이 만들어 내는 물의 주름. 태양이 튕겨 낼 물의 반짝임. 그리고 연못이 비춰 주는 자기 자신까지라고 했다.

태양이 뜰 때와 질 때, 가장 아름다운 풍경이 담겨질 것이라며, 개관 전 제일 먼저 그 모습을 보여 주겠노라 약속했다.

— 비행기 곧 이륙할 거야. 송별회는 끝났어?

"응. 그런데 비행기?"

내일 오후에나 온다고 했었는데.

— 일이 예상보다 일찍 끝났어. 마지막 비행기를 타기 위해 공항으로 달렸지. 이따가 봐.

"나 지금, ……우리 집에 있어."

— 우리 집? 아아, 우리 집. 혼자? 무섭지 않아?

"아니. 좋아."

준일이 낮게 웃었다.

— 휴대폰 꺼야 해. 도착해서 우.리. 집으로 갈게.

"……응, 빨리 와."

— 비행기 안에서도 뛸게.

다정한 농담에 미소를 지으며 전화를 끊었다. 휴대폰을 잠시 가슴에 두었다가 주머니에 넣었다.

선은 정원으로 이어지는 데크를 시작으로 2층까지 전등을 하나하나 켜며 돌아다녔다. 마침내 모든 불이 환하게 밝혀졌을 때, 그 자리에서 천천히 한 바퀴 돌았다. 집은 준일이 보여 준

평면도 그대로 구현되어 있었다. 또 한 번 빙글 한 바퀴 돌았다. 폴짝 뛰어도 보았다. 방 창문으로 결혼식이 치러질 뻔했던 정원도 바라보았다.

무엇이든 마음대로 진행하라던 도윤이 딱 하나 반대했던 것이 정원에서 치르려 했던 하우스웨딩이었다. 성대히, 화려하게, 제대로 치르겠다는 도윤에게 준일이 '제대로'가 뭐냐고 되묻자, '이 자식이 또.' 하는 표정으로 설전이 시작됐었다. 상황을 정리한 건 지윤의 한마디였다.

'아버지 말씀대로.'

지윤의 엄숙한 선언에 결혼식 장소는 다른 곳으로 결정되었다.

불을 켰던 순서대로 소등을 하며 1층으로 내려왔다. 거실등을 마지막으로 끄고 눈이 어둠에 익숙해질 때까지 가만히 서 있었다. 의자 하나 없는 빈집에서, 어둠 속 혼자임에도 전혀 무섭지 않았다. 집은 밤인데도 햇빛이 드는 것처럼 따뜻한 기운이 가득했다.

몇 시지? 선은 시간을 확인한다. 준일이 도착하기까지는 적어도 한 시간 20분.

보고 싶은 마음에 비해 시간은 더디게 흘렀다.

가족실과 침실을 가로지르는 슬라이딩 도어를 밀어, 준일이 이 집의 포인트라고 했던 긴 마루에 들어섰다. 망설이다 오크색의 나무 바닥에 트렌치코트를 벗어 깔았다. 그 위에 눕자 높은 천장에 나 있는 사각형의 유리창으로 새카만 밤하늘이 보였다. 열어 놓은 거실 창으로 살랑살랑 들어온 바람이 마루까지 도착해 머리카락을 부드럽게 흔들었다.

몇 시지? 시간을 또 확인한다. 겨우 10분이 지났을 뿐이다.

시간이 선을 놀리는 것 같았다.

그믐달이 창문에 걸쳐지는 사이, 그만 잠이 들었다.

입술에 닿는 부드러움에 잠이 깼다. 묵직한 나무 향에 섞여 있는 옅은 바닐라 향. 익숙한 체취였다. 자연스럽게 남자의 목에 팔을 감으며, 어깨에 얼굴을 비볐다. 굳이 일어났냐는 대화 없이, 남자가 팔베개를 해 주며 선을 끌어안고 등을 토닥였다.

"침대를 제일 먼저 갖다 놔야겠어."

준일의 말에 작게 웃었다. 그러고 보니 맨바닥에서 잤던 몸이 조금 뻐근한 거 같기도 했다.

"잘 인사하고 왔어?"

"응."

"기분이 어때?"

"낮잠을 자고 일어나면 기분이 조금 이상하잖아."

"……그런가?"

"살짝 멍하고 쓸쓸하기도 한데, 기지개를 한번 켜고 차가운 물을 마시면 괜찮아질 것 같은 기분이야."

"……으음, 그러니까, 내가 선과 섹스하고 나서, 이런저런 이야기도 하고 야식도 먹고 싶은데, 금세 잠들어 버린 모습을 봤을 때와 비슷하겠군."

준일의 비유에 선이 소리 내어 웃었다.

"여기에 낮은 테이블 갖다 놓을래."

"그래."

"책도 읽고, 밥도 여기서 먹고, 졸리면 하늘 쳐다보며 낮잠도 자고."

"이 넓은 집에서 여기만 쓰려고?"

"그러고 싶을 만큼, 좋아."

잠시 말을 멈추고.

"준일."

눈을 감은 채, 나지막이 불렀다.

"응."

"고마워. 이런 집을 지어 줘서."

따뜻한 생명력으로 가득한. 하늘을 품을 수 있는. 바람과 햇빛이 무한하게 통과할 수 있고. 비와 눈은 침범할 수 없는. 우리 집이라 부를 수 있는 이곳을.

에필로그 2

선은 서울역 뒤편 만리동 골목길로 들어섰다. 골목 왼편으로 마카롱 가게와 회색 건물, 돼지국밥집이 있고 맞은편에는 오래된 모텔과 수제맥주집이 붙어 있었다. 면접을 볼 출판사는 마카롱 가게와 돼지국밥집 사이에 있는 3층짜리 회색 건물로 그중에도 맨 위, 즉 3층에 있었다. 건물의 1층은 카페이고 2층은 게스트하우스였는데, 건물과 건물 사이의 자투리땅에 지은 것처럼 좁은 건물이라 카페와 출판사는 그렇다 쳐도 2층의 게스트하우스는 방이 많아야 두 개 아닐까 싶었다.

심호흡을 하고 좁은 계단을 오르기 시작했다. 이렇게 빨리, 그것도 이렇게 작은 출판사의 면접을 볼 계획은 아니었다. 신혼여행을 다녀온 뒤, 겨울 동안은 쉬며 로프트와 비슷한, 혹은 더 큰 규모의 종합 출판사로의 이직을 준비할 생각이었다.

웨딩플래너와 미팅을 끝내고 들렀던 서점에서 그림책을 읽게 되었다. 눈 덮인 숲 속 카페에 토실토실한 고양이가 방문하며 시작된 이야기는, 결벽증이었던 집사와의 반려 생활을 기발한 표현과 유머로 풀어내고 있었다. 이야기는 큭큭대며 웃게 하다 코끝을 찡하게 울리며 끝이 났다.

코코아를 마시고 캣닢을 시거처럼 말아 피우며 집사에 대해 험담하는 고양이. 카페 주인이 흔드는 장난감에 홀려 집사의 비밀을 술술 털어놓는 고양이. 노란 불빛이 창밖으로 퍼져 나오는 카페의 풍경과 눈길에 찍혀 있던 고양이의 발자국. 그 옆에 나란히 찍혀 있던 신발 자국. 그리고 창밖에서 고양이를 바라보던 집사와 카페 뒷문으로 이어지던 무지개다리까지. 수채화와 파스텔로 작업한 듯한 삽화의 완성도도 높았다. 책의 만듦새 또한 마찬가지였다.

선은 그 자리에서 출판사의 모든 책을 구입했다. 모든 책이라고 해 봤자 그림책 네 권에 미스터리 소설까지 다섯 권이었지만. 마음에 들지 않는 책이 없었다. 제일 좋았던 건, 유머였다. 어떤 절망적인 순간에도 등장인물들은 유머를 잃지 않았다.

이틀에 걸쳐 책을 읽고, 출판사에 대한 궁금증으로 SNS를 검색했다. 제일 최근의 포스트가 편집자 구인 글이었을 때의 묘한 기분은 홀린 듯 자기소개서와 이력서를 작성하게 만들었다. 하지만 막상 메일을 보내지는 못했다. 닷새 앞으로 다가온 결혼식과 이어질 신혼여행. 당분간 어수선할 마음에 입사 지원을 한다는 게 민폐는 아닐까 하는 생각에서였다. 옆에서 준일이 용기를 북돋아 주면 순간 화르륵 불타올랐던 용기도 보내기 버튼에서 푸시시 꺼지기를 반복했다. 지원 마지막 날, 마지막까지 고민하던 메일 보내기 버튼을 누른 건 준일이었다. 마우스 위에 올라가 있던 선의 손가락을 꾸욱 눌러 버린 거였다.

민민디자인&북스.

선은 아크릴 현판이 붙어 있는 문 앞에서 떨리는 숨을 내쉬었다. 노크를 하자 새까만 머리카락에 보살상처럼 가늘고 긴 눈의 여자가 문을 열었다. SNS에 올려진 사진으로 본 바에 의하면 민민디자인&북스의 유민이었다.

민민디자인&북스의 또 한 명의 '민'인 지민이 기다란 선인장이 파티션 역할을 하는 회의실로 안내했다. 4인용 테이블에는 출력된 선의 이력서와 자기소개서가 놓여 있었다.

디자인 스튜디오를 병행하는 2인 출판사로 조금씩 수익이 나고 있지만, 주수입은 여전히 디자인 외주에서 얻고 있는 중이라고 했다. 처음부터 큰 수익을 낼 생각으로 출판을 시작한 것은 아니라고. 어른들을 위한 그림책을 좋아하는데, 수익성 때문인지 어느 곳도 출판하지 않아 자신들이 하게 되었다고 했다. 해외 도서들도 출간하고 싶은데 본업인 디자인 일이 많고, 예상보다 자잘한 일처리가 많은 출판사 업무 탓에 시작도 못하고 있는 상황이라고도 덧붙였다.

"이력서 받고 좀 놀랐었어요. 사무실 보셨다시피 출판그룹 M이나 로프트와는 사이즈부터 비교가 안 될 거예요. 업무도 저자 발굴부터 기획은 기본이고요. 주문 처리부터 간단한 회계며 반품 관리도 하셔야 돼요. 큰 마케팅 비용을 들일 수가 없어서 SNS 홍보에도 공을 많이 들여야 하고, 전국의 작은 서점에서 진행하는 작가와의 만남 같은 이벤트도 진행하셔야 하고요. 그림책들이 많기 때문에 원화전도 종종 열어요. 보기엔 있어 보이는데, 다 노가다예요."

유민은 자신의 흔들림 없는 단발머리만큼 높낮이 없는 목소리로 말하였다.

"야, 오시지 말라고 말하고 있는 거야?"

지민이 녹차 티백이 담겨진 머그잔을 선에게 건네며 유민에게 핀잔을 주었다.

"얘가 긴장해서 그래요. 낯을 엄청 가리거든요."

네가 뭐라고 말하든 상관 않겠다는 표정으로 유민이 팔짱을 끼고 다리를 꼬았다.

"현실을 말하는 거지. 단순히 여기서 나오는 책이 자신의 취향이라고 해서 일까지 그런 건 아니니까."

지민이 유민을 흘겨보고는, 이해를 구하듯 선에게 웃음을 지었다.

"저희 블로그나 출간 책들 보고 막연한 환상에 지원한 분들이 계셨어요. 그런데 막상 와서 보면 건물은 좀 후지고, 일은 빡세다고 하고, 얘는 이렇고 하니까 실망들을 하시더라고요. 얘가 블로그에서는 감성과 유머, 인류애가 넘치는 인간 코스프레를 하거든요."

"여기 화장실도 자주 막혀요."

"야, 유민."

"여름엔 태양열 직방이고, 겨울엔 외풍 쩔어요."

"그믄흐애라."

지민이 이를 악물고 낮은 목소리로 유민의 이름을 불렀다.

"내가 모."

"영상을 찍어서 보여 주리?"

고개를 절레절레 흔들고는 허리를 반듯하게 펴 자세를 가다듬었다.

"자기소개서에 11월 7일부터 출근 가능하다고 적으셨던데, 특별한 이유라도 있으세요?"

"아, ……제가 내일 결혼을 해서요."

"결혼요. 그렇군……, 네에?"

놀란 두 민민이 눈을 동그랗게 떴다.

"역시, 좀 곤란할까요?"

조심스런 선의 질문에 두 민민이 동시에 고개를 저었다.

"아뇨."

"아뇨. 겨우 열흘 뒤인걸요."

두 민민은 앞에 앉아 있는 면접자가 혹시 결혼식 전날까지 꾸역꾸역 면접을 보고, 신혼여행을 다녀오자마자 출근해야 할 사연이 있는지 고민하는 표정이었다. 더해서 유민은 계속 까칠하게 대한 걸 후회하는 눈치였다.

"혹시 두 분이 생각하시기에, 제 짐작이 맞다면, 고려 사항에 넣지 마세요. 민민에서 일하고 싶어서 지원했습니다. 두 분께서 제가 민민에 필요한 사람인지, 일할 사람인지, 면접을 통해 판단해 주세요."

선의 말에 두 민민이 허리를 반듯하게 펴 자세를 가다듬었다. 진진한 얼굴로 선에게 바라보았다.

"민민 책 어떤 부분이 좋으셨어요?"

선은 앞에 놓인 녹차를 마시고, 마주 앉아 있는 둘과 차례로 눈을 맞추었다. '파이팅!' 하고 외쳐 주며 두 손으로 얼굴을 감싸고 입맞춤을 해 주었던 준일을 떠올렸다. 처음 작업한 책을 보고 '눈부셔. 멋져. 넌 우주 최고의 편집자야.' 호들갑스러운 칭찬을 해 주었던 연도. 긴장으로 차가워졌던 손에 조금씩 온기가 돌았다.

"첫 번째로는 유머요. 그리고……."

선은 준비했던 말을 차분히 풀어놓기 시작했다.

●■▲

시월의 어느 오후에 시작된 결혼식은 화려하고, 성대하며, 모자람 없이 완벽했다. 입구에서부터 단상까지 황금빛 샹들리에가 은하수처럼 드리워진 길을 선은 도윤의 손을 잡고 걸었다.

도윤은 희미하게 떨리고 있는 선의 손에 용기를 전하듯 힘주어 잡았다. 이름이 예쁘다던 말에 얼굴도 예쁘다고 천연덕스럽게 답하던 아들이 소개한 선은, 정말 예뻤다. 성장 배경에 대해 안쓰러운 마음은 들었지만, 불쌍히 여기려 하지는 않았다. 이만큼 반듯하게 자랐다는 건, 강한 의지의 소유자라는 뜻이었으니까. 그런 이들에겐 어울리지 않는 감정이었다.

아내인 지윤이 우리가 선의 가족이 되어 주면 좋겠다는 말을 했을 때, 최대한 성대하게 결혼식을 치러 가족이 된 사실을 널리 알리는 것을 시작으로 삼기로 마음을 먹었다. 아버지의 깊은 뜻을 모르고 준일이 반발했지만, 지윤이 가볍게 정리해 주었다.

진짜 딸을 보내는 마음으로 선의 손을 준일에게 건네주었다. 잘해라. 충성하고. 아버지가 눈으로 보내는 메시지를 읽은 아들이 고개를 끄덕였다.

턱시도를 근사하게 차려입은 신랑이 신부의 얼굴을 가린 베일을 들어 올렸을 때, 감탄한 사람은 신랑뿐만이 아니었다. 희고 발그레한 얼굴로 수줍은 미소를 띤 신부는 식장에 있던 모든 하객들을 매혹시켰다.

"누구시죠, 이 아름다운 분은?"

준일은 자신도 긴장했으면서 선의 긴장을 풀어 주려 농담을 건네었다. 사람들은 신부가 수줍게 미소 짓고 있다고 생각하겠지만, 실은 긴장으로 뻣뻣하게 굳어 있었다. 효과가 있었는지 선이 눈꼬리를 휘며 미소를 지었다.

완벽한 이 결혼식에 빠진 단 하나. 선의 백부와 백모였다. 결혼을 준비하는 내내, 경효와 정혜는 손톱 밑에 박힌 가시였다. 선은, 자신의 결혼이 그들을 또다시 상처 입히는 것이 아닐까 두려워했다. 동시에 결혼 소식조차 알리지 않는 것이 더 큰 잘못은 아닐까 혼란스러워했다. 누하의 주소가 적혀 있는 청첩장을 만지작거릴 때면, 눈가가 좀 더 붉었다. '마음 쓰지 마.' 둘을 좋아하지 않는 준일의 냉정한 말에 선은 표정을 감추곤 했다.

선의 고민을 끝낸 건 준일이었다. 결혼식을 일주일 앞둔 저녁, 하늘재를 찾아가 정혜를 만났다고, 알려 드리는 것이 선의 마음을 편하게 할 것 같아 청첩장을 건네주고 왔다고 담담히 말해 주었다. 정혜가 끝내 청첩장을 열어 보지 않았다는 말은 전하지 않았다.

역시나, 연락은 없었다.

오늘, 비워 두었던 자리도 끝내 채워지지 않았다.

선의 부케는 진라가 받았다. 진라가 부케를 흔들며 양갱 씨에게 활짝 웃어 보이자, 양갱 씨의 양복은 근육으로, 얼굴은 행복으로 터질 듯 빨갛게 타올랐다.

리셉션은 야외에서 진행되었다. 분홍빛으로 노을 지는 하늘과 남산에서 불어오는 선선한 가을바람만으로도 기분 좋은 가을 저녁이었다. 반딧불같이 반짝이는 전구들 아래 설유화를 메인으로 리시안셔스와 부바르디아, 수국, 오하라, 호접란까지 곳곳에 풍성히 놓여 있어 숲 속을 그대로 옮겨다 놓은 듯했다.

저녁에서 밤으로 깊어져 가면서 사람들의 웃음소리에 풀벌레 소리가 섞이기 시작했다.

와인과 샴페인이 몇 잔씩 돌면서 어색함이 사라진 신부 측과 신랑 측 지인들이 별거 없는 우스갯소리에도 와르르 웃음을 터뜨렸다. 시선을 맞추고 명함을 주고받으며 연락처를 저장했다. 실제의 인연으로 이어질지는 미지수이지만, 이때만큼은 '왜 이제야 나타난 거예요. 나의 평생 친구! 나의 꿈꾸던 미래 연인!' 이런 기분들이다. 살구색 애프터 드레스를 입은 신부가 신랑의 손을 잡고 한 바퀴 빙그르르 돌자 드레스가 꽃잎처럼 펼쳐졌다. 하객들의 박수 소리는 곧 연호로 바뀌었다.

"키스해."

"키스해."

얼굴을 붉힌 신부가 거절의 뜻으로 손을 젓자, 소리는 더욱 커졌다. '키스를 못 하면 첫날밤을 못 지내요. 아, 미운 사람.' 제멋대로 개사해 노래까지 불러 댔다. 신랑이 신부의 턱을 가볍게 잡자 환호성이 터져 나왔다. 하지만 신랑이 가벼운 입맞춤으로 끝내자 환호성은 원성으로 바뀌었다.

"장난해?"

"장난해?"

'딥키스를 못 하면 첫날밤을 못 지내요. 아, 미운 사람.' 또 다시 개사해 노래를 합창해 댔다. '아, 첫날밤은 진즉 보냈겠구나.' 누군가의 짓궂은 농담에 다들 까르르 웃음을 터뜨린다. '무슨 소리! 결혼하면 리셋 되는 거지. 자, 다시 부릅니다. 딥키스를 못 하면 첫날밤을 못 지내요. 아아아, 미운 싸아람.' 노랫소리가 점점 더 커져 갔다.

신랑이 신부의 허리를 잡아당기자, 함성과 함께 휘익, 휘파람까지 뒤섞였다. 신부를 눕히듯 허리를 꺾는 동시에 몸을 돌려 등으로 사람들의 시선을 차단했다. '우우우.' 비난이 이어졌지만, 신랑은 뻔뻔스러운 얼굴로 입술에 묻은 립스틱을 닦아 내었다.

별들이 보기 드물게 빛나는 가을밤 위로 웃음소리가 둥실둥실 떠돌아 다녔다.

모두에게 아름다웠던 결혼식 밤이라 기억된다.

에필로그 3

민민북스의 여덟 번째 책이자, 선이 입사해 작업한 세 번째 책의 인쇄를 마친 날, 임신 테스트기에서 두 줄을 확인했다. 선은 조금 멍한 기분으로 거실 소파에 누워 아랫배에 손을 가만히 올려놓았다.

언제였을까.

많은 날들 중, 유독 긴 마루에서의 밤이 떠올랐다. 만월의 달이 천장의 창을 통해 선명히 보이던, 기이하도록 밝고 커 그대로 쏟아질 거 같아 눈을 감아 버렸던 가을밤. 태어나면 한여름이겠지. 가을의 풍성함과 여름의 뜨거운 생명력을 품은 아이였으면 좋겠다. 그러니까, 준일처럼.

어떻게 알려야 하지? 테스터기를 슬쩍 욕실에 올려놓을까, 아니면 리본이라도 묶어서 선물처럼 건네줄까? 그것도 아니면 날씨 이야기를 하듯 아무렇지 않게 말할까? 허니문 베이비를 임신한 진라에게 물어볼까 하다 그만두었다. 양갱 씨는 테스터기를 부여잡고 펑펑 울었다던데, 아무리 상상력을 동원해 봐도 준일이 펑펑 우는 건 상상이 되지 않는다. 자신이 태어났을 때도 씨익 웃으며, '엄마, 아빠 반가워.' 하며 태어났을 거 같으니. 그 모습이 자연스럽게 상상이 돼 키득키득 웃다가, 눈꼬리를 타고 흐르는 눈물을 닦아 내었다.

웃다가 울면 안 되는데. 선은 애써 다시 미소를 지었다.

엄마, 아빠, 그리고 연.

나 아이 가졌어. 그리고 나는,

늘 보고 싶어.

인터폰에서 차량이 도착했다는 음성 메시지가 흘러나왔다. 선은 소파에서 일어나 테이블에 올려놓았던 테스트기를 주머니에 넣었다. 조르륵 현관문 앞으로 가 서 있었다. 현관문을 열고 들어오면 짠, 하며 보여 줘야지. '달이야, 아빠한테 인사하자.' 즉석에서 지은 태명으로 아기에게 말을 걸었다. 긴장과 떨림, 기대 속에 10분이 지나도 현관문이 열리지 않았다. '무슨 일이지? 차고 정리라도 하나? 지난 주말에 했던 걸로 아는데. 나가 봐야 하나?' 고민을 하는데 현관문이 열렸다. 준일이 생각에 잠긴 얼굴로 상자를 내려다보며 들어왔다.

선은 주머니에서 바로 꺼내려 쥐고 있던 테스트기를 슬며시 놓았다. 선이 서 있던 걸 몰랐는지, 여전히 심각한 얼굴이던 준일이 선을 보자마자 표정을 풀고 미소를 지었다. 남은 손을 뻗어 자연스럽게 선의 허리를 잡아 끌어당겨 입을 맞추었다.

"집에 있었네. 인쇄는 잘 끝났어?"

"응."

어쩔 수 없이 시선이 상자로 간다. 준일이 미간을 살짝 모으더니 결국 선에게 내밀었다. 마음에 들지 않는다는, 괜히 들고 들어왔다는 표정이었다.

"선에게 온 소포. 회사로 왔어."

주소는 하늘재. 보내는 사람 금정혜.

고개를 들어 준일을 바라보았다.

"청첩장 드릴 때 명함도 건넸었어. 그거 보고 보내신 거 같아."

상자는 크기에 비해 무겁지 않았다. 선은 묵묵히 상자를 내려다보았다. 온몸의 세포들이 자잘자잘 날뛰는 것 같았다.

"선, 보고 싶지 않으면 안 봐도 돼. 그냥 버려."

선은 고개를 저었다. 무엇이 들어 있을지 조금 겁이 나기도 하지만, 직접 봐야 한다. 마음 한구석, 어리석게 고개를 들려는 희망은 애써 눌렀다.

"아니야. 괜찮아. 그런데, 혼자 보고 싶어."

이번에는 준일이 고개를 저었다. 내키지 않았지만 선을 위해 찾아갔었다. 청첩장을 건네받고도 열어 보지 않았다. 눈자위가 순간 떨렸을 뿐 눈썹 하나 까딱하지 않았다. 그런데 새삼, 1년이 지나 이딴 걸 보낸 저의는 알고 싶지도 않다.

"이리 줘. 내가 열어 볼게."

"준일 씨, 부탁이야."

"선."

"괜찮아. 무슨 일 있으면 '도와줘요, 여보.' 하고 부를게."

"뭐?"

보통 '준일.' 혹은 '준일 씨.' 가끔씩 '자기야.'라고만 불렀었다. 여보는 발음이 낯간지럽다나. 준일도 그다지 듣고 싶은 호칭은 아니었다. 다만, '여보.' 할 때 '보'에서 선의 입술이 동그랗게 모아지며 앞으로 나오는 게 귀여워 보고 싶었을 뿐.

"여보–오, 하고 부른다고."

준일이 선의 뺨을 부드럽게 매만졌다.

"크게 불러."

남편 속도 모르고 고개는 잘만 끄덕인다.

선은 소포를 들고 긴 마루를 통과해 침실로 들어갔다. 침실에서 또 안쪽 문을 열어 드레스룸으로. 멍하니 소포를 들고만 있다가 드레스룸을 나와 침실에서 다시 2층으로. 2층에서도 맨 끝 방으로 들어갔다.

준일이 들으면 분명 화를 내겠지만, 선은 경효와 정혜를 더 이상 원망하지 않았다. 미워하지도 않았다. 그동안 찾아가지 않았던 건 두 분이 더 이상 자신으로 인해 상처받지 않기를 바랐기 때문이었다. 자신의 마음이 어떻든 존재만으로도 상처가 된다는 것을, 그럴 수밖에 없는 관계가 있다는 것을, 누군가 잘못을 해서가 아니라는 것을 이해하고 받아들였다. 그게 삶이었으니까.

테이프를 벗겨 내고 조심스럽게 상자를 열었다. 상자 안에는 한지로 포장된 물건과 편지 두 장이 들어 있었다.

선.

꿈을 꾸었다.

꿈에서 우리가 마지막으로 담갔던 포도주를 열고 있었다. 시큼한 냄새가 날 줄 알았는데, 뚜껑을 열자 취할 듯 진하고 달콤한 냄새가 진동했지. 다행이라며 기뻐하다, 깨달았다. 우리가 담갔던 마지막 포도주는 예전에 깨 부숴 버렸는데. 남아 있을 리 없는데. 연은 죽었는데. 선도 이 집을 떠났는데.

이건 꿈이구나.

모르는 척, 우리 네 식구 둘러앉아 포도주를 마시기 시작했다. 웃고, 떠들고, 취해 갔다. 예전처럼 그렇게. 모두 거나하게 취해 쉴 새 없이 떠들었다.

마지막 포도주를 비워 갈 때쯤, 연이 해금을 켜기 시작했지.

꿈에서도 알았다.

연이 마지막으로 우리에게 해 주는 연주라는 것을 말이다.

시간을 잡고 싶어 포도주를 탈탈 잔에 털어 보아도 더 이상 한 방울도 나오지 않았다. 술에 절여진 포도 알을 꺼내 쥐어짜는데, 연이 조용히 불렀다.

엄마.

못 들은 척, 포도 알을 계속 짜내었지.

조금만 기다려 연아. 엄마가 한 잔 더 줄게.

아무리 포도를 쥔 손에 힘을 주어도 소주잔 반도 채우지 못할 만큼이라 애가 탔었다.

엄마, 괜찮아.

엄마, 나 괜찮아.

엄마, 내가 미안해.

엄마, 사랑해.

그대로 바닥에 고꾸라져 울었다.

꿈이란 게 애달파서, 꿈에서도 잡지를 못해서.

그이와 나, 그리고 너에게 차례로 포옹을 해 주었단다.

특히, 너에게 긴 포옹을 해 주었다. 엉망으로 울고 있던 너의 눈물을 닦아 주고, 너의 배에 손을 얹고, '안녕 이모야.' 인사를 해 주었지. '너의 수호천사가 되어 줄 거야.' 말하며 미소 짓는 연의 얼굴이 평화로웠다.

꿈에서 깨어 소리 없이 눈물을 흘렸다.

그리움만 남기고 미련과 원망, 자책과 후회를 흘려 내보내었다.

또한, 미루고 미루었던 너에게 용서를 구해야 할 때임을 알았다.

선.

네 잘못이 없다는 것을 알고 있었다.

최인주의 능란한 세 치 혀에 속았던 것이 아니었다.

네가 그러지 않았다는 것은, 그럴 수 있는 아이가 아니라는 것은, 머리도 마음도 분명히 알고 있었다.

그저 내가, 너희 큰아버지가 그 말을 믿고 싶었기 때문이었다.

네 탓을 하고 싶었기 때문이었다.

그동안 너를 비난하기 위한 명분을 기다렸기 때문이었다.

우리는 속고 싶었기에, 속기를 택했었다.

네가 운전만 해 주었다면.

연의 곁에만 있어 줬다면.

그 아이가 살아 있었을 거라는 어리석은 원망 때문이었다.

그것이 연의 운명이었다는 것을.

어찌해도 빗겨 갈 수 없던, 언젠가는 오고야 말았을 운명이었다는 것을 알고서도 말이다.

우리는 이토록 어리석었고 어리석었다.

어리석음으로 소중한 것을 잃었음에도 또다시 잃는 것을 선택하게 만들 만큼 말이다.

어떤 말로도, 겨우 이 편지로 다친 네 마음에 용서를 구할 수 없다는 것을 안다. 바라지 않는다.

그저, 선아.

혹여 남아 있는 마음의 짐이 있다면 훌훌 버리고 잘 지내 주렴.

연이 몫까지 행복해 다오.

염치없는, 우리의 부탁이다.

마지막으로 결혼식에 맞추어 한복을 지었었는데, 식이 지난 후에야 완성이 되어 보내지 못했었다. 이건 늦지 않았기를 빈다.

선은 가늘게 떨리는 손으로 한지를 벗겨 내었다.

아……. 떨리는 숨결이 입 안에서 한숨처럼 흘러 나왔다.

하나, 둘, 셋……. 배냇저고리가 다섯 벌.

하얀 배냇저고리 위로 후드득 눈물이 떨어져 황급히 닦아 내었다. 작고 여린 배냇저고리를 가슴에 안은 채 몸을 깊이 숙였다. 눈물을 참으려 입술을 깨물었다.

울면 안 돼.

기쁜 일이야.

기쁜 일에 울면 안 돼.

고개를 저었다.

울지 마. 너 그동안 너무 많이 울었어.

힘껏 노력해 보아도 기어이 '어허엉.' 소리와 함께 눈물이 터져 나왔다.

문 밖에 서 있었던가 보다. 문이 열리며 준일이 뛰어 들어왔다. 선의 양팔을 잡고 상체를 일으켰다. 눈물로 엉망이 된 선의 얼굴을 본 준일의 눈에 불꽃이 튀었다. '아니야, 준일 씨. 아니야.' 선이 고개를 힘껏 저었다.

"아니야. 슬퍼서 우는 거 아니야."

"그럼 왜?"

"선물 받아서. 선물 받아서 기뻐서 그래."

그제야 준일은 선이 품에 안고 있는 천 쪼가리를 바라보았다.

"대체, 이게. 이걸 보냈어? 별 뜬금없이……."

아기는 고사하고 임신도 안 했는데 배냇저고리라니. 뭐 하자는 건가. 감성 자극으로 어물쩍 넘어가려는 쇼인가. 쇼라도 속을 뒤집는 것보다야 낫겠지만. 이런 걸로 감동해 울지 마, 선.

"도와줘요, 여보."

'겨우 천 쪼가리 안고 기뻐 울면서, 뭘 도와줘?' 속으로 투덜대면서도 선의 눈에 그렁그렁 매달린 눈물을 닦아 주었다.

"뭐를?"

"카디건 오른쪽 주머니에 들어 있는 것 좀 꺼내 주세요."

"또 이렇게 슬쩍 넘어가려고. 새삼 존댓말 하지 마."

헤헤, 눈물을 한가득 매단 채 붉어진 눈가로 웃는다.

카디건 주머니에 손을 넣자 세로로 긴 플라스틱이 잡힌다. 꺼내 드니 오목하게 파인 타원형의 키트에서 보이는 선명한 두 줄.

잠시. 두 줄?

놀라 고개를 들었다.

긴 속눈썹에 감싸인 갈색 눈이 웃고 있었다.

●■▲

"아, 석주. 포도에 침 떨어진다."

준일이 재빨리 비닐장갑을 벗었다. 석주의 목에 둘러 준 가제 손수건을 잡아 떨어지기 직전의 침을 닦아 내었다. 침을 닦는 순간도 귀찮은지 아랫니 네 개, 윗니 네 개, 도합 여덟 이의 소유자이자 완벽한 3등신의 김석주. 얼굴을 좌우로 흔들고 짧은 팔로 준일의 손목을 탁탁 쳐 댔다. 다시 붉은 대야 안으로 팔을 뻗어 작은 손으로 포도 알을 쥐고는, 신이 났는지 '브에으베뷰.' 같은 정체불명의 소리를 내며 기저귀 찬 빵빵한 엉덩이를 위로 추켜올렸다. 머리가 커, 무게중심이 머리로 쏠리며 대야 안으로 곧 빠질 기세였다.

"빠져듭니다. 대야 안으로."

준일이 석주를 번쩍 들어 올려 자신의 다리 사이 공간에 앉혔다. 몰캉몰캉한 포도놀이를 못 하게 된 때문인지, '으앙.' 가짜 울음을 터뜨리며 대야에 손을 뻗다가 구원을 요청하듯 선에게 손을 뻗었다. 선이 석주의 표정을 따라 울먹거리며 입을 삐죽대었다.

"아빠가 못 하게 해서 석주는 서러워요."

'음마아.' 선이 편을 들어준다고 느꼈는지, 한껏 울음소리를 높이는데 준일이 입 안으로 쏘옥 포도 알을 넣어 주었다. '음미 오움.' 여덟 개의 이로 씹고 혀로 굴리더니 삼킨다. 또 한 알을 오물오물. 양손에 포도 알을 쥐여 주자 거짓말처럼 울음을 그치고 번갈아 가며 포도를 앞니로 야무지게 뜯어 먹었다.

"석주. 아빠, 아–."

준일이 입을 벌리자, 석주가 선뜻 먹고 있던 포도 알을 입에 넣어 주었다. 준일이 과장되게 입을 움직여 먹고는 석주의 통통한 뺨에 소리 내어 입을 맞추었다. 또 포도를 손에 쥐여 주고, 벗어 놓았던 비닐장갑을 다시 꼈다. 커다란 손을 넓게 펴 포도 알을 한 움큼 쥐고 으깨었다. 달큰한 냄새가 늦여름 공기와 뒤섞이며 훅 올라온다. 드디어 정원에서 수확한 포도로 첫 포도주를 담그는 중이었다. 작년 여름에는 석주가 태어나 따 먹는 걸로 만족했었다.

"선."

들리지도 않는지, 무아지경이다.

"유선."

재차 불렀다. 그제야 준일을 바라보았다.

"우리 와인숍 차려?"

선이 눈을 둥그렇게 뜨더니, 민망한 듯 웃었다. 준일이 길게 팔을 뻗어 선의 입 가까이 포도 알을 갖다 주자 얼굴을 기울여 쏙 받아먹었다. 포도를 먹으며 진지하게 손가락을 접으며 숫자를 세기 시작했다.

"음, 부모님 댁에 두 병, 진라네 두 병, 로프트에 다섯 병은

넣어야 다들 맛이라도 보겠지. 준일 씨 회사에도 다섯 병, 민민에 두 병, 아주머니께 한 병, 시터 이모님 두 분께도 한 병씩. 그리고……, 누하 집에도 두 병, 연에게 가져갈 한 병. 그러면 남는 게 세 병이네. 딱 떨어진다."

무슨 기준으로 스물다섯 병이 나오고, 그중 세 병 남는 게 딱 떨어지는 건지 모르겠지만, 선이 신나 하니, 넘기기로 한다. 중요한 건 그게 아니니까.

"누하, 정말 갈 거야?"

"……응."

"그럼 같이 가."

"아니. 올해는 나 혼자만. 내년부터 같이 가. 석주까지."

선이 단호하게 고개를 저었다. 준일의 못마땅한 눈빛을 피하듯 시선을 내리다 '아.' 낮게 웃었다.

"석주 잔다."

먹다 남은 포도를 손에 꼭 쥔 채, 그새 준일의 허벅지에 몸을 늘어지듯 기대어 자고 있었다. 손에서 포도를 빼내려니까, 더 꼭 쥐더니 꿈에서 먹는지 입맛을 다셨다. 그 모습이 귀여워 둘 다 동시에 미소를 지었다. 선이 몸을 숙여 석주의 목덜미에 얼굴을 대고 아기 냄새를 깊게 들이마셨다. 소중하게 머리를 쓰다듬고, 이마에 입을 맞추었다.

"선."

'응?' 고개를 든 선이 무방비한 얼굴로 준일을 바라보았다. 충동적으로 고개를 기울여 입을 맞추었다. 달콤한 포도 맛이 맞닿은 입술과 혀끝에서 뒤섞였다.

너는 여전히 짐작도 못 해.
내가 얼마큼 너를 사랑하는지.

때로 잠에서 깨어 옆자리를 더듬어야 할 만큼 두려워. 생각에 잠겨 먼 곳을 바라보고 있을 땐, 네 생각을 알지 못한다는 사실에 화가 나. 너를 생각하다 사춘기 소년처럼 가슴이 벅차 달리기를 하고 싶기도 하지. 특히 지금처럼 너의 세계에 속하지 못하고 한 걸음 밖에 서 있는 기분이 들면 초조해져. 너에 관해선 기대와 불안, 조급함과 안도, 기쁨과 환희가 늘 교차해.

너의 마음을 소중하게 여겨 줘.
나의 마음과 같으니.

늘 다음 페이지가 궁금한,
나의 네버엔딩 스토리.

나의 아름다운 선.

《나의 아름다운 선》 끝